ullstein

Das Buch

Jedes Jahr im Dezember treffen sie sich – zwölf Frauen, alle mit köstlichen selbstgebackenen Plätzchen. Sie probieren, tauschen Rezepte aus und erzählen sich alles, was im vergangenen Jahr wichtig war: Marnie hat sich unsterblich verliebt, Charlene hat durch einen tragischen Unfall ihren Sohn verloren, Laurie ein kleines Mädchen aus China adoptiert. Eine von ihnen wird fortziehen, eine andere wartet zitternd auf die Nachricht, ob das Enkelkind gesund ist. Rosie und Jeannie haben sich gestritten und reden nicht miteinander. Doch jetzt feiern sie, sie sind alle zusammen, und auf einmal sind sie einander ganz nah. Kummer und Streit sind vergessen, sie umarmen sich und lachen – Freundinnen, was immer auch passiert.

Die Autorin

Ann Pearlman wurde in Washington D.C. geboren. Sie lebt als Schriftstellerin und Psychotherapeutin in Ann Arbor, Michigan.

Ann Pearlman

Der Plätzchen-Club

Roman

Aus dem Amerikanischen
von Christine Strüh

Ullstein

Besuchen Sie uns im Internet:
www.ullstein-taschenbuch.de

Mix
Produktgruppe aus vorbildlich bewirtschafteten Wäldern und anderen kontrollierten Herkünften
www.fsc.org Zert.-Nr. GFA-COC-001278
© 1996 Forest Stewardship Council

FSC

Dieses Taschenbuch wurde auf FSC-zertifiziertem Papier gedruckt.
FSC (Forest Stewardship Council) ist eine nichtstaatliche, gemeinnützige Organisation, die sich für eine ökologische und sozialverantwortliche Nutzung der Wälder unserer Erde einsetzt.

Ungekürzte Ausgabe im Ullstein Taschenbuch
1. Auflage November 2010

Die Hardcover-Ausgabe erschien unter dem Titel *Der Christmas Cookie Club*

Titel der amerikanischen Originalausgabe: *The Christmas Cookie Club*
(Atria Books, New York, 2009)
Umschlaggestaltung: HildenDesign, München
(nach einer Vorlage von Tertia Ebert Graphik & Illustration, München)
Satz: LVD GmbH, Berlin
Gesetzt aus der Berkeley und Linoscript
Papier: Holmen Book Cream von Holmen Paper Central Europe, Hamburg GmbH
Druck und Bindearbeiten: CPI – Ebner & Spiegel, Ulm
Printed in Germany
ISBN 978-3-548-28269-5

Für meine Freundinnen.
Ich danke euch.

Umrechnungstabelle für die Rezepte

Marnie und ihre Freundinnen leben in den USA. Dort wird bei Backzutaten die Menge üblicherweise in Volumen – Tassen oder Löffel – angegeben, während man in Deutschland grammweise abwiegt. Eine Tasse Butter wiegt natürlich mehr als beispielsweise eine Tasse Mehl oder Kokosflocken.

Eine amerikanische Tasse sind 240 ml. Bei Flüssigkeiten wie Milch oder zerlassener Butter misst man die entsprechende Menge im Messbecher oder einer großen Kaffeetasse, die etwa einen Viertelliter fasst. 240 ml entsprechen bei

Mehl	120 Gramm
gehackten Nüssen	130 Gramm
Zucker	200 Gramm
Butter	240 Gramm
Rosinen	200 Gramm
Kokosflocken	80 Gramm
Puderzucker	120 Gramm

Im Küchenbedarf und in Warenhäusern kann man inzwischen Messbecher mit Angaben der amerikanischen Maßeinheit (*cup*) kaufen, im Internet gibt es Umrechnungstabellen.

Viel Spaß beim Nachbacken!

PROLOG

Wir treffen uns jedes Jahr

Ich bin die Nummer eins der Cookie-Hexen, daher trifft sich der Christmas Cookie Club bei mir – immer am ersten Montag im Dezember. Streicht es euch rot im Kalender an. Zwölf Frauen versammeln sich an diesem Abend zu einer Party, und jede von uns bringt dreizehn Dutzend Plätzchen mit, hübsch verpackt und natürlich selbst gebacken. Obendrein steuert jede von uns noch etwas zu essen und eine Flasche Wein bei.

Als die Tradition vor sechzehn Jahren ihren Anfang nahm, tranken wir erst den Wein und gingen danach tanzen. Jetzt sitzen wir bei mir zu Hause gesellig beisammen, nippen an unseren Gläsern und unterhalten uns, oder wir legen Al Green auf und tanzen in meinem Wohnzimmer. *Love and Happiness* ist unsere Lieblings-CD. Und wir erzählen abwechselnd die Geschichte der Cookie-Sorte, die wir gebacken haben. Aus irgendeinem Grund sind diese Geschichten immer seltsam symbolisch für das vergangene Jahr. Die Plätzchenpäckchen werden verteilt, und das dreizehnte Dutzend geht als Spende ans hiesige Hospiz. Schon von Anfang an haben wir einen Teil unserer Plätzchen gespendet, denn im Christmas Cookie Club geht es ums Geben – nicht nur darum, unser leckeres Gebäck mit Freundinnen und Familien zu teilen, sondern auch etwas abzugeben an Menschen, die wir nicht kennen, denen es nicht gutgeht und die sich vielleicht über eine nett eingepackte Kleinigkeit freuen.

Denn ihr könnt mir glauben, dass der Winter im Mittelwesten ganz schön trostlos sein kann. Grauer Himmel. Fiese Kälte. Wenn es mal ein bisschen Licht gibt, dann eigentlich nur durch eine mehr oder weniger dicke Wolkendecke. Die großen Seen sorgen zwar für sensationelle Sommer, aber im Winter produzieren sie reichlich Wolken. Also empfiehlt es sich, selbst für Licht und Freude zu sorgen. Das ist doch schließlich der Sinn von Weihnachten und Chanukka, oder nicht? Die dunkle Jahreszeit mit Lichtern und Kerzen ein bisschen aufzuhellen. Um uns in Erinnerung zu rufen, dass die Sonne irgendwann wieder stark genug sein wird, um die Nacht Stück für Stück in ihre Grenzen zu verweisen. Der Christmas Cookie Club ist also sozusagen eine Gedächtnisstütze, damit wir vor lauter Winter und Dunkelheit den Spaß nicht vergessen. Und natürlich soll er uns auch immer wieder daran erinnern, dass Freundinnen dafür da sind, sich im alltäglichen Trott zu unterstützen und die Freuden des Lebens zu zelebrieren.

Wir haben Regeln, die im Lauf der Jahre entstanden sind. Nur damit ihr Bescheid wisst, falls ihr eure eigene Gruppe aufmachen wollt, verrate ich sie hier:

1. Keine Chocolate Chip Cookies (in einem Jahr haben nämlich gleich fünf von uns welche gebacken).
2. Keine Keksriegel (die kleben und krümeln).
3. Keine in Klarsichtfolie verpackten und mit Schleifchen verzierten Pappteller. Ihr könnt ja mal versuchen, zwölf in Plastikfolie gepackte Pappteller zu tragen. Obwohl ich früher mal gekellnert habe, schaffe ich das

nicht. Außerdem sind Pappteller einfach viel zu wabbelig. Gerade wenn man etwas spenden will, müssen die Behältnisse praktisch für den Transport der Cookies sein und sich gleichzeitig als attraktive Geschenkverpackung eignen. Das hat den zusätzlichen Vorteil, dass man die Verpackung später für andere Geschenke wieder verwenden kann.

4. Die Gruppe sollte aus nicht mehr als zwölf Frauen bestehen. In einem Jahr waren wir fünfzehn, und alle haben sich darüber beklagt, dass es zu anstrengend ist, sechzehn Dutzend Cookies zu backen. Zwar leuchtet es mir persönlich nicht ein, dass drei Dutzend mehr so ein Problem sein sollen, aber in diesem Fall habe ich mich der Mehrheit gebeugt. Die Gruppe hat also nur zwölf Mitglieder. Und wir backen ein Bäckerdutzend, also dreizehn Dutzend. Außerdem hat dieses Zahlenarrangement etwas Poetisches.
5. Das Treffen muss jedes Jahr stattfinden, ausnahmslos, es darf niemals ausfallen. Wenn eine Teilnehmerin nicht kommen kann, muss sie ihre Cookies schicken, sonst verliert sie ihren Platz in der Gruppe und jemand von der Warteliste rückt nach. Letzteres ergibt sich aus der vorherigen Regel.
6. Nach fünf Jahren regelmäßiger Teilnahme ist man festes Mitglied der Gruppe und kann nicht mehr ausgeschlossen werden – es sei denn, die Betreffende versäumt es, ihre Cookies rechtzeitig zu bringen oder zu schicken.
7. Der Club trifft sich immer am ersten Montag im Dezember. Tragt es in euren Kalender ein, der Termin ist fest.
8. Bringt für jede Teilnehmerin eine Kopie des Rezepts mit.

Alles ist ständig im Fluss. Jackie hat sich verliebt, hat geheiratet, ist an die Ostküste gezogen und kommt nicht mehr. Donna mochte die Party, aber das Backen war ihr verhasst. Janie hatte eine Affäre mit einem Kollegen, ließ sich scheiden und wohnt jetzt in Bent Harbor. So ergeben sich offene Plätze für neue Mitglieder, für die Cookie-Jungfrauen, wie wir sie gerne nennen. Wie Ebbe und Flut kommen und gehen die Frauen. Direkt nach Thanksgiving fangen wir an zu backen, machen uns und dem Hospiz eine Freude und verteilen die vielen verschiedenen Plätzchen dann weiter an unsere Freunde, Familie, Nachbarn, Babysitter und Kosmetikerinnen. Die verwöhnen die Gäste anderer Weihnachts-, Chanukka- und Wintersonnwendzusammenkünfte. In der dunkelsten Zeit des Jahres erreichen die köstlichen Knabbereien immer mehr Menschen – kleine Kräuselwellen der Freude in unserem Leben.

1

Marnie

Pecan-Butter-Bällchen

2 Tassen gehackte Pecannüsse
2 Tassen Mehl
1 Tasse zerlassene Butter
½ Tasse Zucker
2 Päckchen Vanillezucker
¼ Teelöffel Salz
Puderzucker zum Wälzen
und Bestreuen

Pecannüsse im Mixer oder in der Küchenmaschine kleinhacken. Alles außer dem Puderzucker gut vermischen und zu einer Kugel kneten. Mit bemehlten Händen kirschgroße Bällchen formen und auf ein mit Backpapier belegtes, ungefettetes Blech legen. Zwanzig Minuten bei 170 Grad backen. Vom Backpapier lösen, noch warm in einer Tüte mit Puderzucker wälzen. Dann wieder aufs Papier legen und noch etwas Puderzucker zusätzlich darübergeben, während sie abkühlen. Ergibt fünf Dutzend.

Das Bett unter mir ist warm. Jim küsst meine Augenbrauen, um die Wimpern herum, die Nase hinunter. Seine Küsse schmecken nach Zimt. Ich öffne den Mund für seinen Kuss, seine Leidenschaft ist ansteckend. Sanft liegt sein Kopf an meiner Wange, ich fühle es, fühle ihn, bin durch und durch Empfindung, ganz auf Empfang eingestellt. Seine Küsse wandern über meinen Hals, meine Schlüsselbeine, hinunter zum Bauchnabel. Umkreisen ihn. Jetzt ist sein Körper auf meinem. Mein Herz schlägt schneller, ich wölbe mich ihm entgegen und spreize die Beine. Mit einer geschmeidigen Bewegung gleitet er in mich. Nur zögernd wage ich es, diese perfekte Verbindung, dieses glückliche Zueinanderfinden auszukosten. Gemeinsam bewegen wir uns, als wären wir eins. Wiegen, schaukeln. Die Leidenschaft steigert sich in heftigen Wogen, die mich füllen und überschwemmen. Unsere Bewegungen sind das Universum. Goldene Wärme, vereinte Erregung. Ich höre mich stöhnen, als ich den Gipfel der Lust erreiche und zerfließe. Das Gefühl weckt mich auf. Vielleicht war es aber auch mein Stöhnen.

Ich strecke die Hand nach Jim aus, obwohl ich weiß, dass das Bett neben mir leer ist. Jim ist bei sich zu Hause und sorgt dafür, dass seine Söhne rechtzeitig in die Schule kommen. Der Traum überrascht mich. Wann hatte ich das letzte Mal im Schlaf einen Orgasmus? Das ist Jahre her. Jahrzehnte. Wahrscheinlich war Tara noch ein Baby. Ich dachte, mit dieser drängenden Lust, dieser hartnäckigen Einforderung von Befriedigung wäre es vorbei, Zeit und Menopause hätten mein Verlangen gedämpft. Gleichermaßen entspannt und erfrischt liege ich da. Ich sehe Jim nicht genug. Wir haben nicht genug Zeit zusammen. Und nicht genug Sex, wegen seiner ganzen Verpflichtungen den Kindern gegenüber und wegen seiner irren Arbeitszeiten. Unsere körperliche Liebe verkommt allmählich zu einer unerfüllten Hoffnung. Aber er hat mir neues Leben eingehaucht. Es ist lange her, dass ich richtig verliebt war.

Draußen fällt der Schnee in kleinen, dichten Flocken, fast wie Nebel. Disney sitzt neben meinem Bett, lässt die Zunge heraushängen und klopft mit dem Schwanz freudig auf den Teppich. Heute ist ein großer Tag, an dem ich eine Menge zu erledigen habe, also sollte ich jetzt lieber aufstehen und damit anfangen. Widerwillig lasse ich die Überreste des Traums im warmen Bett zurück, schlüpfe in meinen lavendelfarbenen Fleece-Bademantel, lasse Disney hinaus, fülle eine Tasse mit Kaffee von gestern Abend und verfrachte sie in die Mikrowelle. Während Disney hinter der Garage verschwindet, stecke ich meine Hände in die Achselhöhlen, um sie zu wärmen.

Ich habe die winterharten Stauden nicht zurückgeschnitten, und jetzt klumpt der Schnee in den Astgabeln. Den Rasen hätte ich auch noch ein letztes Mal mähen sollen. Die Mikrowelle bimmelt, ich greife gedankenverloren nach meinem Kaffee und starre dabei weiter aus dem Fenster. Sieben Uhr. In San Diego ist es jetzt vier Uhr morgens. Ob Sky schon wach ist? Heute sagt man ihr die

Ergebnisse ... irgendwann nachmittags, nach ihrer Zeit natürlich. Mitten in unserer Weihnachtsplätzchenparty.

Mit flatternden schwarzen Schlappohren kommt Disney wieder hinter der Garage hervor und lässt sich vor der Terrassentür nieder. Als ich sie aufschiebe, kommt er sofort hereingerannt und schüttelt den Schnee ab. »Findest du es richtig, den Winter hier reinzuschleppen?«, frage ich ihn.

Er wedelt mit dem Schwanz.

»Guter Hund.« Auf alle meine Fragen hat er eine kurze, klare Antwort.

Langsam trinke ich meinen Kaffee und sehe mich dabei in der Küche und im Esszimmer um. Wegen der Cookie-Party habe ich schon für Weihnachten dekoriert. Am Baum draußen hängt eine schlichte Lichterkette, mein Küchenfenster umrahmt eine in Form kleiner Chilischoten. Gestern habe ich den Tannenbaum mit den gehäkelten und Makramee-Ornamenten geschmückt, wie ich sie in meiner Hippiezeit auf dem Kunstgewerbeflohmarkt verkauft habe. Ein paar bunte Päckchen und meine Teddybärensammlung kuscheln sich um den Stamm. Dem Teddy, den Sky von Alex zum ersten Geburtstag bekommen hat, fehlt seit zwanzig Jahren ein Auge, und Sky hat ihm einen etwas schiefen roten Pulli gestrickt, als sie zehn war. Ein Steiff-Bär, den ich von meinem Deutschlandurlaub mit Stephen mitgebracht habe, breitet die Pfoten aus, als warte er auf eine Umarmung. Taras Teddybärin trägt ein rosa Kleid und eine Tiara, sehr hübsch, aber ungeliebt. Ich stecke das Kabel der Lichterkette in die Steckdose, und schon sieht alles weihnachtlich aus.

Nachdem ich den Thermostat hochgestellt habe, mache ich mein Bett, räume das Zimmer ein bisschen auf und schlüpfe in eine Jeans und ein rotes T-Shirt. Dann binde ich mir die Cookie-Chefin-Schürze um, die Allie genäht und mit den Cookie-Regeln bemalt hat.

Zuerst machen die Pecannüsse, die wild in der Küchenmaschine herumgeschleudert werden, ein ziemlich gefährliches Geräusch, aber sobald sie etwas zerkleinert sind, benehmen sie sich anständig. Dieses Jahr bekommen Sky und Tara auch jeweils ein Dutzend Pecan-Bällchen, demzufolge muss ich das Rezept mit dreieinhalb multiplizieren. Ich gebe die Butter – siebenhundertfünfzig Gramm – in einen Glasbehälter und stelle die Mikrowelle an. Das abgemessene Mehl, Zucker, Vanillezucker und Salz kommen in den KitchenAid-Mixer meiner Mutter, der auf der Anrichte steht. Als die Mikrowelle bimmelt, gieße ich die zerlassene Butter in die Rührschüssel und stelle den Mixer an. Während er rührt, hole ich die Backbleche und das Backpapier aus der Schublade. Dann schabe ich den hochgespritzten Teig vom Rand der Schüssel und klopfe ihn ab. Fertig. Damit mir nicht langweilig wird, stelle ich meinen iPod auf die Rock-Playlist, und sofort fragt sich Tina Turner, was Liebe eigentlich damit zu tun hat. Alles, erkläre ich ihr. Aber dann fällt mir mein Traum wieder ein, und ich überlege, ob ich ihn hatte, weil ich Jim liebe, oder einfach nur, weil ich gern mehr tollen Sex mit ihm hätte. Vielleicht stimmt beides. Aber es ist mir ein bisschen unheimlich, dass ich mich so in ihn verliebt habe.

Mit etwas Mehl verhindere ich, dass der Teig allzu sehr an meinen Händen klebt, und widme mich mit Hingabe dem systematischen, rhythmischen Rollen der Bällchen, die ich anschließend in Viererreihen auf dem Blech auslege. Drei Dutzend auf jedes Blech. Die schlichte

Schönheit des Rechenexempels erinnert mich an andere traditionelle Frauenarbeiten: spinnen, Teig kneten, Beeren ernten, nähen, weben, Mehl mahlen. Ich fühle mich mit all diesen Frauen verbunden, mit den Frauen von früher, mit den Frauen auf der ganzen Welt, die Essen zubereiten, Kleider nähen, Werkzeug herstellen. Das erste Blech kommt in den Ofen, und ich beginne mit dem nächsten. Der leichte Teil ist erledigt. Ein paar Minuten kehre ich zum friedlichen Rollen zurück, stelle das Blech in den Ofen, überprüfe den Timer. Noch fünf Minuten.

Jetzt lege ich Backpapier auf dem Esstisch aus, fülle eine Plastiktüte mit Puderzucker und lege ein paar Topflappen auf die Mitte des Tischs. Der Timer klingelt. Ich hole das Blech heraus und stelle es auf die Topflappen. Die Cookies sind hellbraun wie herbstliche Eichenblätter, der Duft gebackener Pecannüsse erfüllt die Küche. Bob Seger singt vom hereinbrechenden Herbst, und hier ist Winter. Schon. Wie ist das bloß so schnell gegangen? Wieder einmal sinniere ich über den Wechsel der Jahreszeiten und welche Sitten und Bräuche wir damit verbinden. Dabei beginne ich schon mit den Bällchen für die dritte Ladung. Zwischendurch lasse ich das plätzchenbeladene Backpapier vorsichtig von dem noch heißen zweiten Blech auf den Tisch rutschen, stelle das Blech zum Abkühlen auf den Herd und lege die Bällchen sanft in den Puderzucker.

Diese Arbeit muss rasch erledigt werden, denn wenn die Cookies kalt sind, zieht der Puderzucker nicht mehr ein. Aber wenn sie zu heiß sind, verbrennt man sich die Finger. Das zweite Blech ist fertig, und ich gehe in die Küche, um es aus dem Ofen zu holen.

Da klingelt das Telefon.

Ich fahre herum, angle hektisch nach dem tragbaren Gerät, das neben der leeren Butterdose auf der Anrichte liegt, und stoße dabei mit der Wange heftig gegen die Ecke einer offenen Hängeschranktür. Die Tür knallt zu, ein stechender Schmerz durchfährt meine Wange und breitet sich rasant aus.

»Mom?«

»Du kannst nicht schlafen, was?«

Und ich kann keine Backpause einlegen, deshalb klemme ich das Telefon zwischen Schulter und Ohr, während ich die Pecan-Bällchen in die Zuckertüte fülle.

»Nein. Ich wälze mich bloß noch von einer Seite auf die andere. Und hab Angst, Troy zu wecken.« Skys Stimme zittert leicht.

Die Cookies rollen im Zucker herum. »Ich hab mich schon gefragt, ob du wohl noch schläfst.«

»Ich dachte, du bist bestimmt schon auf und backst.«

»Richtig geraten. Gerade hab ich das erste Blech aus dem Ofen geholt und wälze die Cookies jetzt in Puderzucker.«

»Ah. Nanas Pecan-Bällchen.«

»Meine Lieblingsplätzchen.«

»Meine auch.«

Als Sky und Troy vor drei Jahren zum ersten Mal versuchten, schwanger zu werden, wusste ich nichts davon. Schließlich waren sie beide noch mitten im Jurastudium, und Skys Lebensplanung ist ansonsten sehr zielorientiert. Aber sie rief an und prahlte am Telefon lauthals damit, dass es auf Anhieb geklappt hatte. »Wir sind gleich beim ersten Versuch schwanger geworden«, verkündete sie und kicherte – das klang beinahe so, als hätten die beiden davor nie Sex gehabt.

Ich kaufte Stoff, um für mein erstes Enkelkind einen Quilt zu nähen, aber als ich vom Einkaufen zurückkam, rief Sky an. Sie weinte. Sie hatte eine Fehlgeburt gehabt und das Baby verloren.

»Das tut mir schrecklich leid, Darling«, sagte ich mit erstickter Stimme. »Ich fürchte, du wirst ein paar Monate ganz schön traurig sein.«

»Das hat die Ärztin auch gemeint. Und wir sollen es in sechs Monaten noch mal probieren. Was für eine höllisch lange Zeit!« Sky schniefte und versuchte sich ein Lachen abzuringen. »Anscheinend ist eine Fehlgeburt nichts Ungewöhnliches. Vor allem bei der ersten Schwangerschaft. Sagt die Ärztin.«

»Ich komme zu euch.«

»Das brauchst du nicht.« Aber ich hörte die Erleichterung in ihrer Stimme.

Im nächsten Jahr hatte sie die zweite Fehlgeburt. Wieder rief sie mich an, um es mir zu erzählen, wieder flog ich zu ihr. »Ich wünschte, du würdest nicht so weit weg wohnen.«

»Ich auch.«

Als sie dann zum dritten Mal schwanger wurde, hielten wir alle den Atem an. Ich versuchte den besorgten Unterton aus meiner Stimme zu verbannen, wenn wir miteinander sprachen. Sie blieb schwanger. »Vielleicht sollte ich aufhören zu arbeiten«, überlegte sie. »Aber ich werde ständig überwacht.« Im vierten Monat wagte ich wieder zu atmen. Aber im achten Monat hörte das Baby auf sich zu bewegen, und bei einer Ultraschalluntersuchung zeigte sich, dass es tot war. Die Ärzte sagten Sky, im Hinblick auf eine zukünftige Schwangerschaft wäre es am besten, trotzdem bis zum errechneten Geburtstermin zu warten und das Baby erst zu entbinden, wenn die Wehen einsetzten.

»Das Baby verwest in mir.«

»Ich komme morgen.«

»Nein, warte lieber, bis die Wehen einsetzen. Dann brauche ich dich wirklich.«

»Wie geht es Troy?«

»Er hat Angst. Und ist total durcheinander. Genau wie ich.« Sie seufzte. »Irgendwie muss ich den nächsten Monat überstehen. Wahrscheinlich sollte ich das Kinderzimmer ausräumen und es wieder als Gästezimmer oder Büro oder was einrichten.«

»Wollt ihr aufhören, es zu versuchen?« Ich stellte mir vor, wie sie auf und ab wanderte, das schnurlose Telefon am Ohr, vorbei an der Couch und am Esstisch, eine halbe Drehung in der Küche, und die Runde begann von vorn. Das tut Sky immer, wenn sie aufgeregt ist. Sie bewegt sich.

»Ich weiß nicht, ob ich das noch mal durchstehe.«

»Du hast ja reichlich Zeit für die Entscheidung.«

»Ich weiß nicht mal, ob ich den Monat überstehe. Wie ich einen Monat mit einem toten, missgebildeten Baby in mir leben soll.«

»Missgebildet?«

»Das haben sie beim Ultraschall gesagt. Irgendwas stimmt nicht mit dem Baby. Deshalb hatte ich wahrscheinlich auch die Fehlgeburten.«

»Das verstehe ich nicht. Wie kann eine Missbildung die früheren Fehlgeburten erklären?«

»Es könnte etwas Genetisches sein. Womöglich haben Troy und ich ein genetisches Problem.«

Ich zermarterte mir den Kopf nach einem tröstlichen Zauberspruch. »Aber jetzt können sie wenigstens nachschauen, was schiefgelaufen ist. Und dir helfen. Euch beiden.«

»Ja. Stimmt.«

»Möchtest du heimkommen?«

»Nein. Ich möchte so tun, als wäre alles okay und normal. Ich möchte mein Leben. So weit das eben geht.«

Ihrer Bitterkeit hatte ich nichts entgegenzusetzen.

Sobald die Wehen einsetzten, rief sie an. Ich stieg ins nächste Flugzeug und kam gerade rechtzeitig zum Beginn der Austreibungsphase. Ich hielt Skys Hand. Troy wanderte ruhelos auf und ab. Ich wischte ihr den Schweiß von der Stirn. Sie kniff die Augen zusammen und hechelte. Ächzte. Drückte meine Hand ganz fest. Schrie. Sie ertrug alle Qualen der Geburt, aber ohne das befreiende Happy End. Denn es würde nicht den berühmten ersten Schrei des Neugeborenen geben, mit dem aller Schmerz vergessen war. Unter Tränen presste sie das tote Baby heraus. Blau. Wir sahen die Missbildungen, die der Ultraschall bereits angedeutet hatte. Es hatte sehr kurze Arme und ein zerknautschtes Gesicht. Aber wir konnten nur einen raschen Blick auf das Baby werfen, dann wurde es zu den genetischen Untersuchungen gebracht.

»Wenigstens ist es vorbei.« Sky sank in sich zusammen, als wollte sie durch den Operationstisch fallen und im Erdboden versinken. »Ich hätte nicht gedacht, dass ich es schaffe.«

»Hast du aber. Und zwar wie ein echter Champ.« Ich drückte ihre Hand und gab ihr einen Kuss auf die Stirn.

»Warum hast du mich nicht gewarnt?« Sie starrte mich mit weit aufgerissenen Augen an, schockiert, als hätte ich sie hintergangen und ihr absichtlich etwas verheimlicht.

»Weil man den Schmerz vergisst, sobald man das Baby in den Armen hält.«

Sie schniefte. »Vermutlich werde ich ihn dann also nicht vergessen.«

»Ich liebe dich so sehr«, sagte Troy leise, küsste sie, und die Tränen liefen ihm in Strömen über die Wangen. »Unser armes Baby. Du bist so tapfer.«

Sie unterdrückte ein Schluchzen.

»Ja, ihr seid wirklich tapfer, alle beide.« Ich hielt ihr das Wasserglas zum Trinken hin, während der Arzt noch dabei war, den Dammschnitt zu nähen. Dann bekam sie eine Spritze, damit die Milchdrüsen ihre Arbeit einstellten.

Uns allen fehlten die Worte. Unter den grellen Operationslampen weinten wir, jeder für sich. Und der Arzt nähte.

»Wir alle haben das Baby verloren, nicht wahr?« Sky sah uns mit ihren grauen Augen an, deren Pupillen durch die Tränen riesig wirkten.

»Wir sind alle bei dir, Schätzchen«, sagte ich und küsste sie wieder.

Troy strich ihr die schweißnassen Haarsträhnen aus dem Gesicht.

So weinten wir, und wir weinten auch später, als ich wieder zu Hause war, am Telefon. Irgendwann standen wir dann wieder einen Anruf ohne Tränen durch. Und da war Sky wieder schwanger.

Jetzt ist sie im vierten Monat. »Ich hab mir schon immer Kinder gewünscht«, flüstert sie, als wollte sie sich entschuldigen. »Ich meine, das ist doch das Wichtigste. Verstehst du?«

Ich fülle noch ein paar Plätzchen in die Puderzuckertüte. »Ja.« Diese Erklärung höre ich häufig von ihr, und manchmal habe ich das Gefühl, sie denkt, wenn sie es nur oft genug sagt, werden ihre Gebete erhört und alles geht gut.

Als kleines Mädchen hat sie sich Babypuppen gewünscht, obwohl ihre Freundinnen Barbies sammelten. Sie trug Matilda in ihrem alten Snugly-Babytragesäckchen herum, sang ihr Schlaflieder vor und ließ sie bei sich im Bett schlafen. Sogar ihrem Plüschhund zog sie eine Windel an. Keine Ahnung, ob sie sich schon vor Taras Geburt nach mehr Nähe zu uns gesehnt hat oder ob sie wegen Tara eifersüchtig war. Vielleicht kommt es auch daher, dass sie gespürt hat, wie gern ich Mutter war. Oder es ist einfach eine biologische Geschichte: Sie liebt Troy und möchte, dass diese Liebe sich in Fleisch und Blut manifestiert. Jedenfalls ist Muttersein der Höhepunkt von Skys ehrgeizigen Lebensplänen. Vielleicht muss ich einfach akzeptieren, dass die Dinge so sind, wie sie sind.

Ich lege die Cookies ordentlich nebeneinander. Sechs in einer Reihe. »Es gibt viele verschiedene Möglichkeiten, Mutter zu werden.«

»Aber ich möchte einfach nur, dass es endlich vorbei ist. Ich möchte die Testergebnisse haben, und zwar sofort. Vier Monate auf die Folter gespannt sein reicht mir. Jetzt wissen irgendwelche Leute etwas, was für mich lebenswichtig ist, und ich sitze dumm rum und muss warten. Ich will mich endlich der Realität stellen können.«

»Oder dich freuen, auf die Schwangerschaft und die Geburt.« Ich lasse die Bällchen vorsichtig im Puderzucker herumrollen. »Die Ärztin wird dich bestimmt sofort anrufen, sobald sie Bescheid weiß.«

Sky schweigt. Meine Wange tut weh, und ich müsste

die Prellung eigentlich kühlen, aber das geht leider nicht. Im Moment jedenfalls nicht. Wenn wir fertig telefoniert haben, hole ich mir einen Eiswürfel. Wenn ich mit dieser Ladung Cookies durch bin.

»Hoffentlich macht es deine Cookie-Party nicht kaputt.«

»Kaputt? Ich hab doch meine Freundinnen, die mich beim Feiern unterstützen.«

Sie versteht meinen strahlenden Optimismus als matte Hoffnung. »Oder dich trösten.«

»Und dich auch. Sie lieben dich, du bist nicht allein.«

Federleicht liegt der Puderzucker auf den Plätzchen. Jetzt ist das erste Blech fast fertig.

Am anderen Ende der Leitung herrscht Stille. Offensichtlich wandert Sky nicht mehr herum. »Ich denke immer wieder darüber nach, warum uns das passiert ist. Es ist doch wirklich seltsam, dass Troy und ich beide dieses seltene rezessive Gen haben, obwohl wir nicht mal zur gleichen ethnischen Gruppe gehören … ich meine, wir sind größtenteils deutsch, und er ist italienischer Abstammung.«

»Aber die Länder liegen ziemlich dicht beisammen.«

»Ich weiß schon, aber der Arzt sagt, wir sind wie Bruder und Schwester, wie aus derselben Familie.«

»Vielleicht klappt es zwischen euch ja deshalb so gut. Und vergiss nicht, du hast eine fünfzigprozentige Chance, dass diesmal alles in Ordnung ist. Fifty-fifty, bei jedem Baby. Vielleicht hast du die traurige Hälfte jetzt hinter dir und drei normale Schwangerschaften vor dir.«

»So funktioniert das aber nicht, Mom. Es sind fünfzig Prozent bei jedem neuen Versuch.«

Natürlich weiß ich das. Aber ich erzähle lieber hübsche Märchen, in denen das Gute siegt. Als könnte ich so die Angst vertreiben, die meiner Tochter im Nacken sitzt. »Es kommt durchaus vor, dass Geschichten gut ausgehen, weißt du«, sage ich. Das erste Blech ist fertig, und die Cookies vom zweiten kühlen schon ab. Jetzt muss ich mich beeilen. »Du bist so stark. Das zeigt sich schon daran, dass du es nach dem, was ihr durchgemacht habt, noch einmal versuchst. Irgendetwas in deinem Innern weiß, dass es klappen wird.« Ich schubse die nächste Handvoll Plätzchen in die Zuckertüte und schwenke sie behutsam hin und her. »Und was hast du heute vor?«

»Wie geht's Tara?«, antwortet sie mit einer Gegenfrage.

»Gut.« Skys kleine Schwester Tara ist im achten Monat schwanger, achtzehn Jahre alt und unverheiratet. Der Vater des Babys ist ein schwarzer Ex-Knacki und aufstrebender Rap-Star. Diesen Sommer hat sie die Ironie, die keinem von uns entgangen ist, sehr treffend auf den Punkt gebracht, als sie ihre schwarzen Haare mit den breiten blauen Strähnen schüttelte und verkündete: »Verdammt, hier sitz ich mit meiner ungeplanten Schwangerschaft in einer, na ja, die meisten Leute würden sagen, durchgeknallten Beziehung, während du« – sie neigte den Kopf in Skys Richtung – »alles richtig machst, dir so dringend ein Baby wünschst und …« Sie ließ den Satz unvollendet und sah Sky tief in die Augen. »Tja, das Leben ist ungerecht, so lautet doch der alte Spruch, oder? Ein schlechter Witz.« Wir lachten, und im Nu waren die unausgesprochenen Spannungen und Konkurrenzgefühle verflogen.

Jetzt sage ich: »Man weiß nie, wie die Dinge sich entwickeln. Und wir selbst bestimmen, welche Schlüsse wir aus den Ereignissen ziehen. Du kannst dich und Troy als

Opfer der Biologie sehen oder als Seelenverwandte, die sich sogar auf der körperlichen Ebene ähneln, und das, was ihr erlebt, als Stärkung eurer Beziehung.« Unterdessen lege ich die gezuckerten Cookies in ihre Reihe. »Also, was machst du heute so?«, wiederhole ich meine Frage von vorhin.

»Es ist Montag. Ich muss einen Prozess vorbereiten. Hoffentlich lenken mich die Probleme anderer Leute ein bisschen von meinem eigenen Schlamassel ab.«

»Ja, dann geht die Zeit auch schneller vorbei.«

»Ich nehme mein Handy mit«, erklärt sie und unterbricht das Gespräch kurz. »Oh, Troy ist aufgestanden und ruft nach mir.«

»Dann geh nur schnell zu deinem Mann. Ich bin ja den ganzen Tag hier. Ruf einfach an, wenn du Lust zum Plaudern hast. Ich hab dich lieb.« Mit einem Küsschen in die Luft verabschiede ich mich.

»Ich dich auch.« Ihr Kuss vibriert noch in meinem Ohr, während ich die zweite Ladung Cookies fertig einzuckere. Puderzucker rieselt über zwei Bleche abkühlender Plätzchen. Sechs Dutzend Plätzchen sind fertig.

Ich lege frisches Backpapier auf das Blech, gehe zur Schüssel mit dem Teig, hole eine Portion heraus und beginne mit der nächsten Bällchenserie.

Sky hat Troy in der achten Klasse kennengelernt, direkt nach den Weihnachtsferien. Die Familie war gerade erst in die Stadt gezogen, und ein Lehrer hatte Sky beauftragt, Troy zu seinen Kursen zu begleiten, da sie den gleichen Stundenplan hatten. »Ich finde ihn nicht wirklich süß, aber nett«, berichtete sie damals von ihrer neuen Bekanntschaft. Abends telefonierten die beiden miteinander. Einen Monat später saß Troy vor unserem Fernseher und sah sich Beverly Hills 90210 an. Neben ihm saß Sky, Tara fläzte sich auf seinem Schoß.

»Troy ist mein bester Freund.« Sky trug ein kurzes Top und so tief sitzende Jeans, dass ihr Bauchnabel zu sehen war.

»Frierst du nicht?«, fragte ich, dachte dabei aber, dass kein Mensch, nicht mal ein schlankes Mädchen, in diesem Aufzug wirklich attraktiv aussieht.

»Das gehört zum Style, Mom.« Sie kniff das Gesicht zusammen, um ihre Verzweiflung über meine Ignoranz zu demonstrieren.

»Jedenfalls nimmst du deine außerschulischen Pflichten ernst. Vielleicht solltest du Troy mal mit ein paar anderen Jungs bekannt machen.«

»Hab ich schon. Aber wir hängen eben gern zusammen rum.« Sie grinste kurz, zog sich aber nicht um.

»Warum lädst du am Freitag nicht mal wieder ein paar Freundinnen zum Übernachten ein? Marisa und Jennifer beispielsweise?«

»Cool.«

Im Herbst baute Sky, inzwischen in der neunten Klasse, sich vor mir auf, den Rucksack lässig auf Halbmast über der Schulter, Brille halb von der Nase gerutscht, Haarsträhnen strategisch aus dem Pferdeschwanz gezupft, und sagte: »Mom.« Wenn sie so anfing, wusste ich, dass mir ein ernsthaftes Gespräch bevorstand.

»Was?« Ich legte das Arbeitsbuch über Krankenversicherung, in dem ich gerade büffelte, beiseite und wandte mich ihr zu. Damals lernte ich fürs Examen. Heute habe ich eine staatliche Lizenz für Lebens-, Kranken- und Kfz-Versicherungen und meine eigene kleine Agentur.

»Troy sagt, er liebt mich.«

»Er liebt dich?«

»Ich hab gesagt: ›Ich liebe dich auch.‹ Und er: ›Nein, ich meine, ich *liebe* dich. So richtig.‹ Ich hatte die Fernbedienung in der Hand und hab den Fernseher lauter gestellt.« Zur Veranschaulichung drückte sie mit der Hand auf einen unsichtbaren Knopf. »Weil ich das nicht hören wollte. ›Ich liebe dich auch‹, hab ich gesagt. ›Du bist mein bester Freund.‹ Aber er hat nicht lockergelassen. ›Ich will aber mehr von dir.‹ Da hab ich den Fernseher noch mal lauter gemacht.« Wieder bediente sie den Phantasieknopf. »Weil ich nicht wusste, was ich sagen soll. Er möchte mit mir *gehen*.«

»So richtig fest?«

Sie zuckte die Achseln und ließ den Rucksack ganz herunterrutschen. »Garantiert macht das unsere Freundschaft kaputt«, meinte sie, als könnte sie auf jahrelange Erfahrung mit der Materie zurückblicken, und ich fragte mich unwillkürlich, ob sie vielleicht die Gespräche zwischen mir und meinen Freundinnen belauscht hatte. »Wie das?«

»Na, ja, unsere Beziehung wird sich verändern. Wir werden nie mehr einfach Freunde sein können. Dabei ist unsere Freundschaft perfekt.« Sie hängte ihre Jacke über die Stuhllehne. Ausnahmsweise erntete sie dafür von mir keinen strafenden Blick.

»Für ihn aber anscheinend nicht«, gab ich zu bedenken. »Für ihn könnte sie noch besser sein.«

Sie kaute auf der Unterlippe herum.

»Ich fang gerade an, Ryan zu mögen.«

Ich zog die Augenbrauen in die Höhe. »Oh. Hat Troy womöglich Angst, dich an Ryan zu verlieren?«

»Er kann mich doch überhaupt nicht verlieren. Er ist

mein bester Freund.« Sie öffnete eine Dose Cola light. Plopp und zisch. »Verstehst du, was ich meine? Kaum fängt man mit dem ganzen Zeug von wegen *Liebe* an, schon geht es los: Man macht sich Sorgen, jemanden zu verlieren oder dass der andere einen betrügt und all so ein Zeug.«

»Findest du ihn toll?«

»Darüber denke ich nicht mal nach. Na ja …« Sie biss sich wieder auf die Lippe und ließ sich auf einen Stuhl fallen. »Ich möchte nur unsere Freundschaft nicht aufs Spiel setzen.«

»Jetzt, wo er klargemacht hat, was er für dich empfindet, kannst du sowieso nicht mehr so tun, als wärt ihr ›einfach nur Freunde‹.« Mit den Fingern deute ich die Gänsefüßchen an.

»Das hat er auch gesagt. Er hat gesagt, er kann nichts für seine Gefühle, ich bin einfach zu süß.« Auf einmal wird sie knallrot, als hätte sie irgendeine unsichtbare Grenze überschritten.

»Er hat recht. Du bist ja auch wirklich süß«, lachte ich. »Und hübsch. Mit unglaublich faszinierenden Augen.«

Sie sperrt ihre grauen, grün gesprenkelten Augen auf und staunt. »Genau das hat er auch gesagt.«

Irgendwann danach veränderte sich die Freundschaft der beiden tatsächlich, und sie wurden ein Paar. Wann genau, weiß ich nicht. Später gingen sie aufs gleiche College und zogen im zweiten Studienjahr zusammen. Nach dem Abschluss, den sie ebenfalls gemeinsam machten, studierten sie beide Jura.

»Zu erwachsen, zu früh«, beschwerte ich mich.

»Es ist, wie es ist. Es ist passiert, und es ist gut so. Warum sollte ich etwas so Vollkommenes wegschmeißen, nur weil ich angeblich zu jung bin?«

»Ihr zwei habt doch gar keine Erfahrung mit Beziehungen.« Ich machte mir Sorgen, dass sich irgendwann doch die Neugier auf mögliche andere Partner einstellen und die beiden in ein Chaos aus Lügen und Betrügereien stürzen würde.

»Warum sollte ich etwas so Vollkommenes wegschmeißen, nur weil wir beide Jungfrau waren, als wir uns kennengelernt haben? Außerdem hab ich dich doch ständig beobachtet.«

»Ja.« Behutsam strich ich ihr über die Wange. Vor zwanzig Jahren war Alex, ihr Vater, krank geworden. Erst war es nur eine schleichende Müdigkeit, ein ständiges Frösteln, doch dann kam irgendwann die Diagnose: »akute Leukämie«. Man steckte ihn ins Krankenhaus, wo er vor unseren Augen verkümmerte, jeden Tag ein bisschen weniger wurde. Innerhalb einer einzigen Woche starb er. Bevor ich Zeit hatte zu begreifen, dass er ernstlich krank war, war er schon tot.

Mit fünfunddreißig Jahren.

Fünfunddreißig. Gerade mal fünfunddreißig.

Erst jetzt kann ich mich langsam damit versöhnen.

Sky war damals sieben. Sie erlebte mit, wie ich eine neue Beziehung mit Stephen begann, wieder heiratete und Tara bekam. Stephen. Stephens ständige Frauengeschichten waren die Hölle für mich. Aber eine Weile taten seine leidenschaftlich vorgebrachten Beteuerungen, dass es nie wieder vorkäme, dennoch ihre Wirkung.

Wenn ich dann ein paar Monate später wieder mit unerklärter und unpassender Abwesenheit konfrontiert wurde, hoffte ich jedes Mal, dass sie auf einen Unfall zurückzuführen war und sich mein lange und oft gehegter Verdacht nicht bestätigte. Doch dann haftete ihm wieder

der Geruch einer anderen Frau an, ich fand Kreditkartenbelege für Hotelzimmer, Computerfenster wurden hastig geschlossen, am Telefon wurde geflüstert und insgesamt mehr Alkohol getrunken – die klischeehaften Begleiterscheinungen des Ehebruchs. Nach der Scheidung ordnete ich mein Leben neu und war nun alleinerziehende Mutter zweier Töchter.

Troy ist der zuverlässigste Mann in Skys Leben.

»Ich hab bestimmt keine Patentlösungen für Beziehungsprobleme.« Die Wahrheit, die ungeschminkte Wahrheit ist, dass die Männer, mit denen ich mich nach Stephen traf, etwas Festes wollten. Aber ich brauchte die Garantie, dass sie perfekt waren, und das sind Menschen nun mal nicht. Und für mich kamen meine Töchter immer an erster Stelle. Ich wusste nicht, was ich mit meinem Leben anfangen sollte, als es aus der Bahn geriet. Ich war nur sicher, dass ich meine Töchter großziehen wollte.

Männer sehnen sich nach Aufmerksamkeit. Das darf man als Frau nie vergessen. Für Männer ist es schon problematisch genug, eine Frau mit einem Kind zu teilen, das sie selbst gezeugt haben, aber mit dem Kind eines anderen ist die Sache völlig hoffnungslos. Ihre Bedürfnisse müssen vorrangig behandelt werden. Einer wollte, dass ich Tara aufs Internat schicke. Ein anderer schlug vor, sie könnte doch allein in unserem Haus wohnen bleiben, während ich bei ihm einziehe. Damals war Tara gerade mal vierzehn. »Als ich in ihrem Alter war, hätte ich für mein Leben gern allein gewohnt«, argumentierte er.

»Ja, das kann ich mir vorstellen. Kommt nicht in die Tüte. Um keinen Preis«, entgegnete ich.

Dann lernte ich bei einer Party Jim kennen, den Freund des Sohns einer Kollegin. Sie hatte ihn nicht eingeladen, um uns zu verkuppeln. Er war einfach da. Kahlköpfig, mit seinem gemütlichen Bäuchlein und seinem unglaublichen Grinsen. Und seiner rückhaltlosen Warmherzigkeit.

»Ich finde deine weißen Haare wunderschön. Sie bringen deine blauen Augen zum Strahlen«, sagte er.

»Du bist der Freund des Sohns meiner Freundin!«, rief ich, als erklärte ihn das zum Baby.

»Hey, ich bin über einundzwanzig«, lachte er. »Volljährig. Legal.« Er packte mich, und wir tanzten zu Marvin Gaye. Mal zog er mich an sich, mal wirbelte er mich weg. »Wie ich gerade schon bemerkt habe – du bist wunderschön und verdammt sexy. Außerdem hat Tanzen noch keinem geschadet, oder?«

»Natürlich nicht.« Ich entspannte mich in seinen Armen. »Und du bist toll.«

»Ja, beim Tanzen schon.« Er legte den Kopf in den Nacken, und ich drehte mich unter seinem Arm.

Zuerst war es dieses fast elektrische Prickeln, dann kam die gegenseitige Neugier dazu. Nach der Party brachte er mich nach Hause. Er erzählte mir, dass er das Sorgerecht für zwei Söhne im Teenageralter hatte. Und dass sie seine erste Priorität waren. Fast den gleichen Text benutzte ich auch immer, um die Männer vor meinen Töchtern zu warnen. »Das gefällt mir. Die Kinder kommen immer zuerst.«

Er lehnte sich zurück. »Die meisten Frauen verstehen nicht, was das bedeutet. Es heißt nämlich, neben meinem Job und meinen Söhnen bleibt nicht viel Zeit für eine Beziehung. Frauen wünschen sich mehr. Deshalb war ich auch nicht auf der Suche.« Achselzuckend trank er einen Schluck Wein.

Ich dachte, es würde auf einen Flirt für eine Nacht hinauslaufen, und ich bot ihm sogar einen guten, einfachen Fluchtweg an. »Hör mal, ich muss noch meinen Weihnachtsbaum schmücken. Am Montag gebe ich nämlich eine Party.«

»Montag kann ich nicht. Da bin ich in Atlanta.«

»Ich wollte dich auch nicht einladen. Die Party ist nur für Frauen. Aber ich muss jetzt wirklich den Baum schmücken.«

Der Weihnachtsbaum war bereits in seinem Ständer, die Lichterkette angebracht, aber noch nicht erleuchtet. Neben dem Baum stand ein grüner Plastikcontainer mit dem Baumschmuck. Jim schaltete die Lichterkette ein und sagte: »Schon besser.« Mit einer Kopfbewegung zu der Kiste fügte er hinzu: »Der Schmuck ist da drin?«

»Japp.«

»Dann lass uns loslegen, ja? Ich liebe Baumschmücken.«

Also schmückten wir den Baum und schenkten uns Wein nach. »Auf wunderschöne Feiertage«, sagte Jim, als wir anstießen. »Darauf, dass ich dir begegnet bin.«

Das war vor einem Jahr. Am Samstag vor der Christmas Cookie Party. An Silvester waren wir bereits ein Paar, und als der Valentinstag nahte, hatte ich mich in ihn verliebt. Aber ich sagte ihm nichts davon. Nach Alex habe ich nie wieder »Ich liebe dich« zu einem Mann gesagt. Stephen hat mir zum ersten Mal gesagt, dass er mich liebe, als ich ihm gerade wegen seiner Fremdgeherei auf die Schliche gekommen war. Als könnte man damit einen Seitensprung kompensieren. Stattdessen führte es mir nur vor Augen, wie leicht man jemanden damit manipulieren kann, dass man ihm sagt, man würde ihn lieben. Als Stephen mir seinen Antrag gemacht hat, hielt er meine Hände fest, blickte mir tief in die Augen und sagte, ich wäre der wichtigste Mensch in seinem Leben. Die Welt wäre leer ohne mich. Liebe, meinte er, ist nur ein Wort. Also nahm ich es nicht in den Mund. Und er fing an, mich zu betrügen, als ich mit Tara schwanger war, deshalb habe ich auch nach ihrer Geburt nicht von Liebe gesprochen.

Sky und Tara habe ich schon oft gesagt, dass ich sie liebe. Und meinen Eltern. Auch ein paar Freundinnen. Aber bei einem Mann bin ich einfach nicht sicher, was die Worte »ich liebe dich« eigentlich bedeuten. Sie sind ein großer Anspruch, eine Last. Sie klingen fast wie eine Forderung. So, als wollte man Bedingungen stellen und dem anderen Verpflichtungen aufbürden. Woher soll man auch wissen, was Liebe bedeutet? Irgendwo habe ich mal gelesen, dass die Augenfarbe einen Einfluss darauf hat, wie man die Welt sieht. Wenn das stimmt, woher soll ich dann wissen, ob »Liebe« für mich das Gleiche bedeutet wie für den anderen? Wo wir nicht mal sicher sein können, ob »Rot« für uns beide gleich aussieht. Außerdem – ist Liebe nicht für immer? Mit einem Mann gibt es aber kein »für immer«.

Als Jim an diesem Valentinstag sagte: »Ich glaube, ich bin dabei, mich in dich zu verlieben«, antwortete ich: »Ich bin auch ganz vernarrt in dich.«

Er nickte.

In jemanden vernarrt zu sein ist ungefährlich. Es bedeutet Freiheit für alle Beteiligten. Ohne die Last der Beständigkeit. Im Gegenteil – wenn man vernarrt ist, bleibt alles im Vagen, nur der Augenblick zählt, und das beruhigt ungemein.

Für Jim müsste das eine große Erleichterung sein, denn ich nehme vorlieb mit dem, was von seinem Leben übrig bleibt. Er verkauft medizinische Software an Krankenhäuser überall in Amerika und ist deshalb viel unterwegs. Dann hilft er zu Hause seinen Söhnen bei den Hausaufgaben, sieht ihnen beim Fußballspielen zu, bringt ihnen Autofahren bei. Zeit für mich – für uns – hat er nur, wenn er zu Hause ist, die Kinder aber irgendwo anders. Freitag- oder Samstagabend beispielsweise, bevor sie von irgendwelchen Unternehmungen wieder da sein müssen. Jetzt muss ich also Zugeständnisse machen an die Kinder und die Arbeit meines Liebhabers. Aber genau das respektiere und liebe ich ja so an ihm: Er nimmt das Vatersein ernst.

Seit zwei Wochen habe ich ihn nicht mehr alleine zu Gesicht bekommen. Samstagabend waren wir bei einem Hallenfußballspiel seines Sohns. Eigentlich hätten wir den Freitagabend für uns haben sollen – wir wollten zur Feier unseres Einjährigen den Baum schmücken –, aber Jims Flieger hatte Verspätung, und als er dann seine Söhne begrüßt hatte, war für uns keine Zeit mehr. Am Sonntag verstauchte sich der jüngere der beiden Jungs den Knöchel, und sie mussten in die Notaufnahme. Ich bin ebenfalls ins Krankenhaus gefahren, um bei ihnen zu sein. Seit mehreren Wochen haben wir keine Nacht zusammen verbracht, nicht miteinander geschlafen. Das ist zum Teil der Grund für meinen Sextraum.

Aber die Frage bleibt: Ist Jim für mich eine Chance, eine vertraute, dauerhafte Beziehung zu einem Mann aufzubauen, oder doch nur wieder eine Ausflucht vor einer festen Bindung? Um alles noch schwieriger zu machen, ist er zwölf Jahre jünger als ich. Fünfundvierzig. Erst fünfundvierzig!

Ich hole das letzte Blech aus dem Ofen, lasse das plätzchenbeladene Backpapier heruntergleiten und mache mich bereit, die letzten sechs Dutzend Cookies in Puderzucker zu wälzen. Dem Himmel sei Dank für Backpapier. Es ist einfach eine enorme Erleichterung beim Plätzchenbacken. Ich koche mir noch einen Kaffee und lasse mir eines der fertigen Bällchen mit seinem weichen Nuss-Butter-Vanillegeschmack im Mund zergehen.

Auf einmal rennt Disney schwanzwedelnd zur Tür. Da steht Jim, mit Schneeflocken auf der Jeansjacke.

»Oh, hallo! Ich hab dich gar nicht erwartet.«

»Ich dachte, ich schau auf dem Weg zum Flughafen mal vorbei.« Er streift meine Wange mit den Lippen, murmelt: »Hmmmm. Das können wir aber besser«, und schließt mich in die Arme. Eine Hand fest auf meinem Hintern, drückt er mich an sich, ich genieße seinen leichten Zimtgeruch und spüre deutlich seine Erektion.

»Aaaah, ich vermisse dich«, seufzt er.

Damit meint er eigentlich, dass er endlich mal wieder mit mir schlafen möchte.

Widerstrebend zieht er sich zurück und schaut auf seine Armbanduhr.

»Überlegst du, ob du genug Zeit für einen Quickie hast?«, lache ich.

»Schön wär's.« Er zieht ein trauriges Gesicht. »In einer Dreiviertelstunde muss ich da sein.«

»Wie wär's dann mit einem … Cookie?«, frage ich und ziehe die Augenbrauen hoch.

»Ja«, antwortet er gedehnt. »Ich hätte gerne eins von deinen … Cookies.«

Ich reiche ihm ein frisches Plätzchen und dazu meine Kaffeetasse.

»Die sind ja himmlisch. Ich hoffe, du hast auch welche für uns gemacht.«

Für uns. Ich weiß nicht, ob es »uns« wirklich gibt. Wenn er etwas sagt, was sich nach gemeinsamer Zukunft anhört, werde ich so von meinen Gefühlen überwältigt, dass ich kaum weiß, wohin mit mir. Angst, Aufregung, Glück, Frieden. Ich sehe zu, wie er das Pecan-Plätzchen vertilgt. »Keine Sorge, ich hab ein paar Dutzend extra gebacken. Außerdem sind nach der Party bestimmt jede Menge übrig.«

»Oh, aber diese hier sind garantiert die besten.« Dann zieht er eine rotgestreifte Tüte mit grünem Papier obendrauf hervor. »Ta-da!«, ruft er, verbeugt sich und überreicht sie mir. »Ich bin vorbeigekommen, um dir das hier zu bringen. Dachte, du kannst es vielleicht für deinen Baum brauchen.« Ich wühle mich durch das Seidenpapier und entdecke einen Teddybär mit karamellfarbenem Fell. Er trägt einen Pulli, auf dem mit roten Herzen geschmückte Weihnachtsbäume zu sehen sind.

»Oh Jim. Der ist ja schick – und er lächelt sogar!«, freue ich mich, lache und beuge mich zu ihm, um ihn zu küssen. »Du bist so süß.«

»Eigentlich ist alles bloß ein fieser Trick, um dich sehen zu können, weil ich dich so vermisse. Aber ich wollte nicht, dass du das weißt.«

»Ich liebe es, wenn du mit mir flirtest.« Vor allem, wenn ich ungeschminkt bin. Ich gehe ins Wohnzimmer und setze den Teddy unter den Baum. »Er passt gut zu seinen neuen Freunden«, grinse ich.

»Es tut mir leid, dass ich das Schmücken dieses Jahr verpasst habe.«

Kurz überlege ich, ob ich ihn darauf hinweisen soll,

dass es auch der Tag war, an dem wir uns vor einem Jahr kennengelernt haben, aber ich entscheide mich dagegen. Es würde mir anmaßend vorkommen. Stattdessen sage ich nur: »Aber das Bärchen ist perfekt.«

»Hey, was ist denn mit deinem Gesicht passiert?«

Der blaue Fleck! Den habe ich ganz vergessen. Aber wenn ich die Stelle berühre, tut es immer noch weh.

»Du siehst aus, als hätte jemand versucht, dich zu verprügeln.«

»Dabei war es nur Kampfbacken«, lache ich.

Jim schnappt sich noch ein Cookie. Er versucht zwar, auf sein Gewicht zu achten, und jammert immer über sein Bäuchlein, aber ich finde es gemütlich. »Hey, ich muss los. Aber ich ruf dich an. Wir sehen uns Freitagabend.«

»Sicher?« Ich achte darauf, dass meine Stimme ganz locker klingt, damit er nicht denkt, ich bin nörgelig oder bedürftig.

Aber er reagiert trotzdem so. »Sicher sind nur die Steuern. Und der Tod. Ich muss sehen, was mit den Kids ist. Aber ich ruf dich auf alle Fälle an.«

»Ich wünsch dir eine tolle Woche«, sage ich und küsse ihn auf die Wange. Er öffnet die Tür, und ich sehe Schneekristalle wie Staubflusen in einem Sonnenstrahl.

Die Tür schließt sich, als würde Jim alle Geräusche mit sich fortnehmen. Aber dann höre ich plötzlich wieder meinen iPod und weiß, dass es Zeit ist weiterzuarbeiten.

Die Musik erfüllt mich, während ich die letzte Teigportion zu Bällchen forme. Die Lichter am Weihnachtsbaum glitzern, die Teddybären sitzen brav darunter. Der, den Jim mitgebracht hat, sieht aus, als wäre er schon immer da gewesen. Die Sicherheit seines »wir« war sofort verschwunden, als er den Witz mit dem Tod und den Steuern gemacht und damit meine Bitte um Beruhigung elegant pariert hat. Das wird mir jetzt klar, während ich die nächsten Plätzchen zum Abkühlen auslege. Vielleicht habe ich meinen früheren Männerbeziehungen auch dieses Gefühl vermittelt – eine Art Wippe, ein Stoßmich-Ziehdich. War ich schon immer so? So unentschieden, wenn es um Bindungen ging? Meine Beziehungen halten nur sieben, acht Jahre, nicht fünfundvierzig wie bei meinen Eltern, bevor meine Mutter starb. Vielleicht ist Alex' Krankheit daran schuld. Vielleicht hatte ich einfach Pech, und sein Tod hat mich auf einen Weg gebracht, den ich nie betreten wollte … weil ich so früh die Erfahrung machen musste, dass das Leben sich oft nicht erwartungsgemäß entwickelt und dass die Tragödie schon hinter der nächsten Ecke lauern könnte.

Genauso gut aber auch das größte Glück. Das darf man nicht vergessen.

Ich atme den schwächer werdenden Duft der abkühlenden Cookies ein, und während ich wieder ausatme, denke ich an Sky und die Warterei darauf, dass man ihr endlich Bescheid gibt, ob die Schwangerschaft okay ist. Ich denke an Tara und die Geburt meines ersten Enkels – die Ärzte haben ihr gesagt, es wird ein Junge – und an Jim, der gleich nach Boston fliegt. Heute Abend kommen meine Freundinnen zu unserer Party, beladen mit hübsch eingepackten Plätzchen. Ich kenne die Geheimnisse dieser Frauen. Und auch die Spannungen zwischen ihnen. Ich sollte Rosie möglichst weit weg von Jeannie platzieren, denn vermutlich ist ihr Streit immer noch nicht geklärt. Rosie wird sich sofort auf Laurie stürzen und sie mit Fragen über ihr Baby überschütten. Hoffentlich hat Taylor inzwischen einen Job gefunden. Oder ihr Mann. Beide sind arbeitslos, und allmählich geht ihre Abfindung bestimmt zur Neige. Wie Sissy wohl mit der Situation zurechtkommt, in einer Gruppe von Frauen zu feiern, die sie nicht kennt?

Disney bringt mir seinen Stoffaffen, ein Spielzeug, das vor Urzeiten mal gequietscht hat. Ich streichle ihn und nehme ihm den Affen ab. »Danke«, sage ich und gebe ihn ihm zurück, dankbar für die kleinen Freuden des Lebens. Nein. Nicht nur für die Freuden. Für den Reichtum. Für die Gelegenheit, alles erfahren zu können. Das ist der Punkt, an dem ich stehe.

Die Cookies sind fertig. Sie müssen nur noch abkühlen, dann kann ich sie in die Tüten packen. Disney lässt den Affen fallen und jagt auf dem Fußboden nach heruntergefallenen Krümeln.

Es ist immer noch Vormittag. Ich sautiere Zwiebeln, gebe Tomatenwürfel, Hühnerbrühe und Basilikum für eine Suppe dazu und lasse sie auf dem Herd langsam köcheln. Wenn sie richtig eingekocht ist, stelle ich die Hitze herunter, damit die Aromen sich gut verbinden. Wenn die Cookie-Hexen nachher aus der Kälte kommen, kriegen sie erst mal eine warme Suppe.

Drei kleine Weihnachtssterne geben dem Erkerfenster über der Spüle zusätzlich Farbe. Das Wohnzimmer ist sauber, alles ist bereit. Im Schlafzimmer und im Büro ist aufgeräumt. Also habe ich jetzt ein Zeitfenster, in dem ich mich um mein Gesicht kümmern kann, und natürlich entdecke ich ein Veilchen unter dem Auge. Ich sollte wirklich Eis drauflegen. Aber stattdessen hole ich das Weihnachtshalstuch, das ich für Disney gekauft habe, und binde es ihm um. Ich könnte schwören, dass er jetzt erhobenen Hauptes herumstolziert und sich superattraktiv findet. Ich setze mich mit einem neuen Krimi aufs Sofa und lege die Füße auf den Couchtisch. Disney springt neben mich und lässt den Kopf auf meinen Oberschenkel sinken. Ich lese ein paar Seiten.

Da klingelt das Telefon.

»Hey, wie geht's den Cookies?«

»Die kühlen gerade ab. Wie fühlst du dich, Tara? Was macht das Baby?«

»Das tritt mir höllisch in die Blase. Ich komme mir vor wie eine Kugel mit einem Kopf und fühlerartigen Gliedmaßen.«

Ich muss lachen, denn die Beschreibung ist ziemlich treffend. Ein gigantischer Babybauch – dabei hat sie noch einen Monat vor sich. »Wie geht's Aaron?« Zum Glück fällt mir gerade noch rechtzeitig ein, dass ich ihn in die Familie einbeziehen möchte, auch wenn ich nicht sicher bin, wie lange er uns erhalten bleibt. Vielleicht ist ja nichts und niemand von Dauer. Aber er wird immer der Vater meines ersten Enkelkinds bleiben.

»Wir sind im Aufnahmestudio ... er und Red ändern was am Text, deshalb dachte ich, ich ruf mal kurz an. Ich hab Pause.«

Ich stelle mir Tara vor, wie sie im Vorraum des Aufnahmestudios sitzt. Schwarz gefärbte Haare mit breiten blauen Strähnen. In meiner Phantasie hat sie eine Zigarette zwischen den Fingern, aber das stimmt sicher nicht, denn sie hat aufgehört zu rauchen, als sie von der Schwangerschaft erfahren hat. Also lösche ich die Zigarette aus meinem Bild. Tara ist auf der Highschool kurz vor der Abschlussprüfung schwanger geworden. Sie hat es mir ganz nebenbei erzählt, ungefähr so, als würde sie mir mitteilen, dass sie ins Kino wollte. Mit der Lässigkeit hat sie versucht, ihre Angst vor meiner Reaktion zu dämpfen. Oder eine ähnlich ungezwungene Antwort zu provozieren.

»Was in aller Welt hast du jetzt vor?«, habe ich sie gefragt. Es wundert mich immer wieder, dass ich zwei so gegensätzliche Töchter habe. Sky hat mir alles erzählt. Tara so wenig wie möglich. Als Sky noch auf der Highschool war, haben wir manchmal zusammen etwas unternommen. Tara hätte um keinen Preis mit mir in der Öffentlichkeit gesehen werden wollen. Sky hat gemacht, was sie sollte, und an die Zukunft gedacht. Tara tut bis heute das, was ihr gerade einfällt, und lebt im ewigen Hier und Jetzt.

Auf meine Frage bekam ich damals demzufolge ein Achselzucken, und Tara blinzelte mich mit ihren langen, hellen Wimpern an. Dann zog sie noch einmal an ihrer Zigarette und drückte sie entschlossen aus. »Wahrscheinlich sollte ich jetzt damit aufhören.«

»Hast du schon eine Entscheidung getroffen?«, hakte ich nach. Mir war auch nicht ganz klar, wie ich mich eigentlich fühlte. Ich wusste nicht, was ich mir wünschte. Mir ging es nicht um Aarons Hautfarbe, auch wenn ich mir nicht vormache, dass es keinen Rassismus mehr gibt. Er war im Jugendknast gewesen und schien mir nicht wirklich in der Lage zu sein, sich selbst zu ernähren. Und ihr gemeinsamer Traum, als Hip-Hop-Musiker den großen Coup zu landen, schien mir ein ziemliches Luftschloss zu sein. Tara komponiert die Musik und den Background, spielt Keyboard und singt Aarons Texte.

»Wir sind schon ganz aufgeregt wegen dem Baby, Mom.«

»Wollt ihr heiraten?«

»Heiraten?« Sie runzelte die Stirn, stieß verächtlich die Luft aus und schüttelte den Kopf. »Unsere Liebe braucht nicht den Stempel der Legalität. Außerdem, was hat man davon?«

Ich wusste auch nicht, was ich *davon* halten sollte. Aber wenn es nicht funktionierte, konnten sie sich wenigstens trennen, ohne eine Scheidung durchmachen zu müssen.

Schließlich umarmte ich sie einfach. Zuerst machte sie sich steif, aber dann entspannte sie sich. »Ich gebe eine Babyparty für dich.«

Grinsend hob sie den Kopf. »Au ja. Und lädst alle deine Freundinnen ein. Ich finde deine Freundinnen super.«

Jetzt meint sie fröhlich: »Hey, ich fahre Aarons Mom zur Cookie-Party.«

»Du bringt Sissy her?«

»Ich dachte, ich besuche eine Freundin, während eure Party abgeht, und danach fahre ich Sissy wieder heim.«

»Dann sehe ich dich also heute Abend.«

»Ja, Sissy weiß nämlich nicht, wie man zu dir kommt. Ach Mom, sie freut sich total auf die Party. Sie hat gestern den ganzen Tag gebacken.«

»Ja, sie ist dieses Jahr unsere Cookie-Jungfrau.«

»Sissy fand das total abgefahren. Eine Party, bei der sie wieder Jungfrau wird. Dabei kriegt sie bald das vierte Enkelkind.«

Im Hintergrund höre ich die grellen Töne einer Elektrogitarre und dann Aarons Stimme: »Hey, Babe! Du bist dran!«

»Ich muss los.«

»Dann seh ich dich so gegen sechs?«

»Zwischen sechs und sieben. Okay? Sissys Schicht im Krankenhaus ist erst um vier zu Ende, und dann muss sie sich noch fertig machen. Und es ist Rushhour ... heute Abend soll es Schneeregen geben.«

»Okay.«

»Ich krieg dich also bloß für eine Minute zu sehen ... Bye, Mom.«

»Fahr vorsichtig.« Aber sie hört mich nicht mehr, weil sie schon aufgelegt hat.

Ich versuche mich wieder in meinen Krimi zu vertiefen, kann mich aber nicht konzentrieren. Vielleicht sind die Cookies ja schon genug abgekühlt. Ich zähle immer zwölf ab und packe sie in eine Plastiktüte. Als dreizehn Beutel voll sind, hole ich die kleinen Schminkköfferchen mit Raubtiermuster – Leopard, Schlange, Tiger –, die ich im Billigladen für je einen Dollar erstanden habe. Die eingetüteten Cookies wandern in die Behälter. Dann binde ich noch rotes und goldenes Metallic-Geschenkband um die Henkel und kräusle es an den Enden auf. Für Tara mache ich eine Extratüte zum Mitnehmen. Die restlichen Plätzchen – ungefähr drei Dutzend – kommen in größere Plastikbeutel und ab in die Gefriertruhe.

Dann wische ich noch den Tisch ab und fege den Boden. Jetzt ist das Haus sauber. Meine Cookies sind fertig. Die Suppe köchelt vor sich hin. Eartha Kitt singt: *So Hurry Down the Chimney Tonight*. Alles ist perfekt.

MEHL

Für mich ist Mehl eine Selbstverständlichkeit. Ich mache mir keine Gedanken darüber, es ist in meiner Küche immer zur Hand, genauso wie es auch in der Küche meiner Mutter war – Mehl ist Teil des täglichen Lebens.

Als Sky und Tara klein waren, haben sie beim Plätzchenausstechen und Kuchenbacken Bilder in das gesiebte Mehl auf der Küchentheke gemalt. Für fast alle Cookies benutzen wir helles Weizenmehl. Weizen kann zu Brot, Kuchen, Pasta, Plätzchen, Saucen, Suppen, Frühstücks-Zerealien und Couscous verwendet werden. Für Bier, Wodka und andere Alkoholika wird es fermentiert.

Irgendwo habe ich gelesen, dass Weizen wahrscheinlich zuerst in der Türkei angebaut wurde, vor etwa zehntausend Jahren. Er war ein ideales Getreide für den beginnenden Ackerbau, denn Weizen befruchtet sich selbst, wächst einfach aus dem Samen empor, kann nach wenigen Monaten geerntet werden und lässt sich gut lagern. Die Kultivierung von Weizen erlaubte es den Jägern und Sammlern, sesshaft zu werden und Dörfer zu gründen.

Als die Menschen auf diese zuverlässige Nahrungsquelle zurückgreifen konnten, mussten sie nicht mehr umherwandern, um zu jagen und zu sammeln. Da genug Nahrung vorhanden war, konnten sie mit anderen Gruppen Tauschhandel treiben und das Wissen und die Produkte in der bekannten Welt verbreiten. So gelangte der Weizen vor etwa achttausendfünfhundert Jahren in die Ägäis und vor etwa sechstausend Jahren nach Indien. Vor fünftausend Jahren erreichte er Großbritannien, Äthiopien, Spanien und tausend Jahre später China.

Vor dreitausend Jahren erleichterten von Pferden gezogene Pflüge und Sämaschinen die Getreideproduktion. Bis etwas 1800 wurde der Weizen so geerntet wie in prähistorischer Zeit: mit einer Sichel geschnitten und dann zum Dreschen gebündelt. Beim Dreschen zertraten Tiere die Halme, oder die Bauern schlugen das Korn mit Dreschflegeln aus der Ähre. Dann wurden die Körner in die Luft geworfen, der Wind trug die Spreu davon, und zurück blieben die wertvollen Getreidekörner. Im Jahr 1834 erfand McCormick die Erntemaschine, und die Industrialisierung veränderte nicht nur die Nahrungsmittelproduktion, sondern unsere gesamte Gesellschaft.

Die Geschichte, wie man Mehl aus Weizen gewinnt, ist eine Geschichte der Entwicklung von Werkzeugen und Maschinen. Zuerst wurden die Körner mit einem Mörser in einer Schale zerstampft, woraus man einen Brei oder eine dicke Suppe, aber kein Brot herstellen konnte. Im alten Ägypten mahlte man das Korn mit Hilfe von zwei großen Steinen, die aufeinandergelegt wurden – einem »Läufer«, der bewegt wurde, und einem »Unterlieger«, der unbeweglich war. Vor zweitausendeinhundertfünfzig Jahren benutzte man in Rom Wasserkraft, um die Mahlsteine zu drehen. Vor tausend Jahren wurde Windkraft eingesetzt. Dann kamen Dampfmaschinen und Elektrizität.

Mehl besteht aus Kohlehydraten, Fett und Protein. Weizen enthält mehr Protein als andere Getreidesorten und ist die nahrhafteste der verbreiteten Arten. Hier ein Backtipp: Der Proteinanteil – beim Weizen Gluten oder Kleber genannt –, der zwischen neun und zwölf Prozent liegt, bestimmt, wie hart und schwer zu kauen das daraus gewonnene Nahrungsmittel ist. Für Brot ist Mehl mit einem höheren Glutenanteil vorteilhaft, während Plätzchen besser schmecken, wenn sie mit einem weniger glutenhaltigen Mehl gebacken werden. Weicheres Mehl mit weniger Gluten, dafür aber einem höheren Stärkeanteil ist ideal für mit Lockerungsmitteln hergestellte Backwaren wie Kuchen, Plätzchen und anderes Feingebäck. Am besten benutzt man hierfür helles Mehl mit einem niedrigen Ausmahlungsgrad.

Weizen ist für uns so selbstverständlich wie Luft. Aber für die meisten Menschen ist Getreide wirklich die Lebensgrundlage. Man braucht nur daran zu denken, dass die Kultivierung von Weizen dazu führte, dass sich menschliche Siedlungen entwickelten. Wenn ihr also das nächste Mal Mehl abmesst, denkt daran, was für eine wichtige Rolle es in der Entwicklung der menschlichen Zivilisation gespielt hat.

2

Charlene

Schoko-Mandel-Pralinés

Zwei Tassen kleingehackte
Halbbitterschokolade
¼ Tasse Butter
1 ¼ Tasse gesüßte Kondensmilch
1 Päckchen Vanillezucker
2 Tassen Weizenmehl
250 g amerikanische Almond Paste
oder Marzipanrohmasse

Bevor man sich der Schokolade widmet, mit einem Teelöffel das Mandelmus zu kleinen Bällchen formen und beiseitestellen.

Nun die kleingehackte Schokolade und die Butter in eine mittelgroße Stielkasserolle geben. Bei kleiner Hitze schmelzen, bis eine glatte Masse entsteht. Kondensmilch und Vanillezucker einrühren. Mehl dazugeben und alles gut vermengen.

Wenn der Teig fertig ist, die Mandelmus-Bällchen jeweils mit einem Esslöffel Teig bedecken.

Diese Schoko-Mandel-Häufchen auf ein ungefettetes Backblech legen und 6–8 Minuten bei 180 Grad backen, zum Auskühlen auf ein Kuchengitter legen. Ergibt etwa 90 Stück.

Mit Glasur überziehen oder mit Puderzucker bestäuben.

◉ *Mandelglasur*

In einer kleinen Schüssel 1 Tasse gesiebten Puderzucker, ½ Teelöffel Mandelextrakt und genügend Milch (etwa 1 bis 2 Esslöffel) zu einer dünnen Glasur verrühren. Nach Wunsch mit Lebensmittelfarbe einfärben.

◉ *Schokoladenglasur*

In einer kleinen Schüssel ½ Tasse gesiebten Puderzucker, 2 Teelöffel Kakaopulver und genügend (etwa 1 bis 2 Esslöffel) Milch zu einer dünnen Glasur verrühren.

◉ *Puderzucker*

Zwei Tassen Puderzucker in einen großen Gefrierbeutel füllen und immer 30 abgekühlte Plätzchen gleichzeitig dazugeben. Vorsichtig schütteln und mit einem großen Schaumlöffel herausholen, damit überflüssiger Puderzucker abfallen kann.

Charlene kommt einfach herein, ohne zu klopfen oder zu klingeln, denn sie weiß, dass mein Haus auch ihr Haus ist. Disney begrüßt sie mit seinem Affen. Als ich Charlene vor gut einem Monat das letzte Mal sah, waren ihre Haare hellbraun, aber jetzt hat sie blonde Strähnchen. Sie versucht, ins Leben zurückzukommen. Da sie etwa eine Stunde entfernt wohnt, übernachtet sie heute bei mir, daher die Reisetasche, die zusammen mit der Handtasche über ihrer Schulter hängt. Sie trägt schwarze Jeans und eine mit Stickerei und Pailletten verzierte Jeansjacke. Aber sie ist immer noch viel zu dünn. Nach Lukes Tod hat sie bestimmt zwanzig Pfund abgenommen, und es gibt keinerlei Anzeichen, dass die Pfunde zurückkommen. »Endlich bin ich modisch schlank«, hat sie immer gewitzelt, »aber der Preis dafür ist mir entschieden zu hoch.«

Sie stellt Reise- und Handtasche auf den Tisch und umarmt mich. Ich spüre, wie ihre Schultern zucken, weiß, dass sie weint, und halte sie einfach fest. »Wenn ich dich sehe, bröckelt die tapfere Fassade«, erklärt sie und lächelt unter Tränen.

Ich drücke sie an mich.

»Ich sage mir dauernd, dass Gott bei mir ist und Luke bei Gott.« Charlene richtet sich auf, sieht den geschmückten Baum, den Suppentopf und die Cookies in den bunten Behältern. »Du bist tatsächlich schon mit allem fertig, dabei ist es gerade mal ein Uhr.«

»Ich bin früh aufgewacht.«

Sie schüttelt den Kopf, als würde sie schon der Gedanke an so viel Aktivität an den Rand der Erschöpfung bringen. »Was ist denn mit deinem Gesicht passiert?«, fragt sie dann, hält mich ein Stück von sich weg, kneift ihre rot geränderten Augen zusammen und legt den Kopf schief. »Jim hat doch nicht ...«

Charlenes zweiter Ehemann war gewalttätig, und sie ist vor ihm mit Luke und Adam, der damals noch ein Baby war, ins Frauenhaus geflohen. Damals wohnte sie in L. A. Zu guter Letzt ist sie nach Michigan gezogen, um wirklich in Sicherheit zu sein.

»Jim? Nein! Ich bin beim Plätzchenbacken im Eifer des Gefechts gegen eine offene Schranktür gelaufen. Und hatte dann keine Zeit, Eis draufzulegen.«

»Na, das nenn ich aber engagiertes Backen, was?«, meint sie kopfschüttelnd und lacht sogar ein bisschen.

Sie geht zu ihrem Auto zurück, bringt ihre Cookies, eine Käseplatte und eine Packung Cracker. Die Cookies sind in Plastiktüten gepackt. »Ich bin nicht dazu gekommen, Behälter zu kaufen – können wir vielleicht gleich noch zusammen losziehen und welche aussuchen?«

»Gut. Ich wollte sowieso noch Blumen holen.« Ich packe meine Behälter mit den Plätzchen in eine Trader-Joe's-Tüte und trage sie in mein Büro. Die Käseplatte stellen wir in den Kühlschrank, Charlenes Cookies auf die Küchentheke. Um ein Haar stolpert Charlene über Disney, der zwischen unseren Füßen herumflitzt.

»Du bist ja schon richtig fein gemacht für die Party«,

sagt sie zu ihm, und er wedelt zufrieden mit dem Schwanz.

Ich habe Charlene vor Lukes Geburt kennengelernt. Vor mehr als einem Vierteljahrhundert. Sie und ich gingen mit dem gleichen Mann aus, aber statt uns seinetwegen zu streiten, ließen wir ihn schließlich beide sausen und begannen, zusammen Dinge zu unternehmen. Ich verschaffte Charlene einen Job im Gandy Dancer, dem Restaurant, in dem ich damals arbeitete. Dann lernte sie Lukes Vater kennen und zog nach Kalifornien, ließ sich scheiden und heiratete Adams Vater. Als er anfing, sie zu schlagen, kam sie mit Adam und Luke nach Michigan zurück. Adam ist in Skys Alter. Zwei Jahre lang haben wir zusammengewohnt, unsere Ressourcen gebündelt und abwechselnd auf die Kinder aufgepasst. Wir beide begannen gerade mit unserer Ausbildung; Charlene wurde Krankenschwester, und ich strebte gerade mit meinem Marketing-Studiengang als Erste in meiner Familie einem Bachelor-Abschluss entgegen. Charlene ist Skys Ersatzmutter, und ich habe für Adam und Luke die gleiche Funktion. Diane stammt aus Charlenes dritter Ehe. Weil ihr Mann einen tollen Job bekam, zogen sie wieder um, einmal quer durchs Land. Aber auch diese Beziehung funktionierte nicht, und Charlene ließ sich ein drittes Mal scheiden. Davon zu erzählen ist leicht, die Zeit damals war es ganz und gar nicht.

»Warum heiratest du die Männer eigentlich immer? Warum lebst du nicht einfach mit ihnen zusammen?«

»Ich lebe ja mit ihnen zusammen. Und dann heirate ich sie. Es kommt mir nicht richtig vor, unverheiratet mit einem Mann zusammenzuleben, wenn Kinder im Haus sind.«

»Du bist zu schön, das ist dein Problem«, habe ich ihr damals gesagt. Charlene ist eine klassische Schönheit, in Richtung Grace Kelly oder Diane Lane, nur mit durchtrainiertem Körper. Ganz gleich, was sie trägt, sie sieht immer elegant aus und hat dieses gewisse Etwas. Sogar jetzt, mit ihren schwarzen Jeans, T-Shirt und Jeansjacke, mitten in einer Tragödie. Aber sie ist sich ihrer Schönheit nicht bewusst. Sie denkt nie daran, sie setzt sie nicht ein, um damit etwas zu erreichen. Kein protziges Make-up. Keine verführerischen Blicke, kein Wimpernklimpern. Und die Männer, die sich sonst von einer so schönen Frau vielleicht einschüchtern lassen würden, umschwärmen sie. Charlene zieht Männer an, deren Neugier eher durch dezente Reize geweckt wird.

»Dummerweise denke ich immer, wenn man sich liebt, wird alles gut. Dabei sollte man doch denken, nach Adams Vater hätte ich endlich kapiert, dass dem nicht so ist.«

Dann starb Luke.

Hier ist die Geschichte dazu:

Luke war ein gut aussehender junger Mann, in dessen Augen sich das tiefe Braun von Charlene mit dem Blau seines Vaters mischte. Grüne Augen, lange Wimpern, dunkelbraune Locken. Groß und muskulös. Sexy. Und er ging mit seiner Attraktivität ebenso wenig hausieren wie Charlene. Er nahm sie einfach nicht wahr. Da er sich einen Job wünschte, der genug Risiko in sich trug, um nicht langweilig zu werden, wurde er Stahlarbeiter. Im Baugeschäft verdiente er auch genug, um seine geliebten Hobbys zu finanzieren: Motorräder. Schneemobile.

Pferde. Jetskis. In dem Jahr, in dem er starb, war er gerade siebenundzwanzig geworden und hatte sich in eine etwas ältere Frau verliebt, in Jenny, die schon zwei kleine Kinder hatte. Seit einer Weile lebten sie zusammen in einer Mietwohnung, suchten aber ein Haus und hatten vor zu heiraten.

An einem windigen Tag im Mai arbeitete Luke auf dem Gerüst an einem neuen Bürogebäude. Noch hatte sich der Sommer nicht ganz durchsetzen können, und der Wind trug einen Rest Winterkälte in sich. Die Baustahlstangen, die den Zement, die Gipskartonplatten, die Mauersteine und das Holz fest im Boden verankerten und die stabile Ummantelung für die gesamte Konstruktion bildeten, waren bereits bis zum fünften Stock hochgezogen. Lukes Job war es, diese Stangen zu setzen, und er war stolz auf die große Verantwortung, die seine Arbeit verlangte. Ich frage mich manchmal, was er gedacht hat. Ich habe Charlene nie danach gefragt, weil ich nichts hochkochen und keinen neuen Schmerz provozieren möchte. Aber ich selbst bekomme den Gedanken an diese letzten Sekunden vor dem Ereignis, das alles veränderte, nicht aus dem Kopf. Hat Luke an Jenny gedacht? Daran, wie es war, mit ihr zu schlafen? Hat er daran gedacht, dass er im Sommer Wasserski fahren wollte? Hatte er vielleicht einen Kater, weil er am Abend vorher mit seinen Kumpeln zu viel Bier getrunken hatte? Vielleicht hat er an etwas ganz anderes gedacht, an etwas, von dem ich keine Ahnung habe. Vielleicht hat er über das Setzen der Stangen gegrübelt oder darüber gerätselt, wie er sie am besten über das Gerüst tragen und an der Basis anschweißen konnte. Vielleicht ist ein Klacks Mayonnaise vom Sandwich eines Kollegen zu ihm heruntergetropft.

Vielleicht brachte ein plötzlicher Windstoß das Gerüst zum Schwanken, als er gerade einen großen Schritt gemacht hat. Vielleicht hat jemand gerufen: »Hey, Luke, hast du Lust, heute Abend zusammen was trinken zu gehen?« Oder: »Hast du das Spiel der Tigers gesehen?«

Jedenfalls rutschte Luke aus.

Und stürzte ab.

Doch sein Sturz wurde aufgehalten – von der Spitze einer Stange, die im Hochofen scharf wie ein Speer geschmiedet worden war. Sie befand sich zwei Stockwerke tiefer.

Die Stange bohrte sich in seinen unteren Rücken, durchschnitt seine Eingeweide, glitt am Herzen vorbei, durchdrang die Lunge und trat an der Schulter wieder aus. So hing er über dem Erdboden. Bei vollem Bewusstsein. Wenn ich daran denke, erinnert mich Luke mit seinen Locken und den beneidenswert langen Wimpern (»Niemand hat solche Wimpern verdient«, habe ich im Spaß immer geschimpft) unwillkürlich an Jesus. Nur dass er nicht ans Kreuz genagelt ist, sondern gepfählt von einer Baustahlstange. Gekreuzigt von der modernen Gebäudetechnik anstelle römischer Grausamkeit.

Dort also hing Luke. Er muss den Boden gesehen haben, drei Stockwerke unter ihm, die Menschen, die zusammenliefen und zu ihm emporstarrten. Die Spitze der Stange, die seine Schulter durchstoßen hatte, direkt neben seinem Gesicht. Die Arme schlaff herunterbaumelnd. »Ruft Jenny an. Und meine Mom.«

Aber zuerst rief man den Krankenwagen.

Einer der Männer eilte zu ihm. »Hey Luke, wir sind hier. Wir sind alle bei dir. Und wir kriegen dich da wieder runter, ganz sicher.«

Es dauerte zwanzig Minuten, den Stahlträger durchzuschneiden und Luke samt der Stange, die ihn durchbohrt hatte, in den Krankenwagen zu bringen. Meine Gedanken wandern bis zu der Stelle, an der ich mich frage, ob die Hitze des Brenners, mit dem der Stahl durchtrennt wurde, wohl seinen Körper erreicht hat. Oder ob er, falls sie eine Säge benutzt haben, die Vibrationen gespürt hat. Ich denke an die zwanzig Minuten, die er bei vollem Bewusstsein an dieser Stange hing. Vermutlich stelle ich es mir so oft vor, weil ich dann bei ihm bin und er nicht so allein ist. Charlene rief mich auf dem Weg in die Klinik an.

»Luke ist auf eine Stange gestürzt, sie haben ihn gerade losgeschnitten. Er ist bei Bewusstsein.«

»Warte, langsam.« Ich verstand sie nicht. Ich wusste nicht, ob es an der Verbindung lag oder daran, dass sie kaum Luft bekam.

»Eine dieser Stahlstangen. Er ist gefallen, auf die Stange, und sie hat ihn durchbohrt. Das hat der Mann gesagt. Sie können Jenny nicht erreichen.«

»Wo ist Luke? Wo bist du?«

»Ich bin unterwegs ins St.-Joe-Krankenhaus. Da bringt man ihn hin.«

»Ich treff dich dort.«

Als ich ankam, saß Charlene im Wartezimmer und umklammerte die Armlehnen ihres Stuhls. Ihre dunklen Augen irrten unruhig hin und her, sie war totenblass, ihre Finger weiß vom Festhalten der Armlehne. Sie kniff die die Augen zusammen und schüttelte immer wieder ungläubig den Kopf.

»Ich hab ihn gesehen. Die Ärzte versuchen die Stange

zu entfernen.« Ihre Stimme klang keuchend, und sie legte die Hand auf die Kehle. Atmete ein und begann von neuem. Diesmal etwas klarer. »Sie wollen ihn operieren, aber wir können ihn vorher noch mal sehen. Jenny ist nicht zu finden.« Als fiele ihr dabei etwas ein, zog sie ihr Handy heraus und drückte eine Kurzwahltaste. Dann klappte sie es wieder zu. »Bestimmt hat sie vergessen, die Rechnung zu bezahlen. Ich habe ihre Mom angerufen und mindestens zehn Nachrichten auf ihrem Festnetzanschluss hinterlassen. Vielleicht ist sie beim Einkaufen. Vielleicht ist sie bei der Arbeit, aber eigentlich müsste sie heute freihaben.« Charlenes Stimme klang monoton.

»Du hast getan, was du konntest.«

»Ich hab ihn gesehen. Wir haben miteinander gesprochen.« Mit funkelnden Augen wandte sie sich mir zu. »Er hat gesagt, er hat keine Schmerzen. Zuerst hätte es weh getan, aber jetzt nicht mehr. Er hat gesagt, er ist glücklich, weil es das beste Jahr seines Lebens war. Dieses Jahr mit Jenny und den Kindern. Dann hat er mich angesehen, die Augen geschlossen und leise gesagt: ›Du bist eine wundervolle Mutter.‹«

Charlenes Augen waren voller Tränen, und meine füllten sich ebenfalls. Erst ganz allmählich begriff ich den Ernst der Lage. Irgendwie hatte die Tatsache, dass Luke bei Bewusstsein war und reden konnte, dass sie ihn losgeschnitten und ins Krankenhaus gebracht hatten, bei mir den Eindruck erweckt, alles könnte wieder gut werden. Aber Luke muss die Wahrheit gespürt haben.

Dann kamen die Ärzte, fünf, in einer Gruppe. Ein Mann mit gleichmäßigen Zähnen und grauen Schläfen trat vor. Wir gingen auf ihn zu. »Dass er lebt, hat er seiner

Jugend und Fitness zu verdanken.« Er nickte Charlene zu. »Wir müssen die Stange entfernen. Zuerst haben wir überlegt, sie so herauszuziehen, wie sie eingedrungen ist, sind dann aber zu dem Schluss gelangt, dass es besser ist, sie herauszuschneiden. Es wird eine lange und komplizierte Operation, aber wir werden unser Bestes tun. Luke ist sich über die Konsequenzen und möglichen Schwierigkeiten im Klaren.«

Charlene nickte, musste sich aber offensichtlich anstrengen zu verstehen, was der Arzt meinte. »Wird er es schaffen?«, fragte sie. Es war schwer, die Veränderung zu begreifen.

Der Arzt blinzelte. »Wenn er die Operation überlebt, wird es eine ganze Weile dauern, bis er sich davon erholt hat, und momentan ist nicht abzuschätzen, ob und welche bleibenden Schäden er zurückbehalten könnte.« Er verlagerte sein Gewicht aufs andere Bein. »Aber Ihr Sohn ist fest entschlossen, es zu versuchen.«

Natürlich war der Arzt daran gewöhnt, dass Menschen von ihm beruhigt werden und optimistische Vorhersagen hören wollten, die er ihnen nicht geben konnte. »Wir werden alles tun, er ist jung und kräftig, das ist in jedem Fall ein Bonus, aber wir müssen abwarten, was geschieht.«

Mit weichen Knien standen Charlene und ich vor ihm und umklammerten unsere Handtaschen.

»Sie können jetzt zu ihm reingehen. Wir haben ihm etwas gegeben, um es ihm etwas leichter zu machen, und werden ihn in Kürze in den OP bringen.« Der Arzt schaute auf seine Armbanduhr. Seine Haare waren sehr kurz geschnitten, seine Kopfhaut schimmerte rosa. »In fünfzehn Minuten.«

Lukes Gesicht war so blass, dass seine grünen Augen leuchteten und fast gläsern wirkten. Als er uns sah, lächelte er. »Hi, Tante Marnie«, begrüßte er mich.

Als ich mich über ihn beugte, um ihn zu küssen, war seine schweißbedeckte Stirn erschreckend kühl. Er setzte ein schiefes Grinsen auf und lächelte dann seiner Mutter zu. Sie nahm seine Hand.

»Wo ist Jenny?«

»Wir können sie nicht erreichen.«

»Oh.« Seine Stimme klang plötzlich viel schwächer. Durch die Laken, die seine Körperkonturen einebneten, wirkte er klein und schlank. Ich sah die Stange aus seiner Schulter ragen. Terrakottafarben, rostig. Viereckig. Die Ränder waren schwarz, und der Gazeverband auf der Haut rot verfärbt.

»Habt ihr mit den Ärzten gesprochen?«

»Sie bringen dich in ein paar Minuten in den OP. Sie meinten, die Operation wird eine Weile dauern.«

Er warf einen Blick zu der Stange an seiner Schulter. »Gerade ist es richtig gut geworden, und jetzt ... eine Sekunde, ein Sekundenbruchteil, und alles ist anders.«

Charlene rang hörbar nach Luft.

»Aber macht euch keine Sorgen. Ich werde kämpfen. Ich hab den Sturz überlebt, also werde ich auch die Operation überleben.« Er atmete tief ein und schloss die Augen.

Charlene streichelte seine Hand und schaute dann aus dem Fenster zu dem blauen Himmel, vor dem weiße Wolken segelten, hinaus auf den Parkplatz, in dem sich pastellfarbene Autos in weiße Kästchen drängten, die jemand auf den schwarzen Teer gemalt hatte. Endlose Kästchen, endlose Linien. Dann wandte sie sich wieder ihrem Sohn zu. »Du wirst es schaffen, wir helfen dir. Du bist stark, du kannst kämpfen.«

»Ich bin so müde.« Langsam drehte er den Kopf zu ihr, als hätte seine Entschlossenheit all seine Energie aufgezehrt. »Es war ein gutes Jahr. Ein Geschenk.« Dann sah er mich an. »Du kümmerst dich um sie. Ja?«

Unsere Blicke begegneten sich. Ich wollte etwas Ermutigendes und Optimistisches sagen – »Du wirst dich selbst um sie kümmern können« oder: »Sie wird sich wie immer um sich selbst kümmern«, aber auf einmal wurde mir klar, worum er mich bat. Also nickte ich und antwortete: »Natürlich, Luke. Ich verspreche es. Wir kümmern uns umeinander. Und um dich.«

Aber er wusste, was ich meinte, und ich wusste, was er von mir wollte.

Sein Atem vertiefte sich, und er schien einzuschlafen. Charlene und ich saßen auf beiden Seiten des Betts und hielten seine Hände. Die eine war mit dem Tropf verbunden. Es war sehr still. Einer dieser Momente, wenn alles innehält, als wäre selbst die Luft plötzlich reglos geworden. Die Staubkörnchen unterbrechen ihren Tanz in den Sonnenstrahlen, die Welt hält den Atem an.

Auf einmal öffnete Luke die Augen wieder. »Sagt Jenny, dass ich sie liebe. Und dass ich ihr dafür danke, dass sie in mein Leben gekommen ist. Vielleicht ist es besser, dass sie nicht hier ist. Ich möchte nicht, dass ich ihr so in Erinnerung bleibe. Und euch auch nicht.« Wieder schloss er die Augen und räusperte sich. »Sagt ihr, wenn ich es nicht schaffe, werde ich trotzdem immer bei ihr sein, sie beschützen und darauf achten, dass sie ein gutes, glückliches Leben führt. Ein glückliches Leben, für uns beide.« Er schluckte schwer.

Charlene senkte den Kopf, ihre Haare fielen ihr übers Gesicht, und sie drückte Lukes Hand.

»Wenn ich nicht mehr hier bin, um euch die Liebe zu geben, die ich euch geben wollte, die Liebe und die Freude, dann müsst ihr es selbst tun … für mich.« Luke holte tief und angestrengt Luft.

»Sag es ihr. Und sag es auch dir selbst, Mom.«

Charlene legte den Kopf auf sein Bett, und ich erkannte am Zucken ihrer Schultern, dass sie weinte. Aber sie wollte nicht, dass Luke es sah, denn sie war entschlossen, zumindest den Anschein von Stärke und Optimismus aufrechtzuerhalten. Mit Willenskraft und Mutterliebe würde alles gut werden. Er würde die Operation überstehen und wieder arbeiten, würde wieder Motorrad und Schneemobil fahren. Das hier war nur einer dieser Alpträume, aus denen man irgendwann mit klopfendem Herzen erwacht und froh ist, ins normale Leben zurückkehren zu können. Und den man dann einfach vergisst.

Auch mir liefen die Tränen über die Wangen. Es war erst ein paar Monate her, dass Sky ihr Baby verloren hatte, und ich dachte an die Geburt, diese schreckliche leblose Geburt. Und jetzt das. Doch Luke schien ganz ruhig. Bestimmt das Morphium, sagte ich mir. Dann schien er erneut das Bewusstsein zu verlieren oder einzuschlafen. »Wahrscheinlich ruht er sich aus, um Kräfte zu sammeln.«

Charlene antwortete nicht, sondern ließ den Kopf auf dem Bett liegen und küsste Lukes Hand.

Kurz darauf erschien eine Schwester und sagte: »Sie müssen jetzt leider gehen.«

Luke wachte noch einmal auf und legte die Hand auf den Kopf seiner Mutter. Sie blickte hoch, und sie sahen einander an, ein emotionsgeladener Augenblick. »Liebe stirbt nicht. Du weißt, dass ich immer bei dir sein werde, ja, Mom?«

»Ja, Luke.« Das Wort blieb ihr im Hals stecken, und mit leeren Händen blieb sie sitzen, während die Schwestern sein Bett hinausrollten. »Und ich werde immer bei dir sein. Du kannst nicht sterben.«

Tatsächlich starb er nicht auf dem Operationstisch.

Nein, er überstand die Operation, aber er kam nicht wieder zu Bewusstsein. Wir warteten. Inzwischen saß auch Jenny bei uns, wir wanderten zwischen Lukes Zimmer, dem Wartezimmer und der Cafeteria hin und her. Am Tag des Unfalls war sie für eine kranke Kollegin eingesprungen, und da sie in aller Eile die Kinder zur Betreuung bringen und dann selbst zur Arbeit hatte fahren müssen, hatte sie in der ganzen Hektik das Handy zu Hause liegen lassen, und als ihre Mutter sie das erste Mal bei der Arbeit angerufen hatte, war sie gerade in der Mittagspause gewesen. Direkt bevor Luke in den OP gebracht worden war, hatte sie schließlich das Krankenhaus erreicht. Sie lief neben seinem Bett her und stammelte immer wieder nur: »Ich liebe dich.«

Nach der Operation sang Charlene für Luke *Puff the Magic Dragon* und *Blackbird,* seine liebsten Kinderlieder.

Jenny las ihm Witze vor, die sie im Internet gefunden hatte. Wir spielten ihm Musik auf dem iPod vor. Wir erinnerten uns daran, wie er und Sky einmal früh aufgestanden waren und beschlossen hatten, French Toast für uns zu machen. Da sie den Herd nicht anmachen durften, war er ungebacken – matschiges Brot in einem Ahornsirupsee.

Jenny lachte, aber Luke rührte sich nicht.

Fünf Tage lang. Bis klar war, dass der Luke, der hier im Krankenhausbett lag, nur noch seine leere Hülle war und sein Geist nicht mehr bei uns weilte.

»Er ist bei mir«, flüsterte Charlene. »Genau, wie er es gesagt hat. Ich kann ihn spüren.«

Sky kam zur Beerdigung. Schon wieder eine Beerdigung, so kurz nach dem Tod ihres Babys. Und wir, Charlene und ich, Frauen mittleren Alters, mussten mit diesen falschen, unverständlichen Todesfällen klarkommen. Es sollten unsere Eltern sein, Charlenes Mom, ältere Freunde. Aber doch nicht unsere Kinder. Doch nicht unsere Enkel. Unsere Welt stand kopf.

Ungefähr einen Monat nach Lukes Tod erzählte mir Charlene, dass sie auf der Baustelle gewesen war. An einem Sonntag, als niemand dort arbeitete. Unter anderem hatte Luke sich dazu entschlossen, Stahlarbeiter zu werden, weil er so gern draußen war, und Charlene wollte unbedingt sehen, was ihr Sohn als Letztes vor Augen gehabt hatte. Es war einer jener sonnigen Junitage, an denen die Vögel aus voller Kehle zwitschern und die Luft warm und feucht ist, ohne jedoch die schwüle Hitze des Hochsommers zu erreichen. Charlene schleppte eine Leiter in das Stockwerk hinauf, in dem Luke gearbeitet hatte, und lehnte sie an die Stahlstützen. Ihr wurde schwindlig – die Höhe, das nackte, unfertige Gemäuer. Doch die Gefahr abzustürzen kümmerte sie wenig. Tief einatmend schloss sie die Augen. Der Wunsch, bei ihm zu sein, seine letzten Augenblicke mitzuerleben, als hätte er sie dadurch nicht allein durchleiden müssen, war weit stärker als ihre Angst.

Auf der zweiten Sprosse von oben war sie in der richtigen Position, genau dort, wo ihn die Stange aufgespießt hatte. Eine Wiese erstreckte sich unter ihr, bis zu den Bäumen, die in weiter Ferne zu erkennen waren. Leise wiegte sich das Gras in der leichten Brise, ein paar Gänseblümchen nickten mit den Köpfen. Diese Wiese hatte Luke also gesehen, ein Stück Natur, nicht das Skelett des Gebäudes, an dem er mit seinen Kollegen arbeitete. Du hast Gottes Werk auf Erden gesehen, dachte Charlene, als sie die Leiter wieder hinunterstieg und sich von Lukes Geist verabschiedete, oder von dem, was sie hier zwischen den Stangen, die er befestigt, dem Gerüst, das er bestiegen, und den Balken, auf denen er gesessen hatte, noch spüren konnte.

Dann ging sie zurück zu ihrem Auto.

Das ist sieben Monate her. Jetzt stehen wir in der Küche, und in fünf Stunden trifft sich der Christmas Cookie Club. »Was für welche hast du gebacken?«

»Diese Schokotrüffel-Teile. Ich wollte nichts Neues ausprobieren.«

»Und alle lieben sie.«

»Ich wollte die Party ja nicht verpassen, sonst hätte ich meinen Platz verloren.«

»Du gehörst zu den Gründungsmitgliedern. Im Notfall würde ich die Cookies für dich backen und behaupten, es wären deine.«

»Ich versuche weiterzuleben, als wäre alles ganz normal. So, wie es mal war.«

»Wie geht es Adam? Und Diane?«

»Diane gibt sich mit großer Inbrunst dem Teenagerleben hin, als könnte sie dadurch alles wieder in Ordnung bringen. Und Adam?« Sie verzieht den Mund. »Er ist etwas weniger depressiv und hat endlich einen Job gefunden – er trainiert Pferde.«

»Hast du Hunger? Magst du vor dem Einkaufen was essen?«

Charlene zieht die Nase kraus und schüttelt den Kopf. »Ich hab eigentlich nie Hunger.«

Dann fährt sie zusammen, als wäre ihr etwas sehr Wichtiges eingefallen. »Wie geht es Sky? Sollte sie nicht heute die Ergebnisse kriegen?«

»Erst am späten Nachmittag. Nach ihrer Zeitrechnung. Wahrscheinlich also irgendwann im Lauf der Party.«

Charlene holt tief Luft. »Hoffentlich ist das Baby diesmal gesund.«

»Wir konnten beide nicht schlafen. Um vier – ihre Zeit – hat sie mich angerufen.«

»Ich hab für sie gebetet. Und für dich auch.«

»Wir könnten ein bisschen Glück gut brauchen. Wir beide. Wir alle«, fügte ich hinzu.

»Was macht sie heute?«

»Sie arbeitet. Hat immer das Handy griffbereit und springt hoch, wenn es klingelt. Aber ansonsten versucht sie, sich abzulenken.«

»Es wird alles gutgehen. Sky wird das Leben meistern.«

»Aber das weiß sie noch nicht. Und es gibt viele Möglichkeiten, das Leben zu meistern.«

»Es gibt auch viele Möglichkeiten, Mutter zu werden«, nickt Charlene.

»Aber sie haben es mit der herkömmlichen Methode noch nicht aufgegeben.« Ich werfe einen Blick auf meine Armbanduhr. »Wir sollten uns auf den Weg machen.«

Als Disney sieht, dass ich meine Jacke hole, schielt er mich mit gesenktem Kopf von unten herauf an. »Nein, du kannst nicht mitkommen. Heute nicht. Außerdem hast du einen wichtigen Job, du musst nämlich aufpassen, dass sich der Staub nirgends niederlässt, Disney«, erkläre ich ihm, und Disney wedelt mit dem Schwanz. »Dieser Hund ist der unbestrittene Meister im Schuldgefühlemachen.«

Inzwischen hat es aufgehört zu schneien, und die Sonne lugt zwischen den Wolken hervor. Ich strecke ihr mein Gesicht entgegen. »Man muss die Sonne genießen, solange sie da ist«, sage ich mehr zu mir als zu Charlene.

Charlene fährt rückwärts aus der Auffahrt und auf die schneebedeckte Straße. »Wohin fahren wir zuerst?«

»Um die Ecke.«

Um die Ecke ist eine halbe Meile entfernt. Wir fahren unter Bäumen hindurch, die sich unter ihrer Schneelast krümmen, und biegen dann rechts in das kleine Einkaufszentrum ein. »Sollen wir den Dollar Store ausprobieren?«

»Klar, unbedingt«, antwortet Charlene.

Wir schlendern zwischen den Regalreihen herum. Erst liebäugelt Charlene mit Tüten aus rotem Glanzpapier, aber dann findet sie blaue Behälter mit Schneemännern, die unter Tannenbäumen tanzen. Es gibt nur sieben davon, und sie nimmt noch sechs dazu, die mit bunt geschmückten Bäumen verziert sind.

Während ich noch schnell Papierteller und Servietten hole, fährt sie den vollen Wagen schon zur Kasse.

Die Kassiererin nimmt die Behälter mit den tanzenden Schneemännern und gerät prompt ins Schwärmen. »Die sind ja süß!« Sie hat gekrümmte, mit schwarzen und gelben Streifen verzierte Fingernägel. »Die nehm ich auch, für meine Mom.«

»Oh, das waren die letzten. Aber es gibt noch jede Menge von denen mit den Weihnachtsbäumen.«

Sie nimmt eine von den anderen und zuckt die Achseln. Klappert mit den Nägeln auf die Tasten der Kasse.

Als wir unsere Einkäufe im Kofferraum verstaut haben, fragt Charlene: »Was jetzt?« Sie sieht auf die Uhr. »Meinst du, wir haben noch genug Zeit für das Crazy Wisdom?«

»Aber sicher.«

Montagnachmittag ist nicht viel los, und wir finden einen Parkplatz an der Main Street. Die ganze Innenstadt ist weihnachtlich geschmückt. Jemand hat kunstvoll weiße Stechpalmenzweige mit zierlichen roten Beeren auf die Schaufenster gemalt. An den schneebedeckten Weihnachtsbäumen glitzern die Lichter, an den Straßenlaternen hängen Adventskränze. Im Fenster von Crazy Wisdom werden dem Kunden »irdische Kostbarkeiten und esoterische Freudenbringer« versprochen. Wenn man den Laden betritt, in dem Bücher, Schmuck und Krimskrams aller Art feilgeboten werden, ist man sofort vom Aroma der Räucherstäbchen und Duftkerzen umhüllt. Seit Lukes Tod sucht Charlene hier immer etwas, wenn sie herkommt: Hoffnung auf die Ewigkeit, die unendliche Welt der Götter, Heilsversprechen aller Art – Buddhismus, Christentum, Kristalle, Naturreligionen, Kabbala, I Ging.

Heute nimmt sie eine kleine Figur des vielarmigen Elefantengottes Ganesh in die Hand, dann Lemanja, die afrikanische Meerjungfrauengottheit. An einem Drehregal hängen verschiedene Glücksbringer – Runen, chinesische Sternzeichen, Tierkreiszeichen, Krafttiere.

Den Kopf schief gelegt, schlägt Charlene ein Buch auf und liest vor: »*Der Tod ist der Abschied vom Leben. Und auch das Leben besteht aus einer ganzen Kette von Abschieden.* Wie findest du das?«

»Das Leben ist mehr als nur eine Kette von Abschieden.«

Charlene kneift die Augen zusammen. »Ja, es gibt auch noch die kleinen Freuden.« Sie klappt das Buch zu. »Siehst du, es ist mir nicht entfallen, ich weiß immer noch, dass Glück möglich ist.«

Langsam schlendert sie zu den Räucherstäbchen, nimmt eine Sorte namens »Rain« in die Hand und riecht daran. »Zuerst habe ich meditiert, um Luke zu finden, in der Hoffnung, er würde vielleicht Kontakt zu mir aufnehmen und mir eine Nachricht übermitteln. Und dann wäre er wieder bei mir.« Sie legt die Räucherstäbchen zurück und schnuppert an einer Kerze mit Tannenduft. »Jetzt meditiere ich, um Frieden zu finden.« Sie wendet sich an mich. »Um dieser Welt zu entfliehen vielleicht, um mich zu vergessen. Oder im unendlichen Jetzt zu leben, ohne Vergangenheit und ohne Zukunft.« Sie dreht sich wieder weg und wandert in eine andere Abteilung, nimmt ein Buch mit einem Bild des Mondes, schlägt es auf und sagt: »Hey, Marnie.«

Ich schaue mir gerade eine Schachtel mit wunderschön gezeichneten Krafttier-Karten an.

»Hör dir das mal an. *Das Leben der Empfindungen ist ein Leben der Gier, denn es verlangt nach mehr und immer mehr. Das Leben des Geistes benötigt immer weniger, freudig verstreicht die Zeit, und es herrscht niemals Mangel daran.*« Charlene schließt das Buch und wiederholt: »*Freudig verstreicht die Zeit, und es herrscht niemals Mangel daran.*«

»Leider steht hier aber nichts davon, dass das Leben

des Geistes schwierig ist. Man muss so vieles ignorieren, man braucht so viel Achtsamkeit und Konzentration.«

»Es ist alles schwierig.« Resigniert lässt Charlene die Schultern hängen und schiebt das Buch wieder ins Regal.

»Vielleicht geht es um Balance: Geist, Gier, Liebe und Vergnügen.« Ich mache eine Pause, dann füge ich hinzu: »Und vergiss nicht, regelmäßig Sport zu treiben und Zahnseide zu verwenden.«

Charlene lacht.

Auch ich schlendere weiter und entdecke ein Kartenspiel mit Sexstellungen. Während ich die Karten durchblättere, überlege ich, ob es Stellungen gibt, die Jim und ich noch nicht ausprobiert haben. Charlene sieht mir über die Schulter, als ich gerade eine Zeichnung studiere, auf der eine Frau die Beine um den Rücken des Mannes schlingt und er mit den Händen ihren Hintern umfasst, um sie hochzuhalten. »O Gott, das habe ich seit Stephen nicht mehr gemacht«, stelle ich kopfschüttelnd fest.

Charlene lacht. »Ich auch nicht.«

Ich sperre die Augen auf.

»Ich meine, seit damals, als du mit ihm zusammen warst. Aber du und Jim, ihr könntet vielleicht Spaß daran haben.«

»Oder eine gemeinsame Herzattacke.« Aber im Stillen denke ich schon an Wein und Kerzenlicht und verrückte Musik und ein Spiel, das wir spielen könnten, er und ich, ein Spiel, das uns ans Ende der Welt führt. Wir könnten einfach eine Karte ziehen und uns von ihr anleiten lassen, bis der Fokus von der Spielerei zur Liebe wandert, zum Austausch von Gefühlen und gegenseitigem Annehmen. Sofort muss ich wieder an den Traum von heute früh denken. »Ja, ich glaube, das könnte ich ihm zu Weihnachten schenken, zusammen mit dem Versprechen, dass wir ein paar davon ausprobieren.«

Charlene rückt näher. »Ich hab dich noch nie so verliebt erlebt.«

»Ja. Wir sind echt in Ordnung zusammen.« Aber ich kann es mir nicht verkneifen, einen Wermutstropfen hinterherzugießen. »Nur sehe ich ihn nicht genug. So oft scheint sich alles gegen uns zu verschwören.« Zur Veranschaulichung zähle ich es an den Fingern auf: »Der Flieger hat Verspätung, sein Sohn wird krank, der Keller läuft voll, er muss zu einem dringenden Meeting nach Denver.« Resigniert spreize ich die Hände. »Und schon haben wir unser Zeitfenster verpasst. Und das passiert manchmal zwei Wochen hintereinander.«

Entschlossen stopfe ich die Karten in die Schachtel zurück. »Ich weiß ja, dass er mich sehen möchte. Aber ich stehe eben erst relativ weit unten auf seiner Prioritätenliste. Ich komme nach den Kindern, nach dem Job, nach dem Haus ... nach all seinen Verpflichtungen eben. Ich möchte mehr mit ihm zusammen sein. Aber ich möchte auch nicht nörgeln und dauernd irgendwelche Ansprüche stellen.«

»Das ist schon erstaunlich, oder nicht? Jetzt fühlst du dich genauso vernachlässigt wie die Männer, mit denen du nach Stephen zusammen warst.«

»Das hab ich mir auch schon tausendmal gesagt. Vielleicht liegt es an meiner Angst vor Nähe. Zuerst benutze ich meine Verpflichtungen als Ausflucht, und wenn ich keine mehr habe, dann suche ich mir einen Mann, der genau die gleichen Verpflichtungen am Hals hat. Ist das ein Trick des Lebens oder meiner eigenen Psyche?«

»Hast du mit ihm darüber gesprochen?«

»Nicht richtig. Er ist eben in dieser Lebensphase, in der die Zeit, die wir in Zweisamkeit verbringen, notgedrungen begrenzt ist.«

»Hast du ihm schon gesagt, dass du ihn liebst?«

»Dass ich ihn liebe?«

Natürlich weiß Charlene, dass ich das seit Alex keinem Mann mehr gesagt habe. »Du liebst ihn nämlich, weißt du.« Dann nimmt sie mich in den Arm. »Hab keine Angst.« Sie legt die Tannenkerze weg. »Sieh dir doch an, was wir alles durchmachen müssen, selbst wenn wir versuchen, Risiken zu vermeiden.«

»Ja, schon, aber Liebe ist das größte Risiko überhaupt.«

»Ich gehe schon mal nach oben, während du die Karten kaufst.«

An der Kasse steht eine große Porzellanschale mit Engelkarten. Ich schließe die Augen und nehme eine. »Erwartung« steht darauf. Dann steige ich die von Buddha und Isis flankierte Wendeltreppe hoch und betrete den Tearoom. Auf der Speisekarte steht ein verwirrendes Sortiment von Tees, hausgemachten Suppen, Sandwichs und Gebäck. An der Wand hängen Ankündigungen von Folksängern, Märchenerzählern, Tarotkartenlegern und Hellsehern, die den Raum für ihre Vorführungen nutzen, und daneben ein Terminplan von Diskussionsgruppen und allen möglichen Treffen. An einem Tisch vor dem Fenster sitzt ein schlanker grauhaariger Mann und liest Zeitung.

Charlene und ich bestellen »Wolken und Nebel«-Tee und ich dazu ein Stück veganen Schokokuchen.

Der Kellner hat gebleichte weiße Haare und Stöpsel in

den Ohren. »Lasst ihn nicht zu lange ziehen, sonst wird er bitter.« In der Teekanne schwimmt ein von Hand befülltes Baumwollsäckchen. Ich deute auf den Schokokuchen und sage zu Charlene: »Ich weiß, dass du mir helfen wirst, das hier aufzuessen.«

»Du willst mich nur dazu kriegen, dass ich was esse.«

»Erwischt«, gestehe ich und probiere den Kuchen erst mal selbst.

Charlene nimmt die zweite Gabel und beginnt tatsächlich zu essen.

»Manchmal lachst du sogar wieder. Das ist ein Schritt in die richtige Richtung.«

Charlene legt den Kopf schief und kneift die Augen zusammen. »Ist mir noch gar nicht aufgefallen. Aber es gibt inzwischen Augenblicke, Bruchteile von Sekunden, in denen ich *nicht* an Luke denke. In denen ich mir *nicht* vorstelle, wie er an dieser Stange hängt, oder mich an den Ausdruck seiner Augen erinnere, als er gesagt hat, dass ich eine gute Mutter bin. Und Adam – na ja, es war alles so schwierig mit seinen Depressionen und dass er ständig davon geredet hat, er hätte lieber an Lukes Stelle sterben sollen, und dann seine Trinkerei … Ich bin ziemlich fertig.« Sie rührt in ihrem Tee. »Aber vielleicht hat er jetzt die Kurve gekriegt. Er mag seinen neuen Therapeuten, und er geht zu den Anonymen Alkoholikern. Und er mag die Arbeit mit den Pferden.«

»Es ist erst sieben Monate her. Nicht mal ein Jahr.«

»Mir graut es vor Weihnachten und Silvester. Und im Februar ist auch noch Lukes Geburtstag.«

»Ihr dürft nicht so tun, als hätte sich nichts verändert. Sprecht von ihm.«

»Wir können gar nicht anders.« Sie spießt noch einen

Bissen von dem Kuchen auf die Gabel, vergisst aber, ihn in den Mund zu stecken. »Ich dachte, ich zünde eine Kerze an, die ihn sozusagen verkörpert, damit wir sehen, dass sein Geist bei uns ist.«

Ich nicke. »Soll ich irgendwann kommen? Wenn Taras Baby sich an den errechneten Termin hält, könnte ich Heiligabend bei euch sein. Und am nächsten Morgen wieder heimfahren.«

»Würdest du das tun?«

»Wenn ich es zeitlich geregelt kriege ... ich weiß nicht genau, wann Sky und Troy hier sind.«

»Bei meinen Kindern kann ich nicht ungehemmt weinen, es macht ihnen Angst – als hätten sie nicht nur Luke, sondern auch mich verloren. Als könnte ich womöglich nicht mehr aufhören zu weinen.« Sie beißt sich auf die Unterlippe, und ihre Augen füllen sich mit Tränen. »Diane ist fest entschlossen, alles zu genießen, was Teenagern zusteht, Partys, Verabredungen mit Jungs, Footballspiele. Die meiste Zeit ist sie mit ihren Freunden unterwegs. Vermutlich ist das ihre Art, damit fertig zu werden. Einmal, als ich geweint habe, hat Adam mich gefragt, ob ich dort sein möchte, wo Luke ist. ›Noch nicht‹, hab ich geantwortet. Aber ich frage mich, ob die Depressionen vielleicht seine Art sind, seinem Bruder nahe zu sein. Oder ein Versuch, mich hier zu halten.«

»Du gehst nirgendwohin.«

»Mir bleibt ja auch nichts anderes übrig, als weiterzumarschieren. Irgendwie.« Sie bricht ab, drückt die Lippen aufeinander und sitzt da, als lauschte sie der Flötenmusik, die im Hintergrund spielt. Im Fenster hängen Philodendronkörbe in Makramee-Haltern.

»Scheiße. Ich weiß auch nicht, wie ich dir helfen kann.«

»Du sitzt bei mir und hörst mir zu und weinst mit mir. Mehr kann man nicht tun. Das ist Liebe.«

Charlene macht genau das durch, wovor jede Mutter sich am meisten fürchtet. Jedes Mal, wenn mir das einfällt, erschrecke ich und rufe mir ins Gedächtnis, wofür ich alles dankbar sein sollte.

»Manchmal denke ich, Gott wollte Luke bei sich haben. Der Gedanke tröstet mich irgendwie.« Sie sieht mir in die Augen, als erwartet sie eine Antwort – oder eine Frage. Dann fährt sie fort: »Viele Leute sagen mir, schade, dass er nicht sein volles Leben leben konnte. Du weißt schon – Jenny heiraten, vielleicht Kinder mit ihr haben, zusammen alt werden. All das. Aber inzwischen frage ich mich, wie wir eigentlich auf die Idee kommen, dass ein volles Leben achtzig Jahre dauern muss und alles andere irgendwie zu wenig ist. Das *war* doch Lukes Leben. Diese siebenundzwanzig Jahre. Es war sein volles Leben.«

»So hab ich das noch nie gesehen. Zeit allein macht noch kein volles Leben aus. Nur wenn man das Leben wirklich lebt, ist es erfüllt.« Ich trinke meinen Tee. »Erinnerst du dich an Doobie?«

»Die fette graue Katze?«

»Ja. Sie ist zweiundzwanzig Jahre alt geworden. Ein langes Leben für eine Katze. Aber sie hat bloß geschlafen. Im Winter hat sie von einem Schlafplatz zum andern gewechselt. Sie hat ungefähr zwanzig Jahre geschlafen und zwei Jahre gelebt.« Ich zucke die Achseln. »Aber sie wollte es so. Wer will darüber ein Urteil fällen?«

Das Kuchenhäppchen steckt immer noch auf Charlenes Gabel. Jetzt führt sie es zum Mund, steckt es hinein und kaut. »Wenigstens kann ich schlafen. Und die Arbeit ist eine gute Ablenkung. Das Plätzchenbacken hat auch gutgetan.« Sie lacht. »Obwohl ich gestern den ganzen Tag damit verplempert habe.« Sie hält inne, schüttelt den Kopf und legt ihre Hand auf meine. »Ich bin so froh, dass du da bist.« Ihre Augen sind ein bisschen feucht.

Ich drücke ihre Hand. »Ich auch. Wir sind Seelenfreundinnen – oder wie man das sonst nennen soll. Und das schon so lange. So was findet man nicht so häufig. Du, Allie, Juliet, Tracy. Menschen, die für mich da sind und denen ich alles erzählen kann.«

Der Mann am Fenster faltet seine Zeitung zusammen und geht an uns vorbei. Die Bewegung erinnert mich an das, was vor uns liegt. »Hey, wir sollten lieber mal die Blumen holen«, sage ich. »Ich hab sie fast vergessen.« Auf dem Weg durch den Laden holt Charlene das Buch wieder aus dem Regal und kauft es.

Bei Fresh Seasons schiebt eine Angestellte einen Wagen mit Rosen aus dem Lager und stellt sie ins Wasser. Nelken, Iris, Schleierkraut, Stechpalmenzweige, kleine rote Rosen und Ingwerblüten stehen in Wasserkübeln auf dem Boden. Ich nehme eine Ingwerblüte, ein paar kleine rote Rosen und weiße Nelken. Und ich kaufe noch eine Flasche Chardonnay. Die Kassiererin wickelt die Blumen in grünes Papier, bindet sie mit Bast zusammen und steckt sie vorsorglich in einen Karton.

Zu Hause packen wir Charlenes Cookies in Seidenpapier und verteilen sie auf die Schneemann- und Baumbehälter, stapeln sie in einer Tüte und stellen sie in mein Büro. Eine dunkelrote Decke liegt auf dem Tisch, und die Ingwerblüte in einer schmalen Vase ziert das Zentrum. Rosen und Nelken kommen in eine bauchige rote Vase auf den Couchtisch, bis auf ein paar, die ich auf meinem

Nachttisch platziere. Eine Rose habe ich schon ins Bad gestellt.

Jetzt ist es Zeit zu duschen. Als ich angezogen bin, liegt Charlene zusammengekuschelt auf dem Sofa und liest. »Hier ist deine Zeitung.«

Die Schlagzeile berichtet von Korruption im Öffentlichen Dienst. Am Cyber-Montag, dem Beginn des Weihnachts-Online-Shoppings zwischen Thanksgiving und Weihnachten, wurde nicht so viel Geld ausgegeben wie erwartet. Arbeiternehmer und Arbeitgeber werfen sich Anschuldigungen an den Kopf und versuchen sich gegenseitig den Schwarzen Peter zuzuschieben.

»Ich war im Drugstore. Ich weiß nämlich aus Erfahrung, wie man blaue Flecken wegschminkt.« Charlene verdreht die Augen, und ich weiß sofort, dass sie auf die Zeit anspielt, in der sie von ihrem Mann geschlagen worden ist.

»Gelb deckt Blau, Grün deckt Rot. Also das hier ist blau.« Sie deutet auf meine Wange.

Ich hatte meinen kleinen Unfall schon völlig vergessen.

Zum ersten Mal betrachte ich mich unter dem Schminklicht in meinem Badezimmerspiegel. Es sieht wirklich aus, als hätte mir jemand einen Faustschlag verpasst. »Passt zu meinen Augen und bringt meine weißen Haare zum Leuchten.«

»Aber du möchtest bestimmt nicht den ganzen Abend die entsprechenden Fragen beantworten.«

Ein Pinsel mit gelbem Puder betupft mein Gesicht.

»Siehst du. Und jetzt mit Concealer drübergehen.« Charlene nimmt einen in Hellbeige. »Voilà. Kein Veilchen mehr. Schau es dir an.«

Der blaue Fleck ist wesentlich unauffälliger geworden.

»Du hättest Eis drauflegen sollen.«

»Ich hab Plätzchen gebacken und mit Sky telefoniert. Da war mir meine Wange nicht so wichtig.« Ich gebe Make-up auf ein Schwämmchen. »Es tut nicht weh. Oder jedenfalls kaum.«

»Manchmal musst du dich zuerst um dich selbst kümmern.«

»Ja. Richtig.«

Ich beuge mich vor, um ein wenig Lidschatten aufzutragen, einen Lidstrich auf dem unteren Lid, Mascara, die ich erst mal kräftig schüttle, damit sie nicht klumpt. Schwarze Hose, ein neues rotes T-Shirt mit einem abstrakten schwarzen Muster und ein paar Pailletten. Perfekt für heute Abend. Ich plustere meine Haare auf, überprüfe meine Zähne, meine Fingernägel und lege silberne Ohrringe an. Meine weißen Haare bringen meine Augen tatsächlich zum Leuchten. Vielleicht lasse ich sie ein bisschen wachsen. Und frage Laurie, ob sie mir noch zusätzlich ein paar Platinsträhnen macht.

Ich wähle die Nummer von Skys Handy. »Wie geht's?«

»Sie hat sich immer noch nicht gemeldet.«

»Oh.«

»Ich hab schon gedacht, es wäre die Ärztin.«

»Sorry. Nein, ich bin's bloß und wollte fragen, wie es aussieht.«

»Ich hoffe immer noch, dass sie mit ›nachmittags‹ eher etwas Richtung Mittag gemeint hat und nicht Richtung Abend.«

Im Hintergrund sagt jemand: »Hier ist das Zitat, das du wolltest.« Und von Sky ein gedämpftes: »Danke.«

»Klingt, als hättest du viel zu tun.«

»Ich bemühe mich … und meistens funktioniert es auch. Ich bin abgelenkt und kriege viel erledigt.«

»Charlene ist hier, und wir machen uns gerade fein für die Party.«

»Oh, kann ich ihr hallo sagen?«

»Sie duscht gerade. Und ich lass dich jetzt wieder zurück an die Arbeit. Ruf mich an, wenn du was hörst, ja?«

»Na klar.«

»Versprochen?«

»Ja, Mom.«

Ich zünde in der Küche und im Wohnzimmer Kerzen mit Cranberry-Duft an, stelle meinen iPod auf »shuffle« und stöpsel ihn in seine Lautsprecherstation. Als die Musik einsetzt, tanze ich in der Küche herum und tue so, als würde Jim mich durch die Gegend wirbeln, während ich Weingläser hole und einen kleinen Teller für die Ornamente, die man an die Stiele stecken kann, damit jeder sein Glas erkennt. Dann püriere ich die Suppe im Mixer, gieße sie in den Topf zurück, stelle die Hitze ganz klein und streue ein bisschen gehacktes Basilikum obendrauf. Schließlich stelle ich noch die Suppenschalen auf den Tisch.

Nun kann ich eigentlich nur noch warten, bis meine Freundinnen kommen, und wie jedes Jahr bin ich aufgeregt und voller Vorfreude. Ich bin bereit. Das Haus erwartet meine Gäste mit einer Vielzahl von Düften: Plätzchen, Suppe, Cranberrys und Rosen. Auf dem Bett ist Platz für Mäntel, Schals und Mützen, in meinem Büro für die dicken Cookie-Tüten. Der geschmückte Baum zeigt, dass bald Weihnachten ist, Zeit der Freude. Draußen fällt Schnee in daumennagelgroßen Flocken.

Die Bühne ist vorbereitet.

Eine nach der anderen werden die Frauen eintrudeln und die Stille mit ihren Stimmen füllen. Einige kommen frisch und festlich von zu Hause, andere direkt von der Arbeit. Ein paar machen unterwegs an einem Laden halt, um schnell noch eine Vorspeise oder eine Flasche Wein zu kaufen. Manche Cookies und manche Flaschen sind eiskalt, weil sie den ganzen Tag im Auto verbracht haben. Aber jede meiner Freundinnen bringt einem Windstoß gleich ihre freudige Erwartung und ihre Begeisterung mit. Leichtigkeit und Behaglichkeit, denn hier sind wir unter uns, und jede kann so sein, wie sie ist. Wir kennen einander so lange und haben so viel zusammen durchgemacht, dass weder Zurückhaltung noch Vorsicht notwendig ist. Wir haben gesehen, wie unsere Kinder herangewachsen, Beziehungen auseinandergegangen und neue entstanden sind. Wir haben berufliche Erfolge erlebt, Karrierewechsel, Krankheiten und Operationen, wir haben Falten bekommen und Fett angesetzt. Wir haben uns mit Betrug und Streit herumgeschlagen. Doch dieses Jahr gibt es eine zusätzliche Spannung, ich bin absolut nicht sicher, ob und wie Jeannie und Rosie miteinander auskommen werden.

Ich höre, wie die Dusche abgestellt wird und Charlene im Badezimmer herumwerkelt. Wahrscheinlich reibt sie sich mit Bodylotion ein und bürstet sich die Haare. Kurz darauf fängt der Fön an zu summen, und dann kommt sie schließlich heraus, in einem schwarzen Outfit und einer Jacke mit Leopardenmuster. »Du siehst trotzdem toll aus.«

»Hä?«

»Trotz des Veilchens, meine ich.«

Unwillkürlich berühre ich mein Gesicht. »Danke. Du siehst auch toll aus. Trotzdem.«

Sie senkt den Kopf und beißt die Lippen zusammen … eine Geste, mit der sie das unglaubliche »trotzdem« zur Kenntnis nimmt, auf das ich anspiele.

Ich gieße uns Wein ein und stecke ein Schneemann-Ornament an den Stiel meines Glases. Dann setzen wir uns nebeneinander aufs Sofa und legen die Füße auf den Couchtisch. »Auf uns«, sage ich und hebe mein Glas. Disney springt neben mich und legt das Kinn gemütlich auf meinen Oberschenkel. Ich streichle seine weichen Ohren.

»Auf die Freundschaft«, erwidert Charlene, dann stoßen wir an und trinken.

MANDELN

Charlenes großer Bruder war in Vietnam. Vor ein paar Jahren ist er noch einmal hingefahren und hat das Gefängnis besucht, das wir das Hanoi Hilton nennen. Ein Mandelbaum hatte sich einen Weg durch den Beton im Gefängnishof gebahnt. Daneben stand ein Schild, dass die Gefangenen die Mandeln als Nahrung verwendeten, die Rinde und die Blätter als Heilmittel gegen die Amöbenruhr, zum Reinigen von Wunden und zur Linderung bei Hautgeschwüren. Aus dem Holz schnitzten sie Flöten. In der schwülen Hitze spendete der Baum Schatten. Während Charlene das Mandelmus zu Bällchen rollte, erinnerte sie sich daran, wie ihr Bruder ihr das Bild gezeigt hatte, auf dem der Baum und das Schild zu sehen waren. Sie dachte an den Baum, der mit seiner Rinde und seinen Blättern so viel Trost und Hilfe gespendet hatte.

Ob gesalzen, geröstet oder zu Mus verarbeitet – Mandeln gehören zu meinen Lieblingsspeisen. Ich weiß noch, wie ich schon als kleines Mädchen die Marzipanfrüchte bewundert habe, die es, mit Lebensmittelfarbe bemalt und zu Orangen geformt, als besondere Leckerei zu Weihnachten gab. Später habe ich gelernt, dass die Rosen, die man als Dekoration auf Torten findet, gelegentlich aus Mandelmasse gemacht sind, und seit ich erwachsen bin, verziere ich meine Kuchen gern mit Marzipanblättern oder -blumen.

Ursprünglich stammt die Mandel aus Syrien und der Türkei, sie gehört aber zu den ersten kultivierten Obstbäumen – ein Beweis für die Findigkeit unserer Vorfahren. In ihrer wilden Form enthalten Mandeln Blausäure, doch schon früh machten die Menschen das Gift dadurch unschädlich, dass sie die Mandeln rösteten. Als Kulturpflanze ist die Mandel ungiftig. Heute glaubt man, dass den Menschen durch einen glücklichen Zufall, nämlich eine ganz normale Mutation, eine ungiftige Mandelsorte beschert wurde. Mandeln sind leicht anzubauen, da sie von Anfang an Früchte tragen und keine Veredelung notwendig ist. Seit fünftausend Jahren ist der Mandelbaum eine Kulturpflanze, man fand Mandeln im Grab von Tutenchamun in Ägypten, und auch in der Bibel werden Mandeln erwähnt, im Zusammenhang mit dem Aaronstab, der durch ein Wunder Blüten und Früchte trägt.

Mandeln sind mit Kirschen, Aprikosen und Pflaumen verwandt. Die »Nuss«, die wir verzehren, ist eigentlich ein Samenkorn. Der fleischige Teil der Frucht bildet im Fall der Mandel eine harte Schale um den Samen. Die Pflanze hat zwei Erscheinungsformen. Bäume mit rosa Blüten tragen süße, Bäume mit weißen Blüten bittere Mandeln. Bittere Mandeln enthalten die gleichen chemischen Stoffe – einschließlich der Blausäure –, die auch in der wilden Form vorkommen, und werden in der Medizin verwendet. In großen Mengen können Bittermandeln tödlich sein. Die süßen Mandeln jedoch werden zu gerösteten Salzmandeln, Marzipan, Baklava, Baisers, Plätzchen und anderem Gebäck verarbeitet, ihr Duft in der Aromatherapie verwendet. Für Menschen mit Glutenunverträglichkeit und Weizenallergien werden sie zu Mehl vermahlen. Für Menschen mit Erdnussallergien gibt es Mandelmus, bei Laktoseintoleranz kann man auf aus Mandeln gewonnenen Milchersatz zurückgreifen. Mandeln sind reich an Vitamin E, und da sie einfach ungesättigte Fettsäuren enthalten, helfen sie dem Körper, das »schlechte« Cholesterin abzubauen, während sie gleichzeitig das »gute« HDL-Cholesterin erhöhen. Mandeln enthalten Magnesium – den Kalziumkanalblocker der Natur – sowie Kalium. Beides beugt der Arteriosklerose vor und unterstützt die Herztätigkeit.

Mandeln werden in vielen Mittelmeerländern angebaut, doch die Vereinigten Staaten sind der größte Mandelproduzent; die Hälfte der Mandelernte kommt aus Kalifornien. Dort liegen die Mandeln auf Platz sechs der führenden landwirtschaftlichen Produkte und stehen beim Export an der Spitze. Mandelbäume wurden zweimal nach Kalifornien gebracht: zum ersten Mal vor Jahrhunderten, als spanische Missionare sie einführten. Doch als die Missionen geschlossen wurden, gab man auch die Bäume auf. Als die Mandelbäume sich jedoch wegen des Klimas in New England nicht durchsetzen konnten, fanden sie erneut den Weg nach Kalifornien – wo sie heutzutage blühen und gedeihen.

3
Rosie

Stern-Cookie-Baum

Grundrezept Rührteig:
1 Tasse Butter, ev. die Hälfte
durch Margarine ersetzen
1 ½ Tassen weißer Zucker
1 Päckchen Vanillezucker
2 Eier
4 Tassen Mehl (Type 1050)
1 Teelöffel Salz
2 Teelöffel Backpulver
¼ Tasse Milch

Butter mit Zucker verrühren, bis sie locker und hell wird. Vanillezucker und Eier zugeben und alles zusammen schaumig schlagen. Mehl, Salz und Backpulver vermengen. Davon etwa eine Tasse zu der Mischung geben. 2 bis 3 Stunden (oder sogar über Nacht) kalt stellen.

Ausrollen und mit verschieden großen Formen oder mit selbst gemachten Pappschablonen Sterne ausstechen – der größte etwa 9 cm Durchmesser, der kleinste etwa 3 cm. Ich mache meistens vier Größen, und da es zwölf Cookies gibt, drei von jeder Größe.

Bei 200 Grad 8 bis 10 Minuten backen, bis sie an den Rändern knusprig und hellbraun sind. Vom Blech nehmen und auf einem Kuchengitter abkühlen lassen.

Wenn die Cookies abgekühlt sind, mit der Glasur aufeinanderkleben.

◉ *Glasur*

Mit dem Handrührgerät (Rührbesen) 3 Eiweiß und ¼ Teelöffel Weinstein schaumig schlagen. Langsam 4 Tassen Puderzucker unterrühren und die Mischung auf höchster Stufe vier bis sieben Minuten oder so lange weiterrühren, bis die Masse eine streichfähige Konsistenz hat. (Achtung: Wenn die Mischung zu dick ist, Wasser hinzufügen, immer einen Esslöffel auf einmal, bis die gewünschte Konsistenz erreicht ist.) Die Schüssel mit einem feuchten Tuch bedecken, da der Guss sehr rasch trocknet.

◉ *Bäumchen*

Einen der größten Sterne auf einen Servierteller legen. Die restlichen Sterne aufeinanderschichten, vom größten zum kleinsten, mit einem Klecks Glasur festkleben. Dabei die Lage der Zacken abwechseln, bis ein Baum entsteht. Die Spitze bildet ein weißer Stern. Man kann den Baum mit zusätzlichem Guss verzieren und mit buntem Zucker bestreuen. Der Phantasie sind keine Grenzen gesetzt.

Als es klopft, rennt Disney sofort los, seinen Affen fest im Maul. Ich öffne die Tür, und herein kommt Rosie, mit einem Schwall Schnee und einem roten Lippenstiftlächeln, umweht von ihrem langen schwarzen Mantel. Ihre kurzen Haare schimmern, als das Licht auf die schmelzenden Schneeflocken fällt.

»*Hi. Hi. Hi.*« Sie raschelt mit ihren Tüten, wirft Küsschen in die Luft und setzt ihre Last schließlich auf dem Küchentisch ab. »Allmählich wird es unangenehm da draußen ... Schneeregen. Bin gleich zurück.« Die Tür fällt ins Schloss, und sie ist schon wieder weg, ehe ich fragen kann, ob sie Hilfe braucht. Kurz darauf kehrt sie mit noch mehr Tüten zurück. »Mir war nicht klar, wie viel Platz das ganze Zeug einnimmt. Ich hab immer nur drei Päckchen in eine Tüte reingekriegt.« Und schon ist sie wieder zur Tür hinaus. Ich nehme zwei der Tüten vom Küchentisch und trage sie in mein Büro. Unterdessen schleppt Rosie eine Schüssel mit Thai-Nudeln in Erdnusssauce herein und stellt sie ebenfalls auf den Tisch.

»Fertig«, verkündet sie. »Na dann. Jetzt kann ich mich umarmen lassen.« Sie fällt Charlene um den Hals. »Es ist sooooo schön, dich zu sehen«, sagt sie mit weicher Stimme, was die Begrüßung gleichzeitig zu einer Beileids- und Freudenbekundung macht und außerdem noch klarstellt, dass sie nicht sicher war, ob Charlene überhaupt zur Party kommen würde. Charlene reagiert auf das Freundschaftliche und ignoriert den Unterton von Sorge und Mitleid. Dann umarmt Rosie mich, als käme sie nach langer Zeit endlich nach Hause. »Oh, Marnie.«

Sie riecht nach Ylang Ylang und Limone.

»Du siehst gut aus. Wie geht es Jim? Und den Mädchen? Schon was gehört?«

»Nein.« Nun muss man wissen, dass Babys für Rosie ein sehr wichtiges Thema sind. Ihr Leben ist perfekt bis auf einen einzigen kleinen Makel. Na ja, eigentlich zwei. Zum zweiten kommen wir später. Jedenfalls ist sie glücklich mit Kevin, einem Anwalt, verheiratet. Sie arbeitete in der gleichen Kanzlei als Anwaltsgehilfin, als er sich gerade scheiden ließ. Ich weiß, dass sie schon auf das Ende dieser Ehe wartete, aber ich weiß nicht, ob Kevin das auch weiß. Rosie behauptet, sie habe gleich gespürt, dass mit der Ehe etwas nicht stimmt, weil Kevins Frau überhaupt kein Interesse für die Firma aufbrachte, und damals – vor über zehn Jahren, als sie gerade anfing, dort zu arbeiten – vermutete sie, er hätte eine Affäre.

Wir waren zu der Zeit beide Single und hielten Ausschau nach einem geeigneten Mann oder zumindest nach einem Tanzpartner für das alljährliche Sommerfestival »Top of the Park«, und so lernten wir uns in einem frühmorgendlichen Jazztanzkurs kennen, bei dem wir beide mit der Sporttasche in der einen und dem Kaffee in der anderen Hand eintrudelten. »Wenigstens komme ich hier zum Tanzen«, bemerkte ich eines Morgens, während ich mir den Schweiß mit meinem Handtuch abwischte.

»Tanzt du auch so gern? Na dann. Lass uns doch mal zusammen tanzen gehen«, schlug Rosie vor.

»Gern, abgemacht.« Und wir tauschten Telefonnummern aus.

Gleich an diesem Abend trafen wir uns, zusammen mit Allie, beim Top of the Park am Bierzelt. Die Band spielte Rock-Klassiker. Rosie trug ein schulterfreies Blumenkleid, das ihre Sonnenbräune, ihre muskulösen Arme und ihre Schlüsselbeine zur Geltung brachte. Damals waren ihre Haare noch nicht kurz, sondern hingen ihr schwer und glatt über die Schultern. Ein Strahlen ging von ihr aus, sie glänzte geradezu, und kein Mann, der an uns vorbeikam, konnte sich einen zweiten Blick verkneifen.

»Wir sehen toll aus heute Abend«, scherzte ich. »Und du bist absolut umwerfend, Rosie. Was ist los? Neuer Mann?«

Sie wurde rot. Sehr verräterisch.

»Oh-oh.« Auch Allie hatte es bemerkt. »*Na dann*, wie du sagen würdest. Erzähl!«

»Es ist nichts. Noch nicht. Aber vielleicht wird was draus.«

»Eine heimliche Liebe?«

»Na ja. Er ist verheiratet.«

Allie und ich rollten synchron die Augen.

»Verdreht jetzt bloß nicht die Augen. Er ist unglücklich. Und ich denke, vielleicht hat er eine Affäre oder hätte jedenfalls gern eine. Oder es geht ihm zu Hause einfach schlecht. Seine Frau ist ein Biest.«

»Wie alt ist der Typ denn? Wo hast du ihn kennengelernt?«

Rosie nahm einen Schluck von ihrem Red Rock und antwortete: »Er ist einer von den Anwälten in der Kanzlei und vielleicht zwanzig Jahre älter als ich. Oder so. Ende vierzig, Anfang fünfzig.«

Ich starrte sie an, und sie strahlte immer noch, als wäre es für sie das größte Glück auf Erden, mit ihm zusammen zu sein. Und das Zweitbeste, über ihn zu reden.

»Er ist so einsam. Er hängt nach der Arbeit immer noch eine Weile in der Firma rum, und dann gehen wir – die ganze Belegschaft natürlich, nichts Ungehöriges – noch was trinken. Aber er wird jedes Mal knallrot, wenn er mich sieht, das ist sooo süß. Und weil er Puertoricaner ist, sieht man es kaum, nur am Hals ein bisschen.«

Allie richtete sich auf und holte tief Luft. »Warum suchst du dir nicht was noch Schwierigeres? Erstens ist er älter.« Sie klappte den Zeigefinger nach unten. »Zweitens ist er sozusagen dein Chef. Er sollte nicht mit einer seiner Angestellten rummachen.« Jetzt kam der Ringfinger an die Reihe, sodass nur noch der Mittelfinger in die Höhe gestreckt blieb. »Drittens ist er verheiratet.« Das V-Wort spuckte sie förmlich aus. »Und ›verheiratet‹ gibt den Ausschlag.«

»Ich weiß, aber da ist was ganz Besonderes zwischen uns.«

Ein großer Mann mit lockigen Haaren und einem markanten Gesicht kam vorbei, packte Rosie an der Hand und zog sie zum Tanzparkett. Allie und ich folgten den beiden.

Später tanzte ich mit Rosie und fragte: »Wer ist der Typ? Er ist süß. Und trägt keinen Ehering.«

Rosie zog eine Augenbraue hoch, eine Geste, die auch ich beherrschte, seit ich Vivian Leigh in *Vom Winde verweht* gesehen hatte. Tatsächlich traf sie sich dann eine Weile immer wieder mit dem markanten Typen, aber er brachte sie nie so zum Strahlen wie schon der Gedanke an Kevin. Und ich beobachtete staunend, wie Kevin sich scheiden ließ, wie Rosie – geduldig, freundlich und sehr sexy – die Scherben aufsammelte und ihm half, sie wieder zusammenzusetzen. Elegant vermied sie alle potentiellen Fallstricke und überstand die Sache nicht nur unversehrt, sondern war kurze Zeit später auch noch verheiratet und wohlhabend.

Heute haben die beiden sich gut eingerichtet in dem Leben, das sie zusammen aufgebaut haben. In ihrer neuen Kanzlei blühen Rosies geschäftliche und soziale Talente regelrecht auf, sodass sie seit einer Weile praktisch den ganzen Laden schmeißt. Garantiert wird sie Kevin nicht die Zeit lassen, irgendwelchen Tagträumen über immer jüngere Frauen mit noch tolleren Körpern nachzuhängen, sondern ein wachsames Auge auf ihn haben.

Die Sache hat nur einen kleinen Haken. An einem Freitag tranken wir in der Happy Hour ein Glas Wein zusammen. Ich machte mir Sorgen darüber, dass ich mit einem jüngeren Mann zusammen bin.

»Na dann. Wenigstens hast du kein Babyproblem«, kommentierte sie.

Ich nippte an meinem Weinglas.

»Ich meine, ihr habt beide schon Kinder.«

»Ja. Wir müssen rausfinden, ob und wie die Kinder untereinander zurechtkommen. Und unsere Zeiteinteilung bis auf weiteres den Bedürfnissen seiner Jungs anpassen.«

»Aber das ist doch zu schaffen. Ich hätte so gern ein Baby. Aber Kevin ist damit durch, er will das alles nicht noch einmal und sagt, für ihn wäre es jetzt an der Zeit, sein eigenes Leben zu leben.« Rosie verschränkte die Hände und legte sie vor sich auf den Tisch. Ihre Nägel waren französisch manikürt und nicht zu lang. Als ein

Kellner vorübersegelte, hob sie den Arm und deutete auf ihr leeres Glas. Der Kellner nickte, stellte das Glas auf sein Tablett und verschwand.

»Ja.« Ich lachte leise und mitfühlend.

»Klar. Er hat immer das getan, was er sollte. Alles, um der Norm zu entsprechen. Jurastudium, Heirat, harte Arbeit, um sich einen Namen zu machen, Engagement als Elternvertreter, Wohltätigkeitsveranstaltungen … das volle Programm. Das hat er jetzt hinter sich gelassen, um endlich das tun zu können, was er möchte.« Der Kellner stellte ein Glas rubinroten Wein vor sie auf den Tisch. Sie nahm den Stiel zwischen zwei Finger und schwenkte die Flüssigkeit herum. Dann sagte sie achselzuckend: »Und ich war – und bin jetzt – ein Teil von dem, was er möchte«, nahm dann einen Schluck Wein und fügte hinzu: »Und ich? Was ist mit meinen Wünschen?«

»Du wusstest, wie er darüber denkt.«

Rosie senkte den Kopf. »Ja.« Eine Weile kaute sie auf der Unterlippe herum, schüttelte schließlich den Kopf und sagte: »Aber ich wusste nicht, wie *ich* mich jetzt fühlen würde. Als wir uns verliebt haben und er sein Büro aufgemacht hat, dachte ich, was wir haben, wäre genug. Alles war so unglaublich aufregend. Die Urlaubsreisen, wir haben Tauchen gelernt, dann kam die spannende Zeit mit der neuen Kanzlei, dass sie profitabel wird, dass wir uns einen Ruf aufbauen, und schließlich haben wir auch noch die Hunde angeschafft. Ich war wirklich überzeugt, das würde reichen. Aber keine Kinder zu haben kommt mir irgendwie so egoistisch vor. Leer.«

»Kinder krempeln das Leben unwiderruflich um. Bei allem anderen kannst du Abstriche machen, aber Kinder bestimmen ganz selbstverständlich dein Leben. Du bist entweder Elternteil oder nicht. Das Elterndasein frisst dein Leben auf, und das kann man entweder wunderbar oder bedrohlich finden. Oder beides. Selbst wenn man das Leben mit Kindern unbedingt möchte.«

»Wenn es unser Kind wäre, wäre es bestimmt anders für Kevin. Das Kind unserer Liebe. Seine Ex und er haben dauernd gestritten, sie konnten sich auf nichts einigen. Wir dagegen sind immer einer Meinung.« Einen Moment hielt sie inne und warf mir einen Seitenblick zu. »Außer bei diesem Thema. Aber es wäre etwas Gemeinsames, wie die Kanzlei. Es würde bestimmt funktionieren.«

Sie kreuzte ihre durchtrainierten Arme, presste die Lippen aufeinander und sah mich an.

Ich beugte mich zu ihr und antwortete sanft: »Aber vielleicht will und braucht er deine *ganze* Aufmerksamkeit. Vielleicht möchte er dich mit niemandem teilen.« Ich drückte es absichtlich vorsichtig aus. Vielleicht war seine Weigerung das Resultat seines Klammerns, der Wunsch, sie zu besitzen.

Aber Rosie war wild entschlossen. »Er teilt mich doch auch mit der Kanzlei.«

Wieder erschien der Kellner, diesmal mit einer Platte Muscheln in Kräuterwein. Ich öffnete eine davon, schwenkte sie in der Sauce und versuchte es noch einmal. »Die Kanzlei ist SEINE Kanzlei. EURE Kanzlei. Das sieht er als Teil deiner Liebe zu IHM.«

»Genau. Na dann. Bei unseren Kindern wäre es das Gleiche.«

Ich weiß, wie es sich anfühlt, wenn irgendwelche dringlichen Impulse oder Bedürfnisse die Überprüfung von Alternativen verschleiern. Ich erkannte Rosies eiserne Entschlossenheit. Vielleicht hätte ich sagen sollen:

»Aber man schließt die Tür der Kanzlei hinter sich und geht nach Hause. Bei einem Kind ist das keine Option, nicht mal nach achtzehn Jahren. Ein Kind ist wirklich für immer.«

Darüber denke ich oft nach: Wenn ich miterlebe, wie eine Freundin auf echte Schwierigkeiten zusteuert, wie viel halte ich dagegen, wie viel akzeptiere ich – wohl wissend, dass ich auch beim Scherbenauflesen helfen werde? Wie lange bin ich die liebevolle Freundin, die einfach nur zuhört, wann ist der Punkt erreicht, an dem ich auf die Gefahr hinweisen muss? Wie viel nehme ich hin, wie heftig muss ich warnen? Hier, bei Rosie, sehe ich die Gefahr ganz genau. Kevin hat von Anfang an ganz klargemacht, dass er keine Kinder mehr will. Jetzt ändert Rosie sozusagen die Grundlage ihres Vertrags. Ist ein Baby es wert, dass man seine Ehe aufs Spiel setzt? Vielleicht. Freunde springen ein, wenn es nötig ist, egal warum. Und egal warum, werde ich für Rosie da sein. Menschen zu ändern ist nicht meine Aufgabe.

Und Rosie führt ein Leben, das beweist, dass das Unwahrscheinliche möglich ist. So sieht sie sich selbst.

Sie schaute weg, dann wieder zu mir und sagte: »Wenn du jetzt sterben würdest, was wäre das Wichtigste in deinem Leben gewesen?«

Und ich gab ihr die Antwort, die sie erwartete: »Meine Kinder.«

Sie zuckte mit einer Schulter.

Ich schlürfte meinen Wein und sagte: »Rosie, du hast schon immer ein Talent gehabt, schwierige Dinge zu bewältigen und Erfolge einzufahren, an die außer dir fast keiner geglaubt hat. Ich hoffe, das wird auch jetzt so sein.« Schließlich halten wir uns alle an die Methoden, die einmal funktioniert haben, selbst wenn sie längst nichts mehr taugen. Leider merken wir das meistens erst, wenn es zu spät ist.

Als Rosie jetzt – acht Monate später – fragt, ob ich etwas von Sky gehört habe und wie es Tara geht, weiß ich, wie sehr ihre Frage mit Hoffnung und Angst befrachtet ist. Und mit Eifersucht. Und ich werde daran erinnert, dass ich das Potential für einen solchen Reichtum habe – und für einen solchen Verlust.

»Tara müsste jeden Augenblick hier sein. Sie bringt die Cookie-Jungfrau her und besucht dann eine Freundin. Du wirst sie also kurz zu Gesicht kriegen.«

»Oh, ich liebe es, wenn neue Cookie-Hexen kommen ... Sie ist deine Mit-Großmama, richtig?«

Ich lache leise. »Japp. Tara bringt sie aus Detroit mit.« Nach einem raschen Blick auf meine Uhr füge ich hinzu: »Und Sky erfährt heute ihre Testergebnisse. Sie müsste inzwischen längst angerufen haben.«

Charlene legt das Besteck in symmetrischen Packen aus. »Wie geht es dir?«, fragt sie Rosie.

»Ich hab unglaublich viel zu tun. Nächste Woche ist unsere Weihnachtsparty im Büro, und der Caterer macht einen Mordswirbel wegen der Vorbereitungen, und gleich am nächsten Abend ist der Fundraiser der Juristenvereinigung, und wir sind beide im Vorstand. Da hab ich kaum Zeit zum Luftholen.« Zur Veranschaulichung atmet sie einmal tief durch. »Und dann«, fährt sie fort, als hätte sie das vergessen, »hat auch noch Kevins Tochter, also meine Stieftochter, direkt nach Weihnachten Geburtstag, und der Plan ist, dass wir alle zusammen Ski fahren gehen. Wunderbar. Sooo aufregend und sooo viel zu tun, und ich weiß nicht, wie ich alles schaffen soll.« Ihre stufig geschnittenen Haare schwingen hin und her, und sie setzt ein strahlendes Lächeln auf, das ihre zur Schau getragene Verzweiflung Lügen straft.

»Aber du schaffst es ja immer«, sagt Charlene sanft und ohne eine Spur von Gereiztheit, stattdessen mit Verständnis für Rosies Neigung zu Nervosität und Panik.

»Und – kommt Jeannie?« Rosies Stimme ändert die Tonlage, und jetzt klingt sie wirklich nervös.

»Ja.«

Sie kaut auf der Unterlippe und kratzt sich am Kinn. Dann nickt sie langsam. »Ich vermisse sie. Wir waren so gute Freundinnen, wir drei.«

»Vielleicht solltet ihr mal reden.«

»Das haben wir versucht. Aber sie ist immer noch wütend auf mich, als wäre ich diejenige gewesen, die mit ihrem Vater geschlafen hat.« Sie nimmt sich einen Cracker und ein Stück Käse.

Ich lege die Hand auf ihren Arm.

In diesem Moment klingelt es an der Tür. Es sind Juliet und Laurie. Juliet schleppt riesige, glänzend rosarote Tüten und einen großen Teller. Durch den Türspalt treibt Schnee herein, und ein paar versprengte Flocken glitzern auf ihren blonden Locken. »Ich weiß, wo's langgeht«, ruft sie und marschiert langbeinig ins Haus. Auch Laurie kommt herein. »Ich kann nicht allzu lange bleiben, mein Baby wartet«, verkündet sie gleich nach der Begrüßung und folgt Juliet in mein Büro. Nachdem Juliet ihre Cookies verstaut und ihren Mantel auf meinem Bett abgelegt hat, kommt sie zu uns zurück und umarmt uns. Dann zieht sie die Folie von der Platte, und zum Vorschein kommt ein Hummus-Dip, umgeben von leuchtend orangefarbenen Karotten, gelben und roten Tomaten und schwarzen Oliven. »Uuups, ich hab was vergessen«, ruft sie plötzlich, rennt ohne Mantel wieder hinaus und kehrt umgehend mit einer Tüte Pita-Chips zurück. Sie verteilt die Chips auf der Platte und stößt dann einen tiefen Seufzer der Erleichterung aus.

Ihre Arbeit ist erledigt. »Jetzt ist Partytime!«, zwitschert sie. Juliet ist groß, mit hohen Absätzen fast eins achtzig. In den letzten Jahren hat sie Bauchtanz gelernt, und das sieht man ihrem durchtrainierten Körper an, den sie heute Abend mit einem tief ausgeschnittenen T-Shirt und einer schmalen Gürtelhose zur Schau stellt. An ihrem Outfit erkenne ich, dass sie von der Arbeit kommt. Sie ist Krankenschwester. Ich weiß auch, dass sie die Hummus-Platte unterwegs im Plum Market geholt hat.

Laurie hat eine Schale mit Kirschtomaten und Salzmandeln dabei. »Na ja, ich dachte, ein paar gesunde Snacks können nicht schaden. Und mit dem Baby hab ich gerade noch mit Müh und Not die Cookies geschafft.«

Rosie eilt zu ihr, das Weinglas in der Hand, dessen Stiel sie mit einem der Ornamente geschmückt hat, einer winzigen Weihnachtsbaumkugel. »Wie geht es der Kleinen denn? Wie lang habt ihr sie jetzt schon?«

»Drei Monate, und sie fängt jetzt gerade an zu sitzen. Sie ist inzwischen zwölf Monate alt.« Laurie hat ein Baby aus China adoptiert. »Wollt ihr Fotos sehen?«, fragt sie.

»Ja!« Laurie packt Rosies Hand und zieht sie ins Schlafzimmer, um die Fotos aus ihrer Handtasche zu holen.

»Wie geht es dir, ich meine, wie geht es dir wirklich?«, fragt Juliet unterdessen Charlene, schenkt sich ein Glas Rotwein ein und sucht sich als Stielschmuck einen Weihnachtsbaum aus.

Juliet ist meine älteste Freundin. Wir haben uns in der neunten Klasse kennengelernt, und sie war das einzige Mädchen, das Marvin Gaye und BB King mochte, als alle anderen in unserem Alter für die Beatles oder die Monkeys schwärmten. Sie ist zwei Monate älter als ich, aber wegen ihrer von Natur aus fettigen Haut, die ihr zehn Jahre lang lästige Pickel beschert hat, sind in ihrem Gesicht kaum Falten zu finden. Wir machen oft Witze darüber, dass der Fluch der Highschool nach vierzig ihr Segen wurde, während meine porenlose, durchscheinende Haut inzwischen praktisch meinen gesamten Charakter widerspiegelt.

Ehe Charlene auf Juliets Frage antworten kann, stürzt Rosie aus dem Schlafzimmer und schwenkt die Bilder von Olivia, Lauries Baby. »O mein Gott, sie ist ja soooo süß, einfach zum Fressen!« Olivia sitzt in einem Autositz, Mandelaugen über dicken Wangen, die Haare mit einem rosa-lila getupften Band zu einer kleinen Haarfontäne hochgebunden. Ihr Mund ist zu einem Lächeln geöffnet, das absolute Freude und vollkommenes Glück ausdrückt – Laurie hat mit ihr »Kuckuck« gespielt, um diesen Augenblick einzufangen. Während Rosie das Foto betrachtet, beißt sie sich auf die Unterlippe und schüttelt den Kopf, ihre Augen füllen sich mit Tränen, und ich weiß, jetzt ist sie endgültig überzeugt, dass es sich lohnt, für ein Baby ihre Ehe aufs Spiel zu setzen. Eine Sekunde lang steht die Tür zu ihrer Zukunft offen, und im selben Moment öffnet sich in der Realität meine Haustür und Allie kommt herein. Ohne Mantel. Mit Sonnenbrille, obwohl es längst dunkel ist. Die Arme voller Tüten. Sie überfällt uns nicht, sondern wandert um uns herum, umrundet auf Zehenspitzen unser Gespräch und schleicht leise ins Büro, um ihre Cookies abzuladen. Dann geht sie noch einmal nach draußen und kommt wieder, den Mantel über dem Arm, die Sonnenbrille zwischen den Zähnen und eine mit Folie bedeckte Auflaufform in beiden Händen. »Die Entrees hierher?«, fragt sie. Als ich nicke, schiebt sie die Auflaufform neben die Thai-Nudeln und nimmt die Folie ab, unter der ein Grillhähnchen erscheint. »Mäntel ins Schlafzimmer?«

Direkt hinter ihr erscheint Taylor. Mit baumelnden Ohrringen, eingehüllt in einen wehenden Schal, den sie nicht abnimmt. Trotz des wirklich sensationellen Schals – schwarzer Netzstoff mit rosa und weißen Tupfen – wirkt sie ein bisschen bedrückt. Sie bringt Chips, Dips, Cookies und eine Flasche Wein, alles auf einmal. Die Klamotten sind Überbleibsel ihrer Karriere als Bluessängerin.

Ich nicke. Ich liebe diesen Teil des Abends, wenn meine Freundinnen eintrudeln, umtriebig, aufgeregt und mit Köstlichkeiten bewaffnet. Der winterlichen Kälte zum Trotz bringen sie Wärme ins Haus und verbreiten Weihnachtsstimmung. Noch einmal spüren wir eine kindliche Vorfreude auf das große Fest. Ich habe die Bühne bereitet, aber sie füllen sie mit Leben und Emotion und machen diese Party so erst zu dem Event, das immer dann am schönsten ist, wenn wir uns ganz entspannt den Früchten des Zufalls überlassen. Und der Zuneigung, die wir füreinander empfinden. Und unserer Vergangenheit. Jahr für Jahr kann ich es kaum erwarten, dass sie endlich kommen, und freue mich unbändig darauf, sie alle zu sehen.

Alle diese Frauen sind mir auf meiner eigenen Reise begegnet: auf der Highschool, in meiner Hippiezeit, als junge Mutter, als frisch Geschiedene, als Alleinerziehende, als Geschäftsfrau, in wechselnden Beziehungen.

Wenn ich so über mein Leben nachdenke, dann fällt mir das junge Mädchen ein, das Juliet kennengelernt hat, und die Hippiefrau, die Vera über den Weg gelaufen ist, und die gestresste Erwachsene, die Charlene getroffen hat, und die Geschäftsfrau, die sich mit Allie anfreundete. Es ist schwer, die verschiedenen Phasen als Teile des Lebens ein und derselben Frau zusammenzusetzen.

Ich. Die von einem Mann betrogene Ehefrau, die junge Witwe. Und jetzt? Zwei schwangere Töchter. Ein Haus, in dem ich alles selbst gestrichen und dekoriert habe, Aubergine, Beige und Lavendel. Und ein geschmückter Weihnachtsbaum. Manchmal erscheinen mir die verschiedenen Versionen meiner selbst unbegreiflich. Und doch bin alles ich, Marnie. Und die Freundinnen, die andere Versionen kennengelernt haben, sind immer noch Teil meines aktuellen Lebens. Es ist, als dokumentierten sie meine bewegte Vergangenheit. Wenn wir zusammen sind, bezeugen sie meine gesamte Existenz. Ich liebe sie genauso wie mich selbst, in allen meinen verschiedenen Varianten und Aspekten. Und ich liebe sie, denn sie sind wundervoll, jede auf ihre ganz eigene Art.

Das Gefühl ist so stark, dass mir Tränen in die Augen steigen. Und Allie, die schmalen Lippen frisch geschminkt, mustert mich mit zusammengekniffenen Augen. Offensichtlich überlegt sie, was mit mir los ist. Dann bemerkt sie wohl den blauen Fleck auf meiner Wange, der unter dem gelben Make-up noch schwach zu erkennen ist. Sie legt den Kopf schief und berührt ihr eigenes Gesicht. »Alles in Ordnung bei dir?«

»Ja. Ich bin in der Küche gegen die Schranktür gerannt. Im Backwahn.« Ich umarme sie. »Ich hab dich lieb. Ich liebe euch alle.«

In diesem Moment höre ich Geräusche an der Hintertür, und Disney kommt angerannt, hüpfend wie ein Gummiball und so aufgeregt, dass er im Eifer des Gefechts sogar seinen Affen fallen lässt. Dann ertönt Taras Stimme. »Hier sind wir!«, ruft sie. »Hey, Disney, super Halstuch.« Und dann etwas leiser: »Wir benutzen immer die Hintertür.«

Ich erwarte Tara mit schwarz gefärbten Haaren und kobaltblauen Strähnen, dazu jede Menge Silberschmuck im Gesicht. Aber Taras Haare haben ihr ursprüngliches helles Rot, und sie trägt weder Ringe, noch hat sie Make-up aufgelegt. »Du siehst ja aus wie früher, mein kleines Mädchen«, lache ich. »Nichts Hartes mehr, die ganze Bewaffnung weg.«

Aber Tara hat wohl gar nicht vor, ihr Straßenimage loszuwerden, sie wirft mir einen finsteren Blick zu. »Zu viel los im Moment, ich kann mich mit dem ganzen Zeug gerade nicht abgeben.«

Ich beuge mich zu ihr und gebe ihr einen Kuss, dazu drücke ich sie an mich, so gut es mit dem harten Ball, der einmal mein Enkel sein wird, eben geht.

»Ich freu mich so, dich zu sehen, Schätzchen.«

»War ganz schön schwierig herzukommen bei dem Schneegestöber da draußen.«

Direkt hinter ihr ist Sissy, mit kurzen Dreadlocks und einem bunten Schal um den Hals. »Wo soll ich das Essen hinstellen?« Sie lädt den großen Teller ab, den sie mitgebracht hat, breitet die Arme aus und begrüßt mich mit ihrem strahlenden Lächeln. »Schön, dich zu sehen.« Sie gibt mir einen lauten Schmatz auf die Wange, bevor sie die Platte platziert und ihr Sushi enthüllt.

»Oh, ich liebe Sushi!«

»Aber mit der Sauce müsst ihr aufpassen. Die ist echt würzig, um nicht zu sagen superscharf.« Beim Lächeln bilden sich kleine Fältchen um Sissys große Augen. Ich stelle sie den anderen Frauen vor, obwohl sie Charlene schon im Sommer kennengelernt hat.

»Ich hab dir Parfüm, eine Entspannungs-CD und einen Kristall mitgebracht, zur Unterstützung bei den Wehen«, sagt Charlene zu Tara. »Hast du Atemübungen gemacht?«

»O ja. Wir machen die ganze Lamaze-Geschichte.«

»Und wie«, bestätigt Sissy.

»Ich finde deine Haare toll, Tara«, ruft Juliet. »Magst du sie so?«

»Das ist meine Naturfarbe. Soweit ich mich an sie erinnere. Nennt sich *Strahlender Sonnenaufgang*. Ich hab also von *Schwarze Perle* zu *Strahlender Sonnenaufgang* gewechselt.« Taras Haare sind superkurz, fast wie rasiert. »Dann dachte ich, wenn schon, dann kann ich auch gleich ganz zur Natur zurück. Also hab ich meinen Nasenring, das Augenbrauen-Piercing, die sieben Ohrringe, alles rausgenommen. Und hier bin ich, einfach nur ich. Ohne alles. Ich und dieser kleine Klacks hier«, sie tätschelt ihren Bauch, »bereit für unser Abenteuer.«

Tara ist ganz entspannt bei meinen Freundinnen, die sie alle schon ewig kennen – als Baby, in der Highschool, durch alle Entwicklungsphasen.

»Aber ich weiß nicht. Hellrote Haare sehen so fade aus. Vielleicht probier ich ein bisschen Platin oder Fuchsie, wenn das Baby da ist. Was haltet ihr davon?«

Sie sieht frisch aus. Als sie blinzelt, sehe ich, dass ihre Wimpern zwei Farben haben – das Hellbraun, das ich einmal hatte, und dazu das Rot von Stephen –, als hätten unsere Gene einen Kampf ausgefochten, der mit einem Unentschieden geendet hat. Nun existieren sie friedlich nebeneinander.

Tara sieht mich an und sagt: »Du siehst toll aus, Mom. Hoffentlich kriege ich in deinem Alter auch so knallweiße Haare. Das ist genau die Farbe, in der ich meine Strähnen haben will.«

»Danke, Süße.« Noch wenige Jahre zuvor hat sie so ungefähr alles an mir kritisiert.

»Sieht aus, als geht ihr allmählich in die Startlöcher, du und dein kleiner Klacks«, stellt Charlene mit einem Blick auf Taras Bauch fest.

Rosie meint: »Du sieht wunderschön aus, Tara. So ... so ...« Sie hält inne, sucht nach dem richtigen Wort und sagt dann: »So schwanger.« Und wackelt dabei mit dem Kopf, als würde sie eine wichtige Erklärung abgeben.

»Ja, ich bin gigantisch. Sogar hier.« Sie legt die Hände über ihre Brüste. »D-Cups! Ist es zu glauben?«

»So kriegt man die also! Man muss einfach schwanger werden«, lacht Rosie. »Jetzt weiß ich endlich Bescheid.«

»Tja, ich muss jetzt aber wirklich los zu meiner Freundin, ich bin schon spät dran.« Sie geht zu Sissy, die schon in eine Diskussion mit Juliet verwickelt ist. »Ist es okay, wenn ich dich so gegen elf abhole?«

Sissy zieht die Augenbrauen zusammen. »Vergiss es bloß nicht. Ich muss morgen um halb acht zur Arbeit. Okay, Süße?« Sie schaut Tara nach, und ihr üppiges Lächeln entblößt regelmäßige weiße Zähne.

Nun scharen die Frauen sich um den Tisch, knabbern Hähnchen, tunken Karottenspalten in Hummus, Sushi in Wasabi-Sauce und Brot in aromatisiertes Olivenöl, balancieren Weingläser. Juliet unterhält sich mit Sissy, wahrscheinlich über Krankenhäuser, denn sie sind beide Krankenschwestern. Rosie löchert Laurie, lässt sich alles über Olivias Schlafgewohnheiten und den Adoptionsprozess in China erzählen. Allie und Charlene stecken über ihren mit Thai-Nudeln gefüllten Tellern die Köpfe zusammen. Ich fülle eine Schale mit Suppe. Erst als ich anfange zu essen, merke ich, wie hungrig ich bin. In aller Bescheidenheit muss ich feststellen, dass ich genau die richtige Menge Basilikum erwischt habe. Die Küche ist erfüllt von Stimmengewirr, Lachen, Geschirrgeklapper.

Ich schaue auf die Uhr. Sky müsste inzwischen wirklich Bescheid wissen. Kurz überlege ich mir, ob ich mich ins Bad schleichen und sie anrufen soll, entscheide mich aber dagegen. Das wäre vielleicht übergriffig. Und aufdringlich. Sie soll selbst entscheiden, wann sie es mir sagt. Mein Handy ist auf Vibrieren gestellt und klemmt direkt an meiner Hüfte.

Jeannies Ankunft lenkt mich ab. Sie trägt ein schickes Batik-T-Shirt, das ihr Dekolleté zur Geltung bringt. Sofort rückt Rosie noch dichter zu Laurie und wendet der Tür den Rücken zu. Jeannie bringt einen Salat mit Orangen und Walnüssen, und nun werden Taylors Chips und Dips probiert. Wir wandern um den Tisch herum, bedienen uns, die Weingläser in der Hand, und jeder Stiel ist geschmückt mit einem der Ornamente, die Juliet mir vor ein paar Jahren zum Geburtstag geschenkt hat. Ich werfe ihr einen Blick zu, und sie lacht über etwas, was Sissy gerade gesagt hat. Inzwischen ist Rosie wieder etwas von Laurie abgerückt und redet mit Charlene über die wirtschaftliche Entwicklung, während Allie und Jeannie mit Taylor über Job-Möglichkeiten diskutieren.

Einen Moment betrachte ich meine Partygäste. Wie viel Spaß wir miteinander haben, diese mühelose Kameradschaft, Jahr für Jahr. Auf dem Tisch steht die Ingwerblüte, umgeben von Kerzen. Sissy nimmt sich ein Stück Hähnchen und setzt sich zu Charlene und Rosie, während Juliet Wein holt und die fast leeren Gläser nachfüllt. Weich schimmern die Kerzen, die Lichter am Weihnachtsbaum funkeln.

»Sind alle da? Wo ist Tracy? Und Alice?«, fragt Juliet. »Und Vera?«

»Die schaffen es alle nicht dieses Jahr. Tracy ist mit Silver in Hawaii, und Alice ist in Kalifornien, das weißt du ja.« Jetzt werden die Teller neben der Spüle gestapelt.

Rosie unterbricht ihr Gespräch mit Charlene und fragt: »Und was ist mit Vera?«

»Vera kommt noch. Leider musste sie einen Termin auf heute Nachmittag legen, aber sie kommt auf jeden Fall, nur ein bisschen später.« Ich sehe, wie Sissy die Stirn runzelt und auf ihre Armbanduhr schaut. »Wir sollten anfangen, sie kann sich ja einklinken, wenn sie da ist.« Inzwischen sind alle mit Essen fertig. Zumindest für den Augenblick, im Verlauf der Party wird eigentlich dauernd genascht.

»Oh-oh ... Was ist mit den Regeln bei Tracy und Alice?«, fragt Taylor. »Wir verlieren sie doch nicht etwa, oder?«

»Nein, ich hab ihre Cookies schon«, antworte ich lachend. Alice hat ihre mit FedEx geschickt, und Tracy hat ihre gebacken, bevor sie und Silver abgeflogen sind.«

»Aber ohne sie ist es nicht das Gleiche. Sie sind so ein wichtiger Teil«, wirft Jeannie ein.

»Wir sind alle wichtig. Und im Geist sind sie hier bei

uns«, erwidere ich und schaue Jeannie an. »Also – Zeit anzufangen!«

Wir ziehen um ins Wohnzimmer. Dort hat Charlene sich bereits in einen Polstersessel gekuschelt, als suchte sie Trost und Geborgenheit. Es duftet nach Tannennadeln, dazu verströmen die Kerzen einen leichten Zimtgeruch. Auf jedem Tisch steht ein Schälchen mit Erdnusskrokant – ein Familienrezept, das ich noch nie jemandem verraten habe – und Schokomandeln. Nachdem wir uns alle ins Zimmer gedrängt haben, sitzen vier von uns auf dem Sofa, der Rest auf Stühlen und Sesseln, sogar die Ottomane ist besetzt. Juliet sitzt zwischen Jeannie und Rosie. So können sie sich wenigstens nicht mehr dauernd anstarren.

Disney schlüpft unter den Couchtisch. Ich habe einen Stuhl aus meinem Büro mitgebracht, alle neun haben wir es uns bequem gemacht, jede mit Wein oder Wasser, jede im Gespräch mit ihrer Nachbarin. Für Vera ist noch ein Stuhl frei.

»Oh-oh, Juliet und Jeannie sitzen nebeneinander«, neckt Charlene. »Ihr erinnert euch doch bestimmt noch daran, was letztes Jahr passiert ist.« Alle lachen und denken daran, wie die Witze und das schallende Gelächter der beiden den Cookie-Fluss und die begleitenden Geschichten immer wieder unterbrochen haben.

Ich hebe drohend den Zeigefinger wie bei kleinen Kindern und sage: »Könnt ihr euch heute Abend bitte benehmen?«

»Ja, versprochen. Ehrenwort. Allie hilft uns dabei«, geben sie im gleichen Ton zurück.

»Gut, in Ordnung«, antwortet Allie und rollt die Augen. Wir wissen alle, dass sie überhaupt nicht der kontrollierende Typ ist.

»Wer möchte anfangen?«

»Ich will als Letzte«, verkündet Taylor. Sie hat einen Stuhl direkt neben das Sofa gequetscht, damit sie neben Allie sitzen kann, zwischen ihr und Sissy.

»Ich mach den Anfang«, sagt Rosie, steht auf und geht los, um ihre Cookies zu holen. Immer zwei Tüten auf einmal bringt sie herein, und in der Zwischenzeit fangen alle wieder an zu plaudern. Mein Handy bleibt stumm. Ich stelle die Musik leiser, setze mich an den Rand, in Küchennähe, und nippe an meinem Wein. Jetzt kann ich die Party genießen. Auf meiner einen Seite sitzt Charlene, auf der anderen ist der freie Stuhl für Vera. Nun ist Rosie mit den letzten Tüten zurück. Das Lachen und Reden ist lauter geworden.

»Wie funktioniert das denn überhaupt?«, fragt Sissy mit gerunzelter Stirn. »Was sollen wir tun?« Sissy hat eine sehr lebhafte Mimik, und jede Bewegung, ob sie nun die Augenbrauen hochzieht oder lächelt, zeigt unmittelbar ihre Gefühle. Als sie jetzt die Augenbrauen hebt, strahlt sie eine Spur Nervosität aus, das erste Mal, dass ich so etwas wie Unbehagen bei ihr spüre.

»Wir teilen abwechselnd unsere Cookies aus«, antworte ich. »Im ersten Jahr haben wir sie alle gleichzeitig ausgetauscht. Wenn du dir ausmalen kannst, wie zwölf Leute gleichzeitig dreizehn Plätzchentüten herumreichen, hast du ein ungefähres Bild von der Katastrophe. Wir haben Stunden gebraucht, um festzustellen, wer wessen Cookies hatte. Da haben wir beschlossen, dass eine nach der anderen mit Verteilen an die Reihe kommt und – da sich ja jede die Zeit genommen hatte, dreizehn Tüten Kekse zu produzieren – über die von ihr gewählte Sorte spricht. Auf diese Art würdigen wir die Mühe jeder Einzelnen, und jede Sorte Cookies wird zu etwas Besonderem, ebenso die damit verbundene Arbeit. Das war, glaube ich, die erste Regel. Dass immer nur eine gleichzeitig austeilt und dass wir keine Papierteller mit Klarsichtfolie benutzen.«

»Wie hat das eigentlich alles angefangen?« Inzwischen haben Sissys Brauen sich entspannt, ihre Unsicherheit ist verschwunden.

»Als Charlene und ich zusammengewohnt haben, haben wir jedes Jahr eine Nacht damit verbracht, sechs bis acht verschiedene Plätzchensorten zu backen. Die Nacht des Backens, Rührens, Trinkens und Lachens haben wir das immer genannt. Die Kinder haben geschlafen, und wir sind aufgeblieben, haben Musik angemacht und viel zu viel getrunken. Und dann wurde ich irgendwann zu einem Cookie-Austausch eingeladen und habe beschlossen, so was auch mal zu versuchen. Ungefähr fünf Jahre hat es gedauert, um die Sache in Gang zu bringen. Die ersten Male haben wir zu viel getrunken und gefeiert, und mir wurde klar, dass wir was zu essen brauchen. So hat sich alles entwickelt. Wir fügen Regeln hinzu, wenn wir merken, dass wir welche brauchen.«

Rosie hat sich ans Ende der Couch gestellt und ihre Tüten vor sich aufgebaut. »Okay, ihr alle«, beginnt sie, aber niemand hört ihr zu, außer Juliet, die sofort ihr Gespräch mit Jeannie unterbricht. »Na dann«, sagt Rosie etwas lauter, und nun verstummen auch Taylor und Allie. Aber Laurie kichert immer noch über etwas, was Allie gesagt hat.

Rosie versucht es noch einmal, stemmt eine Hand in die Hüfte und macht ein grimmiges Gesicht. Sie sagt kein Wort, sondern starrt nur eine nach der anderen mit ihrem

Lehrerinnenblick an, und da wird es tatsächlich still. Ihre perfekt frisierten Haare, die manikürte Hand in der Hüfte, die Stirnfalte, die Tatsache, dass sie steht, während wir alle sitzen – all das zusammen bringt schließlich den gewünschten Erfolg.

»Danke«, sagt sie freundlich und legt den Kopf schief. »Na dann will ich euch was über meine Cookies erzählen. Den ganzen Samstag hab ich mit Backen verbracht. Die Idee hatte ich aus dem Internet. Dann hab ich alles gebacken, sorgsam zum Abkühlen ausgelegt und schließlich zusammengesetzt, und ich kann euch sagen, das sind eine gaaaanze Menge Plätzchen.« Sie holt tief Luft, wie um zu demonstrieren, wie sehr sie sich angestrengt hat. »Ihr wisst ja alle, wie viel ich immer zu tun habe ... O mein Gott. Und die Cookies kommen immer noch dazu. Na ja, jedenfalls lagen sie überall auf dem Esszimmertisch und auf den Arbeitsplatten herum, und ich musste Backpapier auf dem Bett auslegen und da auch noch welche drauflegen.« Sie atmet aus. »Während sie abkühlten, hab ich eine Ladung Wäsche in die Waschmaschine gepackt, weil ich ja auch noch den ganzen Hausfrauenpflichten nachkommen muss, und gerade als ich die Maschine anstellen will, ruft Kevin an. Ich spiele mit der Idee, als Nächstes ein paar Cookies auf Waschmaschine und Trockner zu stellen. Aber Kevin möchte, dass ich auf dem Computer etwas nachschaue, was er dringend für einen Fall braucht. ›Ich bin gerade beim Plätzchenbacken‹, erkläre ich ihm.« Ihre Stimme nimmt den lieblich süßen Ton an, in dem sie tatsächlich mit Kevin redet.

»›Ich weiß‹, sagt er. ›Ich weiß, dass heute dein Cookie-Tag ist. Tut mir leid, dich zu stören.‹« Jetzt spricht sie mit tiefer Stimme.

»Junge, Junge, den hat sie aber gut im Griff«, witzelt Taylor.

»Ja, mein Mann hat inzwischen auch kapiert, dass man mich am Cookie-Tag am besten in Ruhe lässt«, bestätigt Jeannie. »›Stör niemals die Cookie-Hexe am Cookie-Tag‹, lautet seine Devise.«

Mit einem Räuspern lenkt Rosie die Aufmerksamkeit wieder auf sich. »Ich gehe also ins Büro und fülle diese Verzichtserklärung für ihn aus, und das nimmt etwa fünfzehn Minuten in Anspruch. Die ganze Zeit über denke ich, alles ist gut, die Cookies sind gleich hübsch abgekühlt, und schließlich maile ich ihm das Ding.« Sie drückt auf eine imaginäre Computertaste. »Ich rufe ihn an, sage ihm, dass das Dokument in seinem Posteingang ist, und gehe zurück zu meinen Cookies.« Jetzt hält sie einen unsichtbaren Telefonhörer in der Hand und beugt sich leicht vor. »Aber da kommt Thelma mit schuldbewusstem Hundegesicht aus dem Schlafzimmer. Ich schaue nach, denn mir schwant Schreckliches, und natürlich ist sie aufs Bett gesprungen, hat die eine Hälfte der Cookies gefressen und die andere ruiniert.« Entnervt schüttelt sie den Kopf. »Dieser Hund!« Wieder schüttelt sie den Kopf. »Dieser Hund. Ich liebe Thelma, aber trotzdem.« Sie seufzt tief, um ihren Worten Nachruck zu verleihen. »Dann checke ich das Wohnzimmer, und da hat sie eine Lage Backpapier heruntergezerrt und alle Cookies gefressen, die darauf lagen. Also musste ich die Cookies noch mal backen. Und wie ihr gleich sehen werdet, musste ich dafür erst mal rausfinden, welche der Hund sich einverleibt hatte, und das hat schon fast eine halbe Stunde gedauert, erst dann konnte ich die fehlenden backen und abkühlen lassen.«

Was für ein Frust! Und nicht nur Frust, sondern nahezu Verzweiflung angesichts dessen, was sie sonst noch alles zu erledigen hatte. Wir fühlen mit ihr, nur Jeannie hat sich abgewandt und betrachtet eingehend ihren Ehering, statt Rosie anzusehen.

»Die Ausrede hab ich in der Schule immer benutzt. ›Der Hund hat alles aufgefressen‹«, wirft Taylor ein.

Rosie ignoriert unser Gelächter. »Aber ich hab alles geschafft. Ich schwöre euch, ein Hund ist mehr Arbeit als ein Kind. Als Kevin heimkam, meinte er: ›Ach, du bist immer noch am Backen?‹ Anscheinend hab ich ihm einen ziemlich wütenden Blick zugeworfen, denn er hat sich ins Wohnzimmer vor den Fernseher verkrümelt und ist erst wieder rausgekommen, als ich ihn zum Essen gerufen habe. Tja, und hier sind sie nun, meine Cookies.«

Sie zieht eine Hochglanz-Folienschachtel aus einer der Tüten. Der Deckel erinnert an zusammengefaltete Blütenblätter, die sich mit einer Drehbewegung öffnen lassen. Mit einer schnellen Handbewegung greift sie hinein und zieht ein aus sternförmigen Cookies zusammengesetztes, etwa zwanzig Zentimeter hohes Bäumchen heraus. Der Guss sieht aus wie Schnee und ist mit buntem Zucker bestreut.

»O mein Gott!«

»Wie hast du das denn gemacht?«

Jetzt ist Rosie ganz in ihrem Element. »Es sind zwölf Cookies – müssen ja zwölf sein, richtig?« Sie wirft mir einen Blick zu. »Nach oben hin werden sie immer kleiner, und alle sind mit Zuckerguss zusammengeklebt. Könnt ihr euch jetzt vorstellen, wie schwierig es war rauszukriegen, welche der Hund gefressen hatte?«

»Die sind viel zu schön zum Essen. Ich nehme meinen als Tischschmuck fürs Weihnachtsessen«, verkündet Juliet.

Rosie strahlt vor Stolz.

»Tja, eigentlich können wir Übrigen gleich einpacken. Wozu sollen wir unsere Cookies überhaupt noch verteilen. Deine sind garantiert sowieso die tollsten«, meint Allie.

»Es ist ein einfaches Rührteig-Rezept, und für die Sterne hab ich aus Pappe Schablonen ausgeschnitten. Genau genommen sind ein paar von der gleichen Größe ungleichmäßig aufeinandergeschichtet, damit es aussieht wie Baumäste. Ich hab mich für dieses Rezept entschieden, weil ich auch etwas als Tischschmuck für mein Essen an Heiligabend brauchte und dachte, das könnte passen.«

»Echt cool. Und die Schachteln sind auch wunderschön«, sage ich.

Rosie lächelt mich an. »Ja, es war ziemlich schwierig, sie zu finden. Damit man das Bäumchen rausnehmen kann, ohne es kaputtzumachen.«

»Rosie, du magst ja immer viel zu tun haben und dich für eine Hektikerin halten, aber du kriegst alle deine Projekte gebacken – im wahrsten Sinn des Wortes. Die Bäumchen sind wundervoll«, sagt Charlene. Ich beobachte sie schon die ganze Zeit. Eine ganze Weile hat sie nur stumm und melancholisch in ihrem Sessel gekauert und passiv umhergeblickt, deshalb bin ich sehr froh, dass sie sich jetzt wieder beteiligt.

Jeannie hält ihr Gesicht weiterhin abgewandt.

»Okay, dann lasst uns mit dem Verteilen beginnen.« Rosie gibt Juliet eine Schachtel, und diese reicht sie herum, bis sie bei Charlene ankommt. So wandert eine

Schachtel nach der anderen im Kreis, bis wir schließlich alle ein Cookie-Bäumchen haben.

»Hey, wo ist die Tüte für das Hospiz? Wer erledigt das überhaupt?«, fragt Allie.

»Ich mach das«, meldet sich Charlene, und Rosie gibt ihr eine weitere Schachtel, die sie in eine der jetzt leeren Tüten steckt.

»Und ich verwahre die für Vera, bis sie kommt. Und die für Tracy ebenfalls.« Ich stelle eine leere Tüte auf den Stuhl, den ich für Vera freihalte, und noch eine zwischen Charlene und mich.

»Und was ist mit denen für Alice?«

»Darum kümmere ich mich«, antwortet Rosie. »Ich hab hier Platz für ihre Tüte.« Damit schiebt sie eine Schachtel in die leere Tüte.

Allie steht auf, um Weinnachschub zu holen. Eher eine Umstrukturierung als eine Pause.

»Bring auch roten, ja?«, ruft Jeannie.

Ich stehe ebenfalls auf, hole frischen Weiß- und Rotwein und stelle alles auf den Couchtisch. Ich weiß, dass es zwischen den Geschichten und dem Cookie-Verteilen immer kleine Pausen gibt, in denen man aufs Klo gehen oder sich was zu essen holen kann, und dann ist auch Zeit zum Reden und Lachen, während der Abend langsam voranschreitet. Ich spüre das stumme Handy an meiner Hüfte und schaue auf die Uhr. Ich kontrolliere, ob ich vielleicht einen Anruf überhört habe oder eine SMS angekommen ist. Nichts. Kein Anruf. Keine Nachricht. Mein Herz wird schwer, aber ich konzentriere mich bewusst wieder auf die Gesichter meiner Freundinnen, die lachen und reden, schenke mir noch ein wenig Rotwein ein und nehme mir etwas Erdnusskrokant. Dann schaue ich zu

Sissy, aber sie unterhält sich mit Laurie, Taylor und Allie. Allie sagt etwas – wahrscheinlich macht sie einen ihrer zweideutigen Witze, die meist haarsträubend obszön sind –, und Taylor und Sissy brechen in schallendes Gelächter aus. Wie erwartet findet Sissy sich in unserer Gruppe glänzend zurecht. Ganz mühelos fügt sie sich ein. Und dann denke ich an meinen Enkel, der bald auf die Welt kommen wird, und hoffe, dass auch er das Gefühl haben wird dazuzugehören.

»Hey, Juliet, du bist die Nächste.«

BACKTRIEBMITTEL

Die Chemie des Backens habe ich nie ganz verstanden. Angewandte Wissenschaft spielte im Chemieunterricht auf der Highschool keine Rolle, deshalb habe ich später einfach gemacht, was im Rezept stand, und war mir bestenfalls vage bewusst, dass ich irgendwelche Substanzen beifügen musste, um den Teig in Gebäck zu verwandeln. Aber Backpulver, Natron und Weinstein sind quasi der Zaubertrick, der Cookies im Ofen aufgehen lässt. Ich improvisiere gern mit Gewürzen und anderen Zutaten beim Kochen, aber nie mit Backchemikalien. Die funktionieren folgendermaßen:

Natron ist die Kurzform von Natriumhydrogenkarbonat. Bei den alten Ägyptern benutzte man es als Seife. Heute findet es Verwendung als säurebindendes Magenmittel, zur Zahnreinigung, als Frischeduft für den Kühlschrank und als Teppichdeodorant, das man vor dem Saugen ausstreut. Wenn man Natron mit Feuchtigkeit und einer säurehaltigen Substanz mischt – wie Joghurt, Schokolade, Zitronensaft, Essig, Buttermilch oder Honig –, bilden sich Kohlensäureblasen, die sich in der Wärme ausdehnen. Die Reaktion beginnt, sobald die Zutaten vermengt werden, deshalb muss man einen mit Natron hergestellten Teig immer gleich backen, sonst sackt das Gebäck zusammen.

Backpulver ist eine Mischung aus Natriumhydrogenkarbonat, einem Säuerungsmittel (zum Beispiel Zitronensäure, Weinsäure oder Weinstein) und einem Trockenmittel (für gewöhnlich Speisestärke, Weizenstärke). Als Säuremittel werden oft auch Diphosphate eingesetzt, die etwas langsamer reagieren. Natriumpyrophosphat beispielsweise reagiert bei Zimmertemperatur gar nicht. Phosphatfreies, sogenanntes natürliches Backpulver ist etwas teurer.

Man benutzt Backpulver anstelle von Hefe, weil es sehr schnell reagiert, während Hefe drei Stunden gehen muss. Modernes Backpulver wirkt normalerweise doppelt: Ein Teil des Gases tritt bei Zimmertemperatur sofort aus, wenn das Pulver in den Teig kommt, der größere Teil aber erst, wenn das Gebäck im Ofen ist. Daher raten Rezepte, erst die trockenen Zutaten zu mischen und dann die Flüssigkeit zuzugeben, und auch nur so lange zu rühren, bis die Zutaten gerade angefeuchtet sind, denn das hält den Gasverlust aus dem Teig möglichst gering. Wenn man zu lange rührt, kommt die Reaktion zum Erliegen, und die Blasen sind weg. Aus Backnatron und Weinstein kann man Backpulver selbst herstellen. Dafür kombiniert man zwei Teile Weinstein mit einem Teil Natron.

Einige unserer Rezepte verlangen Backnatron, andere Backpulver. Welches davon benutzt werden soll, hängt von den anderen Zutaten ab. Natron schmeckt leicht bitter, wenn es nicht mit einer säurehaltigen Substanz kombiniert wird, zum Beispiel mit Buttermilch. Backpulver enthält sowohl eine Säure als auch eine Base und ist geschmacklich deshalb eher neutral. Rezepte, in denen Backpulver verlangt wird, haben oft auch andere geschmacksneutrale Zutaten, beispielsweise Milch. Backpulver wird häufig in Kuchen und Keksen verwendet.

Weinstein wird aus dem Sediment der Weinherstellung gewonnen. Wir kennen ihn vor allem als Mittel zum Stabilisieren von Eischnee. Baiser zum Beispiel besteht aus Eiweiß, Weinstein und Zucker.

Für ihre Pennsylvania Dunkers verwendet Juliet selbst gemachtes Backpulver aus Weinstein und Natron. Aber auch wir anderen profitieren jedes Mal, wenn wir Natron oder Weinstein oder fertiges Backpulver in den Teig mischen und später schön lockere Cookies oder sonstiges Gebäck aus dem Ofen holen, von den Zauberkünsten der Chemie.

4
Juliet

Pennsylvania Dunkers

1 Tasse weiche Butter
2 Tassen weißer Zucker
1 Tasse brauner Zucker
2 große Eier, verquirlt
1 Päckchen Vanillezucker
3 Tassen gesiebtes Mehl
1 Esslöffel Natron
1 Esslöffel Weinstein
1 Tasse fein gehackte
Pecannüsse
(nach Belieben auch mehr)

Butter, Zucker (beide Sorten), Eier, Vanillezucker in einer großen Schüssel gut vermischen. In einer weiteren Schüssel die trockenen Zutaten vermengen. Nach und nach die trockenen Zutaten zu der Zuckermischung geben. Mit den Händen SEHR GUT vermischen. Teig in vier Teile teilen. Aus jedem Teil etwa 15 cm lange Rollen mit einem

Durchmesser von etwa 5 cm formen. Jede Teigrolle eng in Backpapier wickeln und einfrieren.

Zum Backen mit einem scharfen Messer in dünne Scheiben schneiden (knapp ½ cm). Bei 180 Grad sieben bis acht Minuten backen, bis die Ränder leicht gebräunt sind – Vorsicht, sie können leicht zu dunkel werden! Ein paar Minuten abkühlen lassen, bevor man sie vom Blech nimmt. Jede Rolle ergibt 25 bis 30 Cookies.

Diese Plätzchen sind sehr knusprig und schmecken köstlich, wenn man sie in Kaffee oder Milch taucht. Ich genieße sie in den Ferien zum Frühstück oder als spätabendlichen Snack.

Mit wiegenden Hüften und wehenden blonden Locken stolziert Juliet in mein Büro, um ihre Tüten zu holen. Sie ist sowieso schon die Größte von uns, aber wenn sie steht und wir sitzen, ist der Unterschied besonders krass.

»Dein Pilates-Training zahlt sich echt aus«, bemerkt Allie.

Juliet greift nach ihrem Glas, trinkt einen Schluck Wein und erwidert: »Ich hab vor kurzem das größte Kompliment meines Lebens bekommen. Meine Tochter kam unerwartet nach Hause, ich kam gerade aus der Dusche, nur in BH und Slip, und sie meinte: ›Wow, Mom. Ich hoffe, mein Körper ist auch nur halb so toll wie deiner, wenn ich in deinem Alter bin. Du siehst super aus.‹«

»Tja, man sieht den Unterschied, Wonder Woman«, sagt Laurie.

Juliet runzelt die Stirn und kneift ein Auge zusammen – die perfekte Karikatur allumfassender Skepsis. »Die Cellulitis und die faltigen Knie sieht man ja unter den Klamotten nicht«, lacht sie.

Ich gehe in die Küche, um Chips und Dips zu holen. Laurie folgt mir. »Juliet ist echt was Besonderes. Toller Ehemann, tolle Karriere, tolle Kinder und Enkel. Und zu allem Überfluss ist sie auch noch wunderschön.«

Als sie Enkel erwähnt, muss ich sofort wieder an Sky denken. Mein Handy hat immer noch nicht geklingelt.

»Und dann auch noch super in Form.« Laurie gießt Cola light in ihr Weinglas. »Und sie wohnt in einem grandiosen Haus. Keine Ahnung, wie sie das macht. Sieht bei ihr alles ganz mühelos aus.«

»Wir alle haben unser Päckchen zu tragen.«

»Aber ihres ist unsichtbar. Bei ihr hat man immer diesen Überflieger-Eindruck. Sogar den Krebs hat sie scheinbar mit links bewältigt.«

»Dabei hat sie unglaublich Schiss gehabt. Und ich auch. Danach hat sie mehrere Jahre Selbsthilfegruppen geleitet.« Ein Tag vor ihrer Operation sprach Juliet mit mir über ihre Ängste. Was würde mit ihrer Ehe passieren, wenn sie keine Brüste mehr hatte? »Außerdem gehören meine Brustwarzen zu meinen erogenen Zonen«, fügte sie hinzu.

Zuerst wusste ich nicht, was ich sagen sollte. »Besser, du verlierst deine Brustwarzen als dein Leben.«

»Stimmt.« Sie wandte sich eilig ab.

»Tja, seht ihr? Wenn das Leben ihr Zitronen serviert, macht sie Limonade daraus«, meint Laurie.

»Ja«, stimme ich ihr zu. Ich erinnere mich noch gut daran, wie ich Juliet kennengelernt habe. Ständig hat sie sich beklagt, dass sie ihre widerspenstigen Locken einfach nicht glattgebügelt bekam, wie es dem Stil der damaligen Zeit entsprach. So viel in unserem Leben wird dadurch bestimmt, wie weit unser Aussehen dem Ideal unserer Teenagerjahre entspricht. Juliets Haare, ihre Pickel und ihre Größe machten sie zu einer Giraffe unter Ponys.

»Ich hasse, hasse, hasse meine Haare!«, sagte sie eines schönen Schultages zu mir.

»Und ich wollte schon immer Haare haben wie du. Stundenlang hab ich schon dagesessen und mit den Fingern Ringellocken zu drehen versucht.«

»Ja, früher vielleicht«, fauchte sie. »Damals in der Grundschule.«

»Wer weiß, vielleicht werden Locken auch mal wieder modern.«

Sie roch nach Jean-Naté-Parfüm. »Ja, träum weiter«, gab sie ironisch zurück, während sie sich die Lippen nachzog und gekonnt einen Lidstrich malte.

»Wenigstens hast du lange Beine«, sagte ich.

Sie zog ihren Minirock nach unten. »Ja. Und deswegen ist der Rocksaum auch immer mehr als zehn Zentimeter über dem Knie. Und ich musste schon zweimal zum Direktor, weil mein Rock zu kurz war.«

Sie weigerte sich strikt, irgendwas Gutes an den Dingen zu sehen. Und wenn ich jetzt an sie denke, wie selbstbewusst und locker sie sich zwischen verschiedenen Rollen und Menschen hin und her bewegt ... Doch unter der Oberfläche von Gelassenheit und Erfolg verbirgt sich nach wie vor das unsichere Mädchen, das in einem Wohnwagen im Courtyard Trailer Park aufgewachsen ist und sich damals ebenso über ihre Locken beklagt hat wie heutzutage über ihre Cellulitis.

»Alles erscheint bei ihr so leicht«, sagt Laurie noch einmal. »Sie ist ... hmm ...« Laurie stockt, zuckt die Achseln und sucht nach dem richtigen Wort. »Sie ist immer so tüchtig.«

Dann wird mir plötzlich klar, worüber sie eigentlich redet. »Anfangs ist es immer schwer, sich ans Muttersein zu gewöhnen, Laurie.«

Sie zuckt leicht zusammen, und als sie sich mir zuwendet, schaut sie mich mit großen starren Augen an, wie ein Reh im Scheinwerferlicht. »Ich finde Olivia toll, aber …« Sie angelt sich ein Stück Hähnchenfleisch und steckt es in den Mund. »Ich schätze, ich fühle mich, als wäre ich nur noch *sie*. *Mich* gibt es gar nicht mehr. Und ich … na ja, ich bin eigentlich immer müde. Sie schläft immer noch nicht durch, und ich versuche zu putzen, solange sie ihren Mittagsschlaf hält. Außerdem schaffe ich es oft nicht, sie zu trösten.«

Ich lege ihr sanft die Hand auf die Schulter. »Sie hat viel durchgemacht, man hat sie entwurzelt und verpflanzt. Mit der Zeit wird sie sich immer besser eingewöhnen.« Ich frage mich, ob die Tatsache, dass der Fötus den Körper einer Frau so selbstverständlich in Besitz nimmt, einen darauf vorbereitet, dass demnächst ein Baby das ganze Leben beherrschen wird. Bei einer Adoption passiert das von jetzt auf nachher. Sowohl für die Mutter als auch für das Kind. Von der biologischen Mutter mal ganz zu schweigen. Wieder muss ich an Sky und ihren Test denken. Wenn die Schwangerschaft abgebrochen werden muss, wird sie möglicherweise auch ein Kind adoptieren.

»Vielleicht weint sie deshalb so viel.«

»Sie ist doch erst seit ein paar Monaten bei euch. Sie hat unglaublich viele Veränderungen durchgemacht. Ihr beide. Ganz gleich, wie sehr du dir das Baby gewünscht hast und wie sehr du Olivia liebst.«

»Na ja, das ist vermutlich ganz normal. Es kommt einem nur nicht so vor, wenn es um einen selbst geht.«

»Es ist wie bei Juliet. Sie hat auch nicht von heute auf morgen gelernt, die Juliet zu sein, die sie heute ist. Auch bei ihr kam ein Schritt nach dem anderen.«

Und sie ist auch nicht genau die Juliet, die sie zu sein

vorgibt. Die Wohnwagensiedlung hat ihre Narben hinterlassen. Natürlich nicht der Ort selbst, sondern all das, was dazugehört: weniger Geld zu haben als andere Kinder in ihrem Alter, eine unverheiratete Mutter, die drei Kinder großzog. Juliet war mehr oder weniger auf sich selbst gestellt. Erst als sie den Job bei Kroger bekommen hat, konnte sie sich einige der Dinge leisten, die für uns andere selbstverständlich waren. Beispielsweise die Klassenfotos. Oh, natürlich wurde sie auch fotografiert, aber sie nahm nie einen Satz Bilder mit nach Hause. Wir anderen tauschten Fotos im Brieftaschenformat aus, mit Sprüchen auf der Rückseite wie »8ung, Schönheit!«

Einmal behauptete Juliet achselzuckend, sie hätte ihre Bilder schon verschenkt, als jemand sie danach fragte. Im nächsten Jahr brachte sie als Ausrede vor, ihre Mutter würde sie zwingen, sämtliche Abzüge an Verwandte zu verteilen.

»Dann hättest du einfach mehr bestellen sollen«, meinte das Mädchen, das neben ihr saß.

»Das hab ich meiner Mom auch gesagt«, entgegnete Juliet mit dem universellen entnervten Augenrollen, das Teenager so perfekt beherrschen. Ich schenkte ihr trotzdem immer eins meiner Brieftaschenbilder. Mit meiner schwarzen Brille und den aufgebauschten Haaren sah ich darauf ziemlich bescheuert aus. Irgendwann schaute ich mir Juliets Portemonnaie an und stellte fest, dass sie nur zwei Bilder besaß: das von mir und eines von ihrer Mutter, ihrem Bruder und ihrer Schwester. Ansonsten waren die Fächer mit Geld und Bons gefüllt. Endlich verstand ich ihre Ausflüchte. Und danach besuchte ich sie in ihrem Wohnwagen.

Heute wirkt ihr perfekt und dezent eingerichtetes

Haus mit den Pflanzen und Kissen als einzige Farbtupfer wie eine Werbung für ihre neue Bewegungsfreiheit. Innen ist alles makellos sauber und ordentlich. Draußen im Garten gibt es gepflegte Blumenbeete, gestutzte Bäume und eine gleichmäßig glatte Rasenfläche. Das krasse Gegenteil des vollgestopften, chaotischen Zwei-Zimmer-Wohnwagens, in dem vier Leute hausten. Nachdem sie ihre Prüfung als Krankenschwester abgelegt hatte, unterstützte sie ihren Mann Dan beim Jurastudium. Inzwischen ist ihre Tochter Lehrerin, und ihr Sohn studiert Medizin. Beide sind verheiratet. Ihre Tochter hat ein Kind, die Frau ihres Sohns ist schwanger. Eine Bilderbuchfamilie in einem Bilderbuchhaus. Abgesichert. Wohlhabend. Glücklich.

Sie gibt sich alle Mühe, dieses Bild aufrechtzuerhalten. Aber es gibt auch eine Kehrseite. Das weiß ich zum Teil deshalb, weil ich dabei war, als es anfing. Und zum Teil, weil ich sie schon so lange kenne.

Vor langer Zeit, noch bevor es zwischen mir und Stephen unangenehm wurde, besuchten Juliet, Dan, Stephen und ich gemeinsam ein Blues and Jazz Festival. Wir alle glaubten fest an Monogamie, Treue, Loyalität und daran, dass die Liebe alles besiegen kann. Um näher an die Bühne und zu Al Green zu kommen, ließen Juliet und ich unsere Männer mit ihren Bieren allein. Eingeklemmt zwischen all den anderen Fans jubelten wir ihm zu, und als Al sich zum Publikum herunterbeugte, streckte Juliet die Hand aus und berührte seinen Arm. Und ihre Blicke begegneten sich.

So stand sie direkt vor ihm und schwang die Hüften, während sein Blick über ihren Körper wanderte, einen Moment auf ihren vollen Lippen und den Locken verharrte, dann aber wieder zu den anderen Zuhörern zurückkehrte, die unter der hellen Sonne tanzten, klatschten und mit ihren Jubelrufen sogar die dröhnenden Blechbläser übertönten.

Bis zum Schluss blieben Juliet und ich direkt vor der Bühne, wiegten uns im Takt der Musik und sangen aus voller Kehle.

Doch irgendwann war das Konzert vorbei, die letzte Zugabe verklungen.

»Gott, ich muss dringend pinkeln«, flüsterte Juliet. Wir wanderten zu den Dixie-Klos und stellten uns munter plaudernd in die Schlange. Auf einmal verstummte Juliet und starrte eine Frau an, die gerade herauskam. Sie war attraktiv, etwa zehn Jahre älter als wir, in Khakihose, Dockers, bedrucktem Shirt und Halstuch. Als sie Juliet entdeckte, kam sie auf sie zu und begann eine gediegene Konversation darüber, wie perfekt das Wetter für das Konzert gewesen war, während es letztes Jahr doch die ganze Zeit geregnet hatte. »Aber ich muss zurück zu Tom. Wir sehen uns dann sicher auf der nächsten Klinikparty.« Ihre Lippen waren frisch geschminkt, in einem glänzenden Rot.

»Okay«, murmelte Juliet. Ihr Gesicht war gerötet, sie hielt die Arme dicht am Körper – ganz das ungelenke Highschool-Mädchen, das sich über seine Locken beklagte und Ausflüchte erfand, warum es keine Fotos dabeihatte.

»Wer war das denn?«, fragte ich sie.

»Das willst du gar nicht wissen.«

Ein paar Tage später gingen wir im Gallup Park spazieren. Tara war bei der Tagesmutter, und ich gönnte mir eine Pause vom Lernen, um den Nachmittag mit meiner ältesten Freundin zu verbringen. Zufällig kamen wir an der Stelle vorbei, wo das Festival stattgefunden hatte – jetzt natürlich frei von Menschen, Decken, Stühlen und Ständen, an denen man indische oder italienische Speisen, Delifood, Wein, Bier oder Limo erwerben konnte. Statt von Al Greens Stimme wurde die Stille nur von einem gelegentlichen Entenquaken unterbrochen.

»Wer war diese Frau?«

Juliet wusste sofort, wen ich meinte. »O Gott.« Sie kniff die Augen zusammen und schluckte. »Sie ist die Frau von einem Arzt, mit dem ich arbeite.«

»Und du hasst ihn?«

Sie schnaubte und beschleunigte ihre Schritte, dass die Locken nur so auf ihren Schultern hüpften. »Ganz im Gegenteil. Wir sind gute Freunde.«

»Bist du in ihn verliebt?«

»So könnte man es ausdrücken.« Auf ihren langen Beinen marschierte sie mit Riesenschritten weiter durch die warme Sommerluft, und ihre üppigen Brüste bewegten sich im gleichen Rhythmus auf und ab. Ich musste traben, um mitzukommen.

»Hey, nicht so schnell.«

Sie drosselte das Tempo. »Okay.« Etwas langsamer gingen wir weiter, an einer Bank vorbei, um eine Kurve. »O Gott.«

»Was ist denn los?«

»Scheiße. Ich hab es mir noch nicht mal selbst eingestanden.« Sie sah mich an. »Versprich mir, dass du mit keinem darüber sprichst. Mit niemandem. Niemals.«

Wir blieben beide stehen und sahen uns in die Augen. »Juliet. Wir haben einander nie verraten.«

Sie nickte. »Ich hab mich verliebt, glaube ich.«

»Du hast eine Affäre mit ihm?«

»Hmm, nein. Wir tauschen nur begehrliche Blicke aus und plaudern ab und zu nach der Arbeit in seinem Büro. Und einen Nachmittag sind wir rauf nach Hudson Mills gefahren und durch den Park geschlendert und haben auf dem Heimweg bei Wendy's Kartoffeln gegessen. Und darüber geredet, was wir füreinander empfinden. Über unsere Verpflichtungen unserer Familie gegenüber. Deshalb passiert nichts zwischen uns.«

»Oh.« Ich holte tief Luft.

»Wir haben beschlossen, uns gegenseitig zu ignorieren, aber das schaffen wir immer nur für ein paar Tage, und dann sieht er mich wieder so an, mit einem Blick, der sagt: ›Ich will dich, ich vermisse dich‹ – und sofort kriege ich eine Gänsehaut. Dann hinterlässt er Nachrichten auf meinem Pieper. ›Ich vermisse dich.‹ Und ein paar Stunden später ruft er mich in sein Büro. Und meine Gedanken schwirren ständig um ihn herum, um ihn und unsere Gespräche.«

»Wie die Motten ums Licht.«

»Dabei wollen wir das wirklich nicht. Es ist falsch. Ehebruch.« Sie schauderte. »Einfach widerlich. Ich schäme mich. Allein die Vorstellung. Die Lügen. Die Geheimnisse.« Mit vor der Brust verschränkten Armen ging sie weiter.

»Wir haben doch alle Gefühle für andere Männer.«

»Aber bei mir sind sie so … ich weiß auch nicht … so heftig. Unaufhaltsam. Ich möchte meinen Kindern nicht das Leben verpfuschen. Ich will Dan nicht weh tun. Aber wir haben uns mal geküsst, und seine Lippen sind auf meinen geblieben, der süße Minzgeschmack, seine

Zunge … ich schwöre dir, ich hab ihn noch Stunden später gespürt, und in der Nacht hatte ich einen sehr seltsamen Traum.«

»Und Dan?«

»Er fragt nur, warum ich oft so früh aufstehe. Ich kann einfach nicht schlafen. Um vier Uhr morgens wache ich auf und kann es nicht erwarten, aus dem Bett zu springen. Ich erkläre Dan dann, dass ich so schrecklich viel zu tun habe – Hausputz, Wäsche, Schulbrote. Lauter solches Zeug.«

»Und was ist mit Dan? Mir dir und Dan, meine ich?«

Sie senkte den Blick und starrte auf ihre rot lackierten Fußnägel in ihren Flipflops. Ich sah sie an, aber ihre Augen waren geschlossen. Inzwischen roch sie nicht mehr nach Jean Naté, sondern nach Charlie. »Nichts. Kein Pep mehr.« Sie zuckte die Achseln. »Vielleicht kann man nach fünfzehn Jahren nicht erwarten, dass der Sex noch aufregend ist. Irgendwann wird das Ganze eher produktorientiert. Für den gelegentlichen Höhepunkt eben. Hat nicht mehr viel mit unseren Gefühlen füreinander zu tun. Nicht mal mit Freizeitsex. Beeil dich und komm, damit wir schlafen können, denn morgen früh müssen wir früh raus, und der nächste Tag wird bestimmt anstrengend.«

»Vielleicht solltet ihr mal Urlaub machen. Nur ihr beide.« Wir gingen über die Holzbrücke. Ein Schwanenpaar segelte Seite an Seite den Fluss hinunter.

»Erinnerst du dich? Paris letzten Frühling?«

»Ich dachte, das hätte euch gefallen!«

»Ja, ich fand es wunderbar. Die Museen, die Kirchen. Durchs Quartier Latin bummeln, im Café sitzen. Das tolle Essen. Hat alles viel Spaß gemacht. Aber nicht der Sex.

Nicht mal das Reden. Alles war genauso wie hier. Viel zu tun, viel zu tun, viel zu tun.«

Ich hatte keinen Schimmer, was ich dazu sagen sollte. Selbst wenn ich die Zeit zu diesem Tag zurückdrehen könnte, wüsste ich es immer noch nicht. Sie konnte oder wollte die Situation mit Dan nicht wieder hinbiegen. Vielleicht hatte sie ihn im Kopf schon abgehakt, vielleicht war bereits diese seltsame Wahrnehmungsveränderung eingetreten, in deren Folge man einen Mann, den man einmal geliebt hat, plötzlich ganz anders sieht – irgendwie reduziert, ein halb leeres Glas. Das Blatt wendet sich und macht es unmöglich, den anderen mit dem Optimismus der Hoffnung zu betrachten.

»Er ist einfach nicht aufregend. Er sieht mich nicht einmal mehr.«

Ich bekam eine Gänsehaut auf den Armen. »Was ist denn mit euch beiden passiert?« Die Frage entstammte unmittelbar meiner Sehnsucht nach ewiger Liebe und einer intakten Familie. Es war, als wüsste ich bereits, dass Stephen und ich verdammt waren. Obwohl mir das in diesem Augenblick nicht bewusst war.

Aber Juliet antwortete mir nicht, sondern ging schweigend weiter. Irgendwann sagte sie dann: »Du hast recht. Ich werde an meiner Beziehung mit Dan arbeiten. Vielleicht kauf ich mir sexy Dessous. Neues Parfüm. Lass mir eine ganze Stunde Zeit, um ihm einen zu blasen. Mal sehen, ob das die Dinge verändert.«

Aber es machte alles nur noch schlimmer. Ihre Bemühungen stießen auf keinerlei Echo. Dan drehte sich einfach müde um und schlief ein. Ihr sexuelles Engagement nahm er für selbstverständlich, ohne es zu erwidern. Und dann funkte es endgültig mit Tom, dem Arzt.

»Er versteht mich. Durch und durch. Ich meine, er kommt aus einer, na ja, auch aus einer armen Familie. Sein Vater war Alkoholiker, und er konnte nur aufs College, weil er ein Football-Stipendium gekriegt hat. Für seinen Dad war Studieren reine Zeitverschwendung.« Sie blinzelte, schloss die Augen und schüttelte den Kopf. »Genau wie meine Mom mit ihrem dauernden ›Besorg dir endlich einen Job.‹« Juliets Stimme nahm den Kreischton ihrer Mutter an. »›Was willst du denn mit einem College-Abschluss? Hier rumstolzieren mit der Nase in der Luft und dir vorkommen wie was Besseres?‹«

Wir saßen in einem Café am Farmer's Market. »Schau mal, was er mir geschenkt hat.« Sie fuhr mit dem Zeigefinger unter die Goldkette, die sie um den Hals trug. »Wenn ich die anhabe, erinnert mich das an ihn«, erklärte sie mit glänzenden Augen.

Zwei Jahre später, nach nachmittäglichen Treffen in verschiedenen Motels, bei denen sie ganz Ann Arbor zum Erbeben brachten, nach nachmittäglichem Gefummel im Kino und hastigen Begegnungen im Krankenhaus, mietete Tom eine Wohnung, die sie gemeinsam einrichteten. Juliet beschrieb mir das Bett, das sie zusammen kauften, in allen Einzelheiten, samt dem Quilt mit den Monet-Blumen. Dazu noch eine kleine Couch und einen Fernseher. Sie hatten sogar Töpfe und Pfannen, Teller und Besteck.

»Ihr habt die Küche eingerichtet? Das hätte ich jetzt nicht erwartet.«

»Manchmal kochen wir füreinander. Aber meistens treffen wir uns bloß ein paar Nachmittage in der Woche«, antwortete sie errötend. »Dan hat nie was mit mir zusammen ausgesucht. Er hat immer nur gesagt, ich kann das nehmen, was mir gefällt. Aber zusammen macht alles so viel mehr Spaß«, fügte sie grinsend hinzu.

Das war vor zwölf Jahren. Nach und nach wurde die Affäre Teil ihres Alltags.

Letztes Jahr gingen wir wieder einmal zusammen spazieren, wieder im Gallup Park, wieder im Spätwinter oder Vorfrühling, und wir schlenderten auf dem Naturpfad, der von den Spuren der Langlaufskis durchzogen war, durch den Wald. »Wir lügen einander und uns selbst nicht mehr an. Tom und ich. Wenn wir bereit wären, alles andere sausen zu lassen, um zusammen zu sein, hätten wir das längst getan. Unsere Kinder sind groß, sie gelten nicht mehr als Ausrede. Toms Frau hat den Alzheimer ihrer Mutter und den Tod ihrer Eltern überlebt. Und ich mit Toms Hilfe meinen Brustkrebs.«

Tom hat sie nach der Brustamputation betreut und war bei der Chemo und der Bestrahlung immer an ihrer Seite. Wenn ich sie besuchen kam, war er immer schon da.

Als sie Toms Namen sagte, glitt ihr Finger wieder unter die Goldkette, als vergewisserte sie sich, dass er bei ihr war. »Und Dan hat seine Bypass-Operation überstanden. Dabei hat Tom auch geholfen, hinter den Kulissen, aber trotzdem. Tom und ich haben die gleichen Diskussionen geführt, über Themen, die nie wirklich gelöst werden können, genau wie alle anderen Paare auch. Genau wie Dan und ich. Manchmal haben wir nicht mal mehr Sex, sondern schlafen einfach aneinandergekuschelt ein.«

»Warum macht ihr dann weiter?«

»Weil wir eine Beziehung zueinander haben, einen selbstverständlichen Kontakt. Außerdem ist es mein …« Sie unterbricht sich und sucht nach dem passenden

Wort. »Mein Leben? Ich bin genauso eng mit ihm verbunden wie mit Dan. Jeder in seiner eigenen kleinen Schachtel. Keiner von beiden kennt mich wirklich. Dabei dachte ich, Tom wäre anders. Weißt du noch? Aber anscheinend gebe ich bei keinem alles von mir preis.« Sie sieht mich an, mit großen, dunklen Pupillen. »Vermutlich bist du der einzige Mensch, der wirklich eine Ahnung von mir hat.«

Vertrautheit, denke ich. Wir strengen uns alle so an, im Kontakt mit anderen ehrlich und authentisch wir selbst zu sein. Vielleicht konnte Juliet die Wohnwagensiedlung einfach nicht ganz hinter sich lassen und musste ein bisschen von dem ganzen Ramsch in sich behalten, um sich selbst noch zu erkennen. Und weil ich sie damals schon kannte, weil ich sie in diesen beengten Verhältnissen besucht habe, konnte sie mir auch von ihrer Affäre erzählen. Vielleicht braucht sie ein Schlupfloch, durch das sie der ganzen Mittelschichtperfektion entfliehen kann.

»Hey, wir warten!«, ruft Charlene.

Ich trage die Schüssel mit den Pita-Chips, den Spinat- und den Krabbendip hinein und setze mich. Juliet steht da und grinst.

»Okay. Das ist ein altes Familienrezept. Meine Großmutter kam aus Pennsylvania, und sie hat diese Cookies gebacken, weil mein Großvater sie so gern in seinen Kaffee getunkt hat. Als Kind hat mein Großvater, wenn er Kaffee getrunken hat, immer auch welchen für mich gemacht – genau genommen war es nur warme Milch mit ein, zwei Tropfen Kaffee –, damit ich ihm Gesellschaft leisten konnte. Vor Weihnachten hat meine Großmutter dann die Dunkers gebacken, und wenn wir dann am Weihnachtsmorgen zu Besuch kamen, haben mein

Großvater und ich zusammen unsere Dunkers eingetunkt.« Juliet hält inne, ihre Augen glänzen feucht. »Bei uns fiel Weihnachten nie sonderlich üppig aus. Geschenke gab es kaum, höchstens praktische Dinge wie Klamotten. Vielleicht ein, zwei Spielsachen. Und die Dunkers. Die Tunk-Zeremonie war das Einzige, was ich wirklich mit meinem Großvater zusammen gemacht habe. Das ist auch meine einzige Erinnerung an ihn.« Sie hat die Arme verschränkt, und ihre Stimme klingt ruhig. »Jedes Mal, wenn ich diese Cookies backe, tauche ich das erste in meinen Kaffee und denke an die Küche meiner Großmutter, mit den abgeriebenen Stellen im Linoleum, wo sie immer stand, und den Salz- und Pfefferstreuern in Kätzchenform auf dem Tisch in der Essnische. Der Geruch meines Großvaters, vermischt mit Kaffee und Cookies. Und natürlich der Geschmack der Cookies. Ich weiß nicht, ob es nur an den Erinnerungen liegt oder ob sie wirklich so gut schmecken. Das müsst ihr mir sagen, Leute.«

Sie hält inne. Normalerweise würde diese Geschichte über den Ursprung ihrer Cookies reichen, aber Juliet leckt sich über die Lippen, blinzelt, wendet sich kurz ab und dann wieder uns zu, als wollte sie andeuten, dass wir jetzt eine andere Juliet vor uns haben. »Also«, sagt sie leiser, ein heiseres Flüstern. Dann nimmt sie einen Schluck Wein und hebt mahnend einen Finger. »Man muss ein Cookie gründlich kennenlernen. In meinen sind Nüsse. Achtet darauf, dass ihr die richtige Menge nehmt.« Sie zieht die Augenbrauen hoch. »Seid vorsichtig mit den Nüssen.« Ihre raue Stimme sagt uns, dass wir uns nun in einer anderen Arena befinden und dass es hier nicht um die Nüsse geht, die am Baum hängen. »Behutsam müsst ihr sein, denn man kann ihnen leicht weh tun. Wenn man sie bearbeitet, muss das Handgelenk ganz locker bleiben. Ganz sanft, damit sie nicht zerquetscht werden.« Mit zusammengedrückten Fingern bewegt sie die Hand vor und zurück und wiegt im gleichen Rhythmus die Hüften.

»Röstet sie langsam. Und immer genau …«, sie bricht ab und fährt flüsternd fort: »… immer genau bei der richtigen Temperatur.« Dann dreht sie den Kopf zur Seite und sieht uns aus dem Augenwinkel an. »Achtet darauf, dass sie nicht zu heiß werden, bevor ihr bereit seid, sie weiterzuverwenden.« Langsam schüttelt sie den Kopf und wispert leise: »Sie dürfen auf keinen Fall zu heiß werden.«

In diesem Moment lacht Jeannie laut auf.

Laurie starrt Juliet unverwandt an.

Die wartet einen Moment und macht dann unbeirrt weiter: »Dann mischt ihr den Teig. Ich mach das mit den Händen. Und ich muss euch etwas gestehen.« Sie öffnet den Mund und befeuchtet sich erneut die Lippen. »Wenn ich den Teig geknetet habe, lecke ich mir den Teig von den Fingern.« Langsam streckt sie die Zunge heraus und drückt die Zungenspitze unten auf ihren Zeigefinger. Langsam, träge lässt sie dann den Finger an ihrer Zunge hinabgleiten. Als sie bei der Fingerspitze angelangt ist, steckt sie sie in den Mund und lutscht daran. »Hmmmm. Ihr müsst euch vergewissern, dass er lecker ist. Dass er genau richtig schmeckt. Erst dann seid ihr bereit für den nächsten Schritt. Jetzt geht es nämlich« – sie stemmt die Hand in die Hüfte und bückt sich etwas – »ans Formen der Rollen.« Sie nimmt den unsichtbaren Teig in beide Hände und klopft ihn zurecht. »Die Rollen müssen mindestens fünfzehn Zentimeter lang sein.« Sie hält die Hände im entsprechenden Abstand auseinander. »Mindestens fünfzehn Zentimeter. Manchmal ist länger besser, manchmal aber auch nicht. Je nachdem, was ihr lieber mögt.«

»Ich will zwanzig Zentimeter!«, ruft Taylor.

»Größer ist immer besser, ich nehme fünfundzwanzig«, stimmt Rosie ein.

»Aber dann verbraucht ihr alles mit einer einzigen von diesen Stangen«, antwortet Juliet und wendet sich ihr zu. »Natürlich ist das eine Option. Aber ich möchte vier oder fünf.«

»Vier oder fünf?«, kreischt Taylor. »Herr des Himmels! Mehr als einen halte ich nicht aus.«

»Aber der Durchmesser sollte fünf Zentimeter betragen.« Sie hält Daumen und Zeigefinger ungefähr in der angegebenen Distanz auseinander und bewegt sie auf der unsichtbaren Teigstange hin und her. Immer hin und her.

»Und vergesst nicht, behutsam mit den Nüssen umzugehen.« Inzwischen halten wir uns die Bäuche vor Lachen und können die Kommentare der anderen kaum noch hören.

»Ich kann's gar nicht abwarten, die Nüsse mal zu probieren.«

»Die Nüsse kannst du meinetwegen behalten. Ich will den Teig. Fünfzehn Zentimeter lang«, kichert Allie.

Nun beginnt Juliet in ihrer großen Einkaufstasche zu wühlen und zieht Päckchen in glänzend scharlachroter Verpackung mit rosa schimmernden, üppig gekringelten Bändern heraus.

»Für den Fall, dass wir die Symbolik nicht verstanden haben, kommst du uns jetzt noch mit rosa Schamhaar-Geschenkband«, ruft Allie.

»Hey, so weit bin ja nicht mal ich gegangen«, lacht Juliet.

Die Cookie-Schachteln werden im Kreis herumgereicht.

Charlene sitzt neben mir. Sie steckt die Schachtel in ihre Tüte und lehnt sich zurück, um die ausgelassene Fröhlichkeit zu betrachten.

Unterdessen fährt Allie fort: »Denkt ihr eigentlich je darüber nach, was wir hier veranstalten? Ich meine, die ganzen Freud'schen Symbole? Freud hat behauptet, jede Frau möchte eigentlich einen Phallus geschenkt kriegen. Aber wir backen uns leckere Plätzchen, verpacken sie hübsch, für gewöhnlich in Rot, und schenken sie einander. Ich wusste schon immer, dass Freud sich geirrt hat.«

Ich schaue zu Sissy, denn ich frage mich, was sie von unseren derben Scherzen hält. Aber sie grinst breit und witzelt mit Allie.

Laurie öffnet ihre Schachtel und zieht das Rezept heraus. »Und dann müssen wir es ins Gefrierfach legen. Tiefgekühlt. Tja, ich glaube, genau das mache ich, seit wir Olivia haben.«

»Aber die Cookies sind köstlich. Es liegt nicht nur an deinen Erinnerungen. Sie sind sensationell, auch ohne Kaffee.«

Die rosa bebänderten Päckchen sind verteilt, und ich lege die letzten für das Hospiz und die abwesenden Freundinnen beiseite. Begierig öffnen wir unsere Schachteln und probieren ein Cookie. Von überall ertönen Komplimente.

»Elegant und perfekt«, sagt Laurie. »Genau wie du.«

»Elegant? Du findest mich elegant?«, erwidert Juliet.

»Nicht nur elegant. Ich wusste gar nicht, dass du es so draufhast. Du solltest deine eigene Fernsehshow machen. Eine Mischung aus Rachel Ray und Dr. Ruth.«

Die ganze Gruppe lacht.

Juliet steht auf und geht in die Küche. Als sie darin verschwindet, erhasche ich noch einen Blick auf ihre Rückseite, ihr Kopf gesenkt, eine Schulter heruntergesackt. Ich folge ihr.

»Was ist los?«

»Ich weiß auch nicht. Es ist bloß … na ja, irgendwie muss ich, seit ich die Cookies gebacken habe, dauernd an meinen Großvater und Dan und Tom denken, und ich weiß auch nicht recht, was dieses Jahr los ist, aber irgendwie kommt mir alles so schwer vor.« Sie stößt die Worte leise und hastig hervor. »Als hätte ich eine Last auf dem Rücken«, wiederholt sie, und nun sacken beide Schultern nach unten. »Ich vermisse ihn.« Sie denkt nach. »Aber das ist es nicht. Es ist der Vater, den ich nie hatte, und der Dan, den ich damals zu heiraten glaubte, und der Tom, von dem ich dachte, ich würde ihn vielleicht heiraten. Aber inzwischen bin nur noch ich übrig, ich und meine Kinder, und mein portioniertes Leben. Und du, Marnie.« Langsam schließt sie die Augen. »Immer wieder du. Und natürlich meine Mom, im betreuten Wohnen. Sie schreit mich immer noch an.« Beim Sprechen rollt sie ihre goldene Kette zwischen den Fingern.

»Wer hätte damals bei dem Konzert gedacht, dass du an der Stelle sein würdest, an der du jetzt bist, dass Tara schwanger sein und Sky das durchmachen würde, was sie jetzt durchmacht?« Ich werfe einen Blick auf die Uhr. Nie im Leben habe ich damit gerechnet, dass sie um diese Zeit immer noch nicht angerufen haben könnte.

»Stimmt!«, ruft Juliet und schlägt sich gegen die Stirn. »Ich denke bloß an mich selbst. Sky soll heute ihre Testergebnisse erfahren. Es ist einfach zu viel los.«

»Du warst toll heute Abend. Ganz große Klasse.«

»Vielleicht ist einfach alles nur ein Spiel.«

In diesem Moment kommt Rosie herein. »Ein Spiel? Was denn für ein Spiel?«

Juliet und ich sehen uns an, und Rosie sagt: »Oh, jetzt hab ich euch unterbrochen.«

»Wir müssen sowieso wieder rein. Wer kommt als Nächste?«

»Jeannie.«

Mir geht durch den Kopf, was für eine Ironie es ist, dass ausgerechnet Jeannie jetzt weitermacht, und denke an das schallende Gelächter, das Juliet und Jeannie so gern gemeinsam anstimmen. Beide stecken in einer Dreiecksbeziehung, ohne es von der jeweils anderen zu wissen. Jedenfalls glaube ich nicht, dass Jeannie Juliet etwas erzählt hat. Und ich kann mir nicht vorstellen, dass Juliet Jeannie von Tom erzählt. »Wir könnten diese Woche doch mal zusammen zu Abend essen. Oder zu Mittag. Nur wir zwei. Vielleicht im Roadhouse?«, frage ich Juliet.

»Gern«, antwortet Juliet und nimmt mich in den Arm. »Ich liebe dich, Schätzchen«, sagt sie.

»Ich dich auch.«

»Ich hab mich so beschissen gefühlt, als Stephen dich betrogen hat. Ich hatte Angst, dass du nicht mehr meine Freundin sein willst.«

»Was? Warum das denn?«

»Ich hatte Angst, dass du dich plötzlich, ich weiß auch nicht – irgendwie seltsam, komisch fühlen würdest, weil ich jemandem das antue, was Stephen dir angetan hat.«

»Nein, so hab ich das nie empfunden. Du hast es ja nicht mir angetan. Und Stephen hat mit der halben Welt gevögelt. Vielleicht ist das egoistisch oder sogar egozentrisch, aber so war es. Und es ist schon so lange her.«

»Marnie!«, ruft Allie. »Juliet!«

»Und wir stehen immer noch hier rum.« Eilig nehme ich eine Flasche Wein und gehe singend ins Wohnzimmer zurück. »Ich dachte, wir brauchen noch Erfrischungen.«

»Klingt gut.«

Und aufs Neue erfüllt mich die festliche Partystimmung.

NÜSSE

Ich gestehe, dass ich eine Schwäche für Nüsse aller Art habe. Sie sind mein Lieblingssnack, und seit man entdeckt hat, wie gesund sie sind, habe ich immer eine Rechtfertigung dafür, Nüsse zu naschen. Wie einfach das Leben manchmal ist! Cookies mit Nüssen gehören deshalb natürlich immer zu meinen Favoriten.

Aber so gern ich Nüsse esse, muss ich doch gestehen, dass ich die Schwarznuss (Juglans nigra) ein bisschen unheimlich finde. Der Amerikanische Schwarznussbaum, häufig als Nationalbaum der USA angesehen, wird bis zu vierzig Meter hoch, und seine Krone kann eine Spannweite von über zweiundzwanzig Meter erreichen. In meinem Garten wachsen mehrere Exemplare, fedrige Schattenbäume, neben denen aber manche Pflanzen nur schwer und andere gar nicht gedeihen. Bevor ich eine Pflanze kaufe, informiere ich mich vorher immer, ob sie an dem vorgesehenen Platz auch eine Chance hat. Judasbaum und Flammendes Herz kommen wunderbar in der Nachbarschaft der Schwarznuss zurecht, während Flieder und Pfingstrosen leiden und irgendwann eingehen. Schwarznüsse können als Färbemittel verwendet werden. Auch das Holz des Baumes ist sehr wertvoll. Die Nuss selbst ist kleiner und hat eine härtere Schale als die gewöhnliche Walnuss, die von Südosteuropa über Asien bis fast nach China wild wächst. Wilde Walnüsse wurden schon in prähistorischer Zeit gesammelt und gegessen, und bereits im antiken Griechenland gewann man aus ihnen Öl. Die Römer zahlten hohe Preise für gute Walnüsse, und es gab bei ihnen den Brauch, bei einer Hochzeit Walnüsse zu werfen. Frühe Siedler brachten die Walnuss nach New England, obwohl es bereits einige gute einheimische Sorten gab. Walnüsse sind eine hervorragende Quelle für pflanzliches Eiweiß und Omega-3-Fettsäuren. Angeblich können Walnüsse das LDL-Cholesterin (das sogenannte »schlechte« Cholesterin) sowie das C-reaktive Protein (CRP) reduzieren, beides Marker für Herzerkrankungen.

Pecannüsse, die ihren Namen von den Algonquin-Indianern erhalten haben und als die wichtigsten einheimischen Nüsse Amerikas gelten, sind die Früchte einer mit der Walnuss verwandten Hickory-Art. Pecannüsse sind wie Blaubeeren in Nordamerika heimisch, und beides stellte für die amerikanischen Ureinwohner eine wichtige Nahrungsquelle dar. Der Pecannussbaum ist ein Laubbaum, der bis zu dreihundert Jahre lang Früchte trägt, bis zu vierzig Meter hoch werden kann und einen Kronendurchmesser von bis zu zweiundzwanzig Metern erreichen kann. Einige der alten wilden Bäume produzieren immer noch Nüsse, aber die meisten werden von kultivierten Bäumen geerntet. Antoine, ein afroamerikanischer Sklave aus Louisiana, vermehrte Pecannussbäume, indem er Pecannussbaumschösslingen mit hochwertigeren wilden Pflanzen veredelte. Dieser Klon wurde bei der *Philadelphia Centennial Exposition* im Jahr 1876 ausgezeichnet, und die Methode kurbelte die Pecannussproduktion mächtig an. Pecannüsse sind eine hervorragende Quelle für Protein, ungesättigte Fettsäuren und senken den (schlechten) Cholesterinspiegel.

In Form von Erdnussbutter mit hausgemachter Erdbeerkonfitüre gehörten Erdnüsse zu Skys und Taras Lieblings-Lunchvarianten. Genau genommen sind Erdnüsse allerdings keine Nüsse, sondern eine Art Bohnen oder Erbsen, die ihre Stiele nach der Befruchtung in die Erde schieben, sodass Hülse und Samen unterirdisch wachsen. Sie wurden wahrscheinlich schon vor der Zeit der Inkas in Argentinien oder Bolivien kultiviert und gehören zu den wichtigsten Pflanzen der Neuen Welt. In Nordamerika wurde ihr Anbau von Afroamerikanern populär gemacht, die das Kikongo-Wort »nguba« mitbrachten, aus dem sich der Name »goober« (gebräuchlicher amerikanischer Ausdruck für Erdnuss) entwickelte. Die Erdnuss verbreitete sich rapide und wurde von den Portugiesen nach Afrika gebracht. Heute werden Erdnüsse fast überall gern gegessen, in Form von Erdnussbutter, Satay-Sauce, als Snack und in chinesischem Essen. Sie sind ein sehr nährstoffreiches Lebensmittel, denn sie bestehen zu dreißig Prozent aus Protein und enthalten außerdem so gesunde Stoffe wie Niacin, Antioxidantien und das Coenzym Q10.

Leider sind viele Menschen allergisch gegen Erdnüsse und reagieren so heftig, dass schon der Geruch lebensbedrohlich für sie sein kann. Angeblich ist die Verbreitung von Erdnussallergien in den Vereinigten Staaten auf das Rösten der Nüsse, die Verwendung von Erdnussöl in medizinischen Hautreinigungsprodukten und den Verzehr von Sojaprodukten zurückzuführen.

Die meisten Amerikaner haben in der Schule gelernt, dass George Washington Carver, ein afroamerikanischer

Botaniker in der Landwirtschaftsforschung in den Südstaaten, dreihundert Verwendungszwecke für die Erdnuss entdeckt haben soll. Als im Ersten Weltkrieg der Ölbedarf anstieg und es zu wenig anderes Pflanzenöl gab, verbreitete sie sich rasant, und der US-Kongress erklärte Erdnüsse offiziell zu einem Grundnahrungsmittel.

5

Laurie

Einsiedler-Cookies

1 Tasse brauner Zucker
¼ Tasse weiche Margarine
¼ Tasse Butter oder Backfett
¼ Tasse kalter Kaffee
1 Ei
½ Teelöffel Natron
½ Teelöffel Salz
½ Teelöffel gemahlener Zimt
½ Teelöffel gemahlenes Muskat
1 ¾ Tassen Mehl
1 ¼ Tassen Rosinen oder andere Trockenfrüchte
¾ Tasse kleingehackte Nüsse

Ofen auf 190 Grad vorheizen. Braunen Zucker, Margarine, Butter bzw. Backfett, Kaffee, Natron, Salz, Zimt und Muskat vermischen. Dann die restlichen Zutaten unterrühren. Den Teig teelöffelweise als runde Plätzchen mit etwa fünf Zentimeter Abstand auf ein ungefettetes Blech setzen und etwa acht bis zehn Minuten backen, so lange, bis beim Berühren keine Delle mehr entsteht. Dann sofort vom Blech entfernen. Ergibt etwa 4 Dutzend Cookies.

»Also, ich möchte gern als Nächste drankommen«, meldet sich Laurie.

»Eigentlich ist jetzt aber Jeannie dran«, meint Juliet. »Hey, Cookie-Hexen-Chefin, können wir nicht tauschen, statt dass im Kreis eine nach der anderen drankommt?«

Man neckt mich oft und gern wegen meiner Regeln.

»Oh-oh, wollen wir jetzt etwa gegen die Regeln verstoßen? Man sollte niemals eine Regel brechen«, spottet Rosie, während sie Wein in die leeren Gläser nachschenkt, aufsteht und die Hand in die Hüfte stemmt.

Seht ihr? Die Regeln sorgen hauptsächlich dafür, dass man noch mehr Stoff für Witze hat.

Aber dann fragt Rosie, wer sonst noch Wein möchte, und als sich zufällig ihr Blick mit Jeannies trifft, schüttelt diese so entschieden den Kopf, dass es schon fast einer Abfuhr gleichkommt, und wendet sich demonstrativ ab. Rosie kapiert es nicht. Sie weigert sich schlicht, Verantwortung für den Schlamassel zu übernehmen, und für Jeannie ist es einfacher, Rosie Vorwürfe zu machen, als sich mit ihrem Vater auseinanderzusetzen.

»Ich will als Letzte drankommen, und ich sitze nicht neben Rosie«, ruft Taylor uns in Erinnerung.

»Es kann sein, dass Olivia mich braucht, und na ja –

dann ruft Brian vielleicht an«, erklärt Laurie und klopft sich auf die Tasche, in der ihr Handy steckt.

Unwillkürlich berühre ich auch meines. Es schweigt. Immer noch kein Anruf von Sky.

»Und ich möchte euch auch unbedingt meine Cookies geben«, fährt Laurie fort. Ihre weinrote Tunika spiegelt das Rot ihrer Strähnchen. Die Tunika hatte sie schon letztes Jahr an.

»Ach, Brian kommt schon zurecht. Du vermisst einfach dein Baby«, sagt Allie, nicht abschätzig, sondern sehr nett.

»Ich mag unsere Party so. Ich mag euch alle, und ich mag Ann Arbor«, sagt Laurie. Der nostalgische Ton in ihrer Stimme überrascht mich. Unsere Augen begegnen sich. »Ich möchte keine Sekunde verpassen. Die Party ist immer der Anfang dieser ganzen aufregenden Zeit.« Ihr Lächeln zeigt ihre Begeisterung.

»Na klar, leg ruhig los«, sage ich und nicke Laurie ermunternd zu.

Laurie zieht sich in mein Büro zurück und kehrt kurz darauf mit ihren Tüten zurück. Disney folgt ihr mit wild wedelndem Schwanz und aufgeregt glitzernden Augen.

Laurie ist meine Friseurin. Vor ungefähr zehn Jahren trug Vera plötzlich einen besonders schicken Haarschnitt spazieren und erzählte mir, dass sie ihn Laurie zu verdanken hatte. Seither lasse ich mir die Haare nur noch von Laurie schneiden. Damals war sie noch auf dem College, aber sie hängte den Friseurberuf nie ganz an den Nagel. Laurie hat mir beim Übergang von Blond auf Weiß geholfen, als ich immer grauer wurde. »Die weißen Haare betonen das Blau in deinen Augen. Und lassen dich garantiert frischer wirken.«

»Bist du sicher, dass ich nicht hauptsächlich älter aussehen werde?«

»Hundertpro. Wenn überhaupt, macht es dich höchstens noch ein bisschen extravaganter.«

Von Mal zu Mal ließen wir die von mir bevorzugte Haarfarbe immer heller werden. Schritt für Schritt machte sie mir immer mehr helle Strähnchen. Inzwischen sind meine Haare vollkommen weiß. In einem Jahr, als ich noch größtenteils blond war, habe ich Laurie mal ein paar Dutzend unserer Cookies mitgebracht. Brian fand sie lecker, und Laurie ist eine leidenschaftliche Bäckerin. Ich wusste, dass Jackie umziehen wollte, und so kam Laurie zu uns.

Seit Olivias Adoption hat sie ihren Kundenkreis verkleinert und arbeitet nur noch drei Nachmittage die Woche statt wie bisher fünf; das ist sozusagen ihre Elternzeit. Brian, ihr Mann, ist Immobilienmakler. Natürlich ist ihr Budget etwas kleiner geworden, aber darüber verliert Laurie nie ein Wort. Sie kommt nicht mit auf unsere gelegentlichen Einkaufstouren und geht nicht mit essen, aber das könnte auch wegen Olivia sein. »Bring sie doch mit«, habe ich ihr neulich am Telefon gesagt. »Wir würden uns freuen.«

Am anderen Ende der Leitung herrschte kurz Stille, dann antwortete sie: »Nein, lieber nicht.«

»Wir teilen uns nur den Vorspeisenteller bei Zingerman's«, versuchte ich sie zu überreden, aber sie ging nicht darauf ein.

Während Laurie jetzt mit den Tüten hin und her wuselt und die anderen Frauen das Gespräch mit ihren Nachbarinnen wieder aufnehmen, denke ich an all die Jahre, in denen sie mir von Brians niedrigen Spermawerten erzählt hat. Sie haben alles versucht – Spritzen, Medikamente, sogar eine Operation. Aber nichts hat geholfen.

»Vielleicht geschieht ein Wunder. Es wäre ja nur ein einziges notwendig.« Damals waren Lauries Haare in fedrigen Stufen geschnitten und blond.

Aber es geschah kein Wunder, der eine schnelle Schwimmer mit dem großen Durchhaltevermögen, den sie gebraucht hätten, war ihnen nicht vergönnt, und so entschlossen sie sich zur Adoption. Jetzt erzähle ich das in einem einzigen Satz, aber sie brauchten ein Jahrzehnt, um an diesen Punkt zu gelangen. Ein Jahrzehnt voller Erwartungen und Tränen und Verlust, von dem vielen Geld ganz zu schweigen. Dann dauerte es noch eine Weile, bis ihnen klar wurde, dass man in den USA fünf Jahre auf ein Adoptivkind warten musste, während die Prozedur in China wesentlich schneller ging. Eine Woche bevor sie nach China aufbrachen, zeigte Laurie mir ein Foto von einem Baby mit dicken Backen und schwarzen Haaren, die in allen Himmelsrichtungen vom Kopf abstanden.

»Ich liebe sie schon jetzt«, sagte Laurie und berührte vorsichtig das Bild, in den Augen eine Mischung aus Freude und Kummer darüber, dass sie nicht selbst eine Tochter zur Welt bringen würde. Ihr Finger klopfte leicht auf das Foto, sie schloss die Augen und flüsterte: »Ich hoffe so, dass es gut wird.«

Sky hatte damals schon die Totgeburt hinter sich, und ich fragte mich, ob sie eines Tages auch an dem Punkt sein würde, wo Laurie jetzt war. Würde ich mich genauso auf ein Enkelkind freuen, das nicht von meiner Tochter geboren worden war?

»Ich meine, Kinder zu haben ist hart genug, selbst wenn

man weiß, wo sie herkommen, nämlich von dir und deinem Mann. Es macht einem Angst. Aber, na ja, das hier ...« Sie vollendete den Satz nicht und senkte den Kopf.

»Es ist ein Sprung ins Ungewisse.«

Liebe entwickelt sich durch Bindungen, nicht aufgrund der Biologie. Aber ich glaube, die biologische Verknüpfung erleichtert ein unmittelbares Verständnis von Temperament und Persönlichkeit. Vorlieben, Interessen und selbst Schwächen für bestimmte Farben, Speisen und Hobbys werden zum Teil von den Genen bestimmt. Auch manche der Eigenschaften, die wir als umweltbedingt ansehen, weil wir meinen, dass die Persönlichkeit von der Erziehung abhängt, werden in Wirklichkeit von der Biologie gesteuert.

Nehmen wir zum Beispiel die Fähigkeit, Ehrfurcht zu empfinden. Ehrfurcht. Wer hätte gedacht, dass sie biologisch ist? Wer hätte gedacht, dass ein Gemälde oder ein Sonnenuntergang oder schöne Musik nicht jeden Menschen in Verzückung versetzt? Aber 35 Prozent der Menschen kennen dieses Gefühl nicht – das hat Allie mir neulich gesagt. Sie hat es in einem Buch über die biologischen Grundlagen der Persönlichkeit gelesen und war darüber genauso erschüttert wie ich. Während ich von Ehrfurcht überwältigt in Olivias Unendlichkeitsaugen starrte, dachte ich über diese Fragen nach, dachte an Laurie und Olivia, an Sky und mich. Ich bereitete mich auf das vor, was die Zukunft für mich bereithielt. Brachte mich mental in Stellung, Sky zu unterstützen, wenn sie die Adoptionsmühle durchlaufen wollte. Falls die Nachrichten bezüglich der Schwangerschaft traurig ausfallen sollten.

»Ja, es kann einem schon Angst einjagen. Ich hoffe, ich kann ihr genug Liebe geben.«

»Diese Verbindung, diese überquellende Mutterliebe entsteht aus der Zuwendung, der Fürsorge.« Das weiß ich. Man braucht ja nur daran zu denken, wie sehr ich Luke geliebt habe. »Du bist bereit.«

Eine Weile starrten wir beide in Olivias Augen. »Es ist immer aufregend und beängstigend, immer beides.« Ich wollte ihr klarmachen, dass es bei ihr genau das Gleiche ist wie bei jeder anderen Mutter. Ein anderer Anfang, aber die Liebe und die Angst sind im Grunde gleich.

Aber ich wusste natürlich nicht, ob ich uns beiden nicht bloß ein schönes Märchen erzählte. Das würde erst die Erfahrung zeigen.

»Wäre es nicht wunderbar, wenn wir die Empfängnisbereitschaft je nach Bedarf an- und ausschalten könnten? Denk doch bloß mal, wie viel Kummer man sich auf diese Weise ersparen könnte.«

Wir standen so dicht beieinander, dass ich die Zitronennote in ihrem Parfüm riechen konnte.

Sie stieß einen tiefen, verzweifelten Seufzer über die Ironie des Lebens aus.

»Bei Kindern gibt es einfach keine Versicherung, egal ob man sie selbst auf die Welt bringt oder adoptiert. Es ist immer ein Glücksspiel.« Ich dachte an Tara und die Jahre, in denen es solche Spannungen zwischen uns gegeben hat. »Du und Olivia, ihr habt ein großes Abenteuer vor euch«, sagte ich. »Ein Abenteuer, das die normalen Grenzen sprengt.« Ich nahm ihre Hände. »Etwas ganz Besonderes.« Behutsam schloss ich sie in die Arme. »Von einem Ende der Welt zum anderen. Und China! Wer weiß, was du durch Olivia alles kennenlernst.«

Jetzt schaue ich mich im Zimmer um, betrachte all diese Frauen, von denen so viele schon seit Jahrzehnten zu meinem Leben gehören. Familie, Verwandtschaft ist das, was man sich aus den Zufällen und auch Unfällen des Lebens nach und nach aufbaut, aus verschiedenen Jahrzehnten, verschiedener Biologie, verschiedenen Ländern und Rassen. Ich studiere Sissys Gesichtszüge und stelle mir vor, wie sie mit meinen verschmelzen, frage mich, ob das Baby ihr umwerfendes Lächeln haben wird, ein Lächeln, das sie auch an Aaron weitergegeben hat. Ob mein Enkelkind auch ihre regelmäßigen Zähne geerbt hat? Die feinen Brauen? Bald werde ich wissen, wie Taras und Aarons »Unfall« aussieht. Und bei Licht betrachtet ist ja jede Empfängnis ein Zufall.

Wenn die Schwangerschaft auch diesmal schiefgeht, wird ein Teil von Sky immer traurig darüber sein, dass sie kein eigenes Kind bekommen konnte, dass die Liebe zwischen ihr und Troy nie ihren Ausdruck in einem Baby finden wird. Aber sie wird trotzdem eine Familie gründen, irgendwie, eine andere, heterogenere Familie als die, die sie sonst gehabt hätte. Ich werde sie jedenfalls zu einer Adoption ermutigen, falls der Embryo wieder missgebildet sein sollte. Aber ich weiß, wenn man erst mal Kinder hat, bekommt das eigene Sicherheitsnetz jede Menge Löcher. Plötzlich ist alles möglich, egal ob wundervoll oder entsetzlich.

Als Laurie mit Olivia wieder zu Hause war, rief sie mich an. »Du hattest recht. Ich bin wirklich bereit. Sobald man sie mir in den Arm gelegt hat, in ihrer rosa Decke, mit den winzig kleinen Fingerchen, da hab ich mich in sie verliebt. Sie hat mich angesehen, und ich war ihr verfallen. Als hätten ihre Augen mich verschlungen und mich ein für alle Male als ihre Mutter eingefordert.«

Jetzt steht Laurie vor uns, in der Hand eine weiße

Bäckerschachtel mit Zellophanfenster, durch das man den Inhalt sehen kann. Die Schachtel ist mit roten und grünen Kräuselbändern verschnürt. Laurie ist eine der jüngsten Cookie-Hexen. Sie und Taylor sind Ende dreißig, die meisten von uns zwischen vierzig und fünfzig. Ich bin siebenundfünfzig. Was ich selbst kaum glauben kann – es klingt so erwachsen. In ein paar Jahren kann ich in Rente gehen. Rente! Das klingt nicht erwachsen, das klingt alt! Wie ist es bloß so weit gekommen? Vera ist Mitte vierzig. Allie ist schon über sechzig. Demnächst. Wir überspannen also alle Dekaden des Erwachsenenlebens.

»Das letzte Jahr war ein großes Jahr für mich. Na ja, ihr wisst schon, wegen Olivia. Und heute bin ich zum ersten Mal, seit wir sie haben, nicht bei ihr. Ich meine, außerhalb meiner Arbeitszeit. Und …« Sie bricht ab und sieht uns an, eine nach der anderen.

An ihrem nervösen Zögern erkenne ich, dass sie etwas Wichtiges anzukündigen hat. Mein Herz schlägt schneller, und ich beuge mich vor.

Laurie presst die Lippen fest zusammen und sagt dann: »Also, ich hab euch alle schrecklich gern, Leute.« Ihre Stimme versagt. Jetzt wissen wir alle Bescheid, dass etwas im Busch ist, und sind still, sitzen regungslos da und machen uns auf das gefasst, was sie uns mitteilen wird.

Sie schnippt mit den Fingern, holt schnell Luft und fährt fort: »Die Cookies! Zurück zu den Cookies. Es sind ganz normale Frucht-Nuss-Plätzchen, sogenannte Einsiedler-Cookies, aber dieses Jahr habe ich über unseren Planeten nachgedacht und darüber, dass ich Olivia ein langes gesundes Leben wünsche … das wünsche ich natürlich uns allen.« Sie macht eine Handbewegung, die unseren Kreis umfasst, und sagt leise: »Vermutlich klingt das jetzt wie eine grüne Werbekampagne für die Zukunft unserer Kinder, aber ich habe das Rezept der Cookies verändert und gesünder gemacht. Zum Beispiel habe ich Vollweizenmehl benutzt. Und mehr Walnüsse genommen, denn sie haben angeblich so viel Omega 3. Statt Rosinen getrocknete Kirschen, kandierte Zitrone und Ananas. Aber man kann eigentlich reintun, was man möchte. Mit dem braunen Rohzucker braucht man nicht zu sparen. Deshalb hab ich dieses Jahr diese Cookies gebacken. Ich habe viel über Gesundheit nachgedacht.«

Sie verteilt die Schachteln, ich stecke eine in Veras Tüte und nehme eine für mich und eine für Tracy.

»Gesund oder nicht, sie sind lecker«, verkündet Charlene, die schon ein Plätzchen probiert hat. »Ich liebe getrocknete Kirschen.«

Laurie lacht. »Gut. Ich hab überlegt, ob ich getrocknete Blaubeeren verwenden soll, weil ich irgendwo gelesen habe, dass Blaubeeren und Walnüsse zusammen sehr gesund sind, aber irgendwie passen Blaubeeren nicht zu Weihnachten.«

»Ich liebe Trockenfrüchte und Nüsse. Es gibt einfach nichts Besseres.« Allie setzt ein hintergründiges Lächeln auf. »Gesund, macht aber trotzdem dick«, fügt sie verschmitzt hinzu.

»Alle Cookies machen dick«, wirft Taylor ein und sieht Allie an.

Kurz bevor es an der Tür klingelt, ist Disney schon unterwegs. Der Pelzkragen lässt Veras Gesicht weicher wirken, und sie sieht immer noch aus wie frisch geschminkt. Statt sich gleich zu uns zu gesellen, bringt sie ihre Cookies auf Zehenspitzen nach hinten, geht dann noch einmal nach draußen und kommt mit einer Aufschnittplatte zurück, die sie auf den Tisch stellt. Dann zieht sie endlich den Mantel aus und setzt sich, wendet sich kurz mir zu und reckt den Daumen in die Höhe. Also hat das Geschäft wohl geklappt. »Glückwunsch«, forme ich lautlos mit den Lippen.

Sie runzelt die Stirn und legt den Finger an die Wange. Auf die Stelle, wo mein blauer Fleck ist. Achselzuckend forme ich die Worte: »Nicht so schlimm. Der Küchenschrank.« Es tut auch überhaupt nicht mehr weh.

Sosehr sie sich auch bemüht, uns nicht zu unterbrechen, es klappt nicht.

»Hey, Vera. Wie sind die Straßen?«

Sie nickt Laurie zu, die immer noch mit der letzten Cookie-Schachtel dasteht.

»Nass, aber nicht glatt. Ich glaube, es ist nicht kalt genug, um zu frieren.«

»Wir haben dich vermisst«, sagt Jeannie.

»Na ja, hier bin ich. Besser spät als nie.« Vera trägt einen Kamelhaarrock mit Fransen am Saum, hohe braune Stiefel und eine bunte Bluse, die ihre platinblonden Haare so richtig zur Geltung bringt. Ich deute auf ihren Platz. »Hier sind deine Cookies.«

»Wie war die Arbeit?«

»Das Geschäft ist unter Dach und Fach.«

Rosie streckt die Hand zum High five aus, quer über den Kaffeetisch.

»Und jetzt kriege ich wenigstens noch den Schluss von Lauries Geschichte mit, ja?« Die Bemerkung bringt uns alle dazu, uns wieder Laurie zuzuwenden, die dankbar lächelt.

»Ich kann es nicht abwarten, von Olivia zu hören«, formt Vera mit den Lippen.

»Ja, du bist rechtzeitig da für die Cookies und die Geschichte. Obwohl es eigentlich keine große Geschichte zu meinem Rezept gibt, ich weiß nicht mal mehr, wo ich es ursprünglich herhabe. Vielleicht aus einer Zeitschrift. Tja, ich hab gebacken, solange Olivia ihr Schläfchen gehalten hat. Ihr wisst schon – an einem Tag hab ich den Teig zubereitet, am nächsten kam er in den Ofen. Zum Glück setzt man die Plätzchen ja einfach mit einem Löffel aufs Blech … man muss also nichts ausstechen oder ausrollen. Nach dem Backen hab ich sie auf dem Küchentisch abkühlen lassen, da kommt Olivia nicht dran, und am dritten Tag hab ich die Kekse dann in die Schachteln gepackt.« Sie beugt sich vor und trinkt ein bisschen Wasser aus ihrem Weinglas. »Brian hat geholfen, sie zu probieren«, kichert sie.

»Hmm.« Wieder hält sie inne. Langsam wandern ihre Augen durch den Raum, sie studiert uns wieder, eine nach der anderen, wie wir dasitzen mit unseren halb mit Cookie-Behältern gefüllten Taschen. Jeannie lässt sich auch von Laurie die Haare schneiden und färben, seit sie meine gesehen hat. Als Laurie das erste Mal zur Cookie-Party kam, wusste sie, dass auch Vera und Jeannie da sein würden.

Aber ich wusste nicht, dass auch Laurie und Allie sich kannten, denn Laurie war bei Allie in Therapie gewesen, als sie und Brian die geringe Spermienkonzentration entdeckt hatten. Erst nach ihrer ersten Cookie-Party erwähnte Laurie, dass sie Allie damals aufgesucht hatte. In der Therapie war es wohl hauptsächlich darum gegangen, wie wichtig es für Laurie war, Mutter zu sein, wie viel

Brian ihr bedeutete und welche Alternativen es für sie beide gab. Jetzt bleibt Lauries Blick auf Allie haften. Auch Taylor starrt sie noch an, und Allie, die merkt, dass sie plötzlich im Mittelpunkt der Aufmerksamkeit steht, streicht sich eine Haarlocke hinters Ohr – eine Geste, die zeigt, dass sie sich unbehaglich fühlt.

Aber Laurie lächelt sie an, und dann wandert ihr Blick weiter zu Juliet, die seit jener ersten Cookie-Party ihre Freundin geworden ist. Welche Plätzchen hat Laurie mitgebracht, als sie Cookie-Jungfrau war? Die gleichen wie heute, ich erinnere mich genau. Und auf einmal weiß ich, was sie uns gleich sagen wird.

Ich hole tief Luft, und meine Augen füllen sich mit Tränen. Der Kreis schließt sich.

»Tja«, setzt Laurie wieder an. »Ich habe Neuigkeiten.«

»Oh, du bist schwanger!«, platzt Rosie heraus.

»Nein. Olivia reicht mir voll und ganz.«

Ich weiß, worum es geht. Ich weiß nur nicht, welche Richtung sie einschlagen wird.

»Ihr wisst ja, wie schlecht es wirtschaftlich momentan überall aussieht, es betrifft euch ja alle auf die eine oder andere Weise. Aber für uns ist es besonders übel, vor allem für Leute, die mit Immobilien zu tun haben. Man kriegt die Häuser immer noch los, aber die Preise sind niedrig, es ist schwieriger, einen Bankkredit zu bekommen, und jetzt versuchen viele Leute nicht mal mehr, ihr Haus zu verkaufen. Na ja, man kann sich um Zwangsvollstreckungen kümmern, aber das ist oft eine sehr traurige Geschichte, denn die Leute lassen ihre Wut über das unfaire System, ihre eigene Gutgläubigkeit und ihr Pech an ihren Häusern aus und zerstören sie. Oder sie verlassen sie einfach, samt einem Teil ihrer Möbel. Wenn man so ein Haus betritt, sieht man noch, wie sehr es einmal geliebt worden ist – ein mit dem Lieblingsstoff eines Kindes bezogener Fenstersitz, ein mit den Handabdrücken der ganzen Familie bemalter Schreibtisch. Bunte Vorhänge. Rosengärten, die vor sich hin modern. Und Käufer zu finden ist echt schwierig.« Wenn Laurie aufgeregt ist, klingt sie wie eine Lehrerin, wahrscheinlich weil ihre Mutter in der Highschool unterrichtet hat. »Tja«, meint sie und zuckt die Achseln, »wir brauchen das Geld. Und ihr wisst ja, dass ich weniger arbeite«, fährt sie fort und senkt den Blick. »Teilweise wegen Olivia, aber in Wahrheit auch, weil die Leute nicht mehr so oft zum Friseur gehen. Weniger teure Strähnchen. Weniger regelmäßige Haarschnitte.«

Vera, Jeannie und ich tauschen Blicke, als hätte sie uns persönlich gescholten.

Laurie bemerkt es sofort und sagt: »So ist es eben, oder? Na ja, wir haben eine ganze Weile darüber nachgedacht ... und Brians Schwester lebt in North Carolina. Wir müssten keinen Winter mehr überstehen. Wir wären näher bei meinen Eltern, die in Florida sind. Und es ist eine der wenigen Gegenden, wo der Immobilienmarkt noch nicht so stark eingebrochen ist.« Sie zählt die Vorteile an den Fingern ab. »Brian hat einen Maklerkollegen gefunden und sich mit ihm zusammengetan. Und sein Schwager baut Schränke, da könnte Brian arbeiten, bis das Geschäft läuft. Und ich meine Lizenz kriege. Also ist heute wahrscheinlich ...« Laurie schluckt und verlagert ihr Gewicht aufs andere Bein. »Na ja, heute ist wahrscheinlich meine letzte Cookie-Party.«

»Was? Du kannst uns doch nicht verlassen!«, ruft Rosie.

»O mein Gott.« Vera bleibt der Mund offen stehen.

»O nein!«, sagt Charlene entsetzt.

»Das tut mir so leid. So leid«, murmelt Taylor leise.

»Du kannst doch wiederkommen. Das hat Lynda auch getan«, gibt Rosie zu bedenken. »Oder pendeln wie Alice.«

»Ich weiß. Das hab ich mir auch alles schon durch den Kopf gehen lassen. Aber ich denke, ich werde eine Niederlassung des Cookie Clubs in Charlotte gründen. Ist das okay?« Fragend sieht sie mich an.

»Natürlich.«

»Wann zieht ihr denn um?«, fragt Rosie.

»Wir haben vor, den Umzug in Etappen zu machen. Nach den Feiertagen fängt Brian an, den Verkauf unseres Hauses vorzubereiten. Wenn es in drei Monaten noch nicht weg ist, versuchen wir es zu vermieten. Aber er ist dann schon in North Carolina und startet sein Immobiliengeschäft – er hat schon eine Lizenz. Ich bleibe hier und hoffe, dass sich die Dinge klären.« Sie kreuzt Zeige- und Mittelfinger. »Aber was auch passiert, im Juni werde ich umziehen.«

Schweigen senkt sich über die Gruppe.

»Ich kann nicht pendeln wie Alice. Nicht mit Olivia.«

Ein paar von uns nicken.

»Wir müssen eine Familie bleiben, wir können uns nicht überall verteilen.«

Ich überlege, was Laurie für ihre Liebe zu Brian schon alles aufgegeben hat. Sie hat ein Kind adoptiert, jetzt zieht sie um. Aber als Paar entscheidet man im Team. Man bringt Opfer für die Familie.

»Im schlimmsten Fall versteigern wir das Haus. Und es steht auch die Idee im Raum, dass Brians Agentur es kauft und behält, bis der Markt sich wieder bessert.«

»Ach Laurie«, sagt Jeannie. »Der Abschied wird so schwer sein. Und was sollen wir denn ohne dich tun?«

»Was ich am meisten vermissen werde, das seid ihr, meine Freundinnen. Ich weiß, dass ich nie wieder solche Freundinnen finden werde.«

»Nein, niemand ist wie wir.« Wir lachen alle.

»Aber du wirst neue Freundinnen finden.«

»Andere.«

»Keine wie uns.« Wieder Lachen.

»Ich hab so viel mit euch durchgemacht.« Unsere Blicke treffen sich. »Tja. Ich meine, ihr kennt meine ganze Geschichte. Andere Leute lernen mich einfach als Mutter kennen.«

»Du wirst neue Freundschaften schließen.« Ich schaue Allie an, und sie fügt hinzu: »Ja, in Olivias Kindergarten und später in der Schule. Und beim Sport. Glaub mir, als Mutter zieht man Freunde an wie ein Magnet.«

Dann lächelt Allie Laurie zu, und ihre Stimme wird tiefer. »Eine Weile wird es schwer sein, aber du wirst es schaffen und dich durchboxen. Du hast oft genug bewiesen, dass du das kannst.« Allies Stimme bringt die Wichtigkeit der Botschaft treffend rüber.

Laurie steigen Tränen in die Augen. »Na ja, ich wollte es euch sagen. Ich wollte nicht, dass ihr heute Abend alle ganz traurig seid, aber das ist wirklich meine Cookie-Geschichte. Woran ich gedacht habe, war, dass ich euch verlassen muss. Dass ich Ann Arbor verlassen muss, die Lichter der Stadt, den Skilanglauf, den Zauberberg, den Top of the Park, die Cafés im Sommer. Die Parks und die Galerien. Den Salon und meine Kunden. Und natürlich das hier.«

»Warum habt ihr euch nicht für Florida entschieden?«, fragte Jeannie. »Meine Eltern sind dort, dann könnte ich euch besuchen, wenn ich bei ihnen bin.«

»Ja, seit Mom und Dad dort wohnen, ist der Gedanke, von hier wegzugehen, ein bisschen leichter geworden, und wir haben auch Florida in Erwägung gezogen. Aber dort ist der Immobilienmarkt genauso schlecht wie bei uns. Niemand will die enormen Versicherungssummen bezahlen.« Sie stockt abrupt, und ihre Augen füllen sich erneut mit Tränen. »Es ist so schwer, all die Erinnerungen hinter sich zu lassen.«

»Hey, die kannst du doch mitnehmen.«

»Na ja – zum Beispiel der Top of the Park. Ich weiß genau, wie viel Spaß das Festival immer macht. Jedes Jahr freue ich mich drauf. Und die Townie Party. Und unsere Cookies. Und dann hab ich gar nichts mehr, worauf ich mich freuen kann.«

»Ja, Vorfreude ist wichtig«, nickt Allie. »Aber du kannst dich auf lauter neue Erfahrungen freuen.«

»Es ist schon jetzt alles anders, dauernd denke ich: Ist das jetzt das letzte Mal, dass ich das tue oder diesen Menschen sehe oder hier einkaufen gehe? Und dann hab ich das Gefühl, dass ich nichts davon loslassen möchte. Obwohl ich weiß, dass mir ein neues Abenteuer bevorsteht.« Wieder macht sie einen schmalen Mund. »Und dass es besser sein wird für uns, für Brian, Olivia und mich.«

»Und du kannst neue Erinnerungen sammeln.«

»North Carolina ist toll – das Meer, die Berge.«

»Kein Schnee!«

»Ich hab mein Leben lang immer in derselben Gegend gewohnt, ein paar Häuser weiter von dort, wo ich geboren bin«, sagt Sissy. »Meine ganze Familie ist hier. Ich kann mir gar nicht vorstellen wegzugehen, obwohl um mich herum viel kaputtgegangen ist. Man wechselt nicht einfach so die Freunde, nur weil die Umstände sich ändern.« Sie zuckt die Achseln. »Ich glaube, ich bleibe hier, damit es hier wieder besser wird.«

»Ich könnte auch nicht wegziehen, egal aus welchem Grund«, pflichtet Jeannie ihr bei. »Ich hab mein ganzes Leben hier verbracht, ich bin hier verwurzelt, und ich weiß nicht, ob ich mich selbst noch kennen würde, wenn ich nicht hier zu Hause wäre.« Sie lächelt Sissy zu.

»Gott, wir leben doch nicht im achtzehnten Jahrhundert, und du ziehst nicht an den Nordpol oder so. Es gibt Flugzeuge. Zur Art Fair musst du aber unbedingt kommen – was wäre der Kunstmarkt, wenn wir nicht zusammen rumbummeln?«

»Hmm. Vergesst nicht, dass ich noch eine Weile hier bin. Vielleicht sogar bis Juni.«

»Euer Haus ist so … so gemütlich, dass es sich wahrscheinlich schnell verkaufen lässt, und dann bist du schon im Februar weg«, jammert Rosie halb scherzhaft.

»Na ja, das hoffe ich!«, lacht Laurie.

»Das hoffen wir alle«, sage ich und hebe mein Glas. »Auf neue Abenteuer in unbekannten Städten.«

»Nächstes Jahr kommen wir alle angefahren und nerven dich.«

»Ja, bitte!«

»Wir machen einen Frühlingsfrauenausflug!«

»Gute Idee.«

»Und vergesst nicht, ich konzessioniere den Cookie Club und mache dort unten eine Zweigstelle auf. Tja, da bin ich dann wohl die Nummer eins der Cookie-Hexen«, fügt sie strahlend hinzu.

»Auf die Cookie-Hexen in aller Welt«, sage ich.

Und wir lassen die Gläser klirren.

ZIMT

Meine Mom zelebrierte ihre Vorliebe für Zimt gerne, indem sie Zimttoast für uns machte: Heißen Toast mit Butter, Zucker und Zimt. In der Hitze schmolz die Butter und verwandelte die Zimt-und-Zucker-Mischung in den perfekten Leckerbissen für einen kalten Wintermorgen. Heute streue ich mir Zimt über meinen Morgenkaffee. Das frische Zimtaroma bringt mich in Schwung, verleiht meinem Tag Würze und Klarheit. Häufig wird Zimt als Weihnachtsduft angesehen und in vielen Gebäcksorten als Gewürz verwendet. Bis vor kurzem wusste ich nichts von den Heilkräften des Zimts. Er hilft, unerwünschtes Verklumpen der Blutplättchen zu verhindern, und stoppt das Wachstum von Bakterien und Pilzen, sogar das des problematischen Hefepilzes Candida. Die antimikrobiellen Eigenschaften von Zimt sind so effektiv, dass man das Gewürz als Alternative zu traditionellen Konservierungsmitteln benutzen kann.

Nicht nur verbessert der Verzehr von Zimt die Fähigkeit des Körpers, Blutzucker zu verwerten, sondern schon das Riechen an Zimt regt die Hirnaktivität an! Er steigert die Aufmerksamkeit, das virtuelle Kurzzeitgedächtnis, das Arbeitsgedächtnis und am Computer auch die visuellmotorische Geschwindigkeit. Folglich sollte man zu jeder Prüfung unbedingt Zimtkaugummi mitnehmen.

Schon immer hat man Zimt geschätzt, und in seiner Geschichte gibt es viele Beispiele, wie Zimtmonopole eifersüchtig bewacht und damit Handel und Forschung angestachelt wurden, unter anderem die Entdeckung der Neuen Welt durch die Europäer. Zimt ist die Rinde eines kleinen immergrünen Baums, den man seit dem Altertum kennt und der in Sri Lanka heimisch ist. Vor viertausend Jahren wurde er von China nach Ägypten importiert, wo man Zimt für das Einbalsamieren der Toten verwendete. Moses erhielt die Anweisung, Zimt als Grundlage heiligen Salböls zu benutzen, und im Lied Salomos parfümiert er die Kleider der Geliebten. Als Zeichen der Reue ließ der römische Kaiser Nero eine Jahresration Zimt verbrennen, nachdem er seine Frau ermordet hatte.

Bis zum Mittelalter war es in der westlichen Welt nicht bekannt, wo Zimt gewonnen wurde. Die Araber etablierten schon früh ein Monopol und schafften es, seine Herkunft jahrhundertelang geheim zu halten. Auf indonesischen Flößen wurde Zimt nach Ostafrika transportiert, und arabische Händler brachten das Gewürz über Land auf Handelsstraßen nach Alexandria, wo er von venezianischen Händlern aus Italien gekauft wurde, die den Gewürzhandel in Europa beherrschten. Der Aufstieg anderer Mächte am Mittelmeer, wie die mameluckischen Sultane und das Ottomanische Reich, störte den Handel, und die Europäer sahen sich gezwungen, andere Transportrouten nach Asien zu suchen. So machte Columbus sich auf den Weg, um nach Asien zu segeln, und entdeckte unterwegs die Neue Welt!

Columbus glaubte 1492, auf Cuba Zimt entdeckt zu haben, aber dabei handelte es sich um den westindischen wilden Zimt. Dennoch setzten die Spanier diese Entdeckung als Rechtfertigung für die fortgeführte Besetzung der Insel ein. Im 16. Jahrhundert fanden die Portugiesen wilden Zimt in Ceylon; 1636 übernahmen die Holländer die Insel und begannen Zimt zu züchten. Nach der Eroberung durch die Briten im Jahr 1796 übernahm die East India Company die Vorherrschaft und behielt sie bis ins 19. Jahrhundert. Dann wurde echter Zimt auch an anderen Orten angebaut, und die ostindische Cassia-Rinde, die in gemahlenem Zustand schwer von Zimt zu unterscheiden ist, wurde von den Konsumenten allmählich angenommen. Endlich gab es im Zimthandel keine Monopole und keine Geheimnisse mehr.

6

Alice

Butter-Pecan-Taler

1 Tasse Mehl
½ Teelöffel Salz
1 Tasse weiche Butter
¾ Tasse brauner Zucker
1 großes Eigelb
⅔ Tasse frisch gehackte Pecannüsse
Pecan-Hälften zur Verzierung (ungeröstet)

Pecan-Hälften bei 180 Grad rösten, dabei alle drei Minuten umrühren. Abkühlen lassen und in kleine Stücke brechen oder hacken.

Ofen auf 160 Grad vorheizen. Mehl und Salz sieben und beiseitestellen. Butter und Zucker etwa drei Minuten schaumig rühren. Eigelb untermischen.

Mit dem Handrührgerät auf niedriger Stufe Mehl unterrühren, bis ein glatter Teig entsteht. Von Hand Pecannüsse untergeben. Eine Stunde kalt stellen.

Mit Eisportionierer oder Esslöffel Teighäufchen auf ein

mit Backpapier ausgelegtes Blech setzen, zwischen den einzelnen Plätzchen etwa sieben Zentimeter Platz lassen. Fine Pecan-Hälfte aufdrücken.
Zwölf bis vierzehn Minuten backen, nach der Hälfte dcr Backzeit das untere Blech nach oben schieben. Gut abkühlen lassen.

Ergibt drei Dutzend.

Mein Telefon klingelt, und mein Herz beginnt zu klopfen. Ich stürze in die Küche, zerre unterwegs mein Handy aus der Tasche, aber als ich daraufschaue, sehe ich ein Bild von Alice. Ein Schnappschuss, den ich bei Gratzi's auf der Veranda gemacht habe, an einem Mittwochnachmittag letzten Sommer. Der Sonnenschirm wirft einen Schatten, der ihr Lächeln erst richtig zum Strahlen bringt. Mein Handy ist so eingestellt, dass immer ein Bild von meinen Freundinnen erscheint, wenn sie anrufen.

Es ist also nicht Sky. Immer noch nicht.

»Wir haben gerade über dich geredet.« Ich habe Alice noch nicht in ihrem neuen Haus besucht, deshalb kann ich mir jetzt auch nicht vorstellen, wie es bei ihr aussieht, während sie mit mir spricht. Ihr Ehemann, Larry, hat in San Diego den perfekten Job gefunden, deshalb arbeitet Alice zwar zurzeit noch hier, fliegt aber jedes zweite Wochenende nach Kalifornien. An manchen Wochenenden kommt Larry auch nach Ann Arbor. Die beiden haben eine Wohnung in einem Mehrfamilienhaus gekauft, das nur ein paar Blocks vom Meer entfernt steht, sodass man von einer Ecke des Balkons den Pazifik sehen kann. Also stelle ich mir einfach vor, wie das Meer hinter ihr glitzert, während wir uns unterhalten.

»Wie ist die Party?«

»Großartig. Aber wir vermissen dich. Laurie hat gerade ihre Cookies verteilt. Sie zieht nach Charlotte, wahrscheinlich im Frühsommer.«

»Wow, das sind ja große Neuigkeiten.« Sie klingt ganz eifrig, als wollte sie per Telefon ein bisschen von dem *Cookie Club Spirit* aufschnappen. »Ich wäre so gerne bei euch. Ich hab sogar nachgeschaut, ob es nicht einen günstigen Flug gibt, aber ich hatte kein Glück. Außerdem komme ich ja in ein paar Wochen, rechtzeitig zur Townie Party, und da seh ich dann die meisten von euch. Ich kann's kaum erwarten.«

»Komm doch einfach vorbei, wenn du da bist, dann gehen wir zusammen hin. Du, Larry, Jim und ich.« Jedenfalls wenn Jim es schafft, sich loszueisen.

»Guter Plan«, sagt Alice.

»Hallo ihr alle«, rufe ich, als ich ins Wohnzimmer zurückkomme und unterwegs Vera begegne, die gerade in die Küche will. »Alice ist am Telefon«, erkläre ich.

»Hi, Alice«, sagt Juliet, und im Chor stimmen alle mit ein. Ich halte das Handy ins Zimmer, damit Alice den Freundinnenchor hören kann.

»Wir vermissen dich!«

»Wäre schön, wenn du hier sein könntest!«

Rosie streckt die Hand aus. »Lass mich mal kurz mit ihr reden.«

Ich gebe ihr das Telefon. Taylor schlendert in die Küche, wo Vera, Charlene und Jeannie sich ein zweites Mal am Essen bedienen, und zwar an Veras Salami und Käse. Sissys Sushi ist schon komplett weg, und ich räume den Teller beiseite. Vera nimmt sich auch etwas von der Suppe. Sie hat noch nicht zu Abend gegessen.

Ich verspüre den Drang, herumzulaufen und mich woanders hinzusetzen, zu essen, zu pinkeln, zu plaudern und einfach mal eine Pause von der Cookie-Routine einzulegen.

»Bist du nächstes Jahr da?«, fragt Rosie gerade ins Telefon. »Hey, Laurie zieht weg. Sie gründet eine Cookie-Club-Zweigstelle.«

In der Küche räume ich leere Teller vom Tisch in die Spüle und stelle dafür eine Schale mit Obst auf den Tisch. Dann öffne ich noch eine Packung Schokomandeln, schütte sie in ein Schüsselchen und trage es ins Wohnzimmer.

Inzwischen hat Rosie das Telefon an Charlene weitergegeben und geht in die Küche.

Ich folge ihr. Als ich hereinkomme, wendet Jeannie sich gerade vom Tisch ab und macht sich auf den Weg ins Wohnzimmer, einen Teller in der einen, ein Glas in der anderen Hand.

»Oh.« Rosie hält mitten in der Bewegung inne und richtet sich auf, die Schulterblätter eng beieinander. »Um ein Haar wären wir zusammengestoßen.« Sie hebt das Kinn, aber in ihrer Stimme ist ein leichtes Zittern.

Aber Jeannie wird knallrot und hebt die Brauen. »Kannst du nicht aufpassen, wo du hingehst?« Ihre Finger krallen sich um den mit ihrem persönlichen Erkennungszeichen dekorierten Stiel des Glases, sie sind weiß vor Anstrengung, und ich hoffe, dass das Glas nicht zerbricht. »Nimmst du andere Menschen eigentlich nie wahr? Oder klappt es gelegentlich?«, zischt sie.

»Sorry.« Nun klingt auch Rosies Ton eher kampflustig als reuig. Scharf. Und sie hat die Augen leicht zusammengekniffen. »Tut mir wirklich sehr leid. Entschuldige, dass ich geboren bin.« Offensichtlich hat sie genug davon, für Jeannie den Sündenbock zu spielen.

Ich schließe die Augen und zähle innerlich bis zehn. Natürlich gibt es manchmal Streit unter Freundinnen. Eifersüchteleien, verletzte Gefühle, die Sorge, vernachlässigt oder wegen einer anderen, stärkeren Freundschaft ausgebootet zu werden. So etwas kommt vor, aber es kann auch wieder geklärt werden. Rosie und Jeannie waren sehr eng befreundet. Genau genommen waren sie zu dritt, die drei Musketiere: Rosie, Jeannie und Sue. Ob aus schlechtem Gewissen oder weil ihr die Vorstellung, mit den beiden anderen hier zu sein, zu unangenehm war – jedenfalls hat Sue dieses Jahr ihren Platz im Cookie Club gekündigt und Sissy überlassen. Ich war erleichtert, denn ich konnte mir die drei Streithähne ehrlich nicht im selben Raum vorstellen. Für meinen Geschmack ist das, was ich jetzt vor mir habe, schon schwierig genug.

Jetzt stehen sie sich gegenüber, Jeannie in der einen Hand einen Teller mit Gemüse, Hummus, Pita-Chips und Grillhähnchen und in der anderen ihr Glas. Der Wein darin zittert.

Rosie hat ihre aufrechte Haltung beibehalten, kerzengerade, die Augen nur noch zwei Schlitze. »Na dann, ich seh auch nicht, dass du zu deiner Mom läufst, um ihr die Wahrheit zu sagen! Siehst du, du bist genau wie ich. Du tust das Gleiche, was ich getan habe. Aber mir machst du deswegen Vorwürfe.«

Rosie hat recht.

Aber Jeannie starrt sie wütend an. Jetzt reckt sie das Kinn.

»Ich hab diesen Schlamassel nicht verursacht«, stößt sie hervor.

Sie hält den Teller schief. Das Essen rutscht an den Rand.

Ich mache einen Schritt auf sie zu.

Da erscheint Charlene hinter ihr. Anscheinend hat auch sie die Szene beobachtet.

»Jeannie?«, sagt sie leise. »Jeannie?« Behutsam berührt sie den Arm, der den Teller hält.

Jeannie dreht sich um.

Charlenes Augen sind ganz ruhig und dunkel, tiefe Falten ziehen sich von ihren Nasenflügeln zu den Mundwinkeln. Für den Augenblick vertreibt ihr Kummer Jeannies Wut. Der Tod von Charlenes Sohn übertrumpft Jeannies Existenzangst. Mit einer kleinen Kopfbewegung deutet Charlene in eine Ecke. »Ich hatte noch gar keine Gelegenheit, mich mit dir zu unterhalten«, sagt sie, als wäre nichts Ungewöhnliches passiert, legt die Hand auf Jeannies Schulter und lotst sie sanft, aber bestimmt, von Rosie weg. Dann wenden sie uns anderen den Rücken zu und sind sofort ins Gespräch vertieft.

Rosies Gesicht wird bleich, nur auf den Wangen zeigen sich zwei kreisrunde rote Flecken.

Als sie sich Wein nachschenkt, zittert ihre Hand. Sie trinkt einen großen Schluck und kneift die Augen zusammen. Ich strecke die Hand aus und berühre ihren Arm.

Ich liebe sie beide. Partei zu ergreifen kommt für mich nicht in Frage. Ich frage mich, ob sie jemals wieder zueinanderfinden.

»Wahrscheinlich kommt sie nie darüber hinweg.«

»Nie ist eine ziemlich lange Zeit.«

»Sie benimmt sich, als wäre alles meine Schuld. Dabei hab ich nichts getan.« Noch ein Schluck Wein. »Und ich vermisse sie.« Sie holt tief Luft und schüttelt den Kopf. »Die Jeannie, die sie mal war, jedenfalls.«

Allie kommt in die Küche, das Telefon in die Höhe gestreckt. »Hatten jetzt alle ihre Chance?« Sie schwenkt das Handy durch die Luft. Ein Chor von Jas antwortet ihr.

Momentan passiert so viel gleichzeitig, aber ich muss unbedingt mit Alice sprechen, also nehme ich das Telefon.

»Ich vermisse dich«, sagt sie. »Ohne die Cookie-Party fühlt es sich gar nicht richtig wie Weihnachten an.«

»Wenigstens kriegst du unsere Cookies. Du kannst sie mitnehmen, wenn du zurückfliegst.«

»Ja. Dauernd von einer Küste zur anderen zu jetten ist beschissen. Mein Leben verteilt sich auf zwei Städte, zwei Häuser, zwei Freundeskreise. Na ja, genau genommen ist es nur ein Freundeskreis. Wenn ich in San Diego bin, sind Larry und ich meistens allein. Wir haben gehofft, es wäre eine Oase. Diese zwei Wochenenden im Monat.«

»Im Moment hätte ich liebend gern Zeit, in der ich nichts machen muss und nur mit Jim zusammen sein kann.«

»Dieses Wochenende war ich hauptsächlich mit dem Laptop zusammen.« Normalerweise hält Alice eine optimistische Fassade aufrecht und ignoriert oder leugnet den Stress des Pendelns zwischen zwei Städten, zwei Zeitzonen, zwei Häusern. Dann fährt sie fort: »Larry hatte so viel zu tun, dass ich von Glück sagen kann, dass er sich wenigstens zum gemeinsamen Fernsehen überreden ließ. Aber eigentlich hätte ich genauso gut in Ann Arbor bleiben können. Na ja, wenigstens waren wir zusammen. Und bis Mittwoch soll der Stress bei der Arbeit angeblich vorbei sein. Nächstes Wochenende haben wir dann wieder ganz für uns allein. Normalzustand.« Sie kichert. »Was immer unser Normalzustand sein mag. Vielleicht diese ganze verrückte Situation.« Einen Moment schweigt sie, dann höre ich, wie sie tief einatmet. »Wie geht es Sky?«

»Als du angerufen hast, dachte ich, sie wäre es.«

»Sorry. Sag mir morgen Bescheid, okay? Jederzeit. Auch mitten in der Nacht. Versprochen?«

»Ich halte dich auf dem Laufenden.«

Ich klappe das Telefon zusammen und schaue ganz automatisch nach, ob ich einen Anruf verpasst habe. Nein, niemand wollte mich sprechen. Kurz überlege ich, ob ich die Pause nutzen und Sky anrufen soll, entscheide mich aber erneut dagegen. Jetzt ist es achtzehn Uhr in Kalifornien. Inzwischen muss sie den Bescheid haben. Vielleicht hatte ihre Frauenärztin noch ein Baby zu entbinden, und sie und Troy stochern jetzt nervös in ihrem Abendessen herum. Ich muss Geduld haben. Und Geduld ist nicht meine größte Stärke. Ganz im Gegenteil.

In diesem Augenblick höre ich Gelächter und drehe mich um. Jeannie, Sissy und Charlene stehen kichernd vor dem Kühlschrank. Jeannie sagt etwas, und Sissys fröhliches Lachen antwortet ihr.

Im Wohnzimmer ist niemand. Ich hole Alices Cookies und lege jeder der Anwesenden eine Tüte auf ihren Stuhl. Als Alice mir die Plätzchen geschickt hat, waren sie in Plastiktüten verpackt, aber dabei lagen zwölf weiße, mit Silbermuster und weißem Pelz verzierte Schmucktüten. Jetzt warten sie nur noch darauf, von den Partyfrauen in Empfang genommen zu werden.

Ich gehe zurück in die Küche und auf die Gruppe vor dem Kühlschrank zu. »Jeannie, ich glaube, du bist als Nächste dran.«

Rosie geht mit einem Teller ins Wohnzimmer. Als sie an uns vorbeikommt, senkt sie den Blick.

»In Ordnung?«, frage ich Jeannie.

Viel zu schnell kommt ihr Lächeln, fast ein nervöses Zucken. Dann sagt sie: »Ja. Ich erzähle als Nächste.« Unsere Blicke treffen sich, und sie nickt.

BUTTER

Butter hat einen schlechten Ruf. Man wirft ihr vor, dass sie dick macht und wegen des tierischen Fetts die Arterien verstopft und das Risiko für Herzkrankheiten erhöht. Doch jahrtausendelang war Butter eine wertvolle Proteinquelle und wurde wegen ihres guten Geschmacks gern in Saucen und Gebäck verwendet. Lange Zeit habe ich Butter immer durch Margarine ersetzt, und erst vor kurzem habe ich erfahren, dass die Trans-Fettsäuren in Margarine weit schädlicher sind.

In der Grundschule bekam Sky einmal die Hausaufgabe, aus Rahm selbst Butter herzustellen. Abwechselnd schüttelten wir die Sahne in einem Glas, bis sie immer mehr klumpte. Von Skys Schulprojekt habe ich gelernt, dass Butter entsteht, wenn man fermentierte oder frische Milch schlägt oder schüttelt. Man kann Butter auch aus Schafsmilch, Ziegenmilch und Büffelmilch herstellen, aber am häufigsten wird Kuhmilch verwendet. Natürlich schmeckt die Butter unterschiedlich, je nachdem, von welchem Tier die Milch stammt, aus der sie gewonnen wurde. Außerdem ist der Geschmack auch von der Ernährung der Tiere abhängig, besonders dann, wenn sie aromatische Kräuter enthält.

Um ein halbes Kilo Butter zu gewinnen, braucht man zehn Liter Milch. Die Butter ist »gebutterter«, also geschlagener oder geschüttelter Rahm, der mit Milchsäurebakterien versetzt ist. Diese Bakterien sind in nichtpasteurisierter Sahne von Natur aus vorhanden. Aus dieser Art Milch gewinnt man Sauerrahmbutter. Süßrahmbutter, die in den Vereinigten Staaten am häufigsten gegessen wird, wird aus pasteurisiertem Rahm hergestellt und mit Geschmacksstoffen versetzt.

Beide Buttersorten werden gesalzen oder ungesalzen verkauft. Salz trägt zur Konservierung der Butter bei. Eine andere Methode, Butter haltbar zu machen, ist das Klären, ein Prozess, bei dem das Wasser entfernt wird. Man erhitzt die Butter ganz vorsichtig, bis sich das Butterfett von der Molke trennt und das Fett nach oben steigt. Wenn das Wasser vollkommen verdampft ist, erhält man Ghee oder auch Butterschmalz, was Allie für ihre Ramadan-Cookies benutzt. In Indien hat man Ghee den Göttern geopfert.

Da Rahm selbst durch zufälliges Schlagen und Rühren zu Butter werden kann, ist es wahrscheinlich, dass die Erfindung bis zum Anfang der Milchwirtschaft zurückreicht, vielleicht nach Mesopotamien vor zehn- bis elftausend Jahren. Die früheste Butter wurde sicher aus Schaf- oder Ziegenmilch hergestellt, denn Kühe wurden erst tausend Jahre später domestiziert. Für eine sehr alte Methode der Butterherstellung, die heute noch in Teilen Afrikas und dem Nahen Osten praktiziert wird, braucht man einen Beutel aus Ziegenleder, den man zur Hälfte mit Milch füllt; dann wird der Beutel aufgeblasen, luftdicht verschlossen, mit Seilen an Stöcken befestigt und geschüttelt, bis der Butterungsprozess einsetzt.

Im Mittelalter wurde Butter vor allem in Nordeuropa als Bauernnahrung angesehen. Außerdem wurde Butter als Öl für Lampen verwendet. Auf den britischen Inseln packte man Butter in Tierhäute und vergrub sie in Torflöchern, um sie frisch zu halten. Buttern war Frauensache, vielleicht weil alles, was mit Milch zusammenhängt, den Frauen vorbehalten war. Es war »Hausarbeit«, während »Landarbeit«, also Arbeit draußen auf dem Feld, Männerdomäne war. Bis 1860 wurde Butter von Hand gemacht, doch dann begann die maschinelle Käseherstellung, und nun ließ sich ganz nebenbei auch die Butterproduktion mechanisieren. In den fünfziger Jahren wurde mehr Margarine als Butter verkauft, weil Margarine billiger war und als gesünder galt. Heute sind Butter- und Margarineumsatz in den USA in Dollar gerechnet gleichauf, aber da Margarine billiger ist, wird eigentlich von ihr mehr verkauft. Interessanterweise ist der Butterverkauf in letzter Zeit jedoch gleich geblieben oder hat sich sogar leicht verbessert, während der Margarineverkauf abgenommen hat.

In einem Kochkurs habe ich gelernt, dass Butter wegen ihres reichhaltigen Geschmacks und der appetitlich bräunlichen Farbe, die sie den Speisen verleiht, sehr gern beim Kochen verwendet wird. Doch Butter hält Hitze nicht so gut aus wie Öl. Cookie-Teig und auch manche Kuchenteige werden zum Teil dadurch gelockert, dass man Butter und Zucker zusammen schaumig schlägt, was Luftblasen in die Butter bringt. Beim Backen expandieren diese Luftblasen dann in der Hitze. Butterkekse enthalten keine andere Feuchtigkeit als das Wasser in der Butter. Im Mürbteig wird das Fett durch das Ausrollen in dünne Lagen geschichtet. Im Ofen schmilzt das Fett dann, und es entsteht eine blättrig-mürbe Textur. Wegen ihres Geschmacks ist Butter in einer solchen

Kuchenkruste sehr lecker, aber wegen des niedrigen Schmelzpunkts ist es schwieriger, mit Butter zu arbeiten als mit Backfett. Ich hatte schon viele Jahrzehnte Mürbteigböden gebacken, bevor mir das jemand erklärte, denn ich machte einfach das, was meine Mutter mir beigebracht hatte. Jetzt verstehe ich, warum es hilfreich ist, alle Zutaten und Utensilien kalt zu stellen, wenn man einen Teig mit Butter zubereiten will. Auch für die Cookies von Rosie, Juliet und Taylor muss der Teig vor dem Backen gekühlt werden.

7

Jeannie

Glückskekse

1 großes Eiweiß
½ Teelöffel Vanilleextrakt
½ Teelöffel Mandelextrakt
2 Esslöffel geschmolzene Butter
¼ Tasse Mehl
¼ Tasse Zucker
1 Prise Salz

Auf kleine Zettel (9 cm lang, gut 1 cm breit) Sinnsprüche schreiben. Den Backofen auf 200 Grad vorheizen. Zwei Bleche einfetten.

In einer mittelgroßen Schüssel Eiweiß, Vanilleextrakt und Mandelextrakt leicht schlagen, bis das Gemisch schaumig, aber noch nicht fest ist. Natürlich kann man die Cookies auch nur mit Vanille oder Mandelgeschmack machen – dann aber nicht vergessen, von dem gewählten Extrakt einen ganzen Teelöffel zu verwenden!

Mehl, Salz und Zucker in eine weitere Schüssel sieben.

Erst das Mehl, dann die zerlassene Butter in die Eiweißmischung geben. Umrühren, bis ein glatter Teig entsteht. Der Teig sollte nicht flüssig sein, aber leicht von einem Holzlöffel tropfen. Nach Bedarf Wasser zugeben.
Achtung: Wer bunte Glückskekse herstellen möchte, kann jetzt Lebensmittelfarbe in den Teig rühren. Beispielsweise ½ Teelöffel grüne Lebensmittelfarbe, um grüne Glückskekse zu erhalten.

Den Teig esslöffelweise auf das Blech geben, zwischen den Cookies mindestens 7 bis 8 cm Platz lassen. Meiner Erfahrung nach klappt es am besten, wenn das Blech kalt und mit Öl bestrichen ist. Das Blech vorsichtig vor und zurück und zu beiden Seiten bewegen, damit jeder Esslöffel Teig zu einem Kreis von mindestens 10 cm Durchmesser zerläuft. Dabei sollte der Teig möglichst gleichmäßig verteilt sein. Um glatte Ränder zu bekommen, kann man auch mit einer großen runden Ausstechform nachhelfen.

Backen, bis außen ein Rand von etwa 1 cm goldbraun ist und sich die Cookies mit einem Pfannenwender leicht vom Blech entfernen lassen (etwa 5 bis 6 Minuten).

Aus dem Ofen holen und die Cookies rasch mit einem breiten Pfannenwender (den man ebenfalls einfetten kann) auf ein Holzbrett oder einen sauberen Topfhandschuh kippen. Rasch den Glückszettel mittig auf das Cookie platzieren und das Cookie auf die Hälfte falten. Den Falz auf den Rand einer Tasse legen und die spitzen Enden nach unten ziehen, einen innen, einen außen. Damit erhält er die traditionelle Form. Dann die zusammengefalteten Cookies in eine leere Muffinbackform oder einen Eierkarton legen, damit sie ihre Form behalten, bis sie ganz abgekühlt sind. Um die noch nicht gefalteten Cookies warm zu halten, kann man das Blech bei offener Tür im ausgeschalteten Ofen lassen.

Hier eine Auswahl der Sprüche, die ich benutzt habe:

- Du entdeckst das erwachende Glück deines inneren Selbst.
- Ich werfe das Vergangene ab wie eine leere Hülle.
- Du kannst nicht alles kontrollieren. Aber du kannst einfach weiteratmen.
- Wir sollten leben wie Gärtner: unsere Blumen düngen und uns dem Wechsel der Jahreszeiten beugen.
- Das Licht der Weihnachtszeit möge dir den Weg weisen.
- Niemand kann die Folgen eines Ereignisses vorhersagen.
- Atme die Vergangenheit aus, atme die Gegenwart ein und lass die Zukunft in deiner Phantasie entstehen.
- Mögest du die Zufriedenheit erfahren, die deine Energie zur Entfaltung bringt.
- Suche dein Glück nicht außerhalb, sondern in dir selbst, dann wirst du es finden.
- Ein jegliches hat seine Zeit, und jedes Vorhaben unter dem Himmel seine Stunde.
- Das Rad des Lebens dreht sich. Nun ist die Zeit der Dunkelheit. Was wird die Nacht dir Gutes bescheren?
- Mach aus deinem Leben ein Freudenfest.

Sind das Alices Cookies?«, fragt Jeannie und greift nach der weißen Tüte auf ihrem Stuhl.

»Ja«, antworte ich.

Sie stellt ihr Weinglas auf den Couchtisch und angelt ein Cookie heraus. »Die sind köstlich, diese Pecan-Butter-Dinger. Da hat sie sich mal wieder selbst übertroffen.«

»Ja, die sind super. Ich hab schon eines probiert.«

Dann holt Jeannie ihre Cookie-Tüten aus dem Büro. Als sie das Wohnzimmer verlässt, fällt mir auf, dass ihre Jeans sehr locker sitzen, und als sie mit ihren Tüten zurückkommt, stelle ich fest, dass das Shirt, das letztes Jahr ihr hübsches Dekolleté zur Schau gestellt hat, jetzt schlaff herunterhängt. Sie lässt sich aufs Sofa sinken, und eine Minute lang sind wir allein im Zimmer.

»Jeannie, du musst die Sache ins Reine bringen, dir selbst zuliebe. Tu irgendwas, was die Situation für dich besser macht.« Ich betone das »für dich«.

»Es geht aber nicht um mich. Es geht um die beiden anderen.« Als sie den Kopf schüttelt, schimmert das Kerzenlicht rötlich in ihren Haaren.

»Rosie hat ja nicht unrecht.«

Sie sieht mich mit schmalen Augen an und atmet tief ein. Und senkt dann den Blick.

»Und du auch nicht«, füge ich hinzu.

Hier ist die Geschichte, um die es dabei geht: Jeannie lernte Rosie bei einem Tag der offenen Tür kennen, den Rosie und ihr Mann für ihr neues Büro veranstaltet haben und zu dem sie mit Mark eingeladen war, der ebenfalls Anwalt ist. Jeannie und Mark haben eine Tochter, Sara, die inzwischen sieben Jahre alt ist. Jeannie arbeitet seit der Highschool im Geschäft ihres Vaters, einem Autohaus namens Saturn. Vor Saras Geburt war sie Verkaufsleiterin, und sie geht davon aus, dass sie die Firma übernehmen wird, wenn ihr Vater in Rente geht. Bei der Party fanden sich Jeannie und Rosie auf Anhieb sympathisch. Sue und Rosie waren schon seit der Highschool Freundinnen. BFF, wie man heute sagt, *best friends forever*. Im Handumdrehen waren Sue, Rosie und Jeannie ein unzertrennliches Dreiergespann. Sie gingen zusammen einkaufen, belegten den gleichen Jazz-Dance-Kurs und trafen sich jeden Freitagabend bei Earle zu Muscheln und Wein. Wenn eine von uns anderen Zeit hatte, gesellte sie sich dazu. Wir alle wussten, dass die drei pünktlich um halb sechs an dem Tisch saßen, den man beim Hereinkommen als ersten sah, und dass man immer willkommen war. Gemeinsam stellten die drei Musketiere, wie wir sie gerne nannten, eine Spendenveranstaltung für das örtliche Theater auf die Beine und gründeten eine Hilfsorganisation für Opfer des Wirbelsturms Katrina. Sie gingen sogar zu Saras Hockeyspielen. Zu dritt. Drei Hockey-Mamas zum Preis von einer!

Rosies Energie und Organisationstalent war eine geradezu perfekte Ergänzung für Jeannies Kreativität und Hilfsbereitschaft. Und Sue, die geborene Geschäftsfrau, konnte jede Idee der beiden anderen verkaufen und die nötige Unterstützung von ihrem Netzwerk einholen.

Wenn Jeannie sagte: »Gehen wir doch tauchen, Cozumel Reef soll wunderschön sein«, recherchierte Rosie die besten Geschäfte für Taucherausrüstung und die schönsten Hotels, Sue handelte einen Sonderpreis für sie aus, und der Rest von uns sah staunend zu, wie die drei durchs Leben brausten und jede das Beste in den beiden anderen zum Vorschein brachte.

Für gewöhnlich sind Dreiecke instabile Gebilde, aber ihres machte einen soliden Eindruck. Keine von ihnen schien nervös zu sein oder sich Sorgen über ihren Stellenwert innerhalb der Gruppe zu machen. Unter ihnen schien es schlicht nichts von all dem zu geben, woran Frauenfreundschaften so oft krankten. Es gab tatsächlich keinen Streit.

Ich habe ein Foto von ihren Füßen, das sie nach einem gemeinsamen Besuch bei der Pediküre aufgenommen haben. An der Perspektive ist nicht zu erkennen, welche von ihnen das Bild gemacht hat, und ich rätselte lange, welche Füße zu welcher Frau gehörten. Ich meine, ich sehe mir die Füße von anderen Leuten normalerweise nicht so genau an. Aber ich weiß zum Beispiel, dass Sue an einem Knöchel ein silbernes Fußkettchen trägt. An einem anderen Fußpaar sind die Nägel lila lackiert, was zu Jeannie passt. Selbst heute trägt sie ein Batikshirt in Lilatönen, und ihre Haare haben einen weinroten Schimmer. Auf dem Bild berührt jeder kleine Zeh den großen Zeh des nächsten Fußes, sodass ein Fußkreis entsteht. Frischer Nagellack glitzert in der Sonne. Das Gras unter den Füßen sieht aus wie Jeannies Rasen, denn nur der ist so präzise gemäht. Gelegentlich ziehen wir sie damit auf, äußern beispielsweise laut die Vermutung, dass sie ihn mit der Nagelschere schneidet.

Aber dann brachte Jeannie aus Versehen eine Schlange ins Paradies, und diese Schlange war ihr eigener Vater.

Sue brauchte einen Job. Und Jeannies Vater, Jack, brauchte im Autohaus neue Verkaufskräfte. Jeannie, die Sues Verkaufstalent kannte, schlug ihr vor, sich zu bewerben. Dann legte sie bei ihrem Vater und dem derzeitigen Geschäftsführer noch ein gutes Wort für ihre Freundin ein, und Sue wurde eingestellt.

Sue war wie geschaffen für den Job. Im zweiten Jahr gewann sie eine Reise nach Barcelona für zwei Personen, alles inklusive, und nahm Rosie mit. Ich habe mich damals gefragt, ob Jeannie sich wohl zurückgelassen fühlte und womöglich eifersüchtig war. Schließlich war sie es, die Sue die Stelle vermittelt hatte. Aber vielleicht hatte Sue ja auch sie gefragt, und Jeannie hatte wegen Sara abgelehnt.

Nun muss man sagen, dass Jeannies Vater ein ausgesprochen charmanter Mensch ist. Auf den ersten Blick wirkt er eher unauffällig, aber sobald er in Bewegung gerät, kann man sich seiner Körperlichkeit und seiner Aura nur schwer entziehen. Wie jeder gute Verkäufer versteht er es, sich ganz auf sein Gegenüber zu konzentrieren. Er blickt den Frauen tief in die Augen, ohne je den Eindruck zu erwecken, ihren Körper zu begaffen oder sie gar in Gedanken auszuziehen, und im Handumdrehen hat er herausgefunden, was für die Betreffende besonders wichtig ist. Er stellt Fragen. Er ist ganz Ohr, fasziniert vom Thema, fasziniert von den Antworten. Und stets hält er Ausschau nach Gemeinsamkeiten.

Was wollen die Frauen? Wir wollen, dass man uns zuhört. Dass man uns zur Kenntnis nimmt. Und schätzt. Wir wollen, dass man uns interessant findet – unser Leben ebenso wie unseren Körper. Und genau diesen Eindruck vermittelt Jack. Wenn man sich mit ihm unterhält, fühlt man sich wahrgenommen. Dann strahlt einem noch plötzlich sein schiefes, spitzbübisches Grinsen entgegen, und schon spürt man den Impuls, die Sommersprossen auf seinem Arm zu berühren.

Als Sue anfing für ihn zu arbeiten, hatte sie gerade eine zweijährige Beziehung zu einem Mann beendet. Die Probleme hatten begonnen, weil er Verabredungen nicht einhielt oder erst viel später auftauchte.

»Das gefällt mir nicht. Ich finde es nicht übertrieben, dass ich meinen Freund öfter als einmal pro Woche sehen möchte«, beklagte sich Sue.

Ständig war er mit seinen Freunden unterwegs oder machte Überstunden. Wenn er mit Sue zusammen war, wirkte er auf sie oft extrem nervös und schien seltsamerweise nicht mal Interesse an Sex zu haben.

»Gibt es eine andere Frau? Sag es mir doch einfach.«

»Du bist die einzige Frau, die ich will. Ich hab viel zu tun, das ist alles«, antwortete er und wischte sich mit dem Handrücken die Nase ab.

»Aber irgendwas stimmt doch nicht. Ich hab das Gefühl, unserer Beziehung ist plötzlich die Puste ausgegangen.«

»Ich finde es gut so, wie es ist, Sue.« Er zog die Jeans hoch, steckte die Hand in die Tasche und griff dann nach seinen Socken.

Bei der Bewegung fiel eine kleine Plastiktüte heraus und blieb weiß schimmernd auf Sues grünem Teppich liegen. Zuerst dachte Sue, er hätte ihr vielleicht Schmuck gekauft. Aber als sie das Tütchen aufhob, enthielt es nur ein weißes Pulver. »Was ist das denn?«

Achselzuckend sah er sie an.

»Bist du deshalb so merkwürdig drauf?«

Keine Antwort.

Sue wusste, dass für sie eine Beziehung zu einem Mann, der harte Drogen nahm, nicht in Frage kam. Sie war nicht der Typ Frau, der Männer umsorgen und erretten will. Das Leben war kurz, und sie wurde nicht jünger. »Damit geb ich mich nicht ab. Entscheide dich, und zwar sofort.«

»Stell mir kein Ultimatum.«

»Dann geh bitte.«

Das Wochenende verbrachte sie mit Weinen. Am nächsten Morgen sah Jack die roten Augen und zog ihr mühelos die ganze Geschichte aus der Nase.

Man kennt das Szenario: Die Freundschaft am Arbeitsplatz, die plötzlich zu nah wird, man geht gemeinsam essen und bleibt jedes Mal ein bisschen länger sitzen. Als Jack dann zu Sue sagte, dass Türkis das Grün in ihren Augen leuchten ließ und er dunkle Haare liebte – fast schwarz, aber noch braun –, kaufte Sue sich Türkisschmuck und färbte ihre Haare dunkler.

Ich habe das alles erst später erfahren. Viel später. Anfangs freute Jeannie sich, dass Sue im Autohaus so gut zurechtkam. Jack verstand es perfekt, die Sympathie, die neue Angestellte unweigerlich für ihn entwickelten, in leidenschaftliches Engagement für die Firma umzumünzen, und so hielt er die gesamte Belegschaft bei der Stange. Seine Autos, die solide gebaut und leicht zu handhaben waren, schienen in der kulturellen Wüste des Kraftfahrzeughandels wie eine Oase umweltfreundlicher Energie, Effizienz und Ehrlichkeit.

Nun hatte die Freundschaft zwischen Jeannie und Sue

noch eine zusätzliche Gemeinsamkeit bekommen. Einmal beobachtete ich, wie Rosie bei einem freitagabendlichen Treffen die Augen verdrehte, als sie über den neuen Astra sprachen. »Nicht schon wieder Arbeit. Jetzt ist Happy Hour«, rief sie und wechselte rasch das Thema.

Ich glaube nicht, dass Jeannies Vater jemals ein Vorbild ehelicher Treue war. Ein Mann mit seinem Charme kriegt eine Frau nach der anderen damit rum, dass er sie glauben macht, als Einzige seine Aufmerksamkeit zu erregen. Aber obwohl so viele sich um ihn bemühten, blieb er mit Jeannies Mutter verheiratet. Und die Frauen kamen und gingen wieder, eine wie die andere.

Doch bei Sue war es anders. Sie war zwanzig Jahre jünger, als er gerade in die letzte Etappe seiner Männlichkeit eintrat. Eine Frau, die seine Leidenschaft für die Arbeit teilte. Eine *Arbeitspartnerin*.

Stundenlang saßen sie zusammen hinter verschlossenen Türen im Büro.

»Brauchst du Hilfe?«, fragte Jeannie.

»Hilfe?«, fragte Sue zurück.

»Hey, wenn du Probleme hast, dich mit dem ganzen Zeug anzufreunden, dann kannst du jederzeit zu mir kommen«, sagte Jeannie und drückte aufmunternd ihren Arm. »Ich kann dir zeigen, wie's geht. Ich meine, ich arbeite hier schließlich schon eine Ewigkeit.«

»Hat dein Dad irgendwas gesagt?«, erkundigte Sue sich stirnrunzelnd.

»Nein, überhaupt nicht.«

»Ich komm ganz gut klar, glaube ich«, antwortete Sue und lächelte mit glänzend rot geschminkten Lippen, zwischen denen perfekt aufgehellte Zähne zum Vorschein kamen. Wie immer sah sie aus, als hätte sie gerade eine

Woche in der Sonne verbracht. Sie kombinierte ihre dunklen Haare mit silbernen Halsketten, Armkettchen und Fußkettchen. Weil sie so zierlich war, wirkten ihr Elan und ihre Entschlossenheit etwas weniger bedrohlich. Und in dieser Zeit trug sie vornehmlich Türkis und Dunkelblau, was ihr volles dunkles Haar noch besser zur Geltung brachte.

Die Dreiertreffen gingen derweil weiter.

Doch als ich Jeannie einmal fragte, wie es so lief, antwortete sie: »Ich weiß nicht, aber ich hab mich bei Rosie und Sue immer wohl gefühlt, und jetzt komme ich mir fast so vor, als wollten sie mich aus meiner eigenen Familie ausschließen.«

»Wie meinst du das?«

»Ach, es ist nur die Arbeit. Mein Dad verbringt immer viel Zeit mit seinen neuen Angestellten.«

Zwischen den Zeilen hörte man deutlich das wachsende Unbehagen. Ein Jahr später gab es keine ausgedehnten Lunches mehr. Eines Tages hatte Jeannie eine dringende Frage an ihren Dad und konnte ihn nicht erreichen. Er war nicht im Büro. Er war nicht zu Hause. Er ging nicht an sein Handy. Sie dachte, vielleicht könnte Sue ihr weiterhelfen, aber auch sie war nicht aufzufinden. Jeannie tat es mit einem Achselzucken ab. Aber einen Monat später passierte das Gleiche noch einmal.

Dann erschien Sue nicht zur Happy Hour am Freitag. »Wo ist Sue?«, fragte ich.

»Wer weiß?«, antwortete Jeannie kryptisch und schlang die Finger um ihr Weinglas.

»Sie verkauft wahrscheinlich gerade einen Vue«, ergänzte Rosie. »Sie ist so besessen von der Arbeit in letzter Zeit.« Dann warf sie Jeannie einen Blick zu. Nur ganz kurz, und dass sie rot wurde, bemerkte außer mir niemand.

»Hey, das ist nicht meine Schuld«, sagte Jeannie.

»Ich weiß«, erwiderte Rosie leise, fast flüsternd.

Mir lief eine Gänsehaut über den Rücken.

Acht oder neun Monate später bekam ich morgens um sieben einen Anruf. Zuerst versuchte ich, das Geräusch in meinen Traum einzupassen, denn das Klingeln hätte auch gut das Maunzen des Kätzchens sein können, das ich aus Versehen im Schrank eingesperrt hatte. Aber ehe ich ihm die Traumtür öffnen konnte, begriff ich, dass es das Telefon war.

»Marnie?« Jeannies Stimme klang erstickt, ihre Nase war verstopft.

»Jeannie?«

»Entschuldige, ich weiß, es ist total früh, aber können wir vielleicht zusammen frühstücken?«

»Klar, komm einfach rüber.«

»Okay. Ich bringe Sara zur Schule, dann bin ich gleich bei dir.«

Ich taute die eingefrorenen Ingwermuffins auf und kochte Kaffee. Hüllte mich in meinen lavendelblauen Bademantel. Es war Frühherbst, und die Blumen verwelkten allmählich, nur die Chrysanthemen blühten noch, gelb und lila. Doch der silbrige Regen ließ auch sie nicht richtig leuchten, und dem Gezwitscher der Vögel war deutlich zu entnehmen, dass der Winter schon um die Ecke lauerte.

Jeannie hatte sich eine Mütze über den Kopf gezogen, ein sicheres Zeichen, dass sie sich eigentlich die Haare waschen musste. Ihre Augen waren verquollen.

»Hier, dein Kaffee«, sagte ich und stellte ihn vor sie auf den Couchtisch.

Sie zog eine Packung Kleenex aus ihrer Handtasche. Dann hockte sie einfach nur da und sah aus, als wüsste sie nicht, wo sie anfangen sollte. Disney kauerte neben ihr auf dem Boden und beobachtete sie mit besorgtem Blick. Seinen Affen hatte er ihr fürsorglich vor die Füße gelegt.

Ich schob die Muffins über den Tisch zu ihr und setzte mich im Schneidersitz ans andere Sofaende.

»Was ist denn los?«

»Sue hat eine Affäre mit meinem Vater. Sie vögelt meinen Vater!«

»Wie bitte?« Instinktiv griff ich nach ihrer Hand, aber sie zog sie weg, schnappte sich ein Kleenex und putzte sich die Nase.

»Sie sagt, mein Dad will meine Mum verlassen.«

»Weißt du das von Sue?«

Jeannie schüttelte den Kopf und schniefte. »Ich hatte einen Verdacht und hab Rosie angerufen. ›Was ist mit Sue und meinem Vater? Sag jetzt bloß nicht, es geht um die Arbeit.‹« Jeannie schlug die Hände vors Gesicht. »Da hat Rosie mir endlich die Wahrheit gesagt: ›Ich kann dich nicht anlügen‹, hat sie gesagt. Dabei hat sie mir jahrelang vorgemacht, alles wäre in Butter.« Sie hob den Kopf und zischte: »Seit zwei Jahren hat Rosie gewusst, dass Sue eine Affäre mit meinem Vater hat, und es mir bewusst verschwiegen. Und Sue hat mir Theater vorgespielt, war ausgesucht nett zu mir, immer fröhlich und gut gelaunt – ganz die liebe, süße Sue.«

»Jeannie.« Ich nahm sie in die Arme, und jetzt weinte sie an meiner Schulter in meinen Bademantel.

»Wie konnten sie mir das antun? Mein Vater? Meine

Freundinnen? Alle! Sie haben mich angelogen, mich hinters Licht geführt! Wie konnte meine beste Freundin mit meinem Vater ins Bett gehen? Ihn meiner Mutter wegnehmen? Seit über zwei Jahren läuft das schon, vielleicht noch länger. Wie lange arbeitet sie schon für ihn? Vier Jahre? Wer weiß, wann das angefangen hat. Und Rosie ist auch nicht besser.« Sie schluchzt so, dass ich mich anstrengen muss, sie zu verstehen.

»Wieso denn Rosie? Was hat sie getan?«

»Sie weiß seit zwei Jahren Bescheid! Sue und mein Vater haben zusammen eine Wohnung, in der sie sich treffen. Ich habe eine Lüge gelebt und mir eingebildet, dass ich zwei gute Freundinnen habe, und hinter meinem Rücken ist so was passiert!«

Ich legte die Finger über die Augen und versuchte die Geschichte zu begreifen.

»O mein Gott«, jammerte Jeannie unterdessen weiter. »Die eine vögelt mit meinem Vater, die andere verschwört sich mit ihr, damit ich es nicht rausfinde.«

Sie holte Luft, lehnte sich auf dem Sofa zurück und starrte auf den schwarzen Fernsehbildschirm. »Ich hatte schon seit einer Weile so ein komisches Gefühl. Aber du kennst ja meinen Vater. Immer der Geschäftsmann. Immer dabei, seine Belegschaft zu umgarnen und sich von ihr bewundern zu lassen. Ich hab gedacht – gehofft wahrscheinlich! –, dass die Sache mit Sue nur Teil des üblichen Musters ist.« Ihre Finger zwirbelten das Papiertaschentuch. »Aber seine Aufmerksamkeit hat sich bei ihr weit über das übliche erste Jahr hinaus gehalten. Und sie sind ständig gleichzeitig verschwunden.« Sie zuckte die Achseln. Ihre Stimme war monoton, als erzählte sie sich selbst die ganze Geschichte, um sie besser zu verstehen, während ihre Hände unermüdlich das Kleenex bearbeiteten. »Anfangs dachte ich, es wäre Zufall. Aber dann …« Ein tiefer Seufzer. »… dann hab ich meine Arbeitstage umgelegt, es ging nicht anders, wegen Saras Hockeytraining, und da ist mir aufgefallen, dass sie an diesen Tagen beide synchron zwei Stunden weg waren. Keiner von beiden ging ans Telefon. Aber ich hatte nicht die Absicht, ihnen nachzuschnüffeln oder so, verstehst du?« Jetzt wandte sie sich mir wieder zu. »Ich wollte das nicht, ich wäre nie auf die Idee gekommen, dass meine beste Freundin mit meinem Vater schläft. Dass mein Vater mit meiner besten Freundin schläft.«

»Jeannie«, flüsterte ich voller Mitgefühl.

»Aber dann hatte ich einen Termin beim Optiker, an einem meiner Arbeitstage. Das Wartezimmer ist so eine Ladenfront mit getöntem Glas, durch das man hinaus-, aber nicht hineinschauen kann. Und was seh ich da? Dad kommt aus dem Apartmenthaus gegenüber. Ungefähr zwei Minuten später erscheint Sue, blickt nach rechts, blickt nach links und macht sich dann fröhlich auf den Weg. Mit wehenden Haaren, dynamisch wie immer. Ich dachte, ich muss kotzen. Aber ich hab meinen Termin ausgesessen, frag mich nicht wie. Hockte einfach da, weil ich nicht wusste, was ich sonst tun sollte. Wie erstarrt. Wie in Trance hab ich erledigt, was erledigt werden musste, und nebenbei brach meine Welt zusammen.«

»Wie geht es deiner Mom?«

Jeannie war blass, die Nagelhäutchen abgenagt, der Nagellack abgeblättert. »Sie weiß noch nichts davon. Momentan freut sie sich auf die Reise nach Italien mit Dad und lernt Italienisch.« Wieder begann sie zu schluchzen. Dann schüttelte sie den Kopf. »Marnie? Was soll man denn machen, wenn man gleichzeitig seine besten Freundinnen und seinen Vater verliert?«

»Du hast deinen Vater nicht verloren.« Ich nippte an meinem Kaffee. »Hast du mit ihm gesprochen?«

»Ich weiß nicht, wie ich das Thema überhaupt anschneiden soll. Es ist so widerlich. Dass er mit meiner besten Freundin schläft. Fast, als wäre ich es.«

»Du bist nicht Sue.«

Erneut ein heftiges Kopfschütteln. »Ich begreife nicht, wie Rosie das tun konnte.«

»Vermutlich hatte sie das Gefühl, sie steht zwischen euch. Vielleicht hat sie Sue versprochen, dass sie es nicht weitererzählt.«

»Ja, das behauptet sie jedenfalls. Sie hat gesagt, die beiden hätten ein Jahr lang mit ihren Gefühlen gekämpft, ehe sie zusammen ins Bett gegangen sind. Gott. Mein Dad ist verrückt nach meiner besten Freundin.« Plötzlich wurden ihre Augen schmal, sie lehnte sich zurück und sah mich mit hochgezogenen Brauen durchdringend an. »Hat sie es dir erzählt? Hast du davon gewusst?«

»Nein, ich hatte keine Ahnung.«

»Scheiße. Waren wir in Cozumel, bevor oder nachdem Sue angefangen hat, mit meinem Vater zu vögeln?«, überlegte Jeannie.

Ich erinnere mich noch gut, wie auch ich versucht habe, meine Vergangenheit neu zusammenzufügen, wenn Stephen mich mal wieder betrogen hatte.

Jeannie saugte an der Unterlippe, sodass ihr Mund ganz schmal aussah und die Mundwinkel sich nach unten zogen. Unter ihren Augen waren dicke dunkle Ringe. Auf einmal umfasste sie ihre Knie und rollte sich zusammen. »Wenn ich an Mom denke, wird mir ganz anders.«

Ich wusste nicht, was ich dazu sagen sollte, schlürfte stumm meinen Kaffee und nahm mir einen Muffin. Der scharfe Ingwer stand in heftigem Kontrast zu der fast aufdringlichen Süße des Gebäcks. Wie gut das auf Jeannies Situation passt, dachte ich. Normalerweise ist Essen immer eine gute Ablenkung und ein angenehmer Trost, aber Jeannie war weit jenseits einer Verfassung, über die einen die Freuden des Essens hinweghelfen können. Sie hatte die Arme eng um sich geschlungen, als hätte sie Angst auseinanderzubrechen. »Ich weiß nicht, ob ich mich dazu aufraffen kann, morgen zur Arbeit zu gehen. Ich kann doch nicht so tun, als wäre alles okay!«

»Woher weißt du eigentlich, dass dein Dad deine Mom verlassen will?«

»Ich hab Rosie gefragt, ob es noch irgendwas gibt, was sie mir lieber sagen sollte. Und da hat sie erzählt, er hätte Sue versprochen, dass er Mom nach der Italienreise verlässt.«

Ich räusperte mich. »Das könnte aber auch eine von den üblichen Lügen sein, die verheiratete Männer ihrer Geliebten erzählen. Dieser Termin wird dann endlos verschoben.« Ich dachte an Juliet, daran, wie Tom ihr versprochen hatte, seine Frau zu verlassen, sobald sein Sohn mit der Schule fertig war. Danach wurde die Trennung zum Schulabschluss seiner Tochter in Aussicht gestellt und Juliet von einem Datum aufs nächste vertröstet.

»Soll ich es meiner Mutter sagen und ihr das Herz brechen? Wenn ich es nicht tue, bin ich genauso schlimm wie Rosie. Soll ich meinen Vater zur Rede stellen? Soll ich meinen Job kündigen und weglaufen? Das möchte ich jedenfalls am liebsten.« Sie wandte sich mir wieder zu, ihre Pupillen waren sehr hell, fast gelblich, und sie hielt die

Augen fest auf mich gerichtet. »Ich möchte Sara abholen und ans Meer fahren. Irgendein Meer. Ein neues Leben beginnen.«

»Du hast hier viel zu viel zu verlieren. Und was ist mit deinem Mann? Willst du Mark etwa verlassen? Hast du ihm die Geschichte schon erzählt?«

Meine Frage hing in der Luft, bis sie antwortete: »Er bereitet sich auf einen Prozess nächste Woche vor, da kann ich ihn nicht stören. Sein Job geht immer vor. Früher hab ich mich in solchen Zeiten mit Sara beschäftigt, dann mit Rosie und Sue. Aber was jetzt? Was soll ich jetzt tun?«

Ich versuchte ihr zu helfen, ihr klarzumachen, welche Optionen sie hatte. Ihrer Mutter die Wahrheit sagen. Ihren Vater zur Rede stellen. Mit Sue klar Schiff machen. Ihren Job kündigen. Mit Mark darüber sprechen. Sie konnte alles Mögliche tun.

Aber sie tat gar nichts.

Außer dass sie abnahm. Und dann entdeckte sie Yoga.

Wenn Jeannie ihre Asanas gemacht, geduscht, Sara das Frühstück bereitet, ihren Lunch gepackt und sie in der Schule abgesetzt hatte, kam sie zum Frühstück zu mir. Aber sie aß nie etwas. Sie wurde immer dünner – und größer. Ehrlich. Ihr neues schlankes Selbst bewegte sich mit einer tranceartigen Anmut.

»Vielleicht solltest du dir einen Therapeuten suchen«, schlug ich vor. »Der dir dabei hilft zu entscheiden, wie du mit der Situation weiter umgehen möchtest.«

»Ich glaube, Rosie hat Sue erzählt, dass ich es weiß, und die hat es wahrscheinlich meinem Vater weitergesagt, aber er benimmt sich wie immer, ganz normal.« Sie sah mich nicht an, sondern starrte an die Wand, und ihre

Stimme klang monoton. »Wie es aussieht, vermeidet Sue es, im Autohaus zu sein, wenn ich arbeite, denn ich sehe sie so gut wie nie. Mom beschwert sich dauernd, dass Dad so viel arbeitet. Und ich habe das Gefühl, ich bin in einem Theaterstück. Nichts ist mehr so, wie es mal war, aber wir alle tun so als ob. Mein Vater ist nicht mehr der Gleiche. Alles kommt mir unwirklich vor. Wie unter Wasser.« Sie zerlegte ihren Marmeladentoast und betrachtete ausgiebig ihre Finger, die mit den Krümeln spielten. »Ich schwebe durch verschiedene Schichten der Realität. Die gelegentliche Arbeit, die alte Vater-Tochter-Geschichte, die Tatsache, dass wir beide wissen, dass er ein Verhältnis mit meiner besten Freundin hat, aber nie darüber reden. Wir gleiten durch ein Leben, das in verschiedenen Dimensionen stattfindet. Und wenn ich bei Mom und Dad bin, ist es wie immer, es fühlt sich nur nicht so an. Ich bin wie dick in Gaze eingewickelt.«

»Aber du hängst nicht mehr mit Sue und Rosie rum. Das hat sich geändert.«

»Wenn ich sie sehe, dann ...« Sie suchte nach den passenden Worten und fuhr schließlich fort: »Neulich hab ich die beiden auf der Main Street beobachtet, ins Gespräch vertieft. Sie haben mich nicht bemerkt, ich war wohl unsichtbar. Ich habe Sue lachen hören, du weißt schon, dieses laute Bauchlachen, als wäre die ganze Welt ein Witz, und ich dachte, ich muss kotzen, mitten auf den Gehweg. Mir stand der kalte Schweiß auf der Stirn, und ich hab mich schnell im nächstbesten Laden versteckt.«

Beruhigend legte ich ihr eine Hand auf den Arm.

»Ich hab mich versteckt. Richtig versteckt. Und ich weiß, ich stecke fest. Ich kann mich nicht entscheiden, ob ich es meiner Mom erzählen soll. Es würde ihr das

Herz brechen. Vielleicht verlässt er sie gar nicht. Ich hab keine Ahnung.«

»Vielleicht tust du ja schon genau das, was du tun sollst. Lass sie einfach machen. Lass deinen Vater die Entscheidung treffen und sieh einfach nur zu, wie die Wogen sich wieder glätten.«

Aber sie fuhr fort, als hätte ich nichts gesagt: »Wenn meine Mom rausfindet, dass ich es ihr nicht gesagt habe, wird sie mich so hassen, wie ich jetzt Rosie hasse. ›Wir wollten dich doch nur schützen‹, hat Rosie gesagt. ›Wir lieben dich. Deshalb wollten wir dir nicht weh tun und deiner Mom auch nicht. Es ist einfach passiert.‹« Jeannie ahmte Rosies Stimme fast perfekt nach.

Das war vor einem Monat. »Wie kriegen wir das bei der Cookie-Party hin?«, fragte ich sie.

»O mein Gott. Will Sue denn kommen?«

»Nein, sie hat sich abgeseilt. Sie meinte, sie hätte so viel zu tun, dass es wahrscheinlich besser wäre, wenn sie eine Auszeit nimmt. Das war schon im Frühling oder Sommer. Wahrscheinlich war ihr schon damals die Vorstellung zu unangenehm. Oder sie hatte ein schlechtes Gewissen. Jedenfalls hat sie aufgelegt, kaum dass das letzte Wort heraus war. Wir haben eine neue Cookie-Jungfrau. Sissy. Die Mutter von Taras Freund. Meine Mit-Großmutter. Falls es dieses Wort überhaupt gibt.«

»Aber du schmeißt mich nicht raus, oder?«

»Natürlich nicht!«

»Ich ignoriere Rosie einfach, ich bin nur mit den anderen zusammen.«

Ich verzog das Gesicht, während ich mir die Party vorstellte, bei der es doch sonst immer darum ging, dass Freundinnen es genießen, zusammen zu sein. »Du siehst aus, als könntest du ganz gut ein paar Cookies vertragen. Du bist zu dünn.«

»Ja. Das kommt von der ganzen Bewegung.«

»Vielleicht habt ihr euch bis dahin ja wieder versöhnt. Richtig? – Wir könnten am Freitag was trinken und mal wieder Muscheln essen. Alle zusammen.«

»Kommen Sue und Rosie auch?«

»Als ich vor zwei Wochen da war, hab ich sie nicht gesehen.«

Sie runzelte die Stirn und schüttelte den Kopf.

»Wie wäre es mit Einkaufen? Das macht solchen Spaß mit dir, und es gibt tolle Angebote.«

»Vielleicht.«

Aber es kam nie dazu. Sie erschien nur wieder nach ihrem Yogakurs zum Frühstück und spielte mit ihrem Essen.

Und jetzt sind wir hier auf der Party. Nichts hat sich verändert in den letzten drei Monaten, außer dass Rosie nicht mehr wild entschlossen ist, die Freundschaft wiederzubeleben.

Für Jeannie ist die Zwickmühle zum Alltag geworden, ihre Begeisterung für Yoga hat sich gehalten. Ich sehe sie an, wie sie sich in die Kissen kuschelt, in der Hoffnung, so vor dem Wirbelsturm in Sicherheit zu sein. Ihre Wangenknochen wirken hart in ihrem schmalen Gesicht, die Augen sind wachsam.

»Es liegt nicht an mir«, wiederholt sie. »Es liegt an ihnen. Es ist ihre Schuld. Sie müssen das regeln.«

Mit leiser Stimme, so sanft ich kann, sage ich: »Aber die beiden können das Dilemma nicht für dich lösen. Wie du reagierst, was du tust – das ist deine Sache. Du gibst dem Überbringer der Nachricht die Schuld, und du bist wütend auf Sue.«

»Und auf meinen Vater. Und ich habe Angst um meine Mom. Und ich versuche dauernd rauszufinden, was ich als Nächstes tun soll.«

»Du kannst dich nur selbst retten.«

»Ob ich es meiner Mutter sagen soll«, sagt sie, als hätte ich sie nicht unterbrochen. »Und meinen Vater zur Rede stellen.«

»Jeannie, du kannst die Zeit nicht zurückdrehen, es wird nie wieder so, wie es mal war. Die Dinge werden sich nicht klären, ohne dass Menschen, die du liebst, leiden müssen. Selbst wenn du dich entschließt, sie einfach tun zu lassen, was sie meinen, tun zu müssen, ohne dass du dich einmischst, musst du dich *dafür* entscheiden. Und damit klarkommen. Hör auf, dich ständig im Kreis zu drehen, indem du nach einer Lösung für alle suchst – die am besten auch noch für dich funktioniert.«

»Du klingst wie Allie.«

»Tu es für dich«, fahre ich unbeirrt fort. »Für die wunderbare, lebenslustige, systematische Jeannie.«

In diesem Augenblick kommen Charlene, Sissy und Laurie aus der Küche zurück. Charlene spürt die bedeutsame Stille und wartet ab.

»Ich? Lebenslustig?«

»Und visuell kreativ«, ergänzt Charlene sofort.

»Und atemberaubend komisch«, fügt Juliet hinzu, die mit Allie und Taylor hereinkommt.

Allie drückt Jeannie kurz an sich, als sie neben ihr Platz nimmt.

»Schaut mal, Alices Cookies! Was für süße Tüten! So feminin«, stellt Laurie fest.

»Und lecker«, fügt Charlene hinzu.

»Hey, Cookie-Zeit«, grinst Jeannie. Aber ihr Lächeln ist zu strahlend und verfliegt gleich wieder, während alle auf ihre Plätze zurückkehren. Zuletzt kommt Rosie und setzt sich, ohne ein Wort zu sagen.

Jeannie schaut auf Rosies verkrampft gefaltete Hände, ihren gesenkten Blick und ihren traurigen Gesichtsausdruck. Als Rosie aufblickt, wendet Jeannie blitzschnell die Augen ab. Sie hat einen Versuchsballon gestartet. Flüchtig und noch sehr fremd, aber er schwebt eindeutig in der Luft.

Ich lasse mich in meinen Sessel sinken, während Jeannie aufsteht und eine Schachtel vom chinesischen Imbiss hochhält, von Hand mit grünen und roten Herzen und Bäumen bemalt. Die Drahtgriffe sind mit Bändern geschmückt. Ein hübsches Weihnachtspäckchen.

Ich frage mich, ob sie es schafft, die Sache durchzuziehen. Ich frage mich, ob sie von wütend und traurig so rasch auf Frohsinn umstellen kann, ob sie es schafft, wieder hier zu landen und Optimismus zuzulassen. Allie und ich kennen ihre Situation. Und Rosie natürlich. Vielleicht hat sich Allie deshalb neben sie gesetzt, um mit ihrer Anwesenheit eine Unterstützung zu sein. Allie schaut zu ihr empor und grinst. Und zwinkert.

»Okay. Also, ich konnte mich überhaupt nicht entscheiden, welche Cookies ich dieses Jahr backen soll. Die Zukunft ist so ungewiss, alles könnte passieren.« Sie schaut zu Charlene und dann zu mir. »Ich meine, für uns alle verändert sich dermaßen viel. Eigentlich für die ganze Welt.«

Sie sieht uns alle nacheinander an und fährt fort: »Marnie wird Großmutter, und jetzt geht auch noch Laurie weg, Alice fliegt ständig hin und her, und Taylor, na ja, ihre Firma hat auch dichtgemacht. Charlene erholt sich von einer Tragödie. Und wer weiß, was aus uns anderen wird?« Ihre Stimme zittert ein bisschen.

Ich lege meine Hand auf mein Handy, aber es rührt sich nicht. Ich sehe auf die Uhr. Gleich halb zehn. Warum ruft Sky nicht an?

»Ich habe überlegt, noch mal die Zitronendrops von letztem Jahr zu machen, die alle so mochten, aber dann hab ich beschlossen, was anderes zu versuchen.«

Jeannie hält inne und sieht wieder zu mir, dann zu Charlene, zu Vera. »Ich mag euch sehr, Leute«, sagt sie und breitet die Arme aus. »Meine Freundinnen.«

Meine Augen werden feucht. Sie ist so tapfer, sie gibt sich solche Mühe, obwohl sie in diesem ganzen Schlamassel steckt.

»Wie gesagt – ich habe in letzter Zeit viel über die Zukunft nachgedacht, und ihr wisst ja alle, dass ich mit Yoga angefangen habe. Vor jeder Stunde singen wir ein Mantra, und dann hab ich den ganzen Tag über diese Sätze im Kopf. Und ich dachte, wo schon so viel los ist, können wir doch alle ein bisschen positive Energie brauchen.«

»Om«, neckt sie Juliet, legt die Hände vor der Brust aneinander, und ihre Goldkette schimmert im Kerzenlicht.

»Lernst du etwa Sanskrit?«, fragt Laurie.

»Nein. Nur diese Sätze. Wie beispielsweise ›einfach weiteratmen‹. Da habe ich beschlossen, ich backe Glückskekse. Und ich habe mir Sprüche dafür ausgedacht.«

»Also, das gefällt mir. Blicken wir positiv in die Zukunft und sorgen wir dafür, dass unsere Wünsche wahr werden«, meint Vera. »Ich könnte ein bisschen Geld gebrauchen.«

»Da schließe ich mich an. Und einen sinnvollen Job mit guten Sozialleistungen«, ruft Taylor.

»Nie wieder Krieg«, sagt Allie.

»Also, ich hab mit mehreren Rezepten herumexperimentiert und mich für das entschieden, das mir am besten erschien. Das Schwierigste ist, die Cookies, kaum dass sie aus dem Ofen kommen, umzudrehen, das Zettelchen mit dem Spruch reinzulegen und die Cookies dann zusammenzufalten. Das muss man alles hinkriegen, solange sie noch warm sind, deshalb kann man nicht so viele auf einmal machen. Danach kann man die Cookies einfach in einer Muffin-Form abkühlen lassen.« Sie überreicht Allie eine Schachtel, Allie gibt sie nach links weiter, und wir lassen sie im Kreis herumgehen.

»Ich mag deine Herzen und Bäumchen«, sagt Vera.

»Glückskekse zu machen ist sehr weihnachtlich.« Jeannie dreht den Kopf vor und zurück, während sie eine Schachtel nach der anderen verteilt.

Behutsam stellt Rosie ihre auf dem Knie ab, als könnte sie noch heiß sein. Aber die Schachtel schwankt, und schließlich nimmt Rosie sie doch richtig auf den Schoß.

Charlene öffnet ihr Päckchen und zieht das knusprige halbmondförmige Gebäck heraus. »Das ist ja grün!«, ruft sie.

»Ich hab die Kekse rot und grün gefärbt«, erklärt Jeannie und fügt an mich gewandt hinzu: »Ich wollte, dass auch die Cookies weihnachtlich aussehen.«

»Und da ist wirklich auch ein Spruch drin?«, will Vera wissen.

»Na klar, was ist denn ein Glückskeks ohne einen Spruch?«

Ich frage mich, ob sie in Rosies Schachtel womöglich

irgendwelche Gemeinheiten geschmuggelt hat. Etwas wie: »Möge das Unglück an deine Tür klopfen«, oder: »Dein Bett sei wie brennendes Stroh«, oder: »Alle deine Kinder sollen tot geboren werden.« Mich gruselt. Rosie blickt ins Leere und hält ihr Päckchen fest. Vielleicht ist auch ein subtilerer Fluch darin, beispielsweise: »Was du säst, wirst du auch ernten.« Oder: »Mögen alle deine Wünsche in Erfüllung gehen.«

Ist Jeannie so etwas Rachsüchtiges zuzutrauen?

Nein. Außerdem hat Rosie ja keine bestimmte Schachtel bekommen, sie werden zufällig verteilt.

»*Das Rad des Lebens dreht sich. Nun ist die Zeit der Dunkelheit. Was wird die Nacht dir Gutes bescheren?*«, liest Charlene vor. »Oh, das ist ja der perfekte Spruch für mich.« Ihre Augen füllen sich mit Tränen. »Ich kriege eine Gänsehaut. Genau darüber habe ich in letzter Zeit so oft nachgedacht. Das ist ja unglaublich.«

Entschlossen reißt Rosie ihre Schachtel auf, in der Hoffnung auf Erlösung und Vergebung. »*Ich werfe das Vergangene ab wie eine leere Hülle.*« Sie blinzelt. »Aha.« Mit zur Seite geneigtem Kopf denkt sie über die Bedeutung des Spruchs nach. Dann lächelt sie, als wäre ihr durch den Kopf gegangen, dass Jeannie sich das vielleicht wünscht.

Vielleicht ist es tatsächlich so.

»Und sie schmecken auch lecker!«, ruft Charlene. »Nach Mandel.«

»Dann hast du eins von den Roten gegessen. Die Grünen sind mit Vanille. Und manche sind gemischt.« Sie greift in ihre Tüte, aber es sind keine Schachteln mehr drin.

»Haben alle was gekriegt? Ist auch ein Päckchen fürs Hospiz übrig?«

»Japp.« Ich klopfe auf die Hospiz-Tüte. »Und auch eins für Tracy und Alice. Alles geregelt.«

»Ist eigentlich in jedem Cookie der gleiche Spruch?«, will Taylor wissen.

»Nein. Ihr habt zwölf unterschiedliche Glückssprüche. Ich habe jeden Spruch, den ich mir ausgedacht habe, dreizehn Mal kopiert.«

»Das klingt gut. Angemessen, weißt du«, stellt Juliet fest. »Wir teilen unser Leben miteinander und gehen in der gleichen Zukunft aus und ein.«

»So hab ich es noch gar nicht gesehen«, sagt Jeannie. »Es war übrigens ziemlich anstrengend, sich all diese Weisheiten auszudenken.«

»*Das Licht der Weihnachtszeit möge dir den Weg weisen.* Passt wie die Faust aufs Auge«, sagt Sissy. »Ich freue mich so auf die Weihnachtzeit.« Unsere Blicke begegnen sich. »Und auf unseren Enkelsohn.« Sie hält inne und probiert ihr Cookie. »Ein neuer Mensch, den wir lieben und dem wir Freude schenken können.«

Nun nimmt Jeannie wieder Platz, schiebt die Kissen weg und wendet sich mit einem entspannten Lächeln erst mir und dann Allie zu.

Sie hat es geschafft. Sie hat Theater gespielt. Und durchgehalten.

VANILLE

Ah, es gibt kaum etwas Verführerischeres und Köstlicheres als Vanille. Von Legenden umrankt, die genauso romantisch und sinnlich sind wie ihr Duft. Die ersten Menschen, die Vanille kultivierten, waren die Totonaken, die in der Gegend des heutigen Veracruz in Mexiko lebten. Dort erzählte man sich folgende Geschichte: Prinzessin Xanat durfte nach dem Willen ihres Vaters keinen Sterblichen heiraten, also floh sie mit ihrem Geliebten in den Wald. Ihre Liebe stand allerdings weiter unter einem schlechten Stern, denn sie wurden gefangen und enthauptet. Doch dort, wo ihr Blut den Boden durchtränkte, wuchs die erste Vanillepflanze.

Die Vanillepflanze hat dicke, fleischige Stiele und lange, ledrige Blätter. Kleine grünliche Blüten, eine Art Orchidee, öffnen sich früh am Tag, aber nur für acht Stunden. Die charakteristisch duftenden Substanzen sind in der Frucht zu finden; die kostbare, empfindliche Blüte produziert nur eine einzige.

Vanilleblüten sind zwittrig: Sie haben sowohl männliche wie weibliche Geschlechtsorgane, doch um Eigenbefruchtung zu vermeiden, sind die Organe durch eine Membran voneinander getrennt. Viele Jahrhunderte lang versuchte man, Vanille an anderen Orten zu züchten. Spanische Forscher brachten die Pflanze nach Afrika und

Asien, aber sie trug keine Früchte. Auch die Franzosen hatten keinen Erfolg. Die monogame Vanille-Orchidee war zur Befruchtung nämlich sozusagen mit einer einheimischen Bienenart verheiratet. Man versuchte die Bienen zu exportieren, aber auch sie gediehen nur in Veracruz. Daher behielt Mexiko dreihundert Jahre lang das Monopol für Vanille. Vanille war neben Safran das teuerste Gewürz der Welt.

So wuchs und blühte die Vanillepflanze außerhalb ihrer Heimat, ohne Früchte zu tragen, bis Edward Albius, ein zwölfjähriger Sklavenjunge auf der Île Bourbon, entdeckte, wie man die Blüte von Hand befruchten kann. Mit einem abgeschrägten Stück Bambus hob er vorsichtig die Membran an, die den Staubbeutel vom Stigma trennte. Dann beförderte er mit dem Daumen behutsam den Pollen vom männlichen auf das weibliche Geschlechtsorgan. Und tatsächlich entstand eine Frucht! Seine Methode ermöglichte es, Vanille auch in anderen tropischen Gebieten anzupflanzen. Da die Blüte so kurzlebig ist, inspizieren die Erzeuger ihre Plantagen täglich nach offenen Blüten und bestäuben sie sofort, ein sehr arbeitsintensiver Vorgang. Heute ist Madagaskar der Hauptproduzent von Vanille. Künstliche Vanille hat zusammen mit einigen Rekordernten den Preis jedoch deutlich gesenkt.

Vanille wird für Parfüms, in der Aromatherapie und für verführerische Desserts verwendet. Da sie den Adrenalinspiegel erhöht, hat sie ein gewisses Suchtpotenzial. Unsere Vorfahren hielten sie für ein Aphrodisiakum und glaubten, sie könnte Impotenz heilen. So ist die Vanille unser erstes Viagra. Gelegentlich tupfe ich mir etwas Vanilleextrakt als Parfüm auf die Haut. Hat das nicht auch Scarlet O'Hara benutzt, um Rhett Butler rumzukriegen?

8

Allie

Chanukka-Fruchtbällchen

Jeweils 1 Tasse Rosinen, Datteln,
Trockenpflaumen
1 Tasse Walnüsse oder Pecannüsse
½ Tasse kandierter Ingwer
Puderzucker

Trockenfrüchte, Nüsse und Ingwer im Mixer zu Mus verarbeiten. Mit feuchten Händen walnussgroße Bällchen daraus formen und in Zucker wälzen.

Mahyoosa

450 g kernlose Datteln
1 Esslöffel Butter
½ Tasse Ghee (Butterschmalz)
1 Tasse Weizenvollkornmehl
½ Teelöffel Kardamom
½ Tasse gemischte kleingehackte Nüsse,
z. B. Mandeln und Cashewnüsse

Datteln und Butter in der Küchenmaschine pürieren, bis ein Mus entsteht. Beiseitestellen. In einem mittelgroßen Stieltopf das Ghee auf mittlerer Hitze schmelzen. Dabei Mehl einstreuen und unter ständigem Rühren kochen, bis die Mischung hellbraun wird (etwa 5 Minuten).

Kardamom und Dattelpaste zugeben. Hitze herunterschalten und unter Rühren alles gut vermengen. Nüsse dazugeben.

Vom Herd nehmen und stehen lassen, bis die Mischung kühl genug ist, dass man sie weiterverarbeiten kann. Mit den Händen etwa esslöffelgroße Stücke abreißen und zu Bällchen formen. In Muffinförmchen aus Papier legen.

In einem luftdicht verschlossenen Behälter halten sich die Cookies mehrere Wochen. Ergibt 36 Stück.

Als Allie sich erhebt, um ihre Tüten zu holen, springt Taylor sofort eifrig auf. Ihr hübscher zarter Schal umweht sie sanft. »Ich helfe dir!«, ruft sie und marschiert ihr hinterher. Die beiden Einkaufstüten könnten leicht von einer Person bewältigt werden, aber Taylor besteht darauf, eine zu tragen.

In der Beziehung der beiden Frauen hat sich irgendetwas verändert. Warum habe ich das bisher nicht gesehen? Taylor scheint sich von Allie gar nicht mehr trennen zu können, nicht mal für die Zeit, die es dauert, Cookie-Tüten aus meinem Büro zu holen. Könnte Taylor sich in Allie verliebt haben? Das kommt mir verrückt vor. Merkt Taylor überhaupt, wie sie sich verhält? Sind nur Taylors Bewunderung und Dankbarkeit für ihre ständige Anschwärmerei und die seelenvollen Blicke verantwortlich? Eine lesbische Affäre passt überhaupt nicht zu Allie, die sehr deutlich macht, wie toll sie Männer findet. Sie scheint auch nichts von Taylors Anbetung zu merken – dabei ist sie kein unaufmerksamer Mensch. Im Gegenteil. Oft reichen ihr klitzekleine Andeutungen, um sie wie Puzzleteile zu einem Bild zu vervollständigen. Allerdings interpretiert sie ihr Puzzle nur, wenn man sie danach fragt. Sie steckt ihre Nase nicht in fremde Angelegenheiten, die sie nichts angehen, sie ist einfach nur interessiert. Fasziniert.

Von allem. Und jedem. Als Therapeutin ist sie unübertrefflich, denn sie liebt die Menschen, hat aber keinerlei Interesse daran, ihre Macht als Therapeutin auszuspielen oder die professionelle Beziehung als Abwehr gegen wahre Intimität einzusetzen.

Mit entspanntem Gesicht trägt sie die zweite Tüte herein und setzt sich wieder in die Sofaecke. Taylor lässt sich auf dem Klappstuhl nieder, der eingequetscht direkt danebensteht. Auf einmal wirkt sie sehr energisch, obwohl sie mir den Großteil des Abends fast lethargisch vorkam. Vielleicht macht ihr die Sache mit ihrem Job zu schaffen. Auf Allies anderer Seite sitzt Jeannie und nippt an ihrem Wein. Allie trägt die Haare schulterlang, mit goldenen Strähnchen. Heute Abend hat sie sich irgendwann die Lippen nachgezogen, damit ihr Mund voller wirkt. Sie hat mir einmal erzählt, dass sie schon seit Ewigkeiten auf der Suche nach einem Lippenstift ist, der ihre Lippen breiter erscheinen lässt. Vor allem die Oberlippe. Allerdings ist sie die Einzige, die diesen angeblichen Makel wahrnimmt. Wir anderen sehen ein strahlendes Lächeln und die Aura grenzenloser Jugend. Das Hautfett, das in der Pubertät für Pickel gesorgt hat, belohnt sie jetzt mit einer nahezu faltenlosen Haut, was sie deutlich jünger aussehen lässt, als sie ist. Sie ist Anfang sechzig, wird aber oft für um die vierzig gehalten.

Ihr Geliebter ist Anfang dreißig. Das ist kein Geheimnis, und wir alle mögen T. J. Er ist klug, wenn auch ziemlich wild. Die perfekte Ergänzung für Allie. Seine Begeisterung für ihren ungewöhnlichen Humor kennt keine Grenzen, und durch ihn wissen wir Allies geistreiche Bemerkungen noch mehr zu schätzen. Die beiden sind drei Jahre zusammen, haben sich in den letzten beiden immer wieder getrennt, aber bisher lässt Allie sich immer wieder von ihm zurücklocken. Wenn Allie der Geschichte nicht irgendwann ein Ende setzt, machen sie wahrscheinlich noch ein Jahrzehnt so weiter.

Genau genommen ist T. J. nicht nur Allies Geliebter. Er hat über ein Jahr mit ihr zusammengewohnt, und sie hatten so viel Spaß zusammen und waren so offensichtlich glücklich, dass ich nicht wirklich verstehen kann, warum sie nicht beschließen zusammenzubleiben. »Männer sind doch oft mit älteren Frauen liiert«, habe ich Allie schon unzählige Male gesagt. »Warum könnt ihr es nicht?«

»Aber Männer können auch immer Kinder haben. Und T. J. möchte Kinder.«

»Da gibt es auch andere Methoden.«

»Meine Töchter haben schon angeboten, sich von ihm befruchten zu lassen, damit wir zusammen ein Kind haben könnten, aber das war ihm zu abgefahren.«

»Adoption? Pflegekinder?«

»Nein, er möchte eine ganz normale Familie. Mit Kindern. Und er hat Angst, dass ich sterbe, wenn er so um die fünfzig ist, und dann ist er ganz allein.« Wir standen auf ihrer Veranda, überall Bäume um uns herum. Ein Krug mit Eistee und eine Schale mit Melonenstückchen und Blaubeeren warteten auf dem Marmortischchen. Allie trug ein leuchtend grünes T-Shirt und eine Strandglaskette.

»Ein Witwer um die fünfzig muss nicht allein bleiben. Es gibt Tausende von uns, die ihn sich sofort schnappen würden.«

Allie warf den Kopf in den Nacken und lachte.

»Ihr zwei seid so toll zusammen, ihr solltet aufhören, darüber nachzudenken, wie ihr euch trennen könnt, und stattdessen lieber überlegen, wie ihr zusammenbleibt.« Der Wind trug den schweren Moschusduft des Schneeballstrauchs zu uns.

»Am Anfang hast du behauptet, er würde mir langweilig werden.«

Das stimmt. Zuerst dachte ich das wirklich. Allie hat T. J. übers Internet kennengelernt. Er suchte Therapeuten, um mehr über das Berufsbild zu erfahren, und stieß dabei auf Allies Website, wo sie grinsend in ihrer Bibliothek steht, mit blitzenden, lebensprühenden Augen. Diese Frau liebt ihren Beruf garantiert, dachte er wahrscheinlich, sah gleich nach, ob sie zufällig online war, und schickte ihr eine Mail. Allie, die sofort spürte, dass er mehr wollte als nur ein bisschen Psychologen-Information, und außerdem in einer ihrer abenteuerlustigen Stimmungen war, antwortete ihm.

Am darauffolgenden Freitag trafen sie sich im Cavern Club, wo an dem Abend Lady Sunshine and the X-Band auftraten. Ich war auch dabei, zusammen mit Tracy und Silver und Vera und Finn, und alle tanzten wir zu *Hold On, I'm Coming*. T. J. sah ziemlich adrett aus, bewegte sich aber völlig ungehemmt. Rauch zog über die Tanzfläche. Sie blieben, bis die Bar zumachte, und frühstückten bei Fleetwood.

Allies Sohn ist älter als T. J. »Ich sag aber auf gar keinen Fall Dad zu ihm«, verkündete er sofort.

»Glaubst du, er interessiert sich für dich, weil du Geld hast, Mom? Dass er dich irgendwie übers Ohr hauen und ausnehmen will?«, fragte Allies Tochter.

»Nein, bei ihm ist es der Sex. Allerdings bin ich hinter seinem Geld her«, witzelte Allie, aber ihre Tochter lachte nicht.

Jawohl, T. J. ist reich. Er hat geerbt, Geld, das in reichlich Dividenden abwerfenden Aktien sicher angelegt ist. Wenigstens galten sie damals als sicher. Wer weiß das jetzt noch?

T. J. ist Neurowissenschaftler und überlegte sich damals, ob er weiter Rattenhirne zerlegen oder lieber in den kreativen Fluss der Therapie einsteigen sollte.

»Du bist die Reifere von euch beiden, Allie. Lass nicht zu, dass er irgendwelche neurotischen Entscheidungen trifft«, warnte ein Therapeutenfreund.

Mit der neurotischen Entscheidung meinte er sie. Allie war alt genug, um seine Mutter zu sein. Genau genommen war sie sogar älter als seine Mutter, die ihn viel zu jung bekommen hatte und für ihn nie mehr war als eine gleichermaßen wilde Freundin.

Aber ich meinte: »Du wirst ihm weh tun. Er wird dich langweilen, und dann wirst du ihn verlassen.«

So bekam Allie, die für gewöhnlich diejenige ist, die Ratschläge gibt, nun von allen Seiten mehr oder weniger kluge Kommentare. Tu ihm nicht weh. Beschütz ihn vor dir.

In der Zwischenzeit entwickelte sich das, was als zweiwöchige Affäre begonnen hatte, zu einer ausgewachsenen Liebesgeschichte. Es begann mit einer gemeinsamen Reise nach Kalifornien. Dann folgte eine Reise nach New York, wo Allie ihre jüngste Tochter im College ablieferte. Wenig später zog T. J. bei ihr ein. So glücklich hatte ich Allie noch nie zuvor erlebt. Keine Spur von Nervosität mehr.

»Weißt du, ich werde dich immer lieben. Du wirst für mich ewig weiterleben, in meiner Erinnerung an all das, was wir zusammen gemacht haben.« So versprach er ihr praktisch Unsterblichkeit. Aber sich selbst mochte er ihr nicht versprechen. Seine Augen waren blassblau, die Farbe eines bewölkten Himmels, als er ihr das sagte, und er hielt dabei ihre Hände ganz fest.

»Du erinnerst mich ständig an meinen Tod«, konterte sie und entriss ihm ihre Hände.

»Ich dachte, ich habe dir ewige Liebe geschworen.«

Aber nie eine feste Bindung. Denn ewige Liebe ist keine Bindung.

Oder vielleicht doch.

Jedenfalls versuchten Allie und T. J. sich zu trennen. »An Chanukka ist Schluss«, verkündete Allie. »Nach Neujahr fahren Zoe und ich nach Antiqua, und ich muss diese Geschichte hinter mir lassen.«

Sie kaufte sich Sonnencreme mit Lichtschutzfaktor 50 und einen neuen schwarzen Bikini.

Er schickte ihr E-Mails, in denen er darüber lamentierte, gerade den schlimmsten Fehler seines Lebens gemacht zu haben, oder sich und sie fragte: Wie viele Seelenpartner trifft man schon im Leben? Wie viele Chancen auf Glück bekommt man? Er schrieb, er werde auf sie warten, sie könne sich ruhig mit anderen Männern verabreden, und wenn sie einen finde, der ihr besser gefiel, würde er sich zurückziehen. Auf diese Art konnte er wenigstens noch ein bisschen länger bei ihr sein.

Verrückt. Unmöglich. Sie waren gefangen in einer Liebe, aus der niemals etwas Festes werden würde. Gefangen in einer Beziehung, deren Ziel es war, sich zu trennen.

Allie hielt mich ständig auf dem Laufenden – meistens erzählte sie mir die neuesten Entwicklungen auf ihrer Veranda, aber gelegentlich trafen wir uns auch zum Essen in meinem Haus oder machten einen unserer ausgedehnten Spaziergänge.

Aber Allie ist eben Allie: Sie begeistert sich ständig für etwas – für ihre Malerei, für ihre Klienten, für Politik –, und deshalb hält sie der dramatischen Situation irgendwie stand. Zurzeit verbringt T. J. ein paar Mal pro Woche die Nacht mit ihr. Wenn sie zusammen sind, sind sie glücklich. Und Allie trifft sich halbherzig und planlos mit anderen Männern, lernt Swing und Gesellschaftstanz, arbeitet für die Demokraten, geht am Samstagvormittag zu Physikvorlesungen und ist hingerissen von Stringtheorie, Quarks, dem endlosen und ständig expandierenden Universum, den menschlichen Hirnfunktionen und der Herzregeneration.

»Ich hab immer gedacht, dass jemand, der den ganzen Tag auf seinem Hintern sitzt und sich die Probleme anderer Menschen anhört, vorsichtig wird«, meinte ich einmal zu ihr.

Sie lachte. Wir saßen auf ihrer Veranda, über uns kreisten die Blauhäher, ein Kolibri summte am Futterhäuschen. »Nein, ich hab genau das Gegenteil daraus gelernt. Nämlich: Selbst wenn man das tut, was man soll, kann es entsetzlich schiefgehen. Deshalb kann man genauso gut einfach das tun, was man wirklich möchte.«

Ich nickte und seufzte, weil ich sofort an Alex und an Sky dachte.

»Ich tue, was ich will, natürlich innerhalb vernünftiger Grenzen. Aber meine Vernunft ist ziemlich tolerant«, fügte sie augenzwinkernd hinzu.

In Wahrheit ist Allie eine Abenteurerin mit einem sentimentalen, liebevollen Herzen. Ihr ist im Grunde vollkommen egal, was die Leute denken oder wie sie sich beeindrucken lassen, und das bedeutet Freiheit.

Als Jim und ich anfingen, uns zu treffen, habe ich mich an Allie gewandt. Wenn irgendjemand über eine Beziehung mit einem jüngeren Mann Bescheid wusste, dann sie. Ich gebe zu, dass ich meine Zweifel hatte, weil Jim zwölf Jahre jünger ist als ich. Zwölf Jahre! Meine Haut ist schrumplig über den Knien, ich habe Knitterfältchen auf den Händen, Altersflecken auf den Armen – auch wenn ich sie gern als Sommersprossen bezeichne –, und mein Dekolleté ist von den vielen Strandbesuchen ganz schön mitgenommen. Würde er sehen, wie ich mich über ihn beugte und mein Gesicht dank der Schwerkraft immer neue, ungeahnte Säcke und Beutel bildete, würde er meinen sackartigen Hintern und meine schlaffen, behäbig hin und her schwingenden Brüste betrachten und bei dem unvermeidlichen Geruch des Alters mitten beim Sex die Lust verlieren? Vielleicht konnten wir nur im Dunklen miteinander schlafen.

Wie schaffte es Allie, sich vor einem so jungen Mann auszuziehen?

Wie wurde sie mit dem Gedanken an die Cellulitis auf ihrem Hintern fertig? Mit den faltigen Schenkeln und Knien?

An diesem Tag spazierten wir mit Disney an der Leine um die Hudson Mills. Wir hatten beide den Vorsatz abzunehmen, aber keinen festen Plan, außer dass wir uns viel bewegten. Das war okay. Seit drei Jahren versuche ich zehn Pfund zu verlieren, und Allie nimmt jedes Jahr die gleichen sechs oder sieben Pfund ab und sofort wieder zu. »Es spielt keine Rolle, ob wir wirklich dahin kommen und dort bleiben«, sagte Allie einmal. »Der Punkt ist, dass wir daran arbeiten. Dadurch sind wir besser in Form und gesünder, als wenn wir aufhören, uns zu bemühen.«

Es war ein erstaunlich milder Tag mitten im Winter, als wollte uns die kalte Jahreszeit eine Ruhepause vom immer gleichen grauen Himmel gönnen.

»Er wollte mir mein Alter gar nicht glauben. Er dachte, ich würde aus irgendeinem absurden Grund lügen, dabei hatten wir schon zusammen geschlafen. Als er mir gesagt hat, dass er zweiunddreißig ist, hab ich geantwortet: ›Du warst auf meiner Website, also kannst du selbst nachrechnen. Ich könnte locker deine Mutter sein.‹« Allie lachte. »Als wir ungefähr sechs Monate oder so zusammen waren, erzählte er mir, er hätte gedacht, wir würden höchstens zweimal die Woche miteinander schlafen, da ich ja die Menopause schon hinter mir habe. ›Zweimal pro Woche? Wie wäre es mit zweimal am Tag?‹ Ich habe keine Ahnung, warum sich dieser Mythos, dass ältere Frauen keinen Sex wollen, so hartnäckig hält. Wir kriegen nur meistens nicht genug, aber das liegt an den Männern, die haben Probleme!«

Unter der Sonne taute der Schnee, der sich noch in den Kuhlen am Boden gehalten hatte, und in der Luft lag der Geruch feuchter Erde. Disney erforschte den Vorfrühling mit der Nase und suchte alte Freunde.

»Ja, ich erinnere mich an die Dreißigjährigen. Die können immer, Tag und Nacht.«

Allie warf mir einen Blick zu, der so etwas wie »Gott sei Dank« hieß. Dann jedoch meinte sie: »Aber darum geht es nicht, weißt du? Sex ist letztlich immer nur Sex, selbst wenn er die Sterne zum Erzittern bringt und die Welt stillsteht. Da sind nämlich noch die ganzen anderen Aspekte der Begegnung zwischen euch beiden. Der unsichtbare Raum, der aus den Projektionen eurer Gefühle und aus den Bildern entsteht, die ihr euch voneinander macht. Jeder erkennt sich im andern, jeder ist ein Spiegel. Die ganzen Hoffnungen, Ängste, Übertragungen.«

Ein paar Schritte gingen wir schweigend nebeneinander her und setzten unsere Turnschuhe gleichzeitig auf dem betonierten Weg auf. Neben uns brach ein Stück Eis von einem Ast ab und zerschellte im Fallen.

»Aber Sex kann schon eine starke Verbindung sein«, meinte Allie nachdenklich.

»Männer sind so visuell programmiert. Aber ich kann mir einfach nicht vorstellen, für Jim einen Striptease hinzulegen.«

»Er wäre garantiert hin und weg. Hey, ich hab eine tolle CD mit altmodischer Varietémusik ... wir sollten eine Stripperin anheuern, die uns zeigt, wie das geht. Zum Teufel mit Jazztanz und Step-Aerobic. Lernen wir lieber, wie man strippt und richtig mit den Titten wackelt.«

Wir lachten. Wahrscheinlich würde Allie gleich in ihrem Wohnzimmer üben und T. J. eines Nachts damit überraschen.

»Ich hab versucht, diese Nippelhütchen zu kriegen, am besten mit Bommeln, die man dann durch die Luft schwingen kann, wurde aber nie fündig.« Allie schüttelte den Kopf, dass ihre Haare unter der Strickmütze vor und zurück schwangen.

»Tja, ich kann das! Ich war schließlich die Hula-Hoop-Königin!«

»Das mit dem Hula-Hoop hab ich auch nie hingekriegt«, meinte sie. »Komisch, nicht? Viele Männer in unserem Alter schämen sich wegen ihrer biologischen Probleme – ich glaube, um die fünfzig Prozent der über Fünfzigjährigen leiden unter den allseits gefürchteten Erektionsstörungen – und hängen gleichzeitig der Phantasievorstellung nach, eine jüngere Frau würde ihn schon wieder hochkriegen. Deshalb versuchen sie, mit den Veränderungen ihrer Sexualität dadurch zurechtzukommen, dass sie Frauen ihres Alters meiden. Sie haben beinah Angst vor ihnen. Und wir? Der Sex ist kein Problem, nur Babys können wir keine mehr kriegen. Man sollte doch meinen, dass Männer kapieren, wie viel Spaß man unter diesen Bedingungen haben kann, wie verspielt man sein kann. Was wir uns alle wünschen, Männer wie Frauen, ist Intimität, und unsere Sexualität vereitelt das. Na ja, vielleicht ist vereiteln zu krass, aber sie legt uns jedenfalls Steine in den Weg.« Wieder gingen wir ein Stück, dann fügte sie hinzu: »Aber Sex ist auch eine starke Motivation, ob er ein Paar nun auseinander- oder zusammentreibt.«

Etwa fünf Minuten später, nachdem wir das Toilettenhäuschen am Weg aufgesucht hatten und in Richtung Fluss gingen, der noch zugefroren und starr war, sagte Allie: »Aber irgendwann wird uns die Sache mit dem Alter einholen. T. J. und mich, meine ich jetzt. Da ist das Problem mit den Kindern. Und die Tatsache, dass ich sterben und ihn allein zurücklassen werde. Daran denkt er die ganze Zeit. Wahrscheinlich wird er derjenige sein, der unsere Beziehung schließlich endgültig beendet.«

»Er könnte Krebs kriegen oder einen Herzinfarkt und vor dir sterben. Er könnte eine Frau in seinem Alter heiraten, und sie könnte vor ihm sterben. Solche Dinge kann man nicht vorhersagen. Da brauchst du dir doch nur mein Leben anzuschauen.« Wir dachten beide an Alex.

Wieder schwiegen wir ein paar Schritte. Vor uns flog ein Kardinalvogel auf. »Ja, sicher. Aber er ist Statistiker.

Er berechnet die Wahrscheinlichkeit. Vielleicht ist das alles, worauf man wetten kann. Auf die Wahrscheinlichkeit. Und wie gesagt – die Sache mit dem Kinderkriegen. Darüber müsst ihr euch wenigstens keine Gedanken machen, Jim und du.«

»Jedenfalls nicht darüber, dass wir keine haben können. Stattdessen bestimmen sie aber, wie viel Zeit wir zusammen verbringen können.«

»In ein paar Jahren sind sie auf und davon.« Allie marschierte weiter, die Hände tief in den Taschen, die Kapuze ihres Sweatshirts über den Kopf gezogen, die Augen vor sich auf den Weg gerichtet.

Ich wusste, dass sie recht hatte. Aber ich wusste auch, dass Kinder immer einen Einfluss auf das Leben ihrer Eltern haben, in jedem Alter. Und selbst damals, bevor Sky und Tara schwanger waren, wusste ich, wie stark Kinder unser Leben beherrschen und wie schwer es für ein Stiefelternteil ist, mit dem immensen Raum, den sie einnehmen, zu leben. Wie schwer das schon für ein Paar mit gemeinsamen Kindern ist.

»Die Ironie dabei ist doch, dass jeder denkt, durch Kinder kommt ein Paar sich näher, aber wissenschaftliche Studien zeigen, dass kinderlose Paare glücklicher sind. Jedenfalls wenn man sich die Scheidungsrate anschaut.«

Damit hatte Allie eigentlich alle Fragen angesprochen, die ich mir in Gedanken stellte. »Ich liebe deinen Forschungseifer.«

»Du meinst meine wahllosen Lesegewohnheiten?« Allie lachte, dass ihr die Kapuze vom Kopf rutschte, der Wind verfing sich in ihren Haaren, ihr Gesicht war dezent geschminkt. Und dann zog Disney mich weiter.

Vor einer Weile, eine Woche vor Thanksgiving, fragte Allie mich: »Hast du ihm schon gesagt, dass du ihn liebst?«

Ich rutschte unbehaglich auf meinem Stuhl herum. Allie war zum Abendessen bei mir, ich hatte keine Lust gehabt, allein zu essen. Sie hatte einen Salat mit getrockneten Kirschen, Blauschimmelkäse und Walnüssen mitgebracht. Als sie das Thema ansprach, stand ich auf, um noch eine Flasche Wein zu holen.

»Du hast deine eigene Frage noch nicht beantwortet. Ist Jim eine Chance auf Intimität, der Versuch einer festen Beziehung oder wieder mal eine Ausflucht vor einer Verpflichtung?«

»›Ich liebe dich‹ klingt so dauerhaft, wo wir doch gar nicht wissen, ob irgendetwas von Dauer ist.« Ich holte den Apple Crisp aus dem Ofen.

»Nichts ist von Dauer«, entgegnete sie, und ihre Augen durchbohrten mich, während ich in der Küche herumhantierte und mich schließlich wieder hinsetzte. »Wir begleiten einander alle nur ein Stück auf dem Weg. Manche ein langes Stück. Jahrzehnte. Aber selbst wenn es fast für immer ist, irgendwann muss man sich der Tatsache stellen, dass der Tod einen von beiden erwischt.«

Ich spießte ein Stück Hähnchen und ein bisschen Reis auf. »Wem sagst du das? Mit dem Tod kenne ich mich aus. Aber diese drei Worte, dieses ›ich liebe dich‹ – das klingt so verdächtig nach Forderung und Last.«

»Genau«, stimmte Allie zu, ein Rosenkohlröschen auf der Gabel. »Als meine Ehe in die Brüche ging, hab ich den Verlust des gemeinsamen Lebens zu spüren bekommen. Aber allein zu sein hat auch seine wunderbaren Seiten und bringt eine gewisse Freiheit mit sich. Allerdings auch

Einsamkeit, die einen verschlingt. Abstriche. Niemals umsonst essen gehen. Wenn du einen Partner hast, ist dein Leben für jemanden wichtig. Der eine ist Zeuge für das Leben des anderen. Ihr seht euch gegenseitig.« Sie sagte den letzten Satz ganz langsam. »Ihr seid für eine Weile weniger allein.«

Plötzlich wurde ich traurig. Traurig, dass ich allein bin, aber auch traurig, weil es mir so schwerfällt, darauf zu vertrauen, dass jemand bei mir bleiben könnte, ohne dass eine Katastrophe eintritt. Krankheit. Tod. Untreue. Vermutlich bin ich wie T. J., nur kann ich es nicht mit meinem Alter entschuldigen, bestenfalls mit meiner Vergangenheit. »Er ist zu oft weg«, war alles, was ich Allie an diesem Abend als Erklärung zubilligte.

Aber sie beobachtete mich genau, sah zu, wie ich meine Serviette glattstrich, mit meinem Essen spielte, meinen Wein trank, mir die Haare aus der Stirn strich. »Aber nicht deinetwegen«, sagte sie. »Wegen seinem Job. Wegen seinen Kindern. Und – was ist? Liebst du ihn?«

»Ich bin immer noch in ihn verliebt. In sein süßes Lächeln, seine Art zu flirten. Wie viel Spaß wir daran haben, Dinge gemeinsam zu machen. Was für ein guter Vater er ist und dass er mich nicht kontrolliert. Wenn wir zusammen sind, ist alles wunderbar. Er ist ständig in meinen Gedanken. Ich wäre verzweifelt, wenn er ginge.«

»Und?«

In diesem Moment klingelte das Telefon. Eine Gnadenfrist.

Jetzt sind Taylors Lider auf Halbmast, ihre Wimpern beschatten ihre Wangen, und sie beobachtet Allie aus den

Augenwinkeln. Allie trägt ein schwarzes Oberteil und einen grünen Wickelpulli mit Batikmuster. Schwarze Jeans. An ihrer Kleidung ist immer etwas Ungewöhnliches, eine Kombination aus Design und Kaufhaus, aber bequem und gemütlich.

Wie ordnet sie Taylors derzeitiges Verhalten wohl ein? Denkt sie, es ist die Art Schwärmerei, die jüngere Frauen gelegentlich für ältere entwickeln, die sie unterstützen und beraten, oder ist es doch eine sexuelle Anziehung? Jedenfalls scheint es sie nicht im Geringsten zu stören. Vielleicht ist es ja auch etwas, von dem ich gar nichts weiß.

Inzwischen haben wir alle unsere Plätze eingenommen, reden und lachen. Ich kontrolliere mein Handy, aber es ist still. Kein Anruf. Bestimmt ist Sky nervös, bestimmt wartet sie zunehmend besorgt auf den Bescheid ihrer Ärztin. Und dann wieder stelle ich mir sie und Troy beim Essen vor, wie sie sich zur Feier ihres gesunden Babys mit Mineralwasser zuprosten. Vor lauter Freude haben sie mich vergessen. Ich denke an Allies Statistik – die höhere Scheidungsrate von Paaren mit Kindern – und das Trauma, das Sky und Troy durchgemacht haben, um ein Kind zu bekommen. Ich denke an Laurie und Olivia. An T. J. und seinen Wunsch, eigene Kinder zu haben.

Als ich meinen Blick durchs Zimmer wandern lasse, fällt er auf den Teddy, den Jim mir heute mitgebracht hat, der, feingemacht mit Herzen und Weihnachtsbäumen, unter dem Baum sitzt, als hätte er schon immer dort hingehört. So gut passt er hierher. Eine Pfote streckt er in die Luft, bereit für High five, mit der anderen berührt er Taras Bär, der auf diese Weise endlich auch ein bisschen Liebe abbekommt. Wir verlieben uns und sehen den

Ausdruck unserer Liebe in einem neuen Leben. Plötzlich ertappe ich mich dabei, dass ich überlege, wie ein Kind von Jim und mir wohl aussehen würde. Welche Interessen und Talente es haben würde. Wenn wir miteinander schlafen, möchte ich unsere Haut abstreifen und eins mit ihm werden, in einem Orgasmus, der die Grenzen unserer Individualität auflöst. Ein Kind wäre ein konkreter Beweis dieser Vereinigung. Und dann würde es sich entwickeln, würde mehr sein wollen als nur ein Beweis für unsere Liebe und schließlich um seiner selbst willen existieren.

Jeannies Mund ist entspannt, ihre Stirn glatt. Der nervöse, wütende Ausdruck ist verschwunden. Ihre Aufmerksamkeit wendet sich Allie zu, als diese aufsteht. »Für mich hat sich dieses Jahr nicht viel verändert. Es war wieder mal ein Jahr, das viel zu schnell vergeht, und zwischen mir und T. J. hat sich nichts wirklich geklärt. Wir drehen uns immer noch im Kreis. Der gleiche Tanz. Aber das nächste Jahr wird anders.«

»Hört, hört«, ruft Rosie und hebt das Glas, dass der blasse Weißwein schwappt.

»Naomi macht ihre Abschlussprüfung. Aber sie ist schon aus dem Haus. Ich habe immer noch meine Patienten und spiele immer noch mit meinen Farben herum. In diesem Jahr ging es also um den Wechsel der Jahreszeiten und die Liebe von Freunden und Familie. Es ist vorbeigerauscht wie in einem Nebel. Als hätte sich die Zeit zusammengezogen, und demnächst müssen wir uns auf Lichtgeschwindigkeit einstellen. Vermutlich habe ich mich den Herausforderungen nicht direkt gestellt.« Sie spitzt die Lippen.

Wir alle wissen, dass sie von T. J. spricht.

Allie greift in ihre Tüte und zieht rote Weihnachtssocken heraus.

»Oh ja, ich liebe es, wenn die Behälter für Dekorationszwecke weiterverwendet werden können«, sagt Laurie. »Oder für praktische Zwecke.«

Allie überreicht die erste Filzsocke Taylor, die sie einen Moment festhält und dann an Sissy weitergibt.

»Hmm. Dann will ich euch mal was über meine Cookies erzählen. Vor ein paar Wochen gab es in den *Ann Arbor News* ein Rezept für Cookies aus Saudi-Arabien, mit denen dort das Ende des Ramadan begangen wird. Als ich das Rezept gelesen habe, wurde mir klar, dass die Plätzchen ganz ähnlich waren wie die Chanukka-Kekse, die meine Mutter immer gebacken hat. Also hab ich das Rezept ausgeschnitten, an meine Pinnwand gehängt und gedacht, dass sogar das Essen von Arabern und Juden total ähnlich ist. Diese beiden Stämme, die sich seit Jahrtausenden unermüdlich bekämpfen.«

Während sie spricht, verteilt Allie weiter ihre Socken. »In diesem Jahr der Einheit und der Hoffnung auf Frieden habe ich beide Sorten gebacken. Die jüdischen sind mit Zucker bestreut, die arabischen mit Mehl. Aber die Zutaten sind identisch. Die Saudi-Kekse haben eine neue Zutat, nämlich Ghee, was nichts anderes ist als geklärte Butter oder Butterschmalz, und man kocht den Teig auf dem Herd. Aber es sind zuerst und vor allem Früchte-Cookies. Früchte sind der Hauptbestandteil und bestimmen den Geschmack. Bei beiden Rezepten. Und die Socken? Na ja, ich dachte, wenn ich muslimische und jüdische Plätzchen backe, verpacke ich sie am besten weihnachtlich. Drei große Weltreligionen. Zusammen mit der Hoffnung auf eine friedliche Veränderung hier und überall auf der Welt.«

Nachdem ich einen Strumpf in der Hospiztüte verstaut habe, probiere ich eines von meinen Chanukka-Plätzchen. »Ich wette, die sind auch noch gesund.« Ein süßer Leckerbissen mit einem Hauch Ingwer.

»Sie bestehen nur aus Trockenfrüchten und Nüssen. Aber sie haben jede Menge Kalorien.«

»Du hast dich dieses Jahr selbst übertroffen«, sagt Vera. »Cookies mit einem Friedensmotto.«

Allie lacht. »Ich weiß, das ist schmalzig, aber trotz der Wirtschaftslage und der dunklen Kälte denke ich auch an die Schritte, die wir in Richtung Gleichberechtigung und Weltfrieden gemacht haben. Und ist dieses Fest, ob man es nun Weihnachten oder Chanukka nennt, nicht eine Feier zur Rückkehr des Lichts mitten in der Dunkelheit? Gleich nach der Wintersonnenwende, dem kürzesten Tag des Jahres, werden die Tage wieder länger, und wir freuen uns auf den Frühling und das neue Erwachen. Genau wie diese Cookies: viel mehr Ähnlichkeiten als Unterschiede.«

Ein paar Sekunden sind wir alle stumm damit beschäftigt, uns ein Cookie zu nehmen. »Ich hab ein saudisches erwischt«, verkündet Jeannie.

»Ich ein jüdisches«, stellt Rosie fest. Sie starrt Jeannie an, als wollte sie sagen: Wenn wir hoffen können, dass diese beiden Länder Frieden schließen, dann schaffen wir das vielleicht auch. Wir haben alle unsere Fehler.

Jeannie nickt ihr zu, und sie lassen einander nicht aus den Augen, während sie ihre Cookies essen.

Wow, denke ich. Wow. Sehe ich recht? Passiert das wirklich? Ich schaue die beiden aufmerksam an – Rosie mit ihren schimmernden kurzen Haaren und Jeannie immer noch mit diesem verschreckten Rehblick in den Augen.

Wir halten alle unsere Cookies in die Höhe. »Auf den Frieden«, sagt Charlene und steckt ihres in den Mund.

»Und die Rückkehr des Wohlstands«, sagt Laurie.

»Hey, weiter so. Wie wär's mit guten, sinnvollen Jobs für uns alle?«

»Und Gesundheitsfürsorge.«

»Und Rücksicht auf Mutter Erde.«

»Auf den Wert der Liebe«, ruft Allie und ihre Handbewegung schließt die ganze Gruppe von Freundinnen mit ein.

»Weniger CO_2-Ausstoß.«

»Keine fossilen Brennstoffe.«

Wir lachen alle.

Das Telefon klingelt, ich drücke es ans Herz und renne in mein Schlafzimmer. Es ist Jim.

»Hi.«

»Hallo du. Hast du schon was von Sky gehört?«

»Ich dachte, es wäre sie.«

»Tut mir leid.«

»Ich freue mich immer, mit dir zu reden.«

»Wie ist die Party?«

»Gut. Wir haben unseren Spaß.«

»Ich wollte dir sagen, dass die Kids diesen Freitag bei ihrer Mutter sind. Das heißt, endgültig grünes Licht für uns.«

Ich halte die Luft an, höre das Lachen von der Party im Nebenraum und rieche den Duft der Nelken und Rosen von dem Strauß neben meinem Bett, auf dem sich jetzt die Mäntel meiner Gäste häufen. Ich weiß, was ich tun sollte, was ich tun muss. Eins meiner Spitzenkissen ist auf den Boden gefallen. Ich hebe es auf, lehne es ans Kopfbrett, stehe da und starre auf die Mäntel hinunter.

»Hast du inzwischen schon eine andere Verabredung?«

»Ich liebe dich.«

Totenstille am anderen Ende.

Hat er mich nicht gehört?

»Ich sag dir einfach nur, dass wir uns am Freitag treffen, und schon liebst du mich?«, scherzt er, um die plötzliche Verlegenheit zu überspielen. Aber er erwidert meine Liebeserklärung nicht.

Ich habe zu lange gewartet, ich hätte gleich damals reagieren sollen, als er es zu mir gesagt hat. Das ist schon Monate her. Ich habe meine Chance verpasst, der Schwung ist raus. Er hat sich von mir entfernt. Von uns. Mein Timing ist beschissen. Alles, was ich mit meinem Geständnis erreicht habe, ist, mich noch verletzlicher gemacht zu haben.

Scheiße. Mein Herz klopft schneller.

Seine Kinder waren nur eine Ausrede. Seine Methode, Distanz zu halten. Er möchte gar nicht mehr. Was wir haben, reicht ihm vollauf.

»Ich hab es dir schon am Valentinstag gesagt. Inzwischen ist fast Weihnachten«, sagt er zärtlich, fast flüsternd. »Seither habe ich auf dich gewartet. Ich wollte dir Zeit lassen, trotz meines verrückten Lebens.«

Ich atme aus. »Ich liebe dich«, sage ich noch einmal, weil ich mich frage, ob es beim zweiten Mal anders klingt. Jetzt ist meine Stimme tief und jedes Wort sorgfältig artikuliert. Ich. Liebe. Dich. Diesmal halte ich still und höre wieder, wie er es vor Monaten gesagt hat. Tief, mit dieser Spur von Zärtlichkeit.

»Ruf mich an, wenn die Party vorbei ist, egal wie spät es ist. Ich warte. Und Marnie …« Er zögert kurz. »Ich liebe dich. Ich liebe dich auch.«

DATTELN

Datteln gehören zu meinen Lieblingsfrüchten, sie sind die Gaumenfreude, die ich mir am Ende einer Mahlzeit gönne, wenn ich mich nach etwas Süßem sehne. Manchmal stecke ich eine Mandel, eine Pecannuss oder eine Walnuss in den Hohlraum, in dem der Stein war.

Meine Großmutter liebte Datteln. Sie brachte mir bei, dass die Dattelpalme der Baum des Lebens ist, denn Datteln sind ein Grundnahrungsmittel der Wüste Afrikas und des Nahen Ostens – die Pflanze, von der das menschliche Leben abhängt. Da Datteln schon sehr lange – mindestens achttausend Jahre – kultiviert werden, ist es schwierig festzustellen, wo ursprünglich ihre Heimat war, aber am wahrscheinlichsten stammen sie aus den Oasen Nordafrikas und dem Persischen Golf, dem berühmten fruchtbaren Halbmond. Zusammen mit Oliven, Feigen, Granatäpfeln und Weintrauben gehören Datteln zur zweiten Welle der Kulturpflanzen unseres Planeten. Dattelpalmen hatten den Nachteil, dass sie erst nach mehreren Jahren Früchte trugen, daher war ihre Züchtung erst möglich, nachdem die Menschen sesshaft geworden waren und ein dörfliches Leben führten. Bilder von Dattelpalmen schmücken Schnitzereien aus der frühesten Periode ägyptischer und mesopotamischer Zivilisation.

Datteln können aus dem Samen wachsen, aber weil die Früchte dann kleiner ausfallen oder auch männliche Bäume entstehen können, werden sie für gewöhnlich durch Ableger vermehrt, damit die neue Pflanze einen ebenso hohen Ertrag hat wie die Mutterpflanze. Vier bis sieben Jahre dauert es, bis eine Dattelpalme von selbst Früchte trägt, und sie kann sich sieben bis zehn Jahre fortpflanzen. Die Früchte, die wir normalerweise kaufen, werden am Baum in der Sonne getrocknet, aber auch weniger reife Formen der Frucht sind genießbar. In der modernen Züchtung werden Datteln von Hand bestäubt; hierbei kann eine männliche Pflanze bis zu hundert weibliche befruchten. Nun haben viele Leute die Vorstellung, dass es für alle Gattungen am besten ist, den Samen möglichst weit zu verbreiten. Doch die männlichen Dattelpalmen brauchen Hilfe. Eigens ausgebildete Arbeiter klettern auf Leitern oder benutzen wie im Irak ein spezielles Werkzeug, das am Baum befestigt ist, um die weiblichen Bäume zu besamen.

Bis heute ist die Dattel eine wichtige Kulturpflanze im Irak, in Arabien und ganz Nordafrika bis nach Marokko im äußersten Westen. In islamischen Ländern sind Datteln mit Joghurt oder Milch die traditionelle erste Mahlzeit nach dem Fastenmonat Ramadan. Seit ihrer Einführung in der Mitte des 18. Jahrhunderts werden auch in Kalifornien und Arizona Dattelpalmen angepflanzt. Wenn wir Datteln essen, verzehren wir ein Geschenk vom Baum des Lebens.

9
Sissy

Cheeseburger-Cookies

Runde Butterkekse, eine Seite gewölbt
(gibt's beispielsweise in Bio- oder Fein-
kostläden und -abteilungen; notfalls aus
Dänischer Gebäckmischung)
1 Eiweiß
¼ Tasse Sesamsamen
4 Tassen Puderzucker
4 bis 5 Esslöffel Milch
½ Teelöffel Mandelextrakt
gelbe Lebensmittelfarbe
rote Lebensmittelfarbe
grüne Lebensmittelfarbe
1 Tasse Kokosraspeln
Runde Schokokekse

Auf zwei Platten je 35 bis 40 Butterkekse verteilen – auf einer mit der richtigen, also gewölbten Seite nach oben, auf der anderen mit der umgedrehten, also flachen Seite. Auf beiden Platten sollte dieselbe Anzahl liegen.

Die Plätzchen, die mit der gewölbten Seite nach oben liegen, dünn mit Eiweiß bestreichen und Sesamsamen daraufstreuen.

◉ *Guss zubereiten (»Käse«):*

4 Esslöffel Milch und Mandelextrakt mit dem Puderzucker verrühren. Bei Bedarf mehr Milch hinzufügen. Gelbe und rote Lebensmittelfarbe dazugeben, bis eine gute »Käsefarbe« erreicht ist.

◉ *Kokosraspeln färben:*

Kokosnuss in ein Deckelglas geben und grüne Lebensmittelfarbe hinzufügen. Schütteln, bis die Kokosraspeln »Salatfarbe« angenommen haben.

◉ *Zusammensetzen:*

Der »Käse-Guss« ist der Klebstoff. Guss auf umgedrehte Cookies streichen. Schokokeks darauflegen. Bei allen Butterplätzchen wiederholen. Dann Guss auf den Schokokeks streichen und gefärbte Kokosraspeln darauf verteilen. Für ganze Platte wiederholen. Guss auf die flache Seite der mit Sesam bestreuten Cookies träufeln und auf den Kokos-Salat kleben. Fertig ist der Mini-Cheeseburger – ist er nicht süß?

An Labor Day – der Tag der Arbeit wird in den USA immer am ersten Montag im September gefeiert – lud Sissy mich zum Grillen mit der Familie ein. Ich vermute, sie wollte mich auf ihrem eigenen Territorium kennenlernen. Zu diesem Zeitpunkt wohnten Tara und Aaron einen Block von ihr entfernt, und an Taras rundem Bauch war die Existenz unseres Enkelkinds bereits recht gut zu erkennen. Auf der anderen Straßenseite stand ein mit Brettern verrammeltes Haus, das fast völlig mit Winden überwuchert war. Überall standen Müllsäcke und warteten darauf, abgeholt zu werden. Leute auf Inlinern flitzten die Straße entlang. Special Intent – das ist Aarons Bühnenname –, Red Dog und Tara arbeiteten an ihrer Demo-CD. An diesem Tag begrüßte mich Sissy – eine bunte Perlenkette um den Hals, braune Haut, üppige Brüste – mit ihrem typischen strahlenden Lächeln, mit offenen Armen und einem Kuss. Ihr Parfüm roch unter anderem nach Rosen und Zitrone. Sissy wollte mir Aarons Welt zeigen oder vielleicht auch eine Großmütter-Allianz bilden. Jedenfalls war sie diejenige von uns beiden, die selbstbewusst und kühn genug war, um auf die andere zuzugehen.

Ich denke gern von mir, dass ich auch in nicht alltäglichen Situationen zurechtkomme. Aber durch Tara, die nie sonderlich entgegenkommend oder anpassungsfähig war, geriet ich oft an meine Grenzen, denn sie bestand darauf, Dinge nach ihren eigenen Vorstellungen zu tun. Ich war unsicher, ob sie sich für Aaron aus Rebellion oder echter Liebe entschieden hatte. Und es war eindeutig eine Entscheidung und nicht das Ergebnis dieser lässigen »Dumm gelaufen!«-Einstellung, die man Kids allgemein nachsagt. Inzwischen weiß ich das, aber zu Anfang hatte ich Zweifel.

Ich erinnere mich noch genau an den Tag, an dem Tara und Aaron sich kennengelernt haben. In der darauffolgenden Woche begann Tara, sich die Haare schwarz zu färben.

»Das Schwarz macht dich alt, es nimmt dir deine ganze Unschuld.«

Tara verdrehte die Augen. »Genau das will ich ja, Mom.«

Zwei Samstage pro Monat arbeitete Tara freiwillig in der Jugendgruppe des YMCA, und an diesem Tag schickte man sie zu *Habitat for Humanity*, der bekannten internationalen Hilfsorganisation. Sie war damals fünfzehn. An diesem Abend verkündete Tara beim Essen, dass sie den ganzen Tag über Wände angestrichen und sich mit jemandem angefreundet hatte.

»Gut.« Ein Freund, der bei *Habitat für Humanity* mitarbeitet, muss ein sozial engagierter, pflichtbewusster Mensch sein, dachte ich.

»Japp. Er ist aus Detroit. Er ist schwarz. Er ist in der *Training School.*«

»Was?« Training School ist ein Euphemismus für den Jugendknast. »Wie kann er dann bei Habitat for Humanity mitmachen?« Der Wortschwall, mit dem sie mir antwortete , während ich Salat auftischte, klang in meinen Ohren, als würde sie tatsächlich ein bisschen vor mir angeben.

»Er ist in einem speziellen Arbeitsprogramm, kurz vor der Entlassung, und wir haben sein Zimmer weiß gestrichen und über meine Schule geredet und über Musik. Er ist auch Musiker, Mom.« Taras Augen waren grün wie immer, wenn sie glücklich ist. Nicht mal die schwarzen Haare konnten daran etwas ändern. »Er schreibt Rap-Texte. Du würdest ihn mögen.«

»Warum ist er im Knast?« Es war Frühling, die Sonne ging gerade unter und warf einen rosa Schein über den Tisch und Taras Arm.

Tara zuckte die Achseln. »Hab ich ihn nicht gefragt, Mom. Aber Aaron hat meine Adresse und wird mir schreiben.« Der Moment relativer Mutter-Tochter-Nähe war vorbei.

»Vielleicht«, sagte ich.

Aber er schrieb tatsächlich. Im Briefkasten lag ein Brief mit blumiger Bleistiftkalligraphie, mit Schnörkeln und Arabesken über den schlanken Schleifen der Anfangsbuchstaben. Tara schnappte ihn sich, grinste: »Ich hab dir doch gesagt, dass er mir schreibt«, und rannte hinauf in ihr Zimmer. Den ganzen Abend war sie damit beschäftigt, in ihrer runden Handschrift einen Antwortbrief zu verfassen, verziert mit Kreisen statt Punkten über den i.

Der Briefkontakt wurde immer intensiver. Ich stellte immer mehr Fragen. Wann kommt er raus? Wo sind seine Eltern?

»Er ist siebzehn.«

Zwei Jahre älter als Tara. »Hat er vor, einen Schulabschluss zu machen?«

»Nächstes Jahr kommt er raus, und ja, dann macht er seinen Abschluss. Dort muss er ja auch zur Schule. Er ist klug, Mom. Richtig klug. Und nach seinen Eltern frag ich ihn nicht.« Einen Moment hielt sie inne und durchforschte ihr Gedächtnis. »Oh, seine Mutter ist Krankenschwester, das hat er mal erzählt. Von seinem Dad hat er nichts gesagt.«

»Weshalb sitzt er?«, fragte ich wieder.

»Weiß ich nicht«, antwortete Tara und sah weg.

»Das weißt du nicht? Du hast ihn nicht gefragt?«

»Er hat gesagt, er erzählt es mir beim nächsten Mal, wenn wir uns sehen.« Damit drehte sie sich um und verließ das Zimmer.

»Warte. Das klingt nicht gut, Tara«, rief ich ihrem Rücken nach.

Als Sky anrief, quetschte sie Tara nach dem geheimnisvollen Knaben aus. An Taras Antworten konnte ich hören, dass sie ziemlich zugeknöpft war, wenn auch deutlich offener als mir gegenüber. »Wir haben so viel gemeinsam. Als wären wir Seelenverwandte«, hörte ich sie sagen.

Im Herbst schrieben sie sich immer noch. Tara arbeitete weiter im YMCA. Aber Aaron kam nie wieder zu Habitat. »Ich möchte Aaron zum Homecoming-Fest einladen«, verkündete Tara eines Tages.

»Ach ja? Ich dachte, er ist in der Training School«, erwiderte ich. Wir waren in der Küche und kochten Spaghetti.

»Ja, schon, aber er denkt, er kann übers Wochenende raus. Er hatte keinerlei Ärger, seit er drin ist, deshalb kriegt er spezielle Privilegien. Kann er hier übernachten?«

»Bei uns?«

»Wo sonst? Detroit ist zu weit weg. Du wirst ihn mögen, Mom. Sein Rap-Name ist Special Intent, und er schickt mir manchmal Gedichte. Möchtest du eins hören?«

Mit skeptisch zusammengekniffenen Augen betrachtete ich meine Tochter. Ging Tara ganz naiv von meiner Zusage aus, oder stellte sie mich auf die Probe? Ein Junge im Jugendknast, der Rap-Star werden wollte? Aber ich wusste, dass es nur Taras Neugier anstacheln würde, wenn ich die Beziehung zensierte.

»Ich werde darüber nachdenken«, sagte ich und fügte noch hinzu, während ich Basilikum über die Sauce streute: »Weißt du, in deinem Alter wechselt man die Jungs doch ziemlich schnell.« Unsere Gespräche fanden immer beim Essen statt. Wenn es etwas zu essen gab, war Tara anwesend, und es bestand zumindest die Möglichkeit, dass wir uns unterhalten konnten. Seltsam, wie unterschiedlich meine Töchter sind. Sky hat mir alles erzählt. Tara so wenig wie möglich.

Tara verdrehte die Augen über meine Bemerkung und schüttelte heftig den Kopf. »Wie lange kenne ich ihn jetzt schon? So ungefähr fünf Monate, Mom.« Sie war gerade dabei, Salatblätter zu zerkleinern.

»In einer Fernbeziehung hat man nicht genug Zeit, um sich zu langweilen oder zu nerven«, meinte ich während.

Tara stemmte eine Hand in die Hüfte und erwiderte ärgerlich: »Außerdem – schau dir doch mal Sky und Troy an.«

Das war natürlich ein Argument. »Ich möchte doch nur nicht, dass du enttäuscht wirst«, sagte ich langsam, während ich die Sauce umrührte. Eigentlich fühlte ich mich überhaupt nicht so locker, wie ich zu klingen versuchte. Sicher, ich hatte mich auch mit Männern anderer Rassen verabredet, aber aus irgendwelchen Gründen wurde nie etwas daraus. Ich war mit den ansatzweise rassistischen Kommentaren meines Vaters aufgewachsen und wusste, dass er von Taras Freund entsetzt gewesen wäre, wenn er noch gelebt hätte. Ich war als Jugendliche nie seiner Meinung gewesen. Und jetzt noch weniger. Womöglich hätte ja sogar mein Vater inzwischen seine Haltung geändert. Aber Aaron war auch noch im Gefängnis, das machte es nicht gerade leichter. Das waren mir einfach zu viele Risikofaktoren. Rasse, Klasse, das Stigma der Haft.

Tara interpretierte mein Schweigen als Zustimmung. »Hast du eine Karte? Ich meine, er muss ja wissen, wie er hierherfindet.«

»Wie wäre es mit Computern und MapQuest-Karten?«

»Wenn er an so was rankäme, hätte er das längst gemacht, Mom.«

»Na gut, im Auto ist eine Karte, Tara. Nimm die.«

Es waren noch zwei Monate bis zum Homecoming-Fest. Ich wollte Tara keinen Anlass zur Rebellion liefern. Seit sie in der Pubertät war und beschlossen hatte, nach ihren eigenen Regeln zu leben, gab es ohnehin ständig Spannungen zwischen uns.

Die Briefe hörten nicht auf. Zwei-, manchmal dreimal pro Woche dicke Seitenstapel. Tara las mir ein paar seiner Songs vor. Wenigstens war es nicht das frauenfeindliche Zeug, und er spickte seine Texte auch nicht mit dem Wort »Nigger«, das ich so hasste. Anscheinend hatte er einen anderen Anspruch.

»Klingt, als wäre er wütend auf die Welt.«

»Vermutlich nicht zu Unrecht.«

»Weißt du«, sagte ich und bemühte mich, meine Stimme ruhig und sanft zu halten, »weißt du, die meisten Menschen, die schon mal im Gefängnis waren, landen über kurz oder lang wieder dort. Ich glaube, die Quote liegt bei 65 Prozent. Das Gefängnis versucht nicht mal, die Leute zu rehabilitieren, es lehrt nur Gewalt und wie man ein noch besserer Krimineller wird.«

»Bei Aaron ist das anders. Du kennst ihn nicht. Außerdem ist er in einem Spezialprogramm.«

»Ich mach mir Sorgen um dich. Um *dich*, meine liebe süße Tochter.«

Tara ließ sich dicke blaue Strähnen in die schwarzen Haare färben und noch drei Piercings zusätzlich stechen: eins in den Ohren, eins in der Augenbraue, eins in der Lippe. Alle wurden mit Silberringen ausgestattet.

Als ich sie zum ersten Mal damit sah, sagte ich: »Das sieht scheiße aus. Total.«

»Das machen alle.«

»Nein, nicht alle.«

»Doch, alle Künstler und Musiker.«

Sie demonstriert ihre Selbständigkeit, sagte ich mir. Sie testet die Grenzen aus, wie immer. Wenigstens hatte sie noch nicht angefangen, sich die Ohrlöcher weiten zu lassen. In der Schule bekam sie weiterhin Einsen, und sie verbrachte die meiste Zeit am Klavier, wo sie übte, komponierte und sang. Stephens und meine Scheidung war nicht leicht für sie gewesen, und er sah sie kaum noch.

Ein paar Wochen später fragte ich sie: »Wann kommt jetzt eigentlich dieser Aaron?«

Tara zuckte die Achseln. »Die haben seine Post gelesen, und als sie die Karte gesehen haben, dachten sie, er hat Fluchtpläne, und da haben sie seinen Sicherheitsstatus raufgesetzt, deshalb kann er zum Homecoming nicht hier sein.«

»So ein Pech, Schätzchen.«

Meine Stimme war so monoton, dass Tara durchdringend mein Gesicht musterte, um festzustellen, ob ich es sarkastisch oder nur erleichtert meinte. Mir tat Aaron ehrlich leid, hoffte aber trotzdem, dass Leidenschaft und Faszination verpuffen würden, bis die beiden sich das nächste Mal begegneten.

»Aaron meint, es ist die blöde Institution. Ich soll nicht traurig sein«, sagte Tara.

»Hat er dir inzwischen verraten, warum er sitzt?«

»Ich hab ihn seither nicht gesehen, Mom. Hörst du mir eigentlich nie zu?«

»Und was machst du jetzt mit dem Homecoming?«, fragte ich, während ich die Küchentheke abwischte, ohne auf den Vorwurf einzugehen.

»Ich, Jennie und Robin gehen mit Shorty, Ted und Kevin. Keine Dates, bloß Freunde. Wir mieten eine Limo und gehen im Macaroni Grill essen. Alle sind enttäuscht, dass sie Aaron nicht kennenlernen.«

»Wie wollt ihr das denn alles bezahlen?«

»Mom, ich hab was von meinem Geburtstagsgeld letzten Sommer gespart. Aaron und ich wussten ja, dass wir alle zusammen hingehen wollten.«

Sie überraschte mich. Von einem angekotzten und scheinbar ausschließlich im Hier und Jetzt existierenden Teenager verwandelte sie sich immer mehr in eine junge Frau, die plante und Opfer brachte, um ihre Ziele zu erreichen.

Was Aaron anging, irrte ich mich gründlich. Die Sache mit ihm verlief nicht im Sand wie irgendeine Teenie-Romanze. Dafür hätte man Tara in der Hip-Hop-Statistik des einundzwanzigsten Jahrhunderts aufnehmen können: weiße Achtzehnjährige, schwanger von einem schwarzen Ex-Knacki-Möchtegern-Rap-Star. Unverheiratete Mutter mit einer bunten Mischung von schlecht bezahlten Jobs. Träume von Ruhm und Reichtum. Wenn es nicht so traurig wäre, könnte man es lustig finden. Meine Tochter und ihr Freund haben sich in einer Dimension gefunden, die von ihnen selbst erschaffen wurde.

Tara hatte schon immer eine Leidenschaft für Musik, fast so, als hätte sie Stephens Wunschtraum, Rockstar zu werden, zu ihrem eigenen gemacht. Ob es nun seine Gene waren oder seine Ermutigung oder ein X-Faktor in ihr – ihre Musikbegeisterung und eine außergewöhnliche musikalische Begabung waren schon als Kleinkind nicht zu übersehen. »Das klingt wie Regen, stimmt's, Mommy?«, fragte sie einmal und spielte zwei ganz leise Töne auf ihrem Spielzeug-Xylophon. Als sie sechs Jahre alt war, dachte sie sich Melodien aus, die Vogelgezwitscher nachahmten. Damals kam sie mit den Füßen noch nicht mal an die Klavierpedale.

Dann tauchte Aaron auf, und sie lebten im gleichen Traum. Als er endlich wieder draußen war und in Detroit bei seiner Familie wohnte, sahen sie sich, sooft sie Zeit, ein Auto und Geld für Benzin hatten.

»Und weshalb hat er nun gesessen?«

»Das ist echt eine verrückte Geschichte, Mom.« Tara mied meinen Blick.

»Ich bin ganz Ohr«, erwiderte ich und klappte den Roman zu, den ich gerade las.

Tara saß mir gegenüber, knautschte die Falte in ihren Jeans, und die blauen Strähnen schimmerten im Licht.

Ich wartete.

»Du kannst Special fragen, weißt du, er erzählt es dir bestimmt. Er ist kein verschlossener Mensch. Er spricht über solche Dinge.« Taras Fingerspitzen bearbeiteten ihre Jeans, als wollten sie meine Sorgen glattbügeln.

»Du bist da, also erzähl du es mir doch.«

»Na ja, er und ein paar Freunde wollten sich Pizza holen. Er saß hinten im Auto und ist nicht mit in den Pizzaladen reingegangen. Er ist nicht sicher, ob es eine spontane Idee war oder ob seine Freunde den Überfall von Anfang an geplant hatten. Jedenfalls hat gleichzeitig auch ein Cop außer Dienst Pizza für seine Familie geholt, hat die Knarre gezogen und die Jungs festgenommen. Und als er Aaron im Auto sitzen sah, hat er ihn gleich mit verhaftet.«

»Nach dem Motto: mitgehangen, mitgefangen?«

Tara sah mich nicht an. »Aaron hatte fünf Beutelchen Gras dabei, die er für dreißig Dollar günstig gekriegt hatte.«

»Und dafür hat man ihn eingesperrt? Wegen Gras im Wert von dreißig Dollar?«

»So ungefähr, ja. Und weil er zur falschen Zeit am falschen Ort war.«

Mit skeptisch zusammengekniffenen Augen sah ich sie an. »Wollte er das Gras verkaufen? Ging es darum?«

Tara zuckte die Achseln.

»Er ist ein Gelegenheitsdealer?«

»Das war damals.«

»Und – ist er einer?«

»Nein.«

»War er damals einer?«

Sie schüttelte den Kopf.

»Harveys und Kims Tochter, wie heißt sie gleich?«

»Katie ...«

»Sie ist mit Bewährung und Sozialstunden davongekommen, und das trotz wesentlich mehr Gras. Ist das die ganze Geschichte? Oder hatte Aaron sonst schon irgendwelchen Ärger am Hals?«

»Nein. Erste Festnahme. Aber Katie ist weiß und hatte einen Anwalt, Mom«, sagte Tara in genervtem Ton, als wäre sie die Erwachsene und ich der Teenager. »Außerdem wohnt Katie in Ann Arbor und nicht in Detroit.«

Ich hob den Kopf und sagte, ebenso sehr zu mir selbst wie zu ihr: »Ungünstige Umstände. Unüberlegtes Handeln. Pech. Falsche Entscheidungen.« Als ich mich meiner Tochter wieder zuwandte, sah ich, dass sie mich beobachtete, während ihre Finger immer weiter an der Jeansfalte herumdrückten. »In so einen Strudel möchte man nicht hineingeraten.«

»Aaron hätte einen Deal aushandeln können. Gegen seine Freunde aussagen. Petzen. Das hat er aber nicht über sich gebracht. Und da haben sie ihm die Höchststrafe aufgebrummt.«

»Findest du sein Verhalten ehrenhaft und richtig?«

»Du etwa nicht?«

»Hängt vom Standpunkt ab. Welchen Effekt hat die Gefängnisstrafe auf seine Zukunft? Und auf seine Familie?«

Tara straffte die Schultern und hob das Kinn. »Ich finde, dass man loyal ist und erst an die anderen und dann an sich selbst denkt – das sind gute Charakterzüge.«

»Manchmal schon«, nickte ich. »Haben sich Aarons

Freunde denn auch ihm gegenüber loyal verhalten? Wenn er wirklich nichts von dem Überfall wusste, warum haben sie ihn dann nicht in Schutz genommen? Denn jetzt ist er aktenkundig.«

Einen Moment schwieg Tara nachdenklich. »Er hat eine Jugendstrafe, ja. Er war irgendwie blöd sich selbst gegenüber, aber seinen Kumpels gegenüber hat er sich gut verhalten.« Ihre Schultern entspannten sich wieder. »Im Gefängnis hat er immerhin seinen Highschool-Eignungstest gemacht und an seiner Musik gearbeitet. Er sagt, manchmal entwickelt sich aus schlechten Dingen etwas Gutes und manchmal auch umgekehrt.«

Beim Grillen am Labor Day hörte ich Aaron zum ersten Mal singen. Ich lernte Sissy kennen, und sie hat mich zum ersten Mal mit ihrem strahlend herzlichen Lächeln begrüßt. An dem Tag trug sie einen schimmernden lila Lippenstift, und ich schwor mir, so etwas auch mal auszuprobieren.

Wir waren draußen, jemand hatte ein altes Sofa angeschleppt, einen kleinen Tisch, Plastikstühle. Sissy trug eine Bluse mit V-Ausschnitt, der ihr schönes Dekolleté zeigte. An den Armen hatte sie jede Menge Armreife. In den Ohren große Kreolen. Auch Sissys Freund Darling war da, in einem rosa T-Shirt und mit einer Kappe der Detroit Pistons, und half Sissy beim Grillen. Der Duft von Marinade und brutzelndem Fett erfüllte die Luft. Nachbarfamilien brachten Hähnchen, Käse-Makkaroni, Kuchen, noch mehr Stühle und Decken mit. Als der Abend dämmerte, drängten sie Aaron, etwas zu singen.

Red Dog nickte Sonny zu, einem ungefähr zehnjährigen Jungen aus der Nachbarschaft. »Du musst uns helfen. Wenn ich auf dich zeige, rufst du: ›Knast? Wozu soll das gut sein? Für ganz oder gar nichts.‹« Wir lachten, denn natürlich kannten wir alle den Song von Edwin Starr: »War. What is it good for? Absolutely nothing.«

»Komm, Dog, legen wir los«, sagte Aaron, der neben ihm stand. Tara schaltete ihr Keyboard an.

Wenn du denkst, der Knast
Wär 'ne coole Sache
Dann sag ich dir jetzt
Das ist totale Kacke.
Sitzt nutzlos
In 'nem Loch
Kein Platz, nicht mal
drei mal zwei Meter.

Red Dog deutete auf Sonny.

Knast, wozu soll das gut sein?, sprang Tara für ihn in die Bresche.

Für ganz und gar nichts, stimmten wir anderen ein.

Jeden Tag fragst du dich
Wie viel Sonne du wohl kriegst.
Essen, trinken, schlafen
Und gleich daneben aufs Klo.
Erinnerung an alles
Was dir nah und lieb ist.
Erinnern und Vermissen
Das ganze Jahr hindurch,
Während du checkst, was es heißt
Im Knast zu hocken.

Knast! Gott, bloß nicht, variierte Sissy mit tiefer Stimme den Refrain.

Knast, wozu soll das gut sein?, riefen wir alle.

Für ganz und gar nichts.

»Voll krass, Mann! Du kannst rappen und warst im Knast«, meinte Sonny und räusperte sich respektvoll.

»Was?«, rief seine Mutter empört.

»Knast ist so was von uncool«, sagte Aaron und setzte sich neben Tara, die sich auf einer blauen Decke räkelte, die Hand mit den schwarzen Fingernägeln auf dem kugelrunden Babybauch.

»Hörst du, was er sagt? Knast ist nicht cool.«

»Darum geht's in dem Song. Knast ist reine Zeitverschwendung und außerdem echt hart. Ich will da ganz bestimmt nicht wieder hin, und ich hab gelernt, dass man überlegen sollte, zu wem man steht. Nicht zu Kerlen, die einen im Stich lassen, wenn man sie braucht. Aber das weiß man leider erst, wenn's hart auf hart geht.« Aaron stützte sich auf einen Ellbogen. »Und ich hab gelernt, dass frische Luft zu wertvoll ist, um sie einfach so dranzugeben. Schließlich hab ich nur ein Leben, und ich möchte kein bisschen davon verschwenden, weil ich in einer Betonzelle hocke.« Er sah auf Tara und ihren Bauch hinunter. »Ich möchte da sein und mich um das kleine Mini-Ich kümmern und sehen, wo es mit meiner Musik hingeht.«

Ich wusste nicht, was ich denken sollte. Eins schien klar zu sein: Aaron meinte es ernst damit, dass er etwas aus seinem Leben machen wollte. Und er meinte es ernst mit Tara. Er hatte einen klaren Fokus, ganz ohne Frage. Ich konnte die Liebe, die Zuneigung und den Respekt zwischen ihnen spüren.

»Sieh mal, Mama«, rief Sonny und hob das Gesicht. Unbemerkt war die Nacht hereingebrochen, und am Himmel glitzerten die Sterne. Ehrfürchtiges Schweigen breitete sich aus, als wir zur Milchstraße mit ihren strahlenden Diamanten emporblickten.

»Früher haben die Menschen Gestalten in den Sternen gesehen – Könige und Meerjungfrauen, Götter und Göttinnen – und sich Geschichten über sie ausgedacht«, sagte ich.

»Ich seh keine Leute da oben«, verkündete Sonny. »Ich seh ein Auto!« Er deutete zum Himmel und fuhr mit dem Finger die Umrisse nach. »Seht ihr? Und da ist ein Gewehr, ein Maschinengewehr, denk ich.«

»Ja, sieht aus wie eine Halbautomatik«, kicherte Red Dog.

»Was machen die wohl da oben am Himmel?«, überlegte Sonny.

»Das ist Big Mickeys BMW-Geländewagen, und er fährt rum und sucht den Kerl, der ihn, seine Frau und sein Baby letztes Jahr getötet hat«, meinte Red Dog.

»Ja, das ist seine Uzi, die hat er im Anschlag und wartet auf Big D«, fügte Sonny hinzu. »Mickey wird die Typen rächen, die der Scheißkerl umgebracht hat, er beschützt seine Nachbarschaft auch von da oben.«

»Beschützen? Schätzchen, keiner von denen beschützt irgendwas außer seiner eigenen Kohle. Schau mal da drüben«, sagte Sissy und zeigte auf einen Stern, und das Licht verwandelte ihren violetten Fingernagel in einen Amethyst. »Weißt du, wen ich da sehe? Ich sehe Martin Luther King, wie er 1963 seine Rede hält, hier in Detroit. Siehst du, wie er die Hand hochstreckt? Das ist der helle Stern hier.« Sissys Finger wanderte zu einem anderen Stern. »Was hat er gesagt? ›Wir werden marschieren und einen neuen Tag der Freiheit ins Leben rufen. Wir werden den amerikanischen Traum Wirklichkeit werden lassen.‹ Das hat er gesagt, hier in der Stadt, als ich noch ein kleines Mädchen war. Meine Mama hat mich mitgenommen, damit ich ihn auch hören kann, und jetzt ist er da oben am Himmel. Um aufzupassen, dass das, was er gesagt hat, Wirklichkeit wird. Und vielleicht, ganz vielleicht wird es das auch.«

Alle schauten hinauf zu den schützenden Sternen.

»Da oben ist kein Big Mickey, der darum kämpft, wer seine Drogen in welchem Viertel verkauft, da ist keiner von denen, nein, da ist Martin Luther King«, setzte Sissy nachdrücklich hinzu.

»Da oben sind Tupack und Biggie und machen uns Mut«, sagte Red Dog. »Begleitet von den ganzen Glitzersternen.«

Aaron lag auf dem Rücken und starrte, die Hände unter dem Kopf verschränkt, zum Himmel hinauf. »Ja, und da drüben, genau hier …« Er deutete auf eine Sterngruppe in der Nähe des Zenits. »… da ist Paps. Seht ihr seine beiden Augen? Die milchige Stelle obendrüber ist sein Afro, und der Stern weiter unten sein Schnurrbart. Er ist da oben und sagt: ›Du machst deine Sache gut, Junge. Einfach Liebe, einfach nur Liebe.‹ Weißt du noch, wie er das gesagt hat, Momma? ›Einfach Liebe, habt euch einfach nur lieb, dann wird alles gut.‹«

»Japp. Das hat Garvey immer gesagt, ganz richtig. Statt ›ich liebe dich‹ sagte er immer nur ›einfach Liebe, einfach nur Liebe‹. Und wenn er gegangen ist, jedes Mal: ›Seid nett zueinander‹.« Sissy lehnte sich in ihrem Stuhl zurück, das Gesicht den Sternen zugewandt, eine Dose Budweiser in der Hand.

»Erinnert ihr euch noch an die Gitarre, die er mir gekauft hat? Er hat seine alte Uhr bei Diamonds 2 gegen die Gitarre eingetauscht. Die hatte nicht mal Saiten.«

»Ja, er war sehr großzügig, auf seine ganz eigene Art«, sagte Sissy. »Das war die gute Seite, seine mühelose Liebe. Hatte ich fast vergessen. In meiner Erinnerung ist er ständig weggegangen. Meistens wusste ich nicht mal, wohin. Bis er schließlich ganz verschwunden ist.«

»Süße, er ist nicht verschwunden. Garvey ist gestorben.« Darling nahm sich einen Nusskeks.

»Es ist leichter, sauer zu sein, als darüber zu heulen.« Sissy trank aus ihrer Dose. »Ich hab so viel ans Weggehen gedacht, dass ich die Liebe vergessen habe, die immer auch dabei war. Hat irgendwie besser zu meinem Leben gepasst.«

»Wir machen uns doch immer Geschichten zurecht«, meinte Tara. »Mit unseren Augen können wir ja nicht mal kontinuierlich sehen, bloß in einzelnen Bildern, und die reihen wir dann in Gedanken aneinander und machen einen Film daraus. Sogar wenn wir träumen, sind es eigentlich immer nur Momentaufnahmen, und die setzen wir zu einer Erzählung zusammen, damit sie einen Sinn ergeben.«

»Vielleicht korrigieren wir unsere Vergangenheit ständig anhand von dem, was wir jetzt wissen, um den aktuellen Ereignissen einen Sinn abzugewinnen«, fügte ich hinzu. »Vielleicht existiert unser Leben letztlich in den Geschichten, die wir uns darüber erzählen. Wenn wir mitten in einem Drama stecken, sehen wir nur das, was wir gerade durchmachen. Die Menschen in unserem Leben verändern sich mit, wenn unsere Sichtweise sich ändert.« Ich nippte an meinem Bier.

Sissy sah mich an. »Gut gesagt. Aber es bleibt uns nichts anderes übrig, als mit unserem wechselhaften Wissen weiterzumachen und damit irgendwie zurechtzukommen. Und die richtigen Entscheidungen zu treffen.«

Tara und Aaron kuschelten sich auf ihre Decke.

Ich lehnte mich zurück und beäugte die Sterne. »Tja, ich sollte mich wohl allmählich auf den Heimweg machen. Morgen ist ein ganz normaler Arbeitstag.«

Als ich die Treppen zu Aarons und Taras Apartment hinaufging, hörte ich Sissy lachen, und Sonny bettelte um noch einem Song.

Wenn ich dran denke, was mir fehlt
Dass ich mich nicht getraut hab, dich zu lieben
Wie oft hab ich gelogen
Du hast mir den Weg gezeigt
Aber schrecklich oft geweint
Das tut mir leid
Jetzt kenn ich das Hindernis
Ich seh die Verwirrung, wie Beton und Glas
Doch deine Liebe
War keine optische Täuschung, nein
Wie ein Engel
Kamst du zu mir
Im rechten Moment
Mitten in mein Herz
Hat deine Liebe
Sich eingeschlichen

So sangen Special Intent und Red Dog zweistimmig Aarons Worte.

Ich dachte an die Liebe zwischen Aaron und Tara, den gemeinsamen Traum, die geteilte Leidenschaft, dachte daran, wie nahe Sissy und ihre Freunde sich sind. Der Grillabend hatte genau das bewirkt, was Sissy sich gewünscht hatte: Ich machte mir viel weniger Sorgen wegen Taras und Aarons Liebe. Ich hatte aus nächster Nähe erlebt, dass er mit ihr zusammen sein und gut zu ihr sein wollte. Aber vom Wunsch zur Wirklichkeit ist es oft ein weiter Weg durch die Jahre. Vor allem, wenn zwei Menschen so jung und mit so unterschiedlicher Vergangenheit an den Start geht. Aber vielleicht ist ihre Vergangenheit ja gar nicht so unterschiedlich. Sissy und ich sind beide alleinstehende Mütter mit Kindern von verschiedenen Männern. Wir leben beide in dem Bewusstsein, dass wir aus dem einen oder anderen Grund verlassen werden können. Wie werden sich die Dinge zwischen diesen beiden jungen Menschen entwickeln? Vielleicht halten sie einander besonders fest. Vielleicht lassen sie einander aber auch leichter wieder los.

Während ich meine Taschen und die leeren Kuchenformen zusammensammelte, dachte ich an die Liebe, die so leicht zwischen diesen Menschen hin und her floss. Jim verbrachte die Nacht mit seinen Söhnen bei seiner Mutter, und ich fragte mich, ob auch wir in der Lage waren, unser Leben mit so viel Liebe und Aufmerksamkeit zu füllen. In einer Ehe allein zu sein ist schlimmer, als wirklich allein zu sein.

Ein Liedvers wehte durch die Nacht zu mir herüber.

Glaub an mich
Und ich garantiere dir
Du kannst ganz sicher sein

Ich werde dich lieben
Über den Schmerz hinaus
Durch den Schmerz hindurch.

Selbst damals, vor vier Monaten, dachte ich: Wenn das nur wirklich jemand könnte! Ich habe es seit Stephen niemanden mehr probieren lassen. Vielleicht könnte Jim mich durch meinen Schmerz hindurch lieben. Vielleicht habe ich heute Abend den ersten Schritt getan, als ich ihm gesagt habe, dass ich ihn liebe.

Jetzt sind wir hier versammelt, und aus dem Herbst ist Winter geworden. Sissy hat ihre Cookie-Tüten geholt.

»Zeit, dass die Cookie-Jungfrau ihre Jungfräulichkeit verliert«, scherzt Rosie.

»Keine Sorge, wir sind ganz vorsichtig«, sagt Juliet, und Jeannie lacht.

»Ach, lasst sie doch in Ruhe«, ruft Vera. »Ich weiß noch genau, wie es sich angefühlt hat, als ich Cookie-Jungfrau war. Ich hab mir schreckliche Sorgen gemacht, dass meine Cookies nicht gut genug sind, dass sie den Anforderungen und Regeln nicht gerecht werden und die Verpackung nicht hübsch genug ist. Dass ich selbst nicht genüge. Es war, als müsste ich noch mal in die Schule.«

»Als wärst du unseren Maßstäben nicht gewachsen! Pass nur auf, die Cookie-Hexe Nummer eins wird dich gleich aussortieren«, ruft Taylor ironisch.

»Na, na. Ich hab noch nie jemanden rausgeworfen. Es sei denn, eine ist nicht gekommen und hat auch keine Cookies geschickt. Ansonsten sage ich nur Bescheid, falls an den Cookies irgendwas nicht hinhaut.«

»Ja, wie diese Zitronenriegel, die zwar sehr lecker waren, aber rettungslos ineinandergeschmolzen sind.«

»Und als in einem Jahr fünf von uns Chocolate Chip Cookies gemacht haben.«

Sissy sieht eine nach der anderen an, ihr farbenfroher Schal lässt ihre Haare stellenweise orange schimmern.

»Außerdem wollen wir die Geschichte«, sagt Charlene.

»Okay.« Sissy spreizt die Hände. An ihren Gesten ist nichts Nervöses, sie scheint genauso entspannt wie beim Grillen an Labor Day. »Es hat mir einen Riesenspaß gemacht, in meinem Alter noch mal Jungfrau zu sein. Und jetzt wird's Zeit, mich auch in dieser Beziehung entjungfern zu lassen.« Mit einem schnellen Nicken setzt sie eine Art Ausrufezeichen, und wir lachen alle. »Ich soll also eine Geschichte über meine Cookies erzählen. Dann lege ich mal los. Es ist eine Geschichte über Aaron, den Vater von Taras Baby. Mein Nesthäkchen. Bei ihm ging es immer um Worte.« Sie setzt sich, beugt sich vor und wendet sich mir zu, als wäre ich allein mit ihr im Raum und die Geschichte nur für mich bestimmt. »Aaron ist der Klügste von meinen fünf. Das muss man einfach so sagen. Keine Ahnung, warum, aber so ist es. Er ist derjenige, der die Welt immer ein bisschen anders gesehen hat, der Dinge bemerkt, die andere überhaupt nicht mitkriegen. Er erkennt überall einen Rhythmus. Selbst in einer quäkenden Hupe.« Sissy schnalzt mit der Zunge. »Als er noch ein Baby war, hat er, wenn ein Auto neben ihm biep-biep-biep hupte, genau den gleichen Takt auf den Tisch oder den Boden getrommelt.« Mit der Hand ahmt sie das Trommeln nach.

Genau wie Tara und ihr Xylophon, denke ich.

»Und er hat über Wörter nachgedacht.« Sie stößt in gespielter Verzweiflung die Luft aus und schüttelt den

Kopf. »Immer hatte er Wörter im Kopf und raubte mir mit seinen Fragen den letzten Nerv. ›Wer hat die Wörter erfunden, Momma?‹, wollte er wissen. ›Wer hat sie festgelegt? Wer hat den Dingen ihren Namen gegeben?‹« Sissy kneift die Augen zu, als versuchte sie Aaron als kleines Kind zu sehen. Die kleinen Leberflecken auf ihrer Wange ziehen sich zusammen. »Ein merkwürdiger kleiner Junge. Als läge die Macht der Dinge für ihn in den Wörtern. Ständig hat er mich nach einem Wort für irgendwas gefragt, als würde er die Wörter in einer Schachtel sammeln.« Sie hält inne.

Ich lehne mich zurück, und nun wandern Sissys Augen zu Juliet, dann zu Allie, zu den beiden Frauen, mit denen sie heute Abend am meisten Zeit verbracht hat. »Als er entdeckt hat, dass es manchmal auch mehr als einen Namen für dasselbe Ding gibt … wie Regen-Tröpfeln-Schauer-Nieseln, da wollte er natürlich sofort wissen, warum Adam, der erste Mensch, sich so viele Namen dafür ausgedacht hat. Ich gab mir alle Mühe, ihm die kleinen Unterschiede zu erklären. Dann fiel ihm auf, dass gelegentlich auch nur ein Name für zwei Dinge existierte. Nagel zum Beispiel. ›Warum gibt es nur ein Wort für das Metallding, auf das man mit dem Hammer haut, und das Ding am Ende des Fingers? Warum hat Adam bei den beiden Sachen gemogelt?‹ – ›Schätzchen, bist du etwa neidisch auf Adam?‹ Da hat er mich angesehen, hat die Augen zugemacht, weil er so angestrengt nachdenken musste, und gesagt: ›Ja, Ma'am, ich glaube, du hast recht.‹ ›Sei jetzt bloß nicht neidisch auf das, was Gott entschieden hat.‹« Sissy droht mit dem Finger, als stünde der kleine Aaron vor ihr, zusammen mit uns bei der Cookie-Party.

»›Ich glaube, ich will meine eigenen Wörter machen‹, hat er irgendwann verkündet. Was für ein Chaos! Eine Weile hat ihn kein Mensch verstanden. Seine Lehrer haben angerufen und gesagt: ›Miz Peoples, Aaron braucht eine Sprachtherapie.‹ – ›Er braucht keine Therapie, sondern eine Ohrfeige dafür, dass er neidisch ist auf Adam‹, hab ich denen erklärt.«

Wir kichern alle.

»Ich hab nur noch mit ihm geredet, wenn er normale Wörter benutzt hat. Ich hab ihm nur zu essen gegeben, wenn er mich auf Englisch darum gebeten hat.« Sissy trinkt einen Schluck Wein. »Und er war oft hungrig, das könnt ihr mir glauben. ›Milch. Hotdogs. Spaghetti. Burger. Hähnchen‹, hat er gesagt. Ich hab es ihm gegeben und gesagt: ›Wenn du normal mit mir redest, kriegst du, was du willst, mein Sohn. Siehst du, Schätzchen.‹ Er sah mich an, als hätte er seinen besten Freund verloren. Also hab ich versucht, ihm zu helfen. ›Weißt du, man kann auch Namen geben, indem man Wörter zusammenfügt. Dann bist du ein kleines bisschen wie Adam. Auf die Art machst du Gottes Wörter ein bisschen länger. Statt irgendwelches Zeug zu erfinden, das keiner versteht.‹«

Seine Leidenschaft entstand schon so früh und breitete sich immer mehr aus. Genau wie bei Tara. Schon komisch, dass meine beiden Töchter in der Highschool einen Partner kennengelernt und Beziehungen entwickelt haben, die jahrelang halten. Vielleicht ist das ihre Rebellion gegen mein ständiges Jagen und Suchen.

»Man sollte denken, damit wäre die Sache erledigt gewesen.« Sissys Hände liegen auf ihren Knien, sie sitzt auf der Stuhlkante und schaut auf den Couchtisch hinunter. »Aber wenn dieser kleine Mann sich etwas in den Kopf gesetzt hatte, ließ er so leicht nicht wieder locker. Er hat gekämpft, bis die Sache gelöst war. Im nächsten Jahr hat er in der Schule ein Lexikon gefunden. Oje. Schon ging es wieder los. ›Siehst du, es war gar nicht Adam, der den Dingen ihre Namen gegeben hat. Es war dieses Buch! Dieses Lexikon!‹ – ›Es ist folgendermaßen‹, hab ich ihm erklärt. ›Adam hat allem einen Namen gegeben, und dann kam ein Engländer und hat alle Namen in dieses Buch geschrieben und das Buch ein Lexikon genannt. Und wenn du ein Wort hörst, das Adam erfunden hat, und du weißt nicht, was es bedeutet, dann schaust du einfach in diesem Buch nach.‹ Aaron hat mich mit diesem durchdringenden Kinderblick angesehen, und ich wusste, dass er mir kein Wort glaubte. Also machte ich weiter: ›Junge, schau mich nicht so an.‹ Er senkte die Augen, und ich sagte: ›Leg schon los, frag mich ruhig. Denk dir ein Wort aus.‹ Er hat mich angeblinzelt und gesagt: ›Nichts. Ich denke an nichts.‹ Also hab ich das in dem Buch nachgeschlagen und den Finger draufgelegt. *Nichts. Leerer Raum. Vollständige Abwesenheit. Nichtvorhandensein.*‹ – ›Was ist das, Mama? Was ist *Nichtvorhandensein?*‹ Also schlage ich auch das nach. ›Oooooh, Mama. Diese Wörter halten sich an den Händen … Ich möchte, dass du mir das Buch vorliest, Mama. Ich möchte all diese Wörter kennenlernen.‹ Ich erkläre ihm, dass er dieses Buch selbst lesen muss. Bitte schön. Ich drücke es ihm in die Hand. Er ist gerade mal in der zweiten oder dritten Klasse, aber er sitzt da und studiert Wörter. Dieser Junge und die Wörter. Eigentlich hätte er sich Word Serious nennen sollen und nicht Special Intent.«

Wieder macht Sissy eine Pause und trinkt ein bisschen Wein. Sie lässt den Blick im Zimmer umherschweifen und schaut, wie wir auf ihre Geschichte reagieren. Wir neigen uns ihr zu und warten gespannt, dass es weitergeht. »Das ist mein Sohn, Marcus Aaron Peoples. Special Intent.« Lachend lehnt Sissy sich zurück. »Vielleicht geht es ihm ja darum, mit seinen Wörtern dabei zu helfen, die Welt zu erklären.«

Sissy greift in ihre Tasche und zieht eine McDonald's-Tüte heraus.

»Das ist aber eine Cookie-Party, kein Fastfood-Fest«, witzelt Rosie.

Sissy gibt die rot-gelbe Tüte Laurie, die sie an Vera reicht, und so weiter. »Aarons erster Song handelte von einem Hamburger-Cookie. Das waren seine Leibspeisen: Hamburger und Cookies. Leider hab ich den Text vergessen, aber es war auch ein kleiner Rap. Deshalb hab ich diese hier für ihn erfunden.« Sie steckt die Hand in die Tüte und holt einen Mini-Hamburger heraus. »Zum Teil war das meine Methode, ihn zu ermuntern, unsere Sprache zu sprechen.« Sie hält das Gebäck in die Höhe, damit wir es alle sehen können. »Also – ein Hamburger aus Keksen. Orangefarbener Guss hält die Lagen zusammen und sieht aus wie Käse.«

»Oh, seht mal, da ist sogar Sesam auf den kleinen Brötchen«, ruft Taylor.

Sissy verteilt weiter ihre McDonald's-Tüten. Als ich die Hospiztüte verstaut habe und meine eigene bekomme, mache ich sie gleich auf und ziehe den Mini-Hamburger heraus. »Toll. Sieht genau aus wie ein Cheeseburger.« Ich probiere das süße Schoko-Kokos-Geknusper. »Schmeckt großartig.«

»Wow«, lacht Juliet. »Ich glaube, du kriegst den Preis für die besten Cookie-Jungfrauen-Cookies.«

»Die sind köstlich.«

»Der Trick ist hauptsächlich das Zusammenbauen. Genau wie in der Autoindustrie«, lacht Sissy.

»Echt einfallsreich.«

»Du bist großartig«, sagt Charlene. »Und deine Geschichte hat mir auch sehr gut gefallen.«

»Wir behalten unsere diesjährige Cookie-Jungfrau«, grinst Jeannie. Dieses spontane Lächeln habe ich an ihr lange nicht mehr gesehen. In letzter Zeit setzt sie zwar zu passenden Gelegenheiten ein Lächeln auf, aber es ist selten echt.

»Im Hospiz wird man diese Hamburger auch lieben. Ich sehe schon vor mir, wie sie sich freuen«, meint Allie.

»Omeingott, das ist eine sensationelle Idee!«, ruft Rosie.

»Wir sind alle kreativ. Jede auf ihre Art«, sage ich schnell. Wenn man eine Freundin zu vehement heraushebt, kann es sein, dass die anderen sich zurückgesetzt fühlen oder sich Eifersucht breitmacht. Ich bin mit so vielen Geschwistern aufgewachsen, dass ich immer darauf achte, jede Bevorzugung zu vermeiden. »Die sind fast zu hübsch zum Essen. Aber so lecker!«

»Und so niedlich in den McDonald's-Tüten. Woher hast du die?«

»Über die Verpackung hab ich mir ziemlich den Kopf zerbrochen. Aber dann war ich mit einem meiner Enkel bei McDonald's und hab dort die Tüten entdeckt. Ich hab erzählt, was ich vorhabe, und gefragt, ob ich ein paar davon kaufen kann. Da haben sie mir gleich einen ganzen Stapel umsonst mitgegeben. Anscheinend haben sie sich gefreut, an so was beteiligt zu sein.«

Sissy hat mich zu ihrem Grillabend an Labor Day eingeladen und ich sie zu meiner Cookie-Party. Wir beginnen, unser Leben zu kombinieren. Unsere gemeinsame Großmutterschaft und unsere Beziehung werden weiter bestehen, ungeachtet der Unwägbarkeiten im Leben von Tara und Aaron. An Familienliebe wird es dem Baby sicher nicht mangeln. Sissy lächelt, und das Kerzenlicht schimmert in ihren roten Ohrsteckern. Wir haben beide unsere Erfahrungen mit Freundschaft und Liebe gemacht, wenn auch in ganz unterschiedlichen Welten. Und nun gehen wir Schritt für Schritt aufeinander zu.

»Wisst ihr«, sagt Sissy jetzt, »ich war mir anfangs gar nicht so sicher mit diesem ganzen Cookie-Hexen-Zeug, aber du …« Sie nickt mir zu, unterbricht sich dann aber, als wäre ihr plötzlich etwas anderes wichtiger, und fährt fort: »Tja, ich freue mich, dass unsere Gene für alle Ewigkeit miteinander vermischt sind.«

Bei Sissys Worten muss ich plötzlich an meine Großmutter denken, wie ich einmal auf ihrem Schoß saß und sie mir von der ersten Frau der Welt erzählte. Alle Menschen stammen von ihr ab, von dieser Eva, der Urmutter der Evolution, die ihre Nachkommen ernährt, beschützt und die menschliche Existenz gesichert hat. Meine Kinder und Kindeskinder werden weitermachen mit dem, was ich ihnen von meinem Körper und meiner Seele gegeben habe. Das war für meine Großmutter Zweck und Bedeutung von Sex und Fortpflanzung. Jetzt, als Sissy von der Ewigkeit spricht, kommt es mir vor, als würde sie diese Geschichte kennen. Vielleicht ist es ja einfach ein Thema der Großelternschaft, Vergangenheit und Zukunft miteinander zu verbinden. Ein Brückenschlag. Ja. Das ist genau das richtige Wort.

ZUCKER

Früher einmal war Zucker so wertvoll wie Gold. Erst Sklavenarbeit in der Karibik senkte den Preis der Zuckerproduktion weit genug, dass er billig genug für den alltäglichen Gebrauch wurde. Die Menschen lieben Zucker. Seine Süße bringt uns einen Energieschub, den wir überall auf der Welt in Getränken, Süßigkeiten und Desserts genießen. Aber spätestens, wenn wir in die Pubertät kommen, machen wir die Erfahrung, dass zu viel Zucker dick macht und Karies verursacht. Außerdem wird übermäßiger Zuckerkonsum auch mit Diabetes vom Typ 2 in Zusammenhang gebracht. So hat Zucker also mindestens zwei dunkle Seiten – historisch gesehen die Sklavenarbeit, allgemein die Tatsache, dass er bei übertriebenem Verzehr krank machen kann.

Zuckerrohr wächst in tropischem Klima und kommt ursprünglich aus Südasien und Südostafrika. Im Altertum saugte man den süßen Saft aus den Stangen. In Indien wurde der Saft zum ersten Mal in Zucker verwandelt, und dieses Produkt gelangte durch Alexander den Großen auch nach Europa. Zunehmend verfeinerte sich der Produktionsprozess, und um 1390 wurde eine Presse entwickelt, mit deren Hilfe aus dem Zuckerrohr die doppelte Menge an Saft gewonnen werden konnte. Zuckerrohrplantagen fassten auf den Kanarischen Inseln Fuß, und schließlich brachten die Portugiesen den Zucker nach Brasilien. Mit Columbus gelangte Zucker in die Karibik, wo er bald zur wichtigsten Kulturpflanze wurde und die Gegend zum größten Zuckerrohrproduzenten machte. Als der Zucker im 18. Jahrhundert durch Sklavenarbeit immer preiswerter wurde, fand das ehemalige Luxusgut Zugang zu allen Gesellschaftsschichten.

Keine Pflanze hatte jemals einen so starken Einfluss auf die Gesellschaft. Die Zuckerproduktion ist aufwendig; zuerst wurde dafür die Arbeitskraft afrikanischer Sklaven, dann die von Tagelöhnern und schließlich von freien Arbeitern eingesetzt, häufig mit multi-ethnischem Hintergrund. Heute gibt es ein Überangebot an Zucker, was für Länder, die von der Zuckerproduktion abhängig sind, natürlich einschneidende Auswirkungen hat.

Im späten 18. Jahrhundert begannen die Europäer mit anderen Zuckerarten zu experimentieren. Die Zuckerrübenindustrie entwickelte sich in den napoleonischen Kriegen, als Frankreich von der karibischen Zuckerproduktion abgeschnitten war. Heute werden in den USA dreißig Prozent des Zuckers aus Zuckerrüben gewonnen, in Europa sind es sogar über neunzig Prozent.

Kristallzucker wird in verschiedenen Kristallgrößen hergestellt; es gibt grobe Varianten wie Hagelzucker, mit dem man schlichtem Gebäck einen gewissen Glanz verleihen kann, oder feinere wie unser normaler Tafelzucker, der im Allgemeinen eine Korngröße von etwa einem halben Millimeter Durchmesser besitzt. Für die Herstellung von Puderzucker oder Staubzucker wird der Zucker zu feinem Pulver zermahlen.

Brauner Zucker wird in den späteren Phasen des Raffinierungsvorgangs produziert, in denen der Zucker feine

Kristalle mit einem relativ hohen Melassegehalt bildet, oder indem man weißen raffinierten Zucker mit Zuckerrohrmelasse überzieht. Farbe und Geschmack werden mit steigendem Melasseanteil intensiver, das Gleiche gilt für die feuchtigkeitsbindenden Eigenschaften. So hat brauner Zucker die Neigung, hart zu werden, wenn er an der Luft steht. Schon allzu oft habe ich mit dem Hammer auf hart gewordenen braunen Zucker eingeschlagen, um ihn zumindest so klein zu hauen, dass ich ihn in den Mixer stopfen und mit dessen Hilfe wieder in einen gebrauchsfertigen Zustand versetzen konnte.

10

Vera

Doppel-Schoko-Erdnussbutter-Cookies

1 1/4 Tassen Mehl
1/2 Teelöffel Backpulver
1/2 Teelöffel Natron
1/2 Teelöffel Salz
1/2 Tasse weiche Butter
1/2 Tasse Kristallzucker
1/2 Tasse brauner Zucker
1/2 Tasse Erdnussbutter (cremig oder stückig, ganz nach Geschmack)
1 Ei
1 Päckchen Vanillezucker
1 1/2 Tassen halbbittere Schokotröpfchen
1 1/2 Tassen Milchschokoladetröpfchen
3 Teelöffel Backfett

Backofen auf 180 Grad vorheizen. Mehl, Backpulver, Natron und Salz in einer kleinen Schüssel vermischen. Butter, jeweils die Hälfte des Kristallzuckers und des braunen

Zuckers in einer großen Schüssel mit dem Handrührgerät auf mittlerer Stufe schlagen, bis die Mischung hell und schaumig ist. Erdnussbutter, Ei und Vanillezucker untermengen. Langsam mit der Mehlmischung verrühren, bis alles gut gemischt ist.

Aus je einem gehäuften Esslöffel Teig Bällchen formen. Bällchen mit einem Abstand von 5 cm auf ein ungefettetes Blech legen (wenn der Teig zu weich zum Formen ist, 30 Minuten in den Kühlschrank stellen). Eine Gabel in den restlichen Kristallzucker tauchen, damit kreuz und quer auf die Bällchen drücken, bis sie nur noch gut 1 cm dick sind.

Zwölf Minuten backen. Cookies noch zwei Minuten auf dem Blech lassen, dann zum Abkühlen auf ein Kuchengitter geben.

Halbbittere Schokolade und die Hälfte des Backfetts im Wasserbad erhitzen. Cookies bis zu einem Drittel in die Schokolade tunken. Stehen lassen, bis die Schokolade getrocknet ist, etwas 30 Minuten.

Milchschokolade mit den restlichen 1½ Esslöffeln Backfett ebenfalls im Wasserbad schmelzen. Cookies mit der anderen Seite ebenfalls zu einem Drittel eintauchen und auf Butterbrotpapier oder Kuchengitter legen. Schokolade etwa eine halbe Stunde lang trocknen lassen.

Lagenweise mit Butterbrotpapier abdecken und bei kühler Zimmertemperatur aufbewahren oder bis zu drei Monate einfrieren.

Als Sissy ihre Erzählung beendet hat, herrscht Schweigen. Es kommt nicht oft vor, dass wir unseren Körper als Teil des Evolutionsprozesses sehen. Meistens sind wir doch auf unser individuelles, einzigartiges Selbst konzentriert und ignorieren den universellen Aspekt. Im Alltag geht die Botschaft meiner Großmutter meistens unter. Wenn jemand sich beklagt, erwidern wir vielleicht gelegentlich: »Ach, was beschwerst du dich? Das macht doch jeder durch.« Oder: »Ich sollte dankbar sein. Schließlich habe ich zwei gesunde Kinder, während meine Freundin heute zur Chemotherapie muss und in New Orleans immer noch viele Leute keine Bleibe haben.« Bei der Geburt unserer Kinder begrüßen wir aufgeregt und begeistert unseren einmaligen und einzigartigen Nachwuchs und vergessen dabei völlig, dass wir etwas zur Menschheitsgeschichte beitragen. Ich bin gerade dabei, meine eigene evolutionäre Eva zu werden.

Ich kontrolliere mein Handy, aber niemand hat angerufen.

Inzwischen ist es Viertel vor zehn. Fast sieben in Kalifornien. Man sollte doch meinen, dass sich die Ärztin inzwischen gemeldet hat.

Leise, so leise, dass ich es erst gar nicht höre, dringt die Stimme von Al Green aus den Lautsprechern meiner iPod-Station. Ich hatte ganz vergessen, dass ich das Gerät vor der Cookie-Party eingestellt habe – es war so leise und wir so vertieft ins Cookie-Verteilen und unser Zusammensein.

»Hey, ist das das, was ich denke?«, ruft Juliet. »Das ist mein Song und der perfekte Zeitpunkt für ein bisschen Bewegung!«

Allie geht zur Anlage und dreht die Lautstärke auf, damit wir hören, wie Al Green verspricht, dafür zu sorgen, dass alles gut wird. Juliet singt mit und fängt an, mit Hüften und Schultern zu kreisen, packt meine Hand und zieht mich zu sich. Ihre Handflächen liegen auf meinem Rücken, sie schaut mir in die Augen, und statt Charlie steigt mir der Duft ihres Addict-Parfüms in die Nase.

»Erinnerst du dich?«, fragt sie. »Es ist so lange her, dieser Tag beim Jazzfestival.«

»Nein, das war doch erst gestern«, entgegne ich, während ich mich unter ihrem Arm um mich selbst drehe.

Der Rest folgt unserem Beispiel. In einer Ecke rocken Taylor und Allie, tanzen voneinander weg und bewegen sich mit schwingenden Hüften wieder aufeinander zu, bis sie sich in den Armen halten.

Auch Sissy schwenkt die Hüften und gibt sich ganz dem Rhythmus hin. Vera steht auf und mischt sich unter die Tanzenden.

Und die Hörner schmettern.

Disney hüpft zwischen uns herum, glücklich und schwanzwedelnd.

Veras Augen sind halb geschlossen, während sie sich zur Musik wiegt. Sie war früher Stripperin, vor langer Zeit, als sie auch Kokain geschnupft hat, in dem Versuch, den Erinnerungen an ihre schlimme Kindheit zu entfliehen und mit einem fortgesetzten sexuellen Missbrauch zu leben. Trotzdem liebt sie das Tanzen. Jetzt hebt sie die Arme über den Kopf, ganz eins mit dem Rhythmus, und auf ihrem Gesicht erscheint ein Lächeln. In unserer Gruppe weiß außer mir niemand Bescheid über Veras Vergangenheit, und ich kenne ihre Geschichte nur deshalb, weil sie als Übergang in ein solideres Leben gekellnert hat und ich damals ihre Anleiterin war. Einmal schlug ich vor, sie sollte der Gruppe davon erzählen und uns Strip-Unterricht geben, aber für diese Idee hatte sie nichts übrig. »An die Zeit damals möchte ich lieber nicht denken. Ich genieße einfach nur die Bewegung, die Musik, das Gefühl, und ich tu es für mich. Nicht für irgendwelche Männer.«

Jetzt ruft sie plötzlich: »Also, das ist aber gelogen!« Al Green hat soeben singend behauptet, dass die Liebe immer recht hat, komme, was wolle. Das will Vera auf keinen Fall so stehen lassen. »Liebe kann das größte Unrecht sein, das man jemandem zufügt.« Sie schließt die Augen und tanzt weiter, windet und streckt sich genüsslich. »Na ja, eigentlich nicht die Liebe. Sondern die Entscheidung, wem man sie schenkt.« Disney hüpft direkt vor ihr in die Höhe.

Ich ergreife Veras Hand und tanze mit ihr.

»Ja, das ist Liebe«, kommentiert sie die nächste Textzeile: Liebe bedeutet, dass man gut zueinander ist. »Es geht nicht um ›komme, was wolle‹. Und gegen Verliebtsein ist nichts einzuwenden. Solange es nicht der Falsche ist.«

»Stimmt genau«, pflichtet Sissy ihr bei. »Nur gerät man leider ziemlich oft an den Falschen.« Sie tanzt mit kleinen Schritten, ihr Hüftschwung in einer Gegenbewegung zum Gleiten ihrer Schultern, hoch erhobenen Hauptes, und ihr langer Hals wirkt durch den bunten Schal kein bisschen weniger elegant.

»Aber manchmal hat man Glück, und dann ist es genau der Richtige«, wirft Laurie ein.

»Hört, hört«, ruft Rosie.

Nach und nach wird mir bewusst, dass es mir Angst macht, Jim meine Liebe gestanden zu haben. Das Gefühl überrollt mich wie eine Flutwelle.

Bin ich mir denn überhaupt sicher? Woher soll ich das denn wissen?

Juliets Augen sind geschlossen, Allie pumpt mit beiden Armen die Luft nach oben und lässt ihre Hüften wild kreisen. Schon erstaunlich, wie wir miteinander tanzen, jetzt, da wir unter uns sind. Viel freier als in der Öffentlichkeit. Dann halten Allie und Taylor sich wieder in den Armen, Taylor drückt ihren Kopf an Allies Schulter, und Allie wirft mir einen Blick zu, in dem sich Frieden und Geborgenheit ausdrücken.

Dann fängt ein neues Stück an, schneller, und plötzlich swingen wir, twisten, stampfen und geben uns den Rhythmen unserer Jugend hin. Jetzt tanzen wir als Gruppe. Es ist ein längerer Song, und die heftigen Bewegungen bringen mich richtig ins Schwitzen.

Ein paar holen sich Wein, Wasser, Sprudel.

Danach kommt etwas Langsames, wieder bilden sich Paare, wiegen sich zu zweit, Sissy mit Juliet, Taylor mit Allie. Ich stelle die Musik etwas leiser.

Und da geschieht das Unglaubliche: Rosie streckt Jeannie die Hand hin.

Jeannies Arm kommt ihr entgegen. Ihre Fingerspitzen berühren sich.

Ich tanze gerade mit Charlene, fasse sie schnell bei den Schultern und drehe sie um, damit sie das Ereignis nicht verpasst.

Jeannie blickt zu Boden.

Aber Rosies Hand bleibt ausgestreckt. Ihr Mund ist offen, ein Lächeln umspielt ihre Mundwinkel.

Jeannie muss Rosies Erwartung und Hoffnung fühlen, doch sie hält den Blick immer noch abgewendet.

Rosie beißt sich auf die Lippen und schüttelt traurig den Kopf, aber ihr Arm bleibt ausgestreckt.

Und plötzlich berührt Jeannie Rosies Schulter.

Langsam beginnen sie zu tanzen, Rosie führt, aber es dauert nicht lange, da liegen sie sich schluchzend in den Armen.

Auch Allie hat bemerkt, was da vor sich geht, und gesellt sich zusammen mit mir und Charlene zu den beiden. Zu fünft stehen wir nun im Kreis, Jeannies Kopf an Rosies Schulter, und wiegen uns leise im Takt.

»Für mich war es auch hart. Anders hart, aber trotzdem. Und jetzt?« Rosie lehnt sich ein bisschen zurück und streicht Jeannie eine Haarsträhne aus dem Gesicht.

Jeannie antwortet nicht.

»Na dann – ich glaube, es wird wieder okay zwischen uns. Irgendwie. Und ich bin immer für dich da«, fährt Rosie leise fort.

»Aber du bist auch für Sue da, und das geht nicht. Wenn du sie unterstützt, tust du mir damit weh, und wenn du mich unterstützt, verletzt du sie.«

»Stimmt. Aber das wisst ihr beide.« Sie nickt. »Und Sue war von Anfang an bewusst, dass sie ...« Rosie sucht das richtige Wort und fängt noch einmal von vorn an: »Sie weiß, was sie dir und deiner Mutter antun. Selbst wenn du nichts davon erfahren hättest. Und auch, was sie und dein Vater sich antun.«

Von Stephen erinnere ich mich noch gut an das Hin und Her von Horror und Ekstase. Dass man glaubt, man kann ohne den anderen nicht leben. Und wenn er zurückkommt, ist es der Himmel auf Erden, das Zusammengehörigkeitsgefühl, das Einssein. Wenig später geht es wieder von vorne los. Irgendwann nistet sich die Angst ein und wird Teil deines Selbst. Reste dieses Irrsinns finde ich heute noch in meiner Beziehung zu Jim. »Dieser Schmerz steigert das empfundene Glück«, sage ich.

Darauf weiß niemand etwas zu sagen, und wir lauschen eine Weile der Musik.

Dann schöpft Rosie tief Atem und sprudelt heraus: »Dein Vater wird irgendwann die Entscheidung treffen. Von Sue können wir das nicht erwarten, denn sie ist ihm vollkommen verfallen, für sie gibt es keinen anderen mehr. Nur die Liebe zählt. Ich glaube, sie denkt, Liebe ist stärker als Schmerz und Schuld, egal ob sie dir damit weh tut oder sonst wem. Oder auch sich selbst.«

Auf einmal wechselt die Musik wieder – und beklagt die Sucht nach Liebe.

Fast erschrocken schauen wir uns an, und Charlene sagt: »Kontrollieren unsere Gedanken vielleicht die Songfolge, oder was? Es ist ja, als hätten wir einen Soundtrack zu unserer Unterhaltung.«

»Scheiße, das ist der Soundtrack unseres Lebens.«

Jetzt tanzt Disney vor Charlene herum, seinen Affen im Maul.

»Ja. Da geht es um Sue«, ruft Rosie. »Sie steckt in der Liebe fest. Vielleicht ist es auch der Sex. Ist mir vermutlich auch schon passiert.«

»Und mir auch. Öfter, als ich es wahrhaben will«, lacht Charlene.

»Und mir auch. Sogar ganz aktuell«, sagt Allie.

»Liebe«, sage ich nur.

Und dann wandert der Zufallsknopf tatsächlich von der Sucht nach Liebe zur Drogenabhängigkeit.

Vera hört es auch. Während wir über Sues zerstörerische Leidenschaft gesprochen haben, hat sie weitergetanzt, aber jetzt sagt sie, so laut, dass wir es alle hören können: »Abhängigkeit. Drogen. Sex. Arbeit. Geld. Liebe. Das kann einen alles leicht dazu verführen, dass man denkt, man hat die Antwort auf das Leben. Aber das ist die größte Lüge von allen.«

Hüftschwingend kommt sie auf uns zu, packt Charlenes Hand, wirbelt sie herum, lässt sie unter ihrem Arm kreiseln, und plötzlich sind wir alle wieder in Bewegung. Jeannie tanzt mit Rosie, ein Lächeln auf dem Gesicht. Als kurz darauf ein munterer Rocksong ertönt, kehren auch Laurie, Taylor und Sissy, die sich in der Küche gestärkt haben, ins Wohnzimmer zurück.

Und wir singen alle mit. »Everybody is dancin' tonight.«

Allie lässt die Hände durch die Luft wirbeln, Taylor grinst, schwenkt die Arme und schleudert die Haare, Vera lässt die Hüften kreisen, dreht sich um die eigene Achse, und hat einen Heidenspaß.

Natürlich kennen wir den Song von früher, unsere Jugend ist fast greifbar im Raum. Juliet sieht mich an. »Erinnerst du dich?«, frage ich sie.

»Heute gefällt es mir besser als damals«, antwortet sie. »Ich kriege sofort das Gefühl, wir sind wieder jung.«

Juliet tanzt zu mir und nimmt mich in den Arm. »Was

würde ich ohne dich machen?«, flüstert sie. »Meine beste Freundin. Augenzeugin meines Lebens.«

Mir kommen die Tränen. Freundinnen.

Schließlich unterbricht Laurie die Tanzerei. »Hört mal, können wir vielleicht mit den Cookies weitermachen? Ich muss heim zu Olivia.«

»Meine Cookies warten schon«, antwortet Vera. Und tatsächlich: Zwei Trader-Joe-Plastiktüten stehen schon auf ihrem Stuhl.

»Cookie-Zeit!«, ruft Allie und saust noch schnell in die Küche, um Weinnachschub zu holen.

Ich stelle die Musik leise, gerade als ein Song über die Unsicherheit der Jugend beginnt.

»Wir wissen immer noch nicht, was wir tun, dabei sind inzwischen vierzig Jahre vergangen«, meint Juliet. Langsam gehen wir wieder zur Cookie-Tagesordnung über. »Je mehr die Dinge sich ändern, desto mehr bleiben sie sich treu.« Automatisch berührt sie ihre Kette, als brauchte sie die Rückversicherung.

Vera meint: »Hm, hab ich's mir doch gedacht.« Sie hat ein geradezu unheimliches Talent, die Geheimnisse anderer Menschen zu erkennen und zu akzeptieren, wie sie ihre eigenen akzeptiert. Sie geht einfach davon aus, dass wir alle welche haben.

Geheimnisse.

Manchmal ist das ganze Leben ein Geheimnis, wie bei Juliet. Manchmal, wie bei Vera, ist nur die Vergangenheit ein Geheimnis. Es gibt Dinge, die wir nur wenigen Menschen oder vielleicht sogar nur einem einzigen anvertrauen. Juliet sieht zu mir herüber und zwinkert. Über manche Dinge kann man gar nicht reden, und andere erzählen wir uns deshalb nicht, weil wir uns noch nicht nahe genug sind.

»Hey, die Cookies!«, mahnt Laurie.

»Also wirklich, du hättest irgendwo Chefin werden und die Leute herumkommandieren sollen«, neckt Rosie sie.

»Bin ich doch. Olivias Chefin.«

Wir lachen alle, außer Vera. Sie steht, todschick gekleidet wie immer, ernst und aufrecht neben ihren Tüten. Ihre beige und rostrot gemusterte Bluse macht sich hervorragend zu den kurz geschnittenen blonden Haaren. Noch immer ist sie die Glamouröseste von uns: eine Marilyn-Monroe-Doppelgängerin mit künstlich vergrößerten Brüsten – ein Überbleibsel aus ihrem geheimen Leben – und Augen, die so blau sind wie ein wolkenloser Himmel. Im Gegensatz zu Marilyn wirkt Veras Lächeln jedoch weder schüchtern noch kindlich trotzig. Dabei hat sie mir erzählt, dass sie ein sehr schüchternes kleines Mädchen war. Ihre Familie war extrem arm, ihr Vater gewalttätig. Aber jetzt ist Vera, die professionelle Vera, meine beste Verkäuferin. Sie ist Expertin für Langzeitversorgung, freundlich und kompetent im Umgang mit Menschen, die sich Sorgen um ihre Gesundheit machen. Mit ihrer Herzlichkeit und ihrem Talent, auf die Klienten einzugehen und ein Versicherungsprogramm ganz nach ihren individuellen Wünschen zusammenzustellen, ist Vera das Verkaufsgenie schlechthin. Heute Abend hat sie einen Klienten überzeugt, von dem ich dachte, er würde abspringen. Doch das Selbstvertrauen, das jetzt ihr Markenzeichen geworden ist, musste sie sich schwer verdienen.

Ich weiß noch genau, wie ich sie kennengelernt habe. Es war eine harte Zeit, beide mussten wir uns als alleinerziehende Mutter durchschlagen. Als man sie beim Gandy Dancer, wo ich arbeitete, als Kellnerin einstellte und mich bat, sie anzulernen, war sie alles andere als selbstbewusst. Stattdessen stellte sie eine gewisse Dreistigkeit zur Schau, um ihre Verletzlichkeit zu verbergen.

»Hast du das schon mal gemacht?«

»Was? In einer Bar arbeiten?«

»Nein. Kellnern.«

Sie kicherte. Und schüttelte den Kopf.

»Wie hast du den Job gekriegt? Normalerweise fangen neue Leute mit Tischabräumen an.«

Sie zuckte die Achseln, und auf einmal bemerkte ich ihre Figur. »Oh.« Carl, der Manager, hatte eine Schwäche für Frauen mit großen Brüsten, und Vera hatte sich offensichtlich bei ihm eingeschmeichelt.

»Zum Glück ist es bloß Lunch. Nicht Dinner. Für abends hast du keinen Termin, oder?«

»Nein, abends mache ich einen anderen Job.«

»Dann schau einfach erst mal zu, wie ich es mache. Fragen kannst du später stellen. Nimm eine Speisekarte mit nach Hause und lern sie auswendig.«

Sie lernte schnell. Der andere Job, den sie erwähnt hatte, war in einer Striptease-Bar. Damals, in den Siebzigern, als es noch kein Internet gab, existierten wesentlich mehr Bars, in denen man sich traf. Es wurde mehr geflirtet, vor allem auch bei der Arbeit. Man machte sich damals noch nicht so viele Sorgen über sexuelle Belästigung oder darüber, wie schwierig Romanzen am Arbeitsplatz waren. Übrigens habe ich auch Stephen beim Kellnern kennengelernt, ich hab ihn bedient.

Mit dem Strippen verdiente Vera eine Menge Geld, aber sie war kokainabhängig. Das Kokain kombinierte sie mit Dilaudid, um ein bisschen schlafen zu können. Sie sorgte für ihren Sohn Peter und einen Mann namens Mickey, der sie zur Arbeit fuhr und heimbrachte. Mickey sagte ihr, sie sei die schönste Frau im Club, und erinnerte sie jeden Tag daran, wie viel Glück sie hatte, dass er sie beschützte. Erzählte ihr, dass er sie mehr liebte als irgendjemanden sonst und ohne sie sterben würde. Was davon zu halten war, sah man, wenn er ihr Trinkgeld in die eigene Tasche steckte, »um für sie zu sorgen«. Und wenn Vera nebenbei etwas dazuverdiente, bekam er davon natürlich auch etwas ab. Mickey schlug Vera regelmäßig, um ihr klarzumachen, dass er das Sagen hatte und dass er sie liebte. Schläge waren das Gleiche wie Liebe. Schließlich hatte ihr Vater sie doch auch geliebt.

Irgendwann beschwerte sich ein Nachbar bei der Polizei, weil er sich von dem Lärm belästigt fühlte. Der Vorfall brachte für Vera das Fass zum Überlaufen, und plötzlich wusste sie, dass sie sich entscheiden musste: Entweder Peter oder Mickey. Sie verabreichte Mickey eine Extradosis Dilaudid, und als er das Bewusstsein verlor, packte sie ein paar Klamotten, Peters liebstes Spielzeugauto und seine Decke ins Auto, nahm ihren Sohn und fuhr los. Irgendwann landete sie in Ann Arbor und suchte sich am Stadtrand in einem Club einen Job als Tänzerin. Ihre Möbel, ihr Geschirr, die Bettwäsche und die meisten Klamotten ließ sie ebenso zurück wie die spärlichen Erinnerungsstücke ihrer ärmlichen Kindheit: eine Kette, die ihre Mutter ihr zum sechzehnten Geburtstag geschenkt hatte, eine Babypuppe, der ein Arm fehlte, ein Foto von ihr und ihren Eltern – das einzige, das sie als Kind gehabt hatte. Ohne einen Blick zurück begann sie ein neues Leben.

Woher Vera ursprünglich stammte oder wo sie gewesen war, bevor sie nach Ann Arbor kam, weiß ich nicht.

Das Kokain vertrieb den Trennungsschmerz. Sie vermisste Mickey nicht. Und den Männern in die Augen zu starren war kein Opfer mehr, sondern ein Sieg. Das Tanzen gehörte ihr. Die Männer waren unwichtig. Sie war gut in dem, was sie tat. Und schön. Sie tanzte die ganze Nacht, schlief dann ein paar Stunden, las Peter vor, ging mit ihm spazieren. Sah sich mit ihm die Sesamstraße an, schlief noch ein bisschen, wenn er ein Nickerchen machte. Das Kokain half ihr, wach zu bleiben, solange sie mit ihm zusammen war. Dann kam der Babysitter, Vera brachte ihren Sohn ins Bett und ging arbeiten.

Eines Morgens war sie auf der Couch eingenickt, und als sie erwachte, sah sie, wie Peter den Couchtisch mit Kokain bestreute. »Schau, Mama. Ich hab Zucker gefunden.« Und schon befeuchtete er den Zeigefinger und wollte das Zeug auftupfen, um es zu probieren.

Vera fuhr hoch. »Das ist kein Zucker! Finger weg!« Sie fegte das Kokain vom Tisch. »Das ist ganz schlecht für dich.«

»Warum hast du es dann?«, fragte Peter. Er schielte ein bisschen.

Sie schüttelte den Kopf, in Gedanken noch halb in einem Traum, in dem eine Katze in einen Kampf geraten und aufgeschlitzt worden war. Entschlossen kniff sie die Augen zusammen, verdrängte das Bild des toten Tiers, starrte auf den weißen Staub und stand auf. Dann ließ sie Wasser über einen Wischlappen laufen, rieb den Tisch damit ab und warf das Kokain samt Lappen in den Müll. Das restliche Kokain schüttete sie hinterher.

Am nächsten Nachmittag ging sie zu einem Treffen

von Narcotics Anonymous, einer Zwölf-Schritte-Gruppe für Drogenabhängige. Und zwei Tage später lernte ich sie im Gandy Dancer Restaurant kennen.

Wenn jemand fragt, woher wir uns kennen, erzähle ich immer, dass ich Vera beim Kellnern im Gandy angelernt habe. Punkt. Ich weiß, Vera hat Charlene von Mickey und dem Missbrauch erzählt, aber nicht, dass er ihr Zuhälter und sie Stripperin war. Auch nicht, dass er heroinsüchtig war und sie sich gelegentlich einen Schuss setzte, wenn das Dilaudid alle war. Und wenn jemand sie fragt, wo sie Finn, ihren jetzigen Mann, kennengelernt hat, sagt sie auch nie, dass es bei den Anonymen Drogenabhängigen war. Stattdessen antwortet sie ohne das geringste Zögern – ohne den Blick zu senken, ohne verlegenes Lächeln, ohne das geringste nervöse Gehampel: »Bei irgendeinem Gruppentreffen. Eltern ohne Partner, glaube ich.«

Heute ist Finn Bauunternehmer und Vera meine beste Versicherungsverkäuferin. Ihr Sohn Peter repariert Computer, ist verheiratet und hat selbst einen Sohn. Alle Überreste der Drogen und der Erniedrigung scheinen ausgelöscht zu sein.

Manchmal glaube ich, die Vergangenheit ist einfach weg, so als hätte man ein Buch zugeschlagen und ein neues begonnen. Aber dann beobachte ich Vera beim Tanzen und sehe diesen hingerissenen und doch routinierten Ausdruck in ihrem Gesicht. Ich sehe ihre Bewegungen und weiß, dass die Vergangenheit immer noch da ist, aber in einem völlig neuen Gewand. Ein Teil von Vera ist immer noch dreißig, kämpft ums Überleben und sucht den Weg an jenen Ort, wo niemand, wo kein Mann sie berühren kann. Und wenn ich mitbekomme, wie hartnäckig sie manchmal ihre Verkäufe vorantreibt, dann weiß ich, dass ihre Angst vor der Armut dahintersteckt.

Ich weiß auch, dass Jeannies Leben nie wieder sein wird wie früher – ganz gleich, was sie beschließt, ganz gleich, wie sehr Rosie, ich oder Allie sie unterstützen. Ihre Beziehung zu ihrem Vater hat sich für immer verändert. Vielleicht wird sie eines Tages stärker und ehrlicher sein. Aber der Betrug und das Wissen darüber existieren in ihrer Gegenwart und werden an jedem Tag ihrer Zukunft präsent sein ... an jedem einzelnen Tag.

Wir tragen die Vergangenheit immer bei uns. Sie ist immer da.

Leise spielt der Song, und wir sind wieder zwanzig, mit all den dazugehörigen Unsicherheiten und Hoffnungen, in einem Alter, in dem Entscheidungen keine Konsequenzen zu haben scheinen, weil noch so viel Zeit ist, sie rückgängig zu machen. Heute ist alles wichtig. Oder nichts, denn ein so großer Teil unseres Lebens ist bereits aufgebraucht.

»Diese Cookies werdet ihr alle so lieben, dass ihr sie jedes Jahr wiederhaben wollt. Die Doppel-Schoko-Erdnussbutter-Cookies.«

»Ich hab gehofft, dass du die machst«, sagt Rosie. »Das sind Kevins Lieblingsplätzchen.«

»Aber beim Einpacken hab ich mir was anderes einfallen lassen. Ich hab nämlich die Behälter aus früheren Jahren recycelt.« Sie greift in ihre Tüte und zieht einen roten Kanister mit Christbaumkugeln heraus, der mir vage bekannt vorkommt.

»Den hab ich vor zwei Jahren mitgebracht!«, ruft Allie. Disney hat sich neben sie auf die Couch gequetscht und das Kinn auf ihren Oberschenkel gelegt.

Vera überreicht mir das Päckchen, und ich gebe es Charlene. Sie fischt in der Tüte und zieht eine grüne Blechdose mit weißen Stechpalmenblättern heraus.

»Die hab ich seit Jahren nicht mehr gesehen«, sagt Rosie. »Du hast die Dinger also alle aufgehoben?«

»So ist es. Und dieses Jahr bringe ich sie wieder in Umlauf.« Vera reicht eine große, mit Papiertüchern ausgestopfte Tasse weiter.

»Oh, ich möchte die Tasse, die zu der anderen von letztem Jahr passt«, ruft Allie. »Die hat Jeannie mitgebracht.«

»Ich erinnere mich noch genau, wie du deine Cookies in diese Samtbeutel verpackt hast. Meinen hab ich an Neujahr benutzt«, sagt Vera, während sie eine mit roten und goldenen Vierecken verzierte Box mit einer Goldschleife und roten Glocken weiterreicht.

»Das ist ja, als würden wir alle unsere alten Partys noch mal besuchen.«

»Gott, das hier ist bestimmt zwölf Jahre alt«, murmelt Charlene, ein fröhlich gemustertes Kistchen in der Hand.

»Genau. Stellt euch vor, wir haben in den letzten zwölf Jahren hundertvierzig verschiedene Behälter gekriegt.«

Vera zieht einen grünen Filzbeutel heraus.

»Der ist von Pat.«

»Von Pat? Himmel, sie ist schon seit sechs oder sieben Jahren nicht mehr hier.«

»Wie lange treffen wir uns schon?«

»Seit sechzehn Jahren«, antworte ich. »Tara war noch ein Krabbelkind.«

»Ich war von Anfang an dabei«, stellt Jeannie fest.

»Und ich auch«, sagt Charlene.

»Ich bin ein paar Jahre später dazugekommen«, erinnert sich Vera und hält mir erst einen grünen Plastikeimer mit grinsenden Weihnachtsmännern und dann einen roten Topfhandschuh mit weißen Schneeflocken hin.

»Der war von Laurie.«

»Von vor zwei Jahren. Woher weißt du das noch so genau?«, fragt Laurie.

»Du hast immer was Praktisches. Oder etwas Einfaches. Wie die eleganten weißen Schachteln dieses Jahr.«

»Wir werden dich vermissen«, sagt Charlene. Und auf einmal wird uns klar – wirklich klar, nicht um höflich Konversation zu machen, nach dem Motto: Alles wird gut –, dass heute ihre letzte Cookie-Party mit uns stattfindet. Nächstes Jahr ist sie nicht mehr dabei.

Stille senkt sich über uns. Während wir die Behältnisse vergangener Jahre und früherer Partys berührt, untersucht und besprochen haben, wurde das Verrinnen der Zeit für uns greifbar. Vielleicht ist es die fortgeschrittene Stunde, vielleicht die Tatsache, dass wir wissen, dass die Hälfte der Party vorüber ist. Eine von uns verlässt uns, eine kämpft mit dem Schlimmsten, dem Tod eines Kindes. Und jede von uns hat Enttäuschung, Kummer, Selbsthass, Abhängigkeit erlebt. Und Verlust.

Vera hält eine kleine, mit Zuckerstangen und Stechpalmenzweigen bedruckte Tüte in der Hand, gibt sie mir und späht mit demonstrativ heruntergezogenen Mundwinkeln in ihre Einkaufstüte. »Das war's. ›Allealle‹, wie Peter immer gesagt hat.« Achselzuckend steht sie da, die Hände in den Hüften.

»Die hier ist fürs Hospiz«, sage ich und stecke das letzte Päckchen in die entsprechende Tüte.

»Warum eigentlich fürs Hospiz?«, fragt Sissy. »Warum nicht für ein Frauenhaus oder ein Obdachlosenasyl?«

»Früher haben wir sie immer dem Frauenhaus gegeben«, erklärt Juliet.

»Aber das ist schon eine Weile her.«

»Vor zehn Jahren in der Weihnachtszeit ist Tracys Mutter gestorben. Und Tracy hat sie besucht, so oft sie konnte, und war bei ihr, so lange es ging.«

Ich denke an den Tod meiner eigenen Mutter, und als ich mich an den Schmerz erinnere, den auch Tracy durchgemacht hat, kommen mir die Tränen. Fast reflexartig greife ich nach einem Stück Erdnusskrokant. Es ist das Rezept meiner Mutter.

»Und dann, um zwei Uhr morgens, während ihre Mom noch schwer atmend schlief, ging Tracy in den Aufenthaltsraum und suchte etwas. Sie suchte ein Cookie. Irgendetwas Süßes. Eine kleine Freude in all der bedrückenden Traurigkeit, in der sie hier auf den nächsten Schritt wartete, ihn fürchtete und andererseits herbeisehnte, damit ihre Mutter endlich von ihren Schmerzen erlöst war. Als sie merkte, wie sehr sie sich in dieser Nacht nach einem Cookie sehnte, schlug sie vor, in Zukunft unsere Cookies dem Hospiz zu spenden. Und seither tun wir das.«

»Und was hält man dort von unseren Cookies?«, fragt Rosie.

»Du kannst dieses Jahr einfach mal mitkommen. Beim ersten Mal habe ich mit der Frau gesprochen, die für die Spenden zuständig ist. Ich habe ihr von Tracy erzählt und erklärt, dass die Cookies für die Familien sind, die in der Weihnachtszeit ihre Lieben hier besuchen. Sie hat mir ein Formular zum Ausfüllen gegeben, und ich habe einen

Baumschmuck geschenkt bekommen. Hier.« Ich stehe auf und nehme eine Silberscheibe mit den Worten *Baum der Erinnerung* vom Weihnachtsbaum. Damit alle sie in Augenschein nehmen können, reiche ich sie herum. »Seither hängt sie bei jeder Cookie-Party an meinem Baum.« Ich lache, denn plötzlich kommt es mir so vor, als wäre das Ornament ein Gast bei unseren Partys und Feiern gewesen und hätte sich nur zwischendurch in seiner dunklen Schachtel ausgeruht.

»Inzwischen kennt man mich im Hospiz. Ich gebe die Cookies der Frau am Empfang, und sie bedankt sich. Jedes Jahr das Gleiche.«

»Ich stelle mir immer vor, wie die Leute im Hospiz sie essen«, sagt Allie. »Ich denke daran, was sie durchmachen. Die Traurigkeit, die Dunkelheit, die Absurdität, dass der Tod gerade an Weihnachten kommt. Die jüngste Schwester meiner Großmutter ist an Heiligabend im Kindbett gestorben.« Allie schüttelt den Kopf. »Stellt euch das vor – sie freut sich über das Baby, sie trauert um ihre Lieblingsschwester, und drum herum feiern alle Weihnachten.« Wieder hält Allie inne und zuckt die Achseln. »Meine Großmutter hat die Kleine adoptiert, und aus dem Baby wurde meine Lieblingstante. Daran denke ich immer, wenn ich meine Cookies backe. Daran, und in den letzten zehn Jahren auch an die anonymen Menschen im Hospiz.«

»Zehn Jahre. So lange habe ich schon keinen Krebs mehr«, stellt Juliet fest. »Das zehnte Jahr nach meiner Brustamputation, nach Chemo und Bestrahlung.« Vor zehn Jahren ist Tracys Mom gestorben, und bei Juliet wurde Krebs diagnostiziert. Alle haben um ihr Leben gekämpft.

»Bei mir sind es jetzt fünf Jahre«, sagt Vera. »Man hört nie auf, daran zu denken.« Vera hatte Darmkrebs.

»Bei mir fast zwei«, stimmt Allie mit ein. »Immer wieder klaut man mir ein bisschen von meinem Körper, immer diese präkanzerösen Leberflecke. Zum Glück nie ein Melanom.«

»Wie viele von uns hatten eigentlich schon Krebs?«, frage ich und hebe selbst die Hand, denn vor acht und noch einmal vor drei Jahren musste mir ein Zellkarzinom entfernt werden. Sechs Frauen heben die Hand.

»Ich hatte mit Ende zwanzig eine seltene Form von Knochenkrebs«, sagt Charlene. »Und Alice hatte dieses Basalzellenkarzinom.«

»Sieben von uns? Sieben von zwölf? Unglaublich.«

Wir schweigen. Dann sagt Charlene: »Es liegt an der Umwelt.«

»Und an der Sonne«, fügt Allie hinzu. »An den Stränden, die wir alle so lieben.«

»Aber glaubt ihr, das ist repräsentativ? Dass so ein hoher Prozentsatz – über die Hälfte – irgendeine Form von Krebs kriegt?«, fragt Laurie, als hätte sie Angst, dass ihre gesunde Ernährung umsonst ist.

Niemand antwortet.

»Tja«, sagt Rosie und steht auf, mit raschen Bewegungen und einem breiten Grinsen. Der plötzliche Ernst ist ihr unbehaglich. Sie beugt sich über den Tisch, füllt Wein nach, und als sie sich wieder aufrichtet, fragt sie: »Tracy? Was ist überhaupt mit Tracy? Wo sind ihre Cookies?«

SALZ

Einmal waren Juliet und Dan in Thailand. Als Juliet zurückkam, zeigte sie mir ihre Fotos, unter anderem die von einer Saline. Lange Reihen von Salzpyramiden erstreckten sich bis zum Horizont. Überall wurde gearbeitet. Meerwasser floss herein und wurde mit kleinen Deichen gestaut. Das Wasser verdunstete mit Hilfe der glühenden Sonne und einer Windmühle, und die Arbeiter rechten das Salz zu taillenhohen Pyramiden zusammen. Die Saline erstreckte sich über eine Viertelmeile zum Meer hinunter, eine Reihe von Rechtecken mit ordentlich aufgereihten Salzhaufen. Sobald das ganze Wasser verdunstet war, schaufelten die Arbeiter das trockene Salz in Schubkarren, um es zur weiteren Verarbeitung durchs seichte Wasser zu transportieren. So wurde in den letzten achttausend Jahren Salz gewonnen.

Salz ist für den Menschen lebenswichtig, denn es ist eines unserer Elektrolyte und hilft, den Wassergehalt unseres Körpers zu regulieren. Ironischerweise kann man auch zu viel des Guten bekommen, denn übermäßiger Salzverzehr kann hohen Blutdruck verstärken. Und während Salz auch für Tiere lebensnotwendig ist, ist es für viele Landpflanzen giftig.

Durch die Geschmacksrezeptoren im Mund können wir Salz schmecken, was zum Teil erklärt, warum es unser populärstes Gewürz ist. Ebenso wichtig – vor allem ehe es praktikable Methoden zur Kühlung, zum Einfrieren von Lebensmitteln oder zur Herstellung von Konserven gab – war das Salz als Konservierungsmittel, vor allem für Fleisch.

So haben die Menschen seit prähistorischer Zeit der Gewinnung dieser notwendigen und wichtigen chemischen Substanz viel Zeit gewidmet. Salz wurde im alten Ägypten zum Einbalsamieren verwendet, außerdem florierte im Mittelmeerraum der Handel mit gesalzenem Fisch und Geflügel. Die von den Tuareg betriebenen Salzkarawanen durch die Sahara gab es von der Antike bis 1960. Römische Soldaten wurden gelegentlich mit Salz bezahlt, woraus Worte wie Salär und Soldat entstanden. »Salat« bedeutet wörtlich »gesalzen« und weist auf den kulinarischen Brauch des Salzens von Blattgemüse hin. Venedig blühte in der Renaissance durch den regen Salzhandel. Mahatma Gandhi führte einen Protestmarsch gegen die von den britischen Herrschern auferlegten Steuern für den Export von Salz an, und diese Demonstration, an der Millionen Menschen teilnahmen, war ein Wendepunkt im indischen Unabhängigkeitskampf.

Meersalz aus verschiedenen Gegenden unterscheidet sich im Geschmack. Tafelsalz stammt aus Massenproduktion, oft aus unterirdischen Salzstöcken, in kleiner Körnung raffiniert. Wie in der Saline, die Juliet besucht hat, ist das Handwerk und die Produktion von Salz eine unserer frühesten chemischen Industrien. Da in manchen Gegenden der Jodgehalt der Nahrung gering ist, mischt man dem Salz dort Jod bei. Außerdem wird Salz behandelt, damit es trotz Feuchtigkeit streufähig bleibt.

Salz wird rohen Lebensmitteln beigefügt, um ihnen Feuchtigkeit zu entziehen. Eine geringe Salzmenge kann süße Speisen noch süßer erscheinen lassen. Meine Mutter streute sich immer etwas Salz auf ihre Melone, andere Leute geben eine Prise Salz auf Ananas oder Grapefruit. Salz lässt die Süße durch den Kontrast noch ausgeprägter wirken. Dieses Prinzip ist auch die Erklärung dafür, dass Salz die geschmackliche Ausgewogenheit von Kuchen und Plätzchen optimiert.

11

Tracy

Von: Tracy Temple
Datum: 7. Dezember 2008, 16:59:03 h
An: marnie444@aol.com

Betreff: Tracys superknusprige Nussballen
Dieses Rezept ist richtig anspruchsvoll und erfordert allergrößte Sorgfalt bei der Zubereitung!

Erdnussballen

1 Tafel Halbbitterschokolade
1 Tafel Milchschokolade
1 Esslöffel Speiseöl
2 Tassen Erdnüsse
Nach Geschmack können auch Pecannüsse, Mandeln oder Cashews verwendet werden (gehackt)

Im Wasserbad zunächst das Öl erhitzen, dann die Schokolade schmelzen.

Achtung, Achtung: Das Wasser darf auf keinen Fall in den Topf spritzen, denn das kann alles verderben!!!

Geschmolzene Schokolade in teelöffelgroßen Häufchen auf ein mit Backpapier ausgelegtes Blech geben. Abkühlen lassen und hübsch verpacken.

Ich weiß, das war mal wieder verdammt schwer, aber bekanntlich wächst der Mensch mit seinen Anforderungen – oder erholt sich auf Hawaii.

Fröhliche Weihnachten allen meinen Lieblingsfrauen!

Ich vermisse Euch und hätte Euch schrecklich gern gesehen!

Liebe Grüße, Glück und alles Gute.

xxoo TT

P. S. Himmel! Ich hab vergessen, darauf hinzuweisen, dass Ihr die Nüsse erst unterrühren dürft, wenn die Schokolade geschmolzen ist. Hii, hii, hii.

»Wartet, ich hole Tracys Cookies«, rufe ich und eile in mein Büro. In meinem Rücken lachen und plaudern meine Freundinnen, aber von draußen höre ich Wind und Regen. Als ich aus dem Fenster spähe, treibt der Wind nassen weißen Schneeregen vor sich her durch die Dunkelheit. Das Zeug bleibt nicht liegen, macht aber ein fieses Geräusch, wenn es gegen das Haus klatscht. Ich trage die Tüten zurück, und Taylor fragt: »Wo ist Tracy noch mal?«

»Auf Hawaii. Mit Silver«, antworte ich.

Tracy und Silver gehören zu den Paaren, die anscheinend das Geheimnis der wahren und unvergänglichen Liebe entdeckt haben. Wenn ich bei ihnen bin, fühle ich mich immer daran erinnert, wie gut so ein Zusammenleben ist, wenn es funktioniert. Ihre Ehe dauert nicht einfach nur an, sondern man spürt ihre Liebe und ihr Interesse füreinander. Jeder möchte den anderen glücklich machen und ist auch bereit, die eigenen Wünsche gelegentlich zurückzustellen.

Dabei hatten sie anfangs mächtig Gegenwind. Tracy war gerade erst einer schlechten Ehe entflohen – eine dieser Geschichten, in denen man mit Anfang zwanzig heiratet und mit Mitte oder spätestens Ende zwanzig erkennt, dass man es nur getan hat, um aus der Abhängigkeit zu den Eltern herauszukommen und zu beweisen, dass man erwachsen ist. Eine Weile lebt man nebeneinander her und erkennt schließlich, dass man nicht das bekommt, was man sich gewünscht hat. So tauchte Tracy im Gandy Dancer auf – glatte blonde Haare, die ihr bis zum Hintern reichen, ein Mund, der immer aussieht, als würde er gleich entweder schmollen oder grinsen, und ein Lachen, bei dem jeder, der es hört, sofort mitmacht.

Vermutlich hatte sie beschlossen, bei Sex, Drogen und Rock 'n' Roll einzusteigen, um ihren Blues zu vertreiben, denn sie kellnerte eine Doppelschicht und ging anschließend feiern. Es war Mitte der Siebziger, die große Zeit der Partys, als wir uns noch längst nicht vom Trauma Vietnam erholt hatten. Auf einer solchen Party lernte Tracy Silver kennen. Er war groß und gut gebaut, mit langen Locken. Er war in die Stadt gekommen, um für Iggy Pop oder Bob Seger – oder beide – den Sound zu machen.

Auch Silver lebte in einer Ehe, die nicht funktionierte, doch war seine noch nicht offiziell beendet. Seine Frau wohnte in einer dieser Kleinstädte im Norden von Michigan, die von Touristen und Sport leben. Motocross, Wandern, Segeln, Camping im Sommer, Jagen im Herbst, Schneemobile, Skilanglauf, Eisfischen im Winter. Das ganze Jahr über freuten sich die Einwohner über die Schönheit der Natur, der beständig schlechten Wirtschaftslage und dem harten Winter zum Trotz. Silver war fast immer unterwegs und hatte zu dem Zeitpunkt, als er Tracy begegnete, seine Frau schon seit mehreren Monaten nicht mehr gesehen. Als Ausrede schützte er seine Arbeit vor, und sie beklagte sich nicht, sondern freute sich über das Geld, das er schickte.

Dann gab es bei den Überbleibseln einer Kommune eine halbe Stunde von der Stadt entfernt eine große Party. Es war Spätsommer oder Frühherbst, noch waren die Tage lang und der Garten der Kommune voll mit reifem Gemüse. Auberginen. Rosenkohl. Blumenkohl. Ein ganzes Feld Tomaten, zum Teil noch grün, die Ranken, obwohl sie an Stöcken festgebunden waren, von der Last der Früchte gebeugt. Zwischen wild wucherndem Oregano und Thymian wanderte ich zwischen den Beeten hindurch. Am Rand schlug mir der unverkennbare Geruch von Marihuana entgegen. Der Hanf war so geschickt dazwischengepflanzt, dass es aussah wie eine außer Kontrolle geratene Tomatenranke und der Duft beinahe hinter dem Lakritzaroma des Basilikums verschwand.

Silver traf auf dem Motorrad ein. Unter dem Helm waren seine langen Locken plattgedrückt, aber das änderte sich, als er sie ausschüttelte. Tracy reckte das Kinn, straffte die Schultern, fuhr sich mit den Fingern durch die taillenlangen blonden Haare, leckte sich über die Lippen und nahm ihn ins Visier.

Er spürte, dass sie ihn anstarrte, die Lippen wie immer mitten zwischen einem Schmollen und einem Grinsen.

»Der Typ ist so heiß, der braucht ein bisschen Eis«, stellte ich fest.

Tracy lachte.

Nun wandte er sich zu uns um, und Tracys Lachen, das so fröhlich war und mit seinem kehligen Unterton stets mehr versprach, schlug ihn in seinen Bann. Der Vorrat an Bier und Salzbrezeln, die in der Kommune eigenhändig hergestellt wurden, schien unerschöpflich. Als es dunkel wurde, zündeten wir ein Lagerfeuer an. Wunderkerzen und Gras wurden herumgereicht. Eng aneinandergschmiegt tanzten Silver und Tracy zu *Earth Wind and Fire* und starrten einander unverwandt in die Augen.

Oh-oh, dachte ich und schüttelte den Kopf.

Dann waren sie plötzlich verschwunden. Zu einem Spaziergang durch die Tomaten oder in den Espenwald, der das Feld umgab. Aber ich war ja nicht Tracys Aufpasserin, sondern ihre Freundin, also genoss ich die Party, tanzte, trank Bier und unterhielt mich mit Juliet und Alex, meinem ersten Mann, der mich zu der Party begleitet hatte.

Damals war er noch am Leben. So unglaublich lebendig.

Sky war noch nicht geboren.

Wir waren noch nicht verheiratet.

Sondern einfach nur verliebt.

So lange ist das alles her.

Am Nachmittag waren wir auf dem Huron River Kanu gefahren, hatten uns einfach gemächlich treiben lassen, ziellos, voller Vertrauen, dass die Strömung uns auf den richtigen Weg bringen würde. Beim Arboretum legten wir an, aßen ein Salami-Käse-Sandwich, tranken den Wein, den ich eingepackt hatte, und sahen den Enten zu, die mit ihren Babys übers Wasser paddelten.

Als Alex und ich jetzt und hier auf dieser Party tanzten, blickten seine grauen Augen tief in meine, und ich sah in ihnen das Glitzern des flackernden Lagerfeuers. Seine Hände lagen warm auf meinem Rücken, sein Atem kitzelte mich im Ohr und kräuselte meine Haare. Er roch nach Moschus, und sein T-Shirt verströmte den harschen Holzduft des Lagerfeuers. Seine Erektion drückte gegen meinen Nabel, und ich schmiegte mich noch fester an ihn.

Er stöhnte leise. »Lass uns nach Hause gehen.«

Statt einer Antwort ließ ich meine Hand unter sein Hemd gleiten, über die durchtrainierten Muskeln an seinem Rücken.

»Ich will dich.«

Ich legte die andere Hand auf seinen Hintern. »Bald.«

Er lachte, drückte mich an sich, hart, wie er war, und seine Bartstoppeln kratzten über meine Stirn. »Ich liebe dich.«

»Ich liebe dich auch.« Na bitte. Damals konnte ich es sagen, damals war es leicht. Ich liebe dich. Wir waren uns einig. Wir liebten uns. Wir waren ein Paar. Ich sagte es ihm tausendmal, denn ich ging fest davon aus, dass wir ewig zusammenbleiben würden.

»Es ist so schön mit dir. Wir sind ein tolles Paar.«

»Stimmt. Kannst du dir vorstellen, wie wir in dreißig Jahren im Schaukelstuhl auf unserer Veranda sitzen? Um uns herum spielen unsere Enkelkinder ...« Ja, ich glaubte, wir würden ewig zusammen sein. Ich war überzeugt, dass unsere Liebe unser Leben auf eine berechenbare Bahn führen würde, sicher, zu zweit, gemeinsam. Ganz normal. Mit einem einzigen Mann verheiratet. Kinder. Jobs. Ein Haus mit einem Garten, den ich pflegte, damit er ordentlich und attraktiv aussah. Freunde.

»Das ist genau das, was ich mir wünsche.« Er legte die Arme enger um mich, fuhr mit der Hand in meine Haare und zog meinen Kopf sanft nach hinten, um mich zu küssen. Sein Mund wärmte meinen Körper, und seine Erektion war wie ein Versprechen.

Er war so lebendig. Ein warmer, gieriger Körper. Jeden

Morgen, wenn er die Jalousie hochzog, sang er: »Let the sunshine in.«

Wirbelte mich im Kreis herum, wenn er heimkam.

Freute sich jedes Frühjahr auf seine Baseball-Amateurmannschaft.

Schwer zu begreifen, dass er uns acht Jahre später verlassen hat. Nein. Er hat uns nicht verlassen, er ist gestorben. Er ist gestorben, verdammt noch mal. Im Handumdrehen. So schnell. Ein Blitz aus heiterem Himmel.

Ich überlege oft, ob die Zellen, die sein Blut überschwemmten und ihn töteten, damals schon in ihm wucherten. Ob sie sich vermehrt haben, als er mich fragte, ob ich ihn heiraten wollte, als wir miteinander geschlafen und Sky gezeugt hatten. Ob sie schon durch seine Adern geisterten, als er die Prüfung für die Lizenz als Bauunternehmer ablegte, als er für Sky lachte und sang, weil sie vier wacklige Schritte auf ihn zu gemacht hatte.

Ich habe daraus gelernt, nichts für selbstverständlich zu nehmen. Ich habe gelernt, mein Leben zu füllen, und ich versuche, jeden Augenblick zu leben. Und ich habe gelernt, dass jeder Mensch verschwinden kann, jederzeit. Ich dachte, dass Liebe keinen Sinn hat, wenn sie nicht für immer ist, und ich wusste, dass nichts für immer ist außer unseren Kindern. Und unseren Freundinnen. Tracy gehört immer noch zu meinem Leben. Und Juliet.

Auch jetzt noch, über ein Vierteljahrhundert später, füllen sich meine Augen mit Tränen, wenn ich an seinen Tod denke. Während ich Tracys Cookies ins Wohnzimmer trage, fasse ich vorsichtig an mein Handy, das immer noch keinen Ton von sich gibt. Ich schaue auf die Uhr. Viertel nach zehn ist es jetzt. Im Flur bleibe ich stehen und sage mir: *Mach dich darauf gefasst. Wahrscheinlich weint Sky in Troys Armen und verschiebt den Anruf auf nach der Party*. Trauer überschwemmt mich: Ich trauere mit ihr, ich trauere um Alex. Seit Sky zum ersten Mal schwanger geworden ist, frage ich mich, ob ihr Baby seine grauen Augen haben wird.

Aber in jener Nacht, jener Herbstnacht, in der die Früchte noch am Stock hingen, in jener Nacht tanzte Tracy mit Silver, und ich tanzte mit Alex. Als Alex die beiden sah, sagte er leise: »Der Typ ist verheiratet.«

Später kam Tracy zu mir, mit glänzenden Augen, der Mund noch feucht von seinen Küssen. »Ich gehe mit ihm nach Hause.« Sie hielt meine Hände fest, als sie »mit ihm« sagte. Und das m vibrierte auf ihren Lippen und blieb in der Luft hängen. Tracy roch nach Moschus und jetzt auch nach Zitrone. Von Silver.

»Er ist verheiratet.«

»Ja, das hat er mir schon gesagt.«

Sie zwinkerte mir zu, unter uns Mädels, ein Zwinkern, das bedeutet: Ich bin so verflucht glücklich. »Es wird alles gut. Das weiß ich.« Sie drückte noch einmal meine Hände. Ihre Handflächen waren feucht und ihre Pupillen so groß, dass ihre Augen schwarz aussahen.

»Ruf mich morgen an.«

»Versprochen.«

Normalerweise fängt es nicht so an. Spontaner Sex, der in ein Für-immer-und-ewig mündet. Vielleicht ist das überhaupt die größte Illusion, der wir nachhängen: Sex, der so wundervoll ist, dass alles sich klärt und kein anderer Partner mehr in Frage kommt. Auf einmal liegt das Leben vor dir wie ein schnurgerader Pfad. Einfach, klar und sicher. Du weißt genau, was du tun wirst und warum.

Vielleicht ist es aber genau umgekehrt. Alles ist bereits klar, und der Sex besiegelt nur den Deal. Ihr seid füreinander bestimmt, erst als leidenschaftliche Liebhaber, dann als Partner und Lebensgefährten. Die emotionale und mentale Verbindung macht die körperliche Vereinigung erst möglich. Vielleicht wussten Tracy und Silver das auf Anhieb. Eine Liebe auf den ersten Blick, die alle Schwierigkeiten überwindet und sich unangefochten durch die Jahrzehnte bewegt. Von Anfang an läuft die Verständigung wie selbstverständlich, von Anfang an nimmt einer den anderen wahr, achtet ihn als Person, respektiert seine Grenzen. Die Nuancen der Intimität, das friedliche Zusammenleben machen Alltag und Routine zur Freude.

Ein paar Tage später rief Tracy an. In ihrer Stimme hörte ich eine ganz neue Ekstase, vermischt mit einem großen inneren Frieden. »Das war anders. O mein Gott«, seufzte sie. »Anders als alles, was ich je erlebt habe.«

»Dann ist er also wirklich toll?«

»Er ist toll, ja. Aber das meine ich nicht. Der Sex war nicht einfach nur Sex. Es war … es war, als würden wir miteinander eine andere Dimension betreten. An einen Ort gelangen, an dem ich noch nie war. Es war mehr als Sex, es war … spirituell. Als wären wir Teil des Universums. Alles war eins, und wir waren ein Teil davon.«

Ich lachte. »Was habt ihr zwei denn geraucht?«

»Nichts. Nur einander.«

Damals wusste ich nicht, was sie meinte. Das erfuhr ich erst später. Inzwischen ließ sich Tracy durch ihre Liebe zu Silver von seinen Interessen anstecken und entdeckte so ihre eigene Berufung. Silver war Soundtechniker für Rockbands. Seine Bekanntschaft mit zahlreichen

Musikern und Künstlern brachte sie auf die Idee, ihre Energie, ihr Lächeln und ihr Organisationstalent zu nutzen und Rock-Produzentin zu werden. Heute begleitet sie gemeinsam mit Silver alle möglichen Tourneen. Er macht den Sound, sie übernimmt die Produktion. Von außen scheint das ein ziemlich glamouröses Geschäft zu sein – sechs Monate im Jahr reist man durch die Welt, jedes Jahr bekommt man eine neue Familie in Gestalt der Road Crew, mit der man zusammenarbeitet. Tokio, Chicago, Sydney, Montreal, Paris, Madrid, Seoul, Nairobi, Los Angeles, Rio. Von allen Teilen des Globus schickt Tracy mir Postkarten mit ihrem Lippenabdruck. Manchmal ist so ein Küsschen alles, was ich kriege. Ein Bild des nackten David vor dem Rathaus von Florenz und dazu ihr Markenzeichen, ein glänzend rosaroter Kussmund.

»Man würde doch denken, sie haben die Nase voll vom Reisen und bleiben über Weihnachten lieber hier«, meint Rosie.

»Sie verbrauchen ihre Vielfliegermeilen«, antworte ich. »Außerdem ist es sonst ja Arbeit. Jetzt machen sie Urlaub.«

»Lasst uns endlich anfangen«, drängt Laurie.

Alle setzen sich, und ich reiche Tracys Cookies herum. »Hmmm. Tracy lässt ausrichten, dass sie furchtbar gerne bei uns wäre. Sie hat die Erdnussbällchen noch vor ihrer Abreise in diese Behälter verpackt.« Die Schachteln sind mit Kleisterpapier beklebt, das aussieht wie ein knallrotes Wellenmeer mit kleinen Sprenkeln aus Blattgold.

»Die sind ja super.« Vera hebt vorsichtig den Deckel und faltet das knisternde Seidenpapier auseinander. »Auf den Schildchen ist überall ihr Kussmund.«

O ja, und in dem Kuss verbirgt sich der Hauch eines

Lächelns. Wie sexy. Ich verteile die Schachteln, packe eine davon in meine Tasche und die letzte in die Hospiztüte. »Außerdem hat sie mir diese E-Mail geschickt, damit ich sie für euch alle kopiere«, verkünde ich, wedle mit den Blättern in der Luft herum und verteile sie dann ebenfalls.

»Oh«, sagt Taylor, als sie die Mail gelesen hat. »Das ist so typisch. Ich kann sie fast lachen hören.«

»Ich liebe dieses Lachen«, sagt Allie. »Jedes Mal, wenn ich es höre, macht es mich glücklich.«

»Ich vermisse sie«, sagt Juliet und macht ein trauriges Gesicht. »Wann kommen die beiden denn zurück?«

»Direkt vor Weihnachen. Zur Townie Party.«

Vera isst ein Cookie aus ihrer Schachtel. »Mmmmmm. Das sind ja die gleichen wie vor ein paar Jahren.«

»Und alle fanden sie toll. Sie sind leicht herzustellen und halten sich hervorragend.«

»Ich vermisse Tracy trotzdem.«

»Hey, auf Tracys Lachen«, rufe ich, hebe mein Glas, und alle tun das Gleiche. »Auf Tracy.«

»Und Alice«, fügt Vera hinzu.

Ich überlege, ob wir vielleicht eine neue Regel brauchen. In einem Zeitraum von drei Jahren darf man höchstens einmal bei der Party fehlen. Ich möchte, dass die Frauen, die mitmachen, auch bei der Party anwesend sind. Schließlich geht es nicht um die Cookies, sondern um unser Zusammensein und den Spaß, den wir miteinander haben. Und jede von uns trägt ihren Teil dazu bei.

Ich weiß nicht, ob die Erwähnung der abwesenden Freundinnen sie dazu bringt, jedenfalls erhebt sich Charlene und verkündet: »Ich bin die Nächste.« Und schon holt sie die Tüten, die wir heute Nachmittag gepackt haben.

»Anscheinend haben wir eine Schokophase, denn auch meine Cookies sind im Wesentlichen aus Schokolade. Trüffel. Ihr mochtet sie alle vor ein paar Jahren, und vielleicht wollte ich …« Charlene schluckt. Wahrscheinlich denkt sie daran, wie viel sich im letzten Jahr verändert hat. »Vielleicht wollte ich etwas machen, was ich schon kenne. Oder mich einfach an damals erinnern.«

Mit ruhigem Blick schaut sie eine nach der anderen an, die wir im Kreis um sie herumsitzen, und befeuchtet ihre Lippen. Die freche Leopardenjacke, die sie auch schon vor ein paar Jahren getragen hat, kommt einem in diesem Augenblick ganz fehl am Platz vor. »Ich glaube, ich habe dieses Jahr nicht viel zu erzählen. Nicht über die Cookies jedenfalls. Ich habe diese hier gemacht, weil ihr sie so gerne mochtet und weil sich voriges Jahr jemand darüber beklagt hat, dass ich sie nicht noch einmal gebacken habe. Ich konnte einfach nichts Neues probieren. Ich muss schon so viel Neues aushalten. Beim Backen habe ich gregorianische Gesänge gehört.« Ihre Haare fallen ihr weich ins Gesicht, und ihre Hände zittern leicht, als sie die blau-weiß gemusterten Tüten herausholt. Dann ringt sie sich ein Lächeln ab, als wollte sie sich in Erinnerung rufen, dass es immer noch Freude im Leben gibt und dass sie deshalb hier ist.

»Oh, die sind ja unglaublich süß«, ruft Jeannie und betrachtet ihre Tüte.

»Ich liebe diese Trüffel«, sagt Laurie. »Brian und ich haben uns um jeden davon gezankt. Da hab ich ihm welche zum Geburtstag gemacht, als Teil seines Geschenks.«

»Danke.« Charlenes Augen sind feucht, sie lächelt. »Tja, ich wollte euch danken. Euch allen. Jeder Einzelnen von euch«, fügt sie hinzu. »Danke für eure Unterstützung, für die Anrufe, die Briefe, die Besuche«, stößt sie hervor und räuspert sich. »Und für eure Liebe.« Sie reicht Rosie die nächste Tüte und fährt fort: »Ihr habt mir geholfen, das durchzustehen. Ihr wisst ja alle, dass Luke ein sehr spiritueller Mensch war. Das Letzte, was er mir gesagt hat, war, dass er immer bei mir sein wird.« Ihre Augen glänzen, sie sieht glücklich aus, und ihre Stimme ist ganz sanft, fast ein Flüstern.

Schweigend lauschen wir ihr.

»Na ja, ich glaube nicht an Engel, aber ich spüre seine Aura. Wenn ich an ihn denke, fühle ich ihn, und er ist in meinen Gedanken. Einmal hat er gesagt, dass Liebe unsterblich ist. Vielleicht hat er recht. Sie ist mindestens so unsterblich wie die Menschen, die man liebt.« Während sie redet, verteilt sie weiter ihre Cookies. Wir legen sie auf unsere Knie oder in unsere Taschen und lauschen.

Ist Liebe unsterblich? Liebe ich Alex immer noch? Ja. Und Stephen auch, ob ich will oder nicht. In die Liebe zu ihm mischen sich Wut und Enttäuschung. Deshalb tut diese Liebe so weh. Anders als meine Liebe zu Jim. Aber auch meine Gefühle für ihn werden von Dauer sein.

Charlene spricht weiter: »An jedem Tag, den ich überstehe, lerne ich etwas Neues. Heute Abend werde ich daran erinnert, wie wichtig ihr, meine Freundinnen, für mich seid und wie sehr diese Party zu meinem Leben gehört. Und wie sehr ich sie liebe. Wie viel Spaß es macht, mit euch zusammen zu sein. Ich werde daran erinnert, dass es Spaß am Leben gibt.« Sie wiederholt das Letzte, als hätte sie gerade wieder etwas Neues erfahren: »Spaß am Leben.«

Dann wendet sie sich an Jeannie. »In meinem Glückskeks von dir stand: *Das Rad des Lebens dreht sich. Nun ist die Zeit der Dunkelheit. Was wird die Nacht dir Gutes bescheren?* Darüber machen wir uns nicht allzu oft Gedanken, stimmt's? Was kann die Nacht uns lehren, dieses Symbol für schwere Zeiten, für Kummer ...« Ihre Stimme bricht. »... oder großes Unglück?«

Sie hält inne und kneift nachdenklich die Augen zusammen. »Ich bin noch nicht sicher, aber irgendwie hat Lukes Tod mich verändert, und ich fange gerade erst an, mich wieder kennenzulernen.«

Wir sitzen da und lauschen ihr gebannt.

»Ich weiß, dass Luke nicht deshalb gestorben ist, damit ich etwas lernen kann, aber trotzdem lerne ich etwas, ganz nebenbei sozusagen.«

»Das hast du deiner inneren Stärke zu verdanken. Andere Menschen hätten sich vielleicht vom Schmerz überwältigen lassen«, wirft Allie ein.

»Es geht also darum, was sein Tod mir Gutes bringt, denn der Glückskeks hat absolut recht. Das wusste ich sofort, als ich den Spruch gelesen habe: Jeder Tod ist auch ein Geschenk. Ich weiß noch nicht, um was für ein Geschenk es sich in meinem konkreten Fall handelt. Vielleicht ist es meine Aufgabe, genau das zu entdecken. Vielleicht ist es das, was ich erledigen muss.«

»Ich wette, es ist etwas Spirituelles«, sagt Juliet. »Du hast gesagt, Luke war ein spiritueller Mensch ... na ja, das hat er von dir.«

»Hmm«, macht Charlene, während sie sich die Bemerkung durch den Kopf gehen lässt.

»Vielleicht Hellseherin?«

»Verdammt. Ich hätte nie gedacht, dass meine Sprüche so eine Wirkung haben«, murmelt Jeannie.

»Es ist mir eingefallen, als Allie vorhin erzählt hat«, fährt Charlene fort.

Mit einem Stirnrunzeln fragt Allie: »Als ich über den Frieden gesprochen habe?«

»Über Licht und Dunkelheit. Darüber, dass man sich auf das Wiedererwachen des Lebens im Frühling freut. Ich weiß, ich werde nie wieder die Gleiche sein. Das Geschenk ist hauptsächlich, wie anders ich sein werde. Wiedergeboren.«

»Das Geschenk ist, dass du überlebt hast«, sage ich. »Du hast durchgehalten, du bist heute bei uns und redest mit uns. Und du weißt, dass es immer noch Freude am Leben gibt.«

»Und du gibst uns etwas, das du mit deinen eigenen Händen gemacht hast, etwas, von dem du weißt, dass wir es lieben«, sagt Allie. »Ich glaube immer noch, dass Liebe unsterblich ist. T. J. erzählt mir das ständig. Ihr wisst schon, im Judentum lebt man weiter in den guten Taten, die man vollbracht hat, aber es gibt weder Himmel noch Hölle.«

»Vielleicht ist Liebe nur ein anderes Wort für Güte oder Barmherzigkeit, vielleicht entsteht auch beides aus Liebe«, sagt Charlene. »Das werde ich herausfinden.«

»Werde doch Seelsorgerin.« Sissy hat den Kopf schief gelegt, ihre Augen ruhen auf Charlene. »Führ andere Mensche durch das Tal der Schatten. Du hast das Zeug dazu.«

Wir sind sprachlos. Das scheint so gar nicht zur alten Charlene zu passen, doch wie sie jetzt vor uns sitzt, mit leicht geöffnetem Mund, einem klugen, ernsten Ausdruck in den Augen, scheint die Idee plötzlich perfekt für sie geeignet.

»Ja«, sagt Allie.

Charlene runzelt leicht die Stirn, aber abgesehen von dieser kleinen Bewegung bleibt sie regungslos, und wir sehen ihr beim Nachdenken zu. »Ich glaube nicht daran, dass es nur einen wahren Glauben gibt. Oder dass eine Religion besser ist als die anderen und womöglich auch noch alle Antworten hat.«

»Vielleicht ökumenische Seelsorgerin?«, schlägt Allie vor. »Im Hospiz?«

»Oder für missbrauchte Frauen? Und Menschen im Gefängnis?«, meint Vera. Charlene sieht sie an, und sie nicken einander zu. Charlenes Brauen heben sich.

»Vielleicht«, sagt sie langsam. So, als hätte sich für sie gerade etwas Entscheidendes geklärt.

»Wäre das nicht ein tolles Geschenk, das Luke dir gemacht hat? Dich zur Seelsorgerin werden zu lassen?«, frage ich.

»Ich spüre, dass du so etwas in dir hast.« Sissy hat sich nicht gerührt, hält den Kopf immer noch leicht schräg, und ihre Handflächen ruhen auf den Knien. »Ich hab selbst schon öfter darüber nachgedacht, als nächsten Schritt sozusagen, denn Medizin ist nur ein Teil des Heilens.«

»Es ist eine gute Idee, Sissy. Danke.« Charlene setzt sich, lehnt sich zurück und legt die Arme bequem auf die Armlehnen, die Hände leicht überhängend, die Pose einer Löwin oder einer Sphinx, unerschütterlich, das Raubtiermuster ihrer Jacke auf einmal wie geschaffen für den Augenblick.

Ich weiß, jetzt bin ich an der Reihe. Als ich aus dem Fenster blicke, sehe ich, dass der Wind sich gelegt hat. Der Schnee fällt in riesigen, dicken Flocken. Sie fallen kerzengerade, alles ist still, bis auf den Schnee, der leise zu Boden rieselt.

Aber die Frauen sind ruhelos, als brauchten sie nach diesem tiefen Gespräch eine kleine Pause. Als Erste steht Rosie auf und geht ins Bad. Sissy hat es sich auf meinem Stuhl bequem gemacht und unterhält sich mit Charlene.

»Wir sollten uns mal zusammensetzen und darüber reden«, sagt sie gerade. »Ich weiß, welche Konfession für mich die richtige ist, aber noch nicht, wie ich meinen Plan in die Tat umsetzen kann.«

Allie spricht leise mit Jeannie. »Du solltest es allen erzählen«, höre ich sie sagen, und Jeannie antwortet: »Sie würden es nicht verstehen.«

»Natürlich würden sie es verstehen, wenn du deinem Traum folgst.«

Jetzt nickt Jeannie. Und Allie steht auf und geht in die Küche, um Wasser zu holen.

Ich koche Kaffee und stelle Tassen, Milch, Zucker und Süßstoff bereit, während Allie die Reste auf dem Tisch in Augenschein nimmt. Nur ein bisschen Käse und ein paar Cracker sind noch übrig. Ich stelle einen Teller von meinem Erdnusskrokant dazu und packe den Rumkuchen aus, den Vera mitgebracht hat. Auf dem fast leeren Tisch wirkt die Ingwerblüte besonders elegant.

In diesem Augenblick klingelt das Telefon. Gerade als ich den Kuchen auf den Tisch stelle – ganz vorsichtig, damit er mir nicht vom Teller rutscht und womöglich runterfällt – und mir der süßlich scharfe Duft des Rum-Puderzucker-Gemischs in die Nase steigt, spüre ich, wie das Handy zu vibrieren beginnt. Im selben Moment, in dem ich die Hand zurückziehe und den Teller mit seiner süßen Last loslasse. Genau in diesem Augenblick.

Ich richte mich auf, angle nach dem Handy und schaue auf das Display.

Tatsächlich, da ist das Bild von Sky, das ich bei meinem Besuch letzten Sommer gemacht habe. Wir haben auf der Veranda gefrühstückt, und sie trägt ein ärmelloses Top. Ihre grauen Augen lächeln mich an. Und ihr Lächeln macht mir Hoffnung.

Ich gehe in mein Schlafzimmer.

Denn hier bin ich allein, falls ich nachher doch ein Weilchen ungestört weinen muss.

Disney läuft mir nach. Jetzt wedelt sein Schwanz nicht, er spürt meine Anspannung, meine Angst, meine Nervosität.

Außer mir ist nur Disney im Schlafzimmer – und das Bett immer noch voller Mäntel. Ein glänzend schwarzer Mantel mit Pelzkragen und Kapuze, ein roter Mantel mit einem kunterbunten Wollschal, ein brauner Mantel mit einem eleganten hellgrünen Kaschmirschal. Ein paar haben die Ärmel dicht an den Seiten, wie ein Mensch, der ganz still dasteht, aber es gibt auch unordentlich hingeworfene, mit seitlich abgeknickten Ärmeln, die aussehen, als wären sie mitten in einem verrückten Tanzschritt unterbrochen worden.

Leise schließe ich die Tür hinter mir.

»Sky?«

»Mom?«

Aus ihrem Ton versuche ich das Testergebnis zu erraten, aber die Verbindung knistert, und ich höre sie nicht richtig.

Ich hole tief Luft.

»Mom?«

»Ja. Ich bin da.« Meine Stimme zittert.

»Es ist alles okay. Das Baby ist in Ordnung«, sagt sie, fast jubelnd, aufgeregt und überglücklich.

Mit einem Stoßseufzer der Erleichterung lasse ich mich auf die Bettkante sinken. Mitten auf einen Mantel.

»Oh, Gott sei Dank.«

»Ich hatte solche Angst, es hat ewig gedauert. Erst hab ich die Praxis angerufen, aber die hatte schon geschlossen, und ich dachte, o Gott, jetzt muss ich noch einen Tag länger warten. Ich kann aber nicht mehr warten. Ich halte das nicht noch mal eine Nacht aus.« Ihre Worte überstürzen sich.

»Und dann kam endlich der Anruf. Ich hab Troys Hand so gequetscht, dass ich ihm bestimmt ein paar Finger gebrochen habe«, kichert Sky. »Die Ärztin hat sich entschuldigt, dass es so spät geworden ist, aber anscheinend musste sie zu einem Kaiserschnitt bei einer Drillingsgeburt. Gerade als sie mich anrufen wollte, sie hatte schon die Testergebnisse und meine Telefonnummer in der Hand und wollte in die Praxis, ausgerechnet da kam dieser Notruf. Und …« Sky bricht ab und holt Luft.

»Ich hab schon angefangen zu …« Ich vollende den Satz nicht.

»Ich weiß. Mir ging es genauso. Ich hatte keine Hoffnung mehr. Troy und ich haben uns bloß noch aneinander festgehalten. Ich hab geweint und mich so bemüht, optimistisch zu bleiben, aber mit jeder Stunde, jeder Minute wurde es schwerer. Den ganzen Tag. Es war echt der längste Tag meines Lebens. Ich hab es erst vor einer Minute erfahren. Troy und ich haben vor Erleichterung eine

Runde gelacht und geheult, und dann hab ich sofort den Knopf mit deiner Nummer gedrückt.«

»Ich freue mich so für euch!«, juble ich nun auch. »Und für mich. Für uns alle.« Dann halte ich kurz inne. »Und was kommt jetzt als Nächstes? Musst du noch mehr Tests machen lassen?«

»Nein. Eine ganz normale Schwangerschaft. Der Ultraschall ist perfekt, das Baby entwickelt sich genau, wie es soll, und es gibt keine genetische Abnormität. Ein perfektes kleines Mädchen. Leider müssen wir noch vier Monate warten, bis wir sie endlich sehen dürfen, aber in der Zwischenzeit können wir sie ja auch schon lieb haben. Und beide noch ein bisschen wachsen.« Sky lacht lauthals.

Eine unglaubliche Erleichterung erfüllt mich, und ich bin befreit von einem Druck, den ich bisher gar nicht bewusst wahrgenommen habe. Ganz leicht fühle ich mich, und nur im Rückblick kann ich ermessen, welche Last ich mit mir herumgeschleppt habe. So lange schon habe ich mit dieser Angst gelebt, mit dieser Muttersorge, dass es meinem Kind nicht gutgeht. So lange, dass die Angst ein Teil von mir geworden ist. Aber die kann ich jetzt loslassen.

Was für eine Freude.

Was für ein Abend.

»Ich freue mich so, Schätzchen, ich weiß gar nicht, was ich sagen soll.«

»Ich auch nicht. Mein Traum ist Wahrheit geworden. Sie ist okay.« Sky sagt das »okay« sehr laut, als könnte sie es noch nicht ganz glauben. »Jetzt müssen wir einfach nur warten. Wir können mit dem Lamaze-Kurs anfangen. Jippie! Du kommst doch zur Geburt, ja?«

»Selbstverständlich!«

»Und ich seh dich bald. Dann feiern wir ein Schwangerschaftsfest.«

»Bis dahin ist Taras Baby vielleicht schon auf der Welt.«

»Ja, vielleicht.«

»Wäre es nicht großartig, wenn es an Weihnachten kommt? Wäre doch ein tolles Geschenk!« Zum ersten Mal freut sich Sky über Taras Schwangerschaft. Bisher hat sie zwar auch gesagt, dass sie froh ist, aber es klang hauptsächlich höflich. Ihre Augen haben nicht gelächelt, nur ihr Mund.

»Alle Babys sind tolle Geschenke.«

»Hoffentlich werden deine beiden Enkel gute Freunde. Schließlich sind sie fast gleichaltrig. Wie ist die Party?«

»Großartig. Du weißt schon. Es macht immer Spaß. Wir mögen uns eben.«

»Troy und ich waren zu nervös, um was zu essen, deshalb gehen wir jetzt aus und feiern. Ich ruf dich dann morgen an, Mom. Okay?«

»Na klar.« Disney grinst mich an, und sein Schwanz klopft auf den Boden. »Schlaf gut heute Nacht.«

»Mom.« Ihre Stimme klingt ernst. »Ich weiß, das ist seltsam, aber als ich dachte, ich könnte keine Kinder bekommen, da hab ich oft an Dad gedacht. Es war, als würde ein Stück von ihm noch einmal sterben. Verstehst du das? Als würde ich ihn enttäuschen. Aber jetzt geht es weiter. Verstehst du?«

»Ja, das verstehe ich genau. Ich hatte selbst ganz ähnliche Gedanken.«

»Mom. Ich liebe dich. Und danke.«

»Danke? Wofür denn?«

»Dafür, dass du meine Mom bist.«

»Ach, Schätzchen. Dafür musst du dich nicht bedanken. Das Vergnügen ist ganz meinerseits. Nicht nur das Vergnügen. Weit mehr. Ich liebe dich.«

»Ich dich auch. Tschüss«, sagt sie und legt auf.

SCHOKOLADE

Schokolade. Alle lieben sie. Für die Azteken war *Xocolatl*, ein mit kaltem Wasser angemischtes Kakaogetränk, göttlichen Ursprungs. Schokolade enthält eine Substanz, die das Gefühl der Verliebtheit nachahmt, ein marihuanaartiger Wirkstoff, der Euphorie hervorruft und Stress abbaut. Außerdem enthält Schokolade Koffein. Die Geschichte der Schokolade ist verbunden mit Kolonialherrschaft, Handelskriegen, Sklaverei, Schmuggel, Schwarzmarkt und schließlich moderner Industrialisierung. Heute erfreut sie sich weltweiter Beliebtheit.

Der Kakaobaum ist heimisch in Mittel- und Südamerika. Der Baum ist sehr wählerisch und braucht eine ganz bestimmte Temperatur, konstante Feuchtigkeit und gedeiht am besten unter den Kronen höherer Bäume – für gewöhnlich Bananen- und Gummibäume –, die ihn vor zu viel Sonne schützen. Außerdem ist der Kakaobaum anfällig für Pilze und Schädlinge. Die Blüte, die von einer bestimmten Fliege befruchtet wird, wächst dicht am Stamm. Nur wenige Blüten werden zu der begehrten Frucht, die ungefähr die Form und Größe eines Footballs hat. Diese Schote enthält die Kakaobohnen, die aufgespalten, fermentiert und dann getrocknet werden. Pro Jahr produziert ein Kakaobaum nur ein bis zwei Pfund Kakaobohnen.

Vor dreieinhalbtausend Jahren tranken die Azteken und Maya Kakao mit Honig, Vanille und Chili gemischt. Ich empfehle jedem, einmal eine Mischung von Kaffee, Kakao und einer Prise Cayennepfeffer zu probieren – es schmeckt einfach köstlich. Bei den Azteken und Maya war Trinkschokolade das Getränk der Krieger und Adligen, wurde aber auch häufig bei großen Festen und Opferungen genossen. Da das Getränk eine berauschende Wirkung hatte, galt es als für Frauen und Kinder ungeeignet. Die Bohnen wurden teilweise auch als Zahlungsmittel eingesetzt, das Geld wuchs also buchstäblich auf den Bäumen! Columbus kannte diese Art der Verwendung, doch die eigentliche Bedeutung des Kakaobaums entging ihm.

Die Spanier brachten die Schokolade nach Europa, und eine lange Geschichte von Kämpfen, Gesetzen, landwirtschaftlichen Entwicklungen und Schmuggel folgte. In Ecuador und im Amazonasbecken wurde eine zweite Art von Kakaobaum entdeckt, der sich leichter züchten ließ und heute, zusammen mit einer Kreuzung des Originaltyps, in Westafrika und Asien angepflanzt wird. In der Zwischenzeit entwickelten sich in Venezuela Kakaoplantagen. Da die eingeborene Bevölkerung durch Krieg und aus Europa eingeschleppte Krankheiten stark dezimiert war, wurden zur Bewirtschaftung der Plantagen, die teilweise bis zu einer Viertelmillion Bäume umfassten, afrikanische Sklaven importiert. Die spanische Krone sah ihre Kontrolle über die europäische Ware durch den Handel, der sich zwischen Südamerika und Mexiko entwickelte, bedroht und unterband ihn kurzerhand. 1634 eroberten die Holländer Curaçao und verschifften riesige Ladungen geschmuggelter Schokolade nach Amsterdam.

Um die Mitte des 17. Jahrhunderts wurde Amsterdam daraufhin zum Zentrum des Kakaomarkts, auf dem Schmuggel und Betrügereien blühten.

Durch spezielle Kakaohäuser, die eine ernste Konkurrenz für die Cafés darstellten, verbreitete sich die Trinkschokolade in ganz Europa. Um 1800 wurden andere Getränke populär, in England vor allem Tee, vielleicht um den Verbrauch von Tee aus den asiatischen Kolonien anzukurbeln. Auch die Beliebtheit von Kaffee als anregendes Genussmittel stieg. Damals wurde Schokolade stark gezuckert und hauptsächlich von Kindern und Invaliden konsumiert. Gerade rechtzeitig, um die Schokolade nicht ganz in Vergessenheit geraten zu lassen, entdeckte man die Schokolade als Konfekt. Auch das passierte in Amsterdam, wo Van Houten die Kakao»butter« extrahierte und damit die Herstellung von Schokolade in Tafel- oder Riegelform ermöglichte. Unterdessen wurde Schokolade ein Symbol der Liebe, und man sprach ihr sogar aphrodisische Kräfte zu. 1879 schließlich entwickelte Lindt einen Herstellungsprozess, durch den die Schokolade nicht mehr brüchig-sandig schmeckte, sondern feincremig und zartschmelzend wurde. Hershey, dem Beispiel von Henry Ford folgend, entdeckte eine Möglichkeit, die Produktion zu mechanisieren, und erbaute in Pennsylvania eine Arbeiterstadt, umgeben von riesigen Milchfarmen, die pro Tag weit über zweihunderttausend Liter Milch lieferten. Zu dem Unternehmen gehörten außerdem riesige Zuckerrohrplantagen auf Cuba, verbunden mit Eisenbahnen und Häfen, die von Castro später samt und sonders verstaatlicht wurden.

Inzwischen war Schokolade für Feste wie Weihnachten, Valentinstag und Ostern unabdingbar geworden. Die

Schokoladenproduktion stieg von hunderttausend Tonnen um 1900 auf zwei Millionen fünfhunderttausend um 1990.

Die Schokolade hat den Kreis geschlossen. Heute findet man sie überall. Es gibt Schokolade aus spezifischen Anbaugebieten mit den dafür typischen Geschmacksrichtungen. Daneben werden sorgsam verarbeitete regional produzierte Trüffel und Pralinen angeboten. Der Verzehr von Schokolade mit über 65 Prozent Kakaogehalt senkt Blutdruck und Cholesterinspiegel und ist gut fürs Herz. Außerdem hat sie den angenehmen Nebeneffekt, den Konsumenten in einen milden Euphoriezustand zu versetzen. So sind heute die Früchte des einst göttlichen Baums, der ausschließlich in einer ganz bestimmten Gegend gedieh, für die ganze Welt zugänglich und überall beliebt.

12

Taylor

Melasse-Ingwer-Knuspertaler

1 Tasse Butter
1 ½ Tassen Zucker
1 Ei
1 Eigelb
¾ Teelöffel Salz
¾ Teelöffel frischen Ingwer, sehr fein gehackt
2 Esslöffel kandierter Ingwer, kleingehackt
1 ½ Teelöffel Ingwerpulver
2 Tassen plus 2 Esslöffel Mehl
1 Teelöffel Backpulver
⅓ Tasse Melasse
Kristallzucker

Butter und Zucker zwei Minuten lang mit dem Handrührgerät bearbeiten. Ei, Eigelb, Salz, frischen und kandierten Ingwer hinzufügen.

Mit einem Schneebesen Mehl, Ingwerpulver und Backpulver vermengen und zu der Mischung geben. Die Melasse unterrühren.

Zu 5 cm dicken Rollen formen, in Kristallzucker wälzen und ein paar Stunden kalt stellen (oder ein paar Tage einfrieren). In dünne Scheiben schneiden und diese mit Kristallzucker bestreuen.

Bei 180 Grad etwa zwölf Minuten backen.

Automatisch bücke ich mich und kraule Disney hinter den Ohren. Erfreut über die Zuwendung stemmt er die Pfoten auf meine Bettkante und wedelt heftig mit dem Schwanz. Ich beuge mich über ihn, umarme ihn und stehe dann langsam auf.

Ich erinnere mich an ein Gespräch mit Allie, vor vier Jahren, als ich gerade von Skys erster Schwangerschaft erfahren hatte. Wir waren im Roadhouse Restaurant, der Sommer hatte begonnen, wir saßen auf der Veranda und teilten uns einen Salat.

»Himmel. Ich werde Großmutter. Dabei hab ich doch gerade erst kapiert, dass ich erwachsen bin.« Ich schüttelte den Kopf. »Wie ist das bloß so schnell passiert, so früh?«

Allie lachte. »Hey, ich hab vor kurzem gelesen, dass wir, also Frauen nach der Menopause, eine große Bedeutung für die Menschheitsentwicklung haben.« Sie hob ihre Cola light, als wollte sie einen Toast auf uns ausbringen. »Wir haben noch ein oder zwei Jahrzehnte unseres Lebens vor uns, in denen wir uns nicht reproduzieren können. Aber wir können uns den Arsch abarbeiten und weniger Kalorien verzehren als andere arbeitende Menschen.«

»Na ja, das möchte man jedenfalls von uns.« Ich nahm mir noch ein Stück Brot und lachte.

»Wie sich herausstellt«, fuhr Allie fort, »haben Großmütter in all den Jahrtausenden, in denen die Menschen Jäger und Sammler waren, ihre Enkel ernährt, bis sie erwachsen waren, vor allem, wenn die Mütter gerade ein Neugeborenes zu stillen hatten. Großmütter wurden dringend gebraucht, damit es überhaupt eine Kindheit gab während der Zeit, in der die Kinder von den Erwachsenen alles Wichtige lernten.«

»Trotzdem. Ich freue mich für Sky und kann es kaum erwarten, das Baby im Arm zu halten, aber ich bin einfach nicht alt genug für eine Oma.«

»Ich weiß.«

Als ich wieder ins Wohnzimmer komme, hebt Charlene fragend die Augenbrauen.

»Gute Neuigkeiten«, verkünde ich. »Sky bekommt ein Mädchen, ein gesundes Mädchen! Und ich werde wohl gleich doppelt Großmutter. Das erste Mal in ein paar Wochen, und im Frühling gleich wieder. Zwei Babys, erst ein Junge, dann ein Mädchen.«

Charlene schließt mich in die Arme.

Als ich hereingekommen bin, saß Sissy noch neben Charlene auf meinem Stuhl, aber jetzt springt sie auf. »Großartig! Tara hat mir von Skys Schwangerschaft erzählt«, ruft sie.

Ich schließe die Augen. »Ich bin so froh.«

»Hey, hat Sky etwa endlich angerufen?«, platzt Allie dazwischen. Sie kommt gerade aus der Küche, ein Stück Rumkuchen auf dem Teller, eine Tasse Kaffee in der anderen Hand.

»Ja.«

»Du brauchst mir gar nichts zu erzählen, so wie du strahlst. Du leuchtest ja regelrecht.«

»Es war ein wundervoller Tag. Voller guter Neuigkeiten.«

Ich gehe in die Küche, um mir eine Tasse koffeinfreien Kaffee zu holen. Als ich am Tisch vorbeikomme, steigt mir wieder der Duft von Rum und Zucker in die Nase, und ich genehmige mir ein kleines Stück von Veras Kuchen. Laurie, Juliet und Rosie stehen an der Spüle und lachen. »Nur noch zwei Hexen sind übrig, du und Taylor«, sagt Rosie zu mir. Sie sieht ein bisschen traurig aus, anscheinend findet sie es schade, dass die Party bald zu Ende ist.

»Na ja, morgen ist schließlich ein ganz normaler Arbeitstag.«

»Und Olivia wartet«, sagt Rosie leichthin, aber in ihrer Stimme schwingt eine Spur von Neid mit.

Ich hole meine Tüten und sage: »Babys und Ehemänner und Liebhaber und Jobs – alle warten auf uns.«

Gemeinsam schlendern wir wieder ins Wohnzimmer und setzen uns auf die Plätze, die wir uns zu Beginn der Party ausgesucht haben. Jedes Jahr das Gleiche: Beim Cookie-Verteilen sitzt jede auf ihrem Platz, als gehörte er ihr ganz persönlich. Im nächsten Jahr wählen wir einen anderen und lassen ihn uns genauso wenig streitig machen.

»Gute Neuigkeiten. Ich habe gerade einen Anruf von Sky bekommen, und ihr Baby ist gesund. Ein Mädchen«, verkünde ich denen, die es noch nicht wissen.

Ein Chaos von »Ja!«, »Oh, das freut mich!«, »Gott sei Dank«, antwortet mir. »Hört, hört!«, ruft Rosie und hebt ihr Weinglas. »Auf Skys Tochter.«

»Auf lauter gesunde Babys!« Allie sieht Laurie und dann Taylor an. »Oje, das klang jetzt ganz schön schmalzig.«

»Aber es ist ein ehrlicher und wunderbarer Wunsch«, beruhigt Rosie sie.

Wir nippen an unseren Getränken. Ich an meinem Kaffee.

Dann lege ich schließlich los. »Ich möchte dieses Jahr zwei neue Regeln aufstellen. Und zwar: Wenn der erste Montag im Dezember direkt nach dem Thanksgiving-Wochenende liegt, findet die Party am zweiten Montag im Dezember statt. Genau wie dieses Jahr, da hab ich sie ja auch schon verschoben.«

»Ich weiß noch, wie hektisch wir alle vor ein paar Jahren geworden sind, als die Termine sich so überschnitten haben. Man kann einfach nicht für Thanksgiving kochen und dann gleich wieder für unsere Party«, sagt Vera.

»Und man kann auch nicht an Thanksgiving schlemmen und dann gleich wieder hier«, meint Juliet, in der Hand ein großes Stück Erdnusskrokant.

»Genau. Und die zweite Regel: Wir schicken einander unsere Rezepte per E-Mail. Dann muss ich nicht alle abtippen und von hier aus verschicken. Ihr könnt die Mail an mich adressieren oder gleich an alle. Das erleichtert die Sache ungemein.«

»Das hab ich dieses Jahr auch schon so gemacht«, sagt Allie.

»Hmm, ich dachte auch, die Regel würde es schon geben«, sagt Laurie.

»So, das war das Geschäftliche.« Ich greife in meine Tüte, ziehe die Make-up-Kästchen in verschiedenen Tiermustern heraus und fange an, sie zu verteilen.

»Die sind ja cool! Unglaublich! Und ich brauche sowieso eine neue Make-up-Box.« Rosie reicht ein Kistchen mit Schlangenmuster an Juliet weiter, und es macht die

Runde. Rosie ist richtig aufgekratzt, vielleicht vom Wein, vielleicht aber auch, weil der erste Schritt zur Versöhnung mit Jeannie getan ist.

»Diese Cookies sind die Pecan-Butter-Bällchen meiner Großmutter. Für mich sind sie einfach das Höchste, was es an Butter-Nuss-Zucker-Köstlichkeiten gibt. Ich hab sie schon mal gemacht, und ihr habt ihnen euer Gütesiegel verliehen.« Ich reiche eine Schachtel mit Jaguarmuster herum.

»Schaut mal, die passt perfekt zu meiner Jacke!«, ruft Charlene. »Ich glaube, die möchte ich behalten.« Stattdessen gibt sie das Zebramuster weiter, das als Nächstes aus meiner Tüte auftaucht.

Inzwischen hat Allie ihre Schachtel schon aufgemacht und knabbert an einem Cookie. »Oh, ich erinnere mich. Ich liebe diese Plätzchen!«

»Hat jede ein Schächtelchen bekommen?« Als keine protestiert, lege ich das letzte in die Hospiz-Tüte. »Warum ich ausgerechnet diese Cookies ausgesucht habe? Es sind die Lieblingsplätzchen meiner Töchter. Oh, und es sind die, an die ich mich von den Keksen, die meine Großmutter gebacken hat, am deutlichsten erinnere. Genau genommen hat sie meiner Erinnerung nach nie andere Weihnachtsplätzchen gebacken. Zwar gab es auch Stollen, Früchtebrot und Baisermakronen, aber immer nur diese eine Cookie-Sorte. Und da ich jetzt bald selbst Großmutter werde und sozusagen ihre Nachfolge antrete, habe ich viel an sie gedacht. Sie erscheint mir näher, obwohl sie schon vor Taras Geburt gestorben ist.« Ich unterbreche mich und denke, dass es doch wirklich erstaunlich ist, wie eine Generation auf die andere folgt. Wie wir die alten Muster wiederholen – wenn wir es wollen, wenn wir das Glück haben. »Enkelkinder waren bei mir das Thema des Jahres.« Und Jim. Irgendwie erschreckend, dass ich im gleichen Jahr Großmutter werde, in dem ich mich verliebt und einen Liebhaber gefunden habe, der viel jünger ist als ich. Vielleicht ja auch einen Partner für den Rest meines Lebens. »Ich glaube, ich habe Großmutter-Enkel-Cookies für euch gebacken.« Ich lache.

Dann sehe ich plötzlich vor mir, wie Taras kleine Hände die Teigbällchen rollen. Sky greift in die Backschüssel. In meiner Erinnerung sehe ich nur ihre Hände, die die Cookies formen. Abgesplitterter neonrosa Nagellack auf Skys Fingernägeln. Tara, die ungefähr vier ist, leckt den Teig ab. Sky streut sorgsam Mehl über ihre Hände und rollt die Bällchen mit der gleichen Konzentration, die sie jeder Aufgabe widmet.

Ich räuspere mich. »Ich weiß noch, wie ich meiner Großmutter geholfen habe, Pecan-Bällchen zu backen, und wie Tara und Sky, als sie klein waren, mir geholfen haben. Übrigens habe ich mit Sky telefoniert, während ich sie heute Morgen gebacken habe.« Ich lege den Zeigefinger auf den blauen Fleck auf meiner Wange. »So hab ich mir das hier zugezogen. Multitasking.« Ehe ich angefangen habe zu sprechen, war mir gar nicht klar, wie sehr diese Plätzchen ein Echo vorangegangener Generationen sind. In ein paar Jahren werde ich sie für Skys Tochter und Taras Sohn backen, das schwöre ich. Mit einem leisen Grinsen denke ich daran, wie die Küche aussah, wenn Tara und Sky mit Backen fertig waren – eine Hälfte des Teigs in ihrem Bauch, der Rest auf ihren Händen und auf dem Fußboden verteilt. Aber die Freude und der Spaß machten die Sauerei in der Küche allemal wett.

Menschen, die gemeinsam in der Küche herumwerkeln. Das ist fast so schön, wie zusammen essen. Fast so gut wie Sex.

»So, jetzt ist Taylor an der Reihe.« Ich falte die Tüten zum Recyceln zusammen.

»Oh«, sagt Juliet. »Ich hasse es, wenn die Letzte anfängt. Das bedeutet, dass die Party gleich vorbei ist.«

»Nicht unbedingt. Charlene übernachtet hier. Bleib einfach, so lange du möchtest.«

Taylor bringt ihre Cookies. Die zusätzlichen Tüten machen es in dem Eckchen, in das sie sich gequetscht hat, noch enger. Übrigens habe ich Taylor bei einer der Partys kennengelernt, die Tracy so gerne veranstaltet. Damals hatte sie eine leere Scheune gemietet und ein paar lokale Bands angeheuert. Vielleicht haben die Bands auch aus Gefälligkeit gespielt, eine Freundlichkeit der Rock 'n' Roller, da sie Tracy und Silver ja von der Arbeit kannten. Kurz vorher hatten Stephen und ich uns getrennt, und als die Band *Honky Tonk Women* spielte, begann ich zu tanzen. Taylor war ebenfalls auf der Tanzfläche, wir bewegten uns zu der Musik, und um uns herum tanzten Paare und andere Singles. Rick, Talyors Mann, tanzt nie, und so verbrachten wir beide fast die ganze Party gemeinsam, während er mit seinem Bier am Tisch saß und die Szenerie beobachtete. Einmal winkte ich ihn zu uns, doch er sah schnell weg – ein attraktiver Mann mit einem unzufriedenen Gesichtsausdruck. Für manche Frauen wahrscheinlich eine Herausforderung, der sie sich schlecht entziehen können. Jedenfalls wenn sie das Bedürfnis haben, einen Mann um jeden Preis zum Lächeln zu bringen und glücklich zu machen. Taylor erwartete damals ihr zweites Kind, man sah es aber noch nicht.

»Irgendwie kommst du mir bekannt vor«, sagte ich.

Sie zuckte die Achseln. »Früher hatte ich grellrote Haare. Und zwanzig Pfund weniger auf den Rippen.« Mit einer perfekten Swing-Bewegung tanzte sie weg von mir.

Angestrengt versuchte ich mich zu erinnern, wo ich sie schon einmal gesehen hatte. Bestimmt nicht bei einer Party, so viel war klar. »Vielleicht kenne ich dich einfach so vom Sehen.«

Erst als der Lead-Gitarrist sie fragte, ob sie das Mikrophon übernehmen wollte, und sie den Kopf schüttelte, fiel es mir plötzlich wieder ein. »Du warst bei dieser Band … wie hießen sie noch mal? Crazy Alligator.«

»Aber das war in einem anderen Leben. Vor … wie viel? … na ja, vor ungefähr fünfzehn Jahren. Unglaublich, dass du dich daran noch erinnerst.«

Zwischen den Sets erzählte sie mir, dass sie jetzt in der IT-Branche arbeitete, für Pfizer. Dort arbeitete auch Rick, im Forschungslabor. Er hatte Taylor bei Crazy Alligator auf dem Keyboard begleitet. Taylor hatte sich als Bluessängerin versucht, doch ihre Stimme reichte nur für eine lokale Spitzenband, für eine Starkarriere hatte sie nicht genug Volumen und Ausdruckskraft. Ich erinnerte mich an ihren zarten Gesang. Sie hatte das Mikrophon umklammert wie einen Rettungsanker. Von dem jungen Mann am Keyboard nahm ich keine Notiz. Er war durchschnittlich, ohne Biss. Offenbar hatte er ein mathematisches Verständnis für Musik, aber es war kein Gefühl dahinter.

Irgendwann hatten Rick und Taylor genug gehabt von den langen verrauchten Nächten, die ihnen wenig Anerkennung und noch weniger Geld einbrachten. Rick hatte einen Abschluss in Naturwissenschaft, machte seinen

Master und begann für Pfizer zu arbeiten. Und Taylor, die einen Abschluss in Pädagogik hatte, belegte Kurse in Computerwissenschaften und begann nach ihrem Examen Menschen in der Anwendung pharmazeutischer Software auszubilden.

Jetzt ist Taylor nicht mehr die Rothaarige mit den engen Jeans und dem hauchigen Gesang, aber auch nicht mehr die tanzende Taylor mit den Strähnchen und der weiten Tunika auf Tracys Party. Ihre Haare sind braun, an den Wurzeln sogar ein bisschen grau. Sie hat nicht zugenommen, im Gegenteil. Bei genauerem Hinsehen merkt man, dass sie abgenommen hat. Mit ihren dunkel umrandeten Augen sieht sie ätherisch und irgendwie zerbrechlich aus. Ihr Schal versteckt mehr, als er zeigt. Sie trägt keinen Lippenstift.

Ich weiß nicht, ob Taylors Aussehen etwas damit zu tun hat, dass sie in Allie verliebt ist, dass sie sich um ihre Familie kümmern muss oder dass sie einen neuen Job sucht, nachdem Pfizer den Standort in Ann Arbor aufgegeben hat. Vielleicht ist es eine Kombination aus allen drei Faktoren.

Jetzt steht sie vor ihren Tüten und wartet geduldig, dass die letzten Zuhörerinnen sich setzen und endlich still sind. Aber wir kommen nicht zur Ruhe, alle sind in Gespräche vertieft. Jeannie und Juliet lachen.

Taylor räuspert sich. Und wartet. Erst beim zweiten Räuspern wird es endlich leise.

»Zuerst mal möchte ich euch sagen, dass ich diese Party liebe. Das ganze Jahr über freue ich mich darauf, jedes Jahr, wahrscheinlich schon ab Sommer. Dann fange ich an, Cookie-Rezepte zu suchen und in den Geschäften nach Verpackungsmöglichkeiten Ausschau zu halten.

Für mich beginnt mit unserer Party die Weihnachtszeit. Wie alle wissen, treffen wir uns immer hier bei Marnie.« Sie wendet sich mir zu. »Wenn man in dein Haus kommt, Marnie, riecht es gleich so schön weihnachtlich nach Zimt und Tannenbaum. Ich sehe deine Weihnachtsdeko, den Baum mit dem Makrameeschmuck, überall brennende Kerzen. Ich spüre die Zuneigung meiner Freundinnen.

Das ist meine liebste Jahreszeit. Die Partys. Die schimmernden Lichter am Weihnachtsbaum, in der Stadt, in den Läden, an den Häusern. Die Festzeit dauert für mich von unserer Party bis zum 1. Januar. Und dann kommt der Schnee. Wunderbar. Schlitten fahren, Schneemänner, Schneemobil fahren, Schlittschuh laufen. Ich liebe das alles. Und es beginnt mit deiner Party. Gleich am Anfang kommt das Beste von allem.« Ihre Stimme erstirbt, sie steht da, als wüsste sie plötzlich nicht mehr weiter.

»Es ist unsere Party. Wir alle tragen dazu bei«, sage ich leise.

»Aber du bist die Organisatorin. Du bereitest die Bühne vor.«

Taylor verlagert das Gewicht von einem Fuß auf den anderen. »Dieses Jahr dachte ich lange, ich könnte nicht dabei sein. Alles war so schrecklich.« Sie schließt die Augen und schluckt.

Wir sind ganz still, denn alle haben das Zittern in ihrer Stimme bemerkt.

»Ich war untröstlich. Denn ich kenne ja die Regeln. Wer keine Cookies liefert, verliert seinen Status als Cookie-Hexe.«

Jetzt fixiert sie Allie. Tränen steigen ihr in die Augen. Sie atmet tief ein, hält die Luft an und wendet sich wieder uns allen zu. »Es wissen nicht viele von euch, aber mein

Leben ist total aus den Fugen.« Sie presst die Lippen aufeinander. »Rick hatte eine Affäre mit einer Frau, die er von der Arbeit kennt. Ich hatte schon länger einen Verdacht und habe Rick irgendwann zur Rede gestellt, aber er hat es natürlich geleugnet. Als Pfizer dichtgemacht hat, ist er ständig verschwunden. Er habe einen Forschungsjob in Connecticut in Aussicht, lautete seine Ausrede. Wieder eine glatte Lüge. Er hatte kein Angebot aus Connecticut, und auch ich habe noch keinen neuen Job gefunden. Da saßen wir nun – zwei arbeitslose Leute, zwei Kinder, zwei Autos, eine Hypothek, ein Hund und eine Katze.«

Sie schaut zu Laurie. »Man denkt nie, dass es einen selbst treffen kann.« Sie schüttelt den Kopf. »Man macht alles richtig, arbeitet engagiert, aber es kann trotzdem passieren. Du und dein Mann, ihr zwei seid sehr klug, dass ihr nicht rumsitzt und auf die Katastrophe wartet.«

»Wir wissen auch nicht, was als Nächstes kommt.«

»Aber ihr habt wenigstens einander. Und ihr arbeitet zusammen.« Sie hält inne und beginnt wieder. »Ich … na ja, vor vier Wochen hat Rick mich verlassen und ist zu der anderen Frau gezogen, die tatsächlich in Connecticut wohnt. Seine Abfindung von Pfizer hat er mitgenommen. Mir hat er das bisschen gelassen, was von meiner Abfindung noch übrig war.«

»So ein Arschloch«, stößt Rosie hervor.

»Wie sich herausstellt, hat er die Hypothek nicht mehr bezahlt, seit sie so teuer geworden ist. Ich habe versucht, das Haus zu halten, aber kurz vor Thanksgiving mussten wir raus.« Ihre Augen sind dunkel. »Es war hart. Nein, Quatsch. Es war die Hölle.«

»Ach Taylor, warum hast du denn nichts gesagt?«, fragt Laurie kopfschüttelnd. »Ich weiß«, beantwortet sie ihre Frage sofort selbst. »Man will es selbst hinkriegen. Man glaubt, das muss man. Als wäre man irgendwie selbst daran schuld. Mein Mann und ich hatten auch lange das Gefühl, dass wir einfach nicht genug arbeiten.«

»Ich hab keinen Job gefunden, ich konnte die Rechnungen nicht bezahlen, es hat nicht mal gereicht, um genug Essen zu kaufen. Ich hab Sardinen gebraten und ein Hähnchen über drei Tage gestreckt. Erdnussbutter und Bohnen waren meine Zuflucht. Mein Arbeitslosengeld war ausgelaufen, die Abfindung ausgegeben. Und dann …« Sie schlingt die Arme um sich. »… dann haben sie uns rausgeschmissen. Rick muss es gewusst haben, denn er ist zwei Wochen vor der Zwangsräumung abgehauen. Unglaublich. Aber es ist passiert, und ich konnte nichts dagegen machen.« Wieder hält sie inne und schließt die Augen. »Natürlich wollte keiner das Haus kaufen, außerdem ist es weniger wert als meine Schulden. Ich bin zum Gericht und hab versucht, Hilfe zu kriegen, ich hab die Bank angefleht. Nichts mehr zu machen. Rick hatte mir einfach verschwiegen, wie tief wir schon in der Scheiße steckten.«

»Irgendwann muss er aber zahlen, weißt du«, sagt Rosie. »Unterhalt für die Kinder und für dich, und zwar rückwirkend. Er kommt damit nicht durch. Ich kenne da einen Anwalt, der dir garantiert helfen kann.« Sie meint ihren Mann.

»Ich auch«, ruft Jeannie. »Vielleicht können wir was mit der Bodenkreditanstalt machen.«

»Ich war zu …« Wieder gerät Taylor ins Stocken. »Ich stand einfach unter Schock. Und hab mich geschämt. Ich war völlig am Ende.«

»Ist es zu spät?«

»Zu spät für das Haus, ja. Und zu spät für Rick.« Taylor strafft die Schultern.

»Aber nicht zu spät für dich und die Kinder«, sagen Charlene und Sissy wie aus einem Mund.

»Aber das ist nicht die einzige Geschichte. Ich hab nicht geglaubt, dass ich heute hierherkommen kann, ich konnte doch das Geld, mit dem ich Essen für meine Kinder kaufen muss, nicht für Cookies und Verpackung ausgeben, ich hatte ja nicht mal genug für den Billigsupermarkt. Dauernd hab ich mir den Kopf zerbrochen, bei wem wir unterkommen könnten. Bei meiner Mutter? Bei Ricks Eltern? Bei meiner Schwester?« Sie greift nach einem Glas Wasser.

Natürlich wusste ich, dass Taylor ihren Job verloren hatte. Sie hatte mich vor ein paar Monaten angerufen, und ich habe ihr vorgeschlagen, sie könnte doch als Verkäuferin arbeiten. Keine leichte Arbeit, aber besser als nichts. Doch sie wollte unbedingt im Bildungsbereich bleiben. Sie braucht einen Job mit guten Sozialleistungen für ihre Kinder. Ich schlug ihr die Uni vor, aber dort hatte sie es bereits erfolglos versucht – es gab einen Einstellungsstopp. Dann habe ich sie noch ein paar Mal zu Networking-Frühstücken eingeladen, aber auch da ergab sich nichts. Die Lage war einfach für alle zu angespannt.

»Ich sollte nach Indien auswandern«, hat sie damals noch gescherzt.

Von Ricks Affäre hatte ich allerdings bis heute keine Ahnung. Schon gar nicht, dass er sich das wenige Geld unter den Nagel gerissen hat und einfach abgehauen ist. Aber ich erinnere mich noch gut an die Party, als ich ihn kennenlernte. Als er so miesepetrig in der Ecke saß und den anderen beim Tanzen zuschaute. Auch bei späteren

Treffen hielt er sich eigentlich immer nur raus und verbreitete eine missbilligende, verächtliche Atmosphäre. Damals redete ich mir ein, dass seine nach unten gezogenen Mundwinkel ein körperliches Merkmal waren, für das er nichts konnte.

In den letzten Jahren kam er kaum noch mit, wenn wir uns trafen, angeblich weil er zu viel im Labor zu tun hatte. Ich bohrte nicht weiter nach, weil jeder wusste, dass bei Pfizer ständig Überstunden geschoben wurden und dass zu viel Arbeit es schwer macht, eine Beziehung lebendig zu erhalten. Das kenne ich von Jim.

Für die Dynamik der Beziehung schien ohnehin Taylor zuständig zu sein. Oft hatte ich das Gefühl, dass Rick nicht nur keine Energie zu ihrer Ehe beisteuerte, sondern sie im Gegenteil noch abzapfte, beruhigte mich aber immer damit, dass Taylor ja vielleicht das Gefühl genoss, gebraucht zu werden. Andererseits hatte sie ja auch noch zwei Kinder, und wie viel Energie dafür draufgeht, weiß ich aus eigener Erfahrung. Außerdem brachte Ricks abweisende Art ja nicht nur Arroganz, sondern auch Unzufriedenheit zum Ausdruck, womöglich sogar eine ausgewachsene Depression. Er wäre nicht der erste Depressive, der seiner Verzweiflung dadurch zu entfliehen sucht, indem er Frau und Kinder verlässt.

Taylor fährt fort: »Und dann, am Tag vor Thanksgiving, sagte Allie, wir könnten doch in ihr Kellerapartment ziehen. Es ist eine separate Wohnung mit einem kleinen Schlafzimmer, einem riesigen Wohnzimmer, einer Küche und einem Bad.«

»In so einem Notfall ist die Wohnung ganz okay«, erklärt Allie und lächelt Taylor zu. »Und die drei können bleiben, bis Taylor einen Job findet und genug Geld verdient, um etwas Größeres zu mieten.« Jetzt verstehe ich endlich, warum Taylor Allie den ganzen Abend so angehimmelt hat.

»Allie hat mir das Leben gerettet«, sagt Taylor prompt.

»Quatsch. Ich bin bloß eine Zuflucht im Sturm. Dafür sind Freundinnen doch da. Damit wir einander helfen. Und ich hab ja den Platz«, wiegelt Allie ab, als wäre ihr Angebot eine Selbstverständlichkeit.

»Ja, ich hätte ohne Charlene auch nicht überlebt«, stimme ich zu. »Damals, als wir zusammengewohnt haben und unsere Kinder noch ganz klein waren. Mit gegenseitiger Unterstützung steht man auch schwere Zeiten durch.«

»Tracy hat mir auch viel geholfen, und Silver hat uns für den Umzug seinen Truck geliehen«, fährt Taylor fort. »Und kurz bevor sie weggefahren sind, ist Tracy noch mit mir einkaufen gegangen und hat die Cookie-Behälter für mich bezahlt. Allie hat mir die Zutaten spendiert, und so konnte ich diese Cookies backen. Dabei hat Allie übrigens auch geholfen.« Sie lächelt Allie dankbar an.

»Das hat Spaß gemacht«, sagt Allie.

»Warum hast du uns eigentlich nichts davon erzählt?«, frage ich.

»Das alles ist erst letzte Woche passiert. Und da wusste ich, dass ich heute darüber sprechen möchte, wenn wir alle beisammen sind. Heute Abend. Hier. Dass Allie uns vor der, na ja, vor der Obdachlosigkeit bewahrt hat und dass sie und Tracy es ermöglicht haben, dass ich heute hier sein kann.« Über ihr Gesicht breitet sich ein zaghaftes Lächeln. »Und es ist so schön, hier zu sein. Das ist Nahrung für meine Seele. Einfach hier zu sein tut schon so gut und ist so heilsam. Ich liebe euch alle so sehr. Das ist etwas, was ich nie verlieren möchte.« Nun greift Taylor in ihre Tüte und zieht eine lustige Schachtel in Sternform heraus: Auf dem Deckel thront Santa, auf den Seiten tänzeln die Rentiere. »Da sind sie, die Cookies.« Sie überreicht die erste Packung Sissy, die sie gleich weitergibt.

»Es sind drei Arten Ingwer darin – frisch, gemahlen und kandiert. Ich liebe die Gegenüberstellung von Scharf und Süß beim kandierten Ingwer, beide Geschmäcker sind frisch und verstärken einander. Aber dieses Jahr, mit all der Liebe, die Allie und Tracy mir geschenkt haben, und Marnie, die versucht hat, mir bei der Jobsuche zu helfen, und überhaupt der ganzen Zuneigung und Fürsorge von meinen Freundinnen …« Tracy unterbricht sich einen Moment, um sich die Tränen wegzuwischen, ehe sie fortfahren kann: »Dieses Jahr seid ihr der Zucker in der Schärfe des Lebens, die ich gerade erlebt habe.«

Ein paar Augenblicke nehmen wir die Worte schweigend in uns auf.

»Das ist so ergreifend«, sagt Jeannie.

Tracy holt ihre letzte Cookie-Schachtel aus der Tüte. »Meine Freundinnen – was würde ich ohne euch tun? Deshalb wollte ich als Letzte drankommen. Denn … ich musste mich erst von eurer Liebe stärken lassen.« Dann hebt sie ihr Glas mit Weißwein und lacht leise. »Ich musste stark sein, um euch zu erzählen, was mir passiert ist, aber vor allem auch, um euch zu sagen, wie sehr ich diese Party liebe und was sie mir bedeutet … und was ihr mir bedeutet. Es ist wirklich so – ihr alle habt geholfen, mich und meine Kinder zu retten.« Sie presst die Lippen zusammen, sieht uns mit großen Augen an, als hätte sie mehr gesagt, als sie eigentlich wollte, und lässt sich auf ihren Stuhl zurücksinken.

»Ja, was würden wir ohne einander tun?« Das ist eine rhetorische Frage. Denn jede von uns kennt die Antwort.

»Darum geht es ja bei dieser Party. Um Freundinnen«, sagt Taylor. Ihre düstere Stimmung ist verflogen, und ein Fünkchen ihrer Lebensfreude ist zurückgekehrt.

»Stimmt genau.«

»Es geht nicht um die Plätzchen. Nicht mal darum, dass wir anderen Menschen damit eine Freude machen. Nein, es geht um Freundschaft«, sagt Vera.

»Ganz egal, ob das Leben es gut oder beschissen mit uns meint, wir haben einander«, sagt Allie.

»Egal, was kommt, wir sind immer da«, sagt Taylor.

»Auf die Freundschaft.« Und wir heben noch einmal unsere Gläser.

Allie fängt an, die Küche aufzuräumen. Rosie setzt sich auf ihren Platz, Jeannie, sie und Taylor stecken die Köpfe zusammen. Mit Familienrecht kennt Rosie sich aus. »Glaub mir, er muss zahlen«, höre ich sie sagen.

»Aber das hilft jetzt nicht. Außerdem – wo nichts ist, kann man nichts holen«, erwidert Taylor.

»Es wird besser werden«, sagt Jeannie.

»Ja, das ist alles nur eine Frage der Zeit«, sagt Rosie. Ihre Blicke begegnen sich, als redeten sie ebenso miteinander wie mit Taylor.

»Ich weiß. Irgendwann wird das alles vorbei sein. Aber die beste Lösung wäre ein Job, von dem wir leben können.« Taylor zuckt die Achseln. »Ich habe mindestens zweihundert Bewerbungen losgeschickt. Und war bei über zwanzig Vorstellungsgesprächen, bei denen man mir gesagt hat, dass ich überqualifiziert bin.«

Laurie kommt herein, schon im Mantel, die Handtasche über der Schulter, ihre Cookies in einer großen Einkaufstasche. »Tja, ich muss los und Olivia abholen«, sagt sie und küsst mich. »Wäre schön, wenn wir uns nach den Feiertagen mal alle verabreden könnten.«

»Gib dem Baby jede Menge Süßes!«, ruft Sissy.

»Tschüss, ihr alle!« An der Tür bleibt Laurie stehen und sieht uns an.

Heute war ihre letzte Cookie-Party mit uns. »Ich liebe euch alle«, sagt sie leise, und ihre Stimme zittert. Wir überschütten sie zum Abschied noch einmal mit Umarmungen, guten Wünschen und anderen Zuneigungsbezeugungen.

Durch die offene Tür sehe ich, dass es aufgehört hat zu schneien. Hoffentlich hat sich unter der Schneedecke kein Eis gebildet.

»Ich mache eine Abschiedsparty für Laurie«, beschließt Vera.

»Daran hab ich gerade auch gedacht.«

Plötzlich rennt Disney voller Aufregung zur Tür, hüpfend und schwanzwedelnd, den Affen im Maul.

Wahrscheinlich ist Tara im Anmarsch.

»Wie sind die Straßen?«, höre ich Laurie fragen, als sie in der Auffahrt aneinander vorbeikommen.

»Ganz okay, aber fahr lieber langsam. An manchen Stellen ist es glatt«, höre ich Taras Stimme, und gleich darauf tritt sie tatsächlich ins Haus.

»Perfektes Timing, was?«, sagt sie.

»Ja, wir sind gerade fertig.« Ich umarme Tara, was bei ihrem dicken Bauch gar nicht so einfach ist.

»Hast du was von Sky gehört?«, flüstert Tara und hebt fragend die Augenbrauen.

»Japp«, antworte ich und grinse breit.

»Oh, das freut mich total! Es wäre einfach schrecklich gewesen, wenn es wieder nicht klappt. Irgendwie hätte ich dann ein richtig schlechtes Gewissen gehabt, verstehst du das?«

»O ja, die furchtbare Ironie des Schicksals, von der du letzten Sommer gesprochen hast.«

»Genau«, antwortet Tara. »Aber jetzt wird alles gut.«

»Übrigens bekommt Sky ein Mädchen.«

»Dann hast du ja von jeder Sorte eins! Und mein Baby kriegt eine Cousine, die fast genauso alt ist.« Tara grinst. »Perfekt. Übrigens wollte ich eigentlich schon viel früher hier sein, aber dann ... na ja, die Zeit mit meinen Freundinnen ist einfach wie im Flug vergangen«, fügt sie achselzuckend hinzu.

»Hier sind ein paar Cookies für dich«, sage ich und gebe ihr ein Extra-Dutzend von den Pecan-Bällchen.

Sissy unterhält sich noch mit Charlene, als Tara ins Wohnzimmer kommt. »O, da kommt ja meine Mitfahrgelegenheit«, ruft Sissy und steht auf.

Charlene kramt Papier und Stift aus ihrer Handtasche und schreibt rasch etwas auf. »Wir sollten uns mal tref fen«, sagt sie. »Hier ist meine Nummer.«

Auch Juliet verabschiedet sich von Sissy mit einer Umarmung. »War sehr schön, dich kennenzulernen.« Dann drückt sie Tara.

»Hast du schon Wehen, Tara?«, fragt Jeannie. »Senkwehen, meine ich?«

»Vielleicht kommt das Baby ja an Weihnachten«, höre

ich Taylor sagen, während ich Sissy in mein Schlafzimmer folge, um ihr mit dem Mantel zu helfen.

Sissy zieht ihren Mantel unter einem anderen hervor, und ich halte ihn für sie, damit sie hineinschlüpfen kann.

»Danke, Marnie. Das war eine wundervolle Party.«

»Ich freu mich so, dass du kommen konntest. Und dass Tara dich als Großmutter für ihr Baby hat.«

Sissy lacht. »Bei Aaron bist du dir immer noch nicht ganz sicher, was?«

Ihre Direktheit beeindruckt mich.

»Ich vermute, keine von uns ist sich bei den Männern je ganz sicher.« Sie schüttelt den Kopf so heftig, dass ihre kurzen Dreadlocks hüpfen.

Ich muss lachen, denn sie hat vollkommen recht. Leider. »Bei Jim arbeite ich dran.«

»Aaron ist ganz okay für so einen jungen Kerl«, meint sie, strahlt dabei aber vor Stolz übers ganze Gesicht.

»Ich glaube, er ist ehrlich, und die beiden haben ganz eindeutig ihre Musikleidenschaft gemeinsam.« Dann sehe ich Sissy in die Augen, damit sie weiß, wie ernst es mir damit ist, und füge hinzu. »Er liebt Tara. Das weiß ich. Danke, dass du ihn mir heute Abend erklärt hast.«

»Das hab ich für dich getan. Na ja, vielleicht nicht nur für dich.«

So kommen wir uns näher, bilden nach und nach eine Allianz aus dem Zufall, dass wir durch unsere Kinder miteinander in Kontakt getreten sind.

»Ich denke, wenn sie sich wirklich lieben und so viel gemeinsam haben, dann ist davon etwas auch in uns«, sagt sie. »In dir und mir«, fügt sie hinzu und deutet erst auf mich und dann auf sich.

Erstaunlich, dass ihre Offenheit nie verletzend ist. »Ich weiß es zu schätzen, dass du heikle Dinge so selbstverständlich auf den Tisch bringst«, erwidere ich leise. »Dass du nicht zulässt, dass etwas unter den Teppich gekehrt wird.«

Sie lacht. »Die Situation ist für uns beide neu. Ich hab auch nicht mit einem halb weißen Enkelkind gerechnet.«

»Ich auch nicht.« Jetzt lachen wir beide. »Aber es geht mir weniger um den Rassenunterschied als darum, dass er im Knast war.«

Sie nickt. Dann zieht sie ihre feinen Augenbrauen in die Höhe und erwidert: »Das hat mir auch nicht gefallen. Überhaupt nicht, das kannst du mir glauben. Aber Aaron hat das alles hinter sich gelassen und aus dieser schrecklichen Erfahrung eine Menge gelernt.«

»Ja, den Eindruck habe ich auch. Und wir werden sehen, ob unsere beiden Kinder einander Sicherheit und Trost geben können. Bestimmt wird es nicht leicht für sie, ganz gleich, welche Entscheidungen *wir* treffen. Vor allem im Moment.«

»Das Leben zieht eben einfach sein Ding durch, ohne sich groß um uns alberne kleine Menschenwesen zu scheren«, meint Sissy achselzuckend und knöpft sich den Mantel zu.

»Aber das Baby hat uns, und wir bilden ein Bündnis.«

»Ja, wir werden für unseren Enkel da sein. Und für unsere Kinder. Das ist schon die halbe Miete«, sagt Sissy.

»Das nächste Mal sehen wir uns dann wahrscheinlich im Kreißsaal.«

»Ich habe allen Bescheid gesagt, dass sie die Augen offen halten und mich sofort anrufen sollen, wenn es losgeht, damit wir gemeinsam auf und ab gehen können«, lacht Sissy und zieht einen roten Schlapphut aus der Manteltasche.

In diesem Moment kommt Vera herein. »Oh!«, ruft sie, schnappt sich ihren Mantel und ruft im Hinausgehen: »Bis dann, Marnie. Hab mich gefreut, dich kennenzulernen, Sissy.«

»Ich muss auch los«, sagt Sissy mit einem Blick auf die Uhr. »Hat mich auch gefreut!«, ruft sie Vera nach.

An der Tür nehme ich Tara in den Arm und sage: »Bis Heiligabend, dann seh ich euch, dich und Aaron.«

»Wenn du willst und nichts anderes vorhast, kannst du an Weihnachten zu mir kommen«, sagt Sissy.

»Aber da sind Sky und Troy hier.«

»Na, die sind auch herzlich eingeladen.«

»Eine tolle Idee, wir feiern alle zusammen Weihnachten!«, stimme ich zu.

Tara und Sissy gehen zur Tür. »Auf Wiedersehen, ihr alle«, ruft Sissy.

Ein ganzer Chor von Stimmen antwortet ihr.

»Bis nächstes Jahr.«

»Deine Cheeseburger sind super.«

»Du warst eine großartige Cookie-Jungfrau.«

Dann sagt Rosie noch: »Und wir freuen uns schon sehr auf dein Baby, Tara.«

»Denk dran zu atmen. Atmen ist ganz wichtig«, fügt Jeannie hinzu.

Während ich mit Sissy gesprochen habe, haben Allie und Taylor fertig aufgeräumt. Mit frisch gefüllten Gläsern kommen sie ins Wohnzimmer zurück. Ich lasse Schultern und Nacken kreisen, denn mein oberer Rücken fühlt sich müde an.

Juliet hat bereits den Mantel an, in der einen Hand

eine Tasche voller Cookies, in der anderen eine leere Platte. Winkend geht sie zur Tür. »Ciao, ich liebe euch. Wir sehen uns in ein paar Wochen.« Dann ist auch sie verschwunden.

Noch sechs von uns sind übrig. Alle sitzen auf ihren angestammten Plätzen, ich hole mir noch etwas Weißwein.

»Ich hab mich entschieden«, verkündet Jeannie. »Ich verlasse das Autohaus.«

»Seit der Highschool hast du dort gearbeitet! Du wolltest es mal übernehmen«, staune ich.

»Aber ich finde es inzwischen unerträglich dort. Und wer weiß, was kommt? Vielleicht wird Sue mal meine Chefin. Aber egal, das entscheidet sich erst in ferner Zukunft, und das Autohaus wird für mich sowieso nie wieder wie früher. Ich werde immer an Dad und Sue und ihre Rücksichtslosigkeit denken müssen.«

»Aber sie haben Rücksicht auf dich genommen«, widerspricht Rosie. »Und auf deine Mom.«

Jeannie trinkt ihr Glas aus und stellt es mit so viel Schwung zurück auf den Couchtisch, dass es klirrt.

Sie ist immer noch wütend, denke ich, und versichere ihr: »Du hast das Recht, wütend zu sein.«

Sie nickt. »Ich habe genug davon, hier festzustecken, ich will endlich meinen eigenen Traum leben. Vielleicht mache ich ein Yoga-Studio auf. Ich brauch ja gar nicht sofort aufzuhören, sondern kann die Ausbildung zur Yogalehrerin nebenbei machen und dann ein Studio eröffnen. Und mich inzwischen emotional vom Autohaus entfernen.«

»Du könntest auch jetzt gleich ein Studio aufmachen und Leute einstellen. Und parallel dazu dein Zertifikat machen.«

»Wäre sicher auch eine Möglichkeit, ja.«

»Mieten sind momentan spottbillig. Könnte ein guter Zeitpunkt für einen Deal sein.« Mit ihrer Vorliebe fürs Organisieren denkt Rosie sofort ganz praktisch.

»Ich würde sehr gern helfen«, klinkt Taylor sich ein. »Ich habe Zeit, und es wäre schön, mal wieder was Produktives zu machen. Auf alle Fälle könnte ich dir schon mal eine Website entwerfen.«

»Wunderbar«, sagt Jeannie. »Meinem Vater teile ich dann einfach mit, dass sein Verhalten es mir unmöglich macht, weiter mit ihm zu arbeiten. Und dass es mir total unangenehm ist, diese ganze Geschichte vor meiner Mutter geheim zu halten. Ich weiß noch nicht, wie ich das angehen soll, aber es besteht kein Grund, meinem Vater weiter was vorzumachen. Das ist es: Ich will niemandem mehr etwas vormachen müssen.«

»Toll, dass du Yoga für dich entdeckt hast«, sage ich und denke daran, wie Jeannie immer völlig verschwitzt bei mir zum Frühstück aufgetaucht ist.

»Ja, Yoga hat wirklich mein Leben verändert«, bekräftigt sie. »Das möchte ich gern an andere weitergeben. Ich möchte einen Rückzugsort schaffen, an dem …« Sie sucht nach den passenden Worten. »Am schönsten wäre es, nicht nur Yoga anzubieten. Sondern beispielsweise auch Meditation. Und Coaching. Vielleicht etwas mit Ernährung und gesundem Essen. Umweltfreundliches Leben. Ich weiß noch nicht.«

»Therapie?«, fügt Allie hinzu.

»Coaching«, wiederholt Taylor nachdenklich. »Das ist ja eigentlich etwas Ähnliches wie … wie Unterrichten. Hmm.«

»Ein Retreat für Frauen?«

»Nicht nur für Frauen, auch für Männer. Warum sollen wir sie ausschließen?«

Charlene, die kurz weg war, kommt in einer weichen, apricotfarbenen Hose und einem Top zurück zu uns, eingehüllt in einen lavendelblauen Schal. Offenbar war sie im Bad: Ihr Gesicht ist frisch gewaschen, sie riecht nach Limone und Lavendel. Mit einem Glas Wasser lässt sie sich wieder auf ihrem Platz nieder.

»Was ich wegen Sue machen soll, weiß ich immer noch nicht recht«, sagt Rosie. »Ich stehe ja auch dazwischen. Vielleicht sollten wir drei uns einfach mal über alles unterhalten.«

Jeannie schüttelt entschieden den Kopf. »Ich hab ihr nichts zu sagen.«

»Vielleicht wenn deine Eltern aus Italien zurück sind?«, schlage ich vor.

»Dann ist mein Vater jedenfalls zum Handeln gezwungen. Oder meint ihr, Sue wird endlos warten?«, fragt Jeannie.

Rosie zuckt die Achseln, schließt die Augen, und ihr Mund wird schmal.

»Irgendwann wird sich das alles klären«, meint Charlene.

»Ja, genau wie bei mir. Irgendwann finde ich auch wieder einen Job und bin nicht mehr auf Allies Freundlichkeit angewiesen«, wirft Taylor ein.

»Aber alles hat seinen Preis.«

»Vielleicht ist es kein Preis, sondern ein Segen. Es gibt Kraft«, sagt Charlene. »Schon jetzt fängst du an, neue Eigenschaften an dir zu entdecken, Jeannie, und sogar einen möglichen neuen Weg.«

Allie hat ihren Mantel geholt. In der einen Hand hält

sie ihre Cookies, in der anderen die leere Platte. »Ich hab morgen früh um acht einen Patienten.« Auch Taylor macht sich bereit zum Gehen.

»Also, Taylor, setz dich mit mir in Verbindung. Am besten gleich morgen. Ich meine es ernst. Ich spreche mit Kevin, dann sehen wir mal, was wir tun können«, sagt Rosie.

»Danke. Und danke, Marnie, dass du jedes Jahr diese Party ausrichtest«, fügt sie hinzu und umarmt mich.

»Vielleicht können wir zusammen im Yoga-Studio arbeiten?«, schlägt Jeannie vor.

»Wir lieben dich«, sagt Charlene. Sie sagt nicht: »Es geht vorbei.« Sie sagt auch nicht: »Ich kenne das und weiß Bescheid.« Ich sage es auch nicht. Wir schauen einander einfach an und wissen, dass wir beide an dasselbe denken.

Taylor sieht es und sagt: »Ja, ich weiß. Es ist, wie du gesagt hast, ich steh es durch und lerne daraus was für mich.« Dann wendet sie sich an Jeannie. »Vielleicht kann man in deinem Studio auch singen«, sagt sie und lacht.

Während ich ihnen zum Abschied zuwinke, ziehen auch Rosie und Jeannie die Mäntel über. Rosie kommt immer als Erste und geht als Letzte. Ich umarme beide und blicke ihnen nach, wie sie gemeinsam zur Straße hinuntergehen. Jeannie wendet Rosie das Gesicht zu und bewegt den Mund, aber ich verstehe natürlich nicht, was sie sagt. Aber ich sehe, dass Rosie sie danach umarmt. Mitten auf der stillen, schneebedeckten Straße stehen die beiden, das Licht der Straßenlaternen schimmert auf ihren Haaren, und ich schaue zu, wie sie einander einen Moment festhalten, sich dann trennen und jede ihr verschneites Auto freibürstet.

Langsam gehe ich ins Badezimmer, ziehe mich aus

und wasche mir das Gesicht. Meine Wange ähnelt einer Blume: lila mit einem gelben Rand. Ich schlüpfe in einen kunterbunten Flanell-Pyjama, den ich in Jims Anwesenheit niemals tragen würde, und in meinen lavendelblauen Bademantel.

In meinem Glas mit dem Schneemann am Stiel ist immer noch ein Schluck Wein. Charlene liegt auf dem Sofa, ein Kissen aus meinem Bett unter dem Kopf, eine Decke über sich. Ich setze mich in den Sessel, der den Abend über ihrer war.

»War mal wieder großartig, unsere Party.«

»Nächstes Jahr wird es bestimmt noch besser.«

Charlene legt die Hand unters Kinn. »Ja, es wird leichter, aber es wird nie ganz weggehen. Und ich denke, Sissy hat recht.«

Ich nicke. »Ja, ich kann mir dich als Seelsorgerin inzwischen auch gut vorstellen. Nicht vor zwanzig Jahren, auch nicht vor zehn Jahren. Aber jetzt schon.« Ich lasse meine Schultern kreisen und massiere mir den Nacken. »Ich habe Jim übrigens vorhin am Telefon gesagt, dass ich ihn liebe.«

Charlene hebt ihr Glas. »Das war ein wichtiger Abend für dich. Gute Nachrichten von Sky. Ein großer Schritt mit Jim. Und du hast dich deinen *beiden* neuen Enkelkindern geöffnet.« Sie betont das Wort »beiden«, um daran zu erinnern, wie schwer es mir anfangs gefallen ist, Taras Situation zu akzeptieren.

»Sissy ist eine bemerkenswerte Frau. Wenn ihr Sohn auch nur halb so hinreißend ist wie seine Mom, dann hat Tara wirklich eine gute Wahl getroffen. Und ich werde es genießen, dass ich zu all der Liebe auch etwas beitragen kann.«

»Vielleicht hat Luke recht, und die Liebe ist unsterblich. Vielleicht ist sie der ultimative Schmetterlingseffekt.«

»Einer davon bestimmt.« Trotzdem muss ich daran denken, dass auch Negatives Kreise zieht. Kriege führen zu noch mehr Kriegen. Hass eskaliert und führt zu immer neuen Racheaktionen. Aber daran muss ich Charlene nicht erinnern. »Und vielleicht ist Liebe am Ende schlicht und einfach das Beste, was wir kriegen können. Sie löst nicht alle Probleme, aber trotzdem ist sie das Wichtigste, was wir auf dieser Welt haben.«

»Ja, das Beste, was wir kriegen können.« Charlene streicht sich eine Haarsträhne aus dem Gesicht. »Und wir haben es geschafft.«

»Wieder einmal.« Wir haben unsere Cookies gebacken, sie mit unseren Freundinnen geteilt und uns gegenseitig geholfen, die dunkle Zeit zu überstehen.

Voller Freude haben wir ein neues Jahr gefeiert und uns daran gefreut.

»Ja, für uns.«

Ja.

INGWER

Ehe Schokolade zur Nascherei Nummer eins wurde, galt in Europa der Ingwer als luxuriöseste Köstlichkeit. Ingwer kommt aus Asien, wo er seit über viertausend Jahren als kulinarisches Gewürz verwendet wird und auf fruchtbaren, feuchten, tropischen Böden gut gedeiht. Die Pflanze produziert weiße und rosa Knospen, die sich zu gelben Blüten öffnen. Das Gewürz wird aus der Wurzel der Pflanze gewonnen.

Mindestens ebenso sehr wie als Gewürz und Nascherei schätzt man Ingwer auch aufgrund seiner medizinischen Eigenschaften. Seit vielen Jahrhunderten spielt er eine Rolle in der chinesischen Medizin. Da er sowohl in den Schriften von Konfuzius als auch im Koran Erwähnung findet, muss er in den arabischen Ländern bereits um 650 vor Christus bekannt gewesen sein. Ingwer ist ein Diaphoretikum, das heißt ein schweißtreibendes Mittel. Heinrich VIII. wies den Bürgermeister von London an, Ingwer als Medizin gegen die Pest einzusetzen. Außerdem wird Ingwer bei Verdauungsstörungen aufgrund überhöhter Magensäure, Seekrankheit, morgendlicher Übelkeit und auch zur Linderung der mit der Chemotherapie einhergehenden Beschwerden eingesetzt. Meine Großmutter schwor auf Ginger-Ale, wenn jemand Magenprobleme hatte. Ich genieße Ingwer gern als Tee – einfach reiben, in einen Tee-Ei geben und ein bisschen Honig zufügen. Er ist eine vielfältige natürliche Alltagsmedizin. Einige Untersuchungen deuten darauf hin, dass Ingwer Gelenkschmerzen und Arthritis bessert und sowohl einen blutverdünnenden als auch einen cholesterinsenkenden Effekt hat. Er wirkt bei Durchfall, vor allem bei einer Form von Diarrhö, die in Entwicklungsländern oft dazu führt, dass Säuglinge sterben.

Schon lange wird Ingwer auch als Aphrodisiakum eingesetzt, sowohl innerlich als auch äußerlich. Ingwer wird im Kamasutra erwähnt, und bis heute wird auf den Südseeinseln Melanesiens Ingwer verzehrt, um die Durchblutung der Lendenregion zu fördern. Auf den Philippinen dagegen werden mit dem Genuss von Ingwer Geister vertrieben.

In Asien benutzt man getrockneten, gemahlenen Ingwer für Pickles, Chutneys und Currypasten. Eingelegter Ingwer vervollständigt Satay-Saucen und Sushi und ist Beilage für viele chinesische Speisen.

Ingwer gehört zu den ältesten Gewürzen und war in römischer Zeit der wertvollste Import aus dem Osten. In Europa kennt man ihn seit dem 9. Jahrhundert, und er wurde so populär, dass man ihn zusammen mit Salz und Pfeffer jeden Tag auf den Tisch stellte. Im 12. Jahrhundert benutzten hauptsächlich wohlhabende Menschen Ingwer in Nachspeisen, Kuchen und Plätzchen. Im 19. Jahrhundert stellten englische Kneipenwirte kleine Schälchen mit gemahlenem Ingwer bereit, die ihre Kunden über das Bier streuten. So entstand ursprünglich das Ginger-Ale – Ingwerbier. Mit Ingwer würzt man Pudding, Marmelade und Getränke. Konservierter Ingwer wird als Süßigkeit gegessen, für Kuchen und Pudding kleingeschnitten und manchmal auch als Zutat für Eiscreme verwendet. Meine Großmutter hat mich auf den Geschmack von kandiertem Ingwer gebracht, mit dem sie mich zur Weihnachtszeit verwöhnte.

All die in diesem Buch erwähnten Zutaten machen unser Leben reicher. Zu den Segnungen der modernen Zeit gehört es, dass wir von der Zusammenarbeit zwischen Mutter Natur, menschlichem Einfallsreichtum und Zivilisation profitieren. Man denke nur daran, dass Zucker, Ingwer und Zimt aus Asien kommen, Schokolade und Vanille aus Mexiko, Datteln und Mehl aus dem Nahen Osten, Nüsse aus allen Ecken der Welt. Eine ganze Palette von Nahrungsmitteln unserer Erde und ihrer Geschichte liegt in mitreißender Vielfalt vor uns, um unseren Appetit und unsere Vorstellungskraft anzuregen.

Auch Menschen sind Mischungen aus verschiedenen Zutaten, jeder Einzelne eine Kombination aus Zucker und Salz, aus Schärfe und Süße, die sich gegenseitig verstärken. Unsere Liebe und unsere Unterstützung füreinander gedeihen, wenn man sie mit Nüssen und Weizen, mit würzigem Ingwer, üppiger Vanille und berauschender Schokolade pflegt – allesamt Pflanzen, die wie die Menschen etwas ganz Besonderes und manchmal schwierig im Umgang sind!

Nachstes Jahr wird unser Cookie Club wieder zusammenkommen, beladen mit neuen Cookies, voller Freude und neu erworbener Weisheit. Wer weiß, wo wir dann stehen werden? Sicher wird unser Kreis sich für eine neue Cookie-Jungfrau öffnen. Ich vermute, dass Sissy und ich noch engere Verbündete werden. Aber wird Rosie dann ihr Wunschbaby haben? Und Taylor einen neuen Job? Wird Jeannie ihr Dreiecks-Dilemma überwunden haben und sich endlich auf ihr eigenes Leben und ihre Karriere konzentrieren können? Wird Allie in ihrer Beziehung zu T. J. etwas Entscheidendes in die eine oder andere Richtung unternommen haben? Und ich?

Ja, was ist mit mir?

Vielleicht werden Jim und ich zusammen sein und uns lieben. Vielleicht werde ich es erkennen und glauben können.

Aller Wahrscheinlichkeit nach werde ich zwei Enkel haben. Die Welt wieder durch die Augen eines Kindes zu betrachten wird mein Leben verändern und bereichern. Und ich weiß, was immer geschieht, was für Wunder oder Hürden das Leben auch bereithalten wird – meine Familie, meine Freunde und ich werden diese Reise gemeinsam unternehmen.

DANKSAGUNG

Den Christmas Cookie Club gibt es wirklich. Im Jahr 2000 war ich Cookie-Jungfrau und gehöre seither dazu. Doch die zwölf Frauen, die in diesem Buch beschrieben werden, sind nicht wir. Soweit ich weiß, hat keine von uns über ein Jahrzehnt eine außereheliche Affäre oder eine Freundin, die mit ihrem Vater ins Bett geht, gehabt oder durch Zwangsräumung ihr Haus verloren. Wir hatten Kinder, Adoptivkinder, sind umgezogen, hatten jüngere Partner, sind betrogen worden, haben geheiratet, uns scheiden lassen, mit finanziellen Problemen gekämpft, waren alleinerziehende Mütter, haben den Tod unserer Eltern oder eine Krebserkrankung überlebt. Ja, tatsächlich hatten sieben von uns zwölf Frauen Krebs. Erstaunlich! Beängstigend!

Es gibt auch eine Ur-Cookie-Hexe, Marybeth Bayer, die den Cookie Club ins Leben gerufen hat. Ihre immensen sozialen und organisatorischen Kompetenzen, ihre überwaltigende Gastfreundschaft und Kochkunst bilden die Seele unseres Clubs und die Inspiration nicht nur für dieses Buch, sondern auch für viele andere Aspekte unseres Lebens. Marybeth hat die Regeln aufgestellt, und wir freuen uns Jahr für Jahr auf ihre Party, die zu den Höhepunkten der Weihnachtszeit, ja des ganzen Jahres gehört. Schon im Hochsommer beginnen wir über unsere Rezepte und die Cookie-Verpackungen nachzudenken. Ehrlich! Ich habe mir Marybeths leuchtend weißen Haare und blauen Augen für Marnie geborgt, und ihr Haus diente mir als Kulisse für die Party in diesem Buch. »Charlene« basiert auf einer realen Frau, Daphne Mead-Derbyshire, die mit ihrer liebevollen, friedliebenden Persönlichkeit, die sie sich trotz ihres Traumas erhalten hat, für uns alle ein Vorbild ist. Die echte Charlene wurde nach dem Tod ihres Sohns tatsächlich ökumenische Seelsorgerin. »Tracys« E-Mail wurde in Wirklichkeit von Karin Blazier verfasst und gibt deren fröhliches, humorvolles Wesen so gut wieder, dass ich nicht widerstehen konnte, mir die Mail ebenso zu borgen wie ihre Vorliebe für Lippenstiftküsse anstelle einer Unterschrift. Wir alle sind sensationell, aber zum Glück mussten wir nicht alle so viel durchmachen, um unsere Kraft zu entdecken.

Einige Ereignisse im Buch sind wahr, zum Beispiel hat eine von uns wirklich »Juliets« Comedy-Geschichte mit den Nüssen zum Besten gegeben. Auch spenden wir tatsächlich den dreizehnten Teil unserer Arbeit für einen wohltätigen Zweck, und zwar seit über einem Jahrzehnt unserem Hospiz. Uns ist bewusst, dass die Freude, die wir geben, immer ins eigene Herz zurückkehrt. Großzügigkeit, Mitmenschlichkeit und eine positive Grundhaltung sind in der heutigen Zeit die Eckpunkte, an denen wir uns orientieren können.

Die Rezepte in diesem Buch sind alle schon in unserem Club ausprobiert worden. Und wir haben noch mindestens hundert weitere. Ja, wir wiederholen unsere Lieblingsrezepte, und die in diesem Buch stammen von Großmüttern, Freundinnen, Klientinnen, aus dem Internet und aus verschiedenen Kochbüchern und Zeitschriften, an die wir uns gar nicht mehr erinnern.

Die Idee, etwas über die verschiedenen Zutaten zu schreiben, kam teilweise von Zingerman's Roadhouse und meinen Töchtern, die dort eine Weile gearbeitet haben. Meine Tochter Melina Hinton hat sich ausführlich mit der Produktion von Gemüse und Fleisch beschäftigt und mein Bewusstsein für die Lebensmittelproduktion und Tierhaltung enorm gesteigert. Unterstützt von Ari Weinzweig hat meine zweite Tochter Elizabeth Hinton die Geschichte der afroamerikanischen Kochkunst zur Zeit der Rekonstruktion anhand des Lebens zweier Köche aufgeschrieben. Rezepte aus ihren Kochbüchern und ihrer Lebensgeschichte wurden bei einem Essen vorgestellt, das mich wieder einmal daran erinnert hat, in welchem Maße das Essen unsere Kultur und Entwicklung bestimmt. Schließlich geht es aus Sicht der Pflanzen – falls Pflanzen eine Sicht haben – immer um Reproduktion. Und aus unserer Perspektive geht es einerseits ums Überleben, andererseits aber auch um unsere Freude an Abwechslung und Genuss, was beides dafür verantwortlich ist, dass wir in einen Lebensmittelladen gehen und Nahrungsmittel kaufen können, die ursprünglich aus weit, weit entfernten Teilen der Welt stammten. Jedes Lebensmittel, das ich studiert habe, förderte einen ganzen Strom von Geschichte zutage und war wie ein Fenster auf die Ereignisse, die unsere Zivilisation und Kultur vorangetrieben haben. Schließlich war es beispielsweise die Kultivierung des Weizens, die es dem Menschen ermöglicht hat, in Siedlungen sesshaft zu werden, und unser Appetit auf Zimt, der zur Entdeckung der Neuen Welt führte. Und unsere Gier nach Süßem, die nur mit Hilfe von Sklavenarbeit gestillt werden konnte, trug letztlich nicht unwesentlich dazu bei, dass die Vereinigten Staaten heute ein Land mit einer so vielfältigen Bevölkerung geworden sind.

Ich muss noch einige Bücher anführen, die ich zu Rate gezogen habe: *The Emergence of Agriculture* von Bruce Smith, *Against the Grain* von Richards Manning, *Arm und Reich* von Jared Diamond. Auch *The Oxford Companion to Food* (Alan Davidson) und *Cambridge World History of Food* (Kenneth F. Kipple und Kriemhild Coneè Omelas) haben mir gute Dienste geleistet. *Frau. Eine intime Geographie des weiblichen Körpers* von Natalie Angier und *Mutter Natur. Die weibliche Seele der Evolution* von Sarah Blaffer Hrdy haben mir erst richtig gezeigt, wie wichtig Großmütter für die menschliche Entwicklung sind.

Dieses Buch wäre nie so geschrieben worden ohne Ruth Behar, Elizabeth Hinton und Tim Kornegay. Tim hat die Rap-Gedichte von Special Intent geschrieben. Dafür bin ich dir besonders dankbar, Tim, und ich danke dir auch für all deine textlichen Vorschläge. Es tut einfach gut, die Nase über den Tellerrand zu heben. Besonderen Dank auch an Ruth, die den Text gelesen hat, wenn gerade mal wieder ein Kapitel fertig war – und das manchmal mit nur ein paar Stunden Vorwarnung! Und Elizabeth, deine Ideen haben mich von Anfang an begleitet, danke nochmals, dass du alles in den Winterferien gelesen hast. Kieron Hales, eine absolute Ausnahmeköchin, hat geholfen, das Rezept für die Glückskekse zu perfektionieren, und auch die Vorschläge von Bev Pearlman und Gail Farley wurden dankbar aufgenommen. All ihre Unterstützung, ihre Kritik, ihre Liebe und Freundschaft waren für mich von unschätzbarem Wert.

Gar nicht genug danken kann ich auch Friday Jones, denn er hat mich mit Peter Miller und seinem Team, Amina Henry und Adrienne Rosado, bekannt gemacht, die mich immer wieder zur Fertigstellung des Buchs gedrängt und schließlich auch noch einen fabelhaften Verlag dafür gefunden haben. Einen herzlichen Dank an das Team von Atria Books, an Emily Bestler, die an der Sprache gefeilt hat, sowie an Judith Curr, Louise Burke, Carolyn Reidy und Laura Stern, die dem Buch zu einem wundervollen Start verholfen haben.

Und natürlich danke ich den Cookie-Hexen, die mich unterstützt und ermutigt und mich beim Schreiben mit ihrer Begeisterung angesteckt haben.

Ja – ein Hoch auf uns alle!

Bettina Haskamp

Alles wegen Werner

Roman

ISBN 978-3-548-28184-1
www.ullstein-buchverlage.de

Nach dreißig Jahren endet Claras Ehe mit einem Knall: Ehemann Werner wirft sie aus der Luxusvilla am Meer und verschwindet mit einer schönen Brasilianerin. Was Clara noch bleibt, sind Rotwein, Verzweiflung und ein übergewichtiger Hund. Kann es überhaupt ein Leben jenseits von Werner geben?
Ein herzerwärmender komischer Roman über eine Frau, die durch den größten anzunehmenden Unfall in ihrem Leben zu sich selbst findet.

»Ein bezaubernd witziger Roman!« *Lisa*

UB552

ullstein

Louise Candlish

Seit du nicht da bist

Roman

ISBN 978-3-548-28058-5
www.ullstein-buchverlage.de

Rachel, Mariel und Jenny geben einander ein Versprechen, als kurz nacheinander ihre Töchter geboren werden: Sollte einer von ihnen je etwas zustoßen, werden sich die beiden anderen um deren Kind kümmern wie um ihr eigenes. Sechs Jahre später ist Rachels kleine Tochter tot. Und Rachel flieht aus London und vor dem Glück ihrer Freundinnen nach Santorin. Wird sie jemals wieder einen Menschen von ganzem Herzen lieben können?

»Eine berührende Erzählung von Freundschaft und Familie – traurig und herzerwärmend zugleich. Man kann das Buch nicht schnell genug verschlingen.«
Cosmopolitan

»*Seit du nicht da bist* ließ mich weinen, weinen und weinen, mehr als jedes andere Buch zuvor, einschließlich *Vom Winde verweht*. Fantastisch gut!«
Elle

UB511

ullstein

Jan Winter

Erzähl mir von den weißen Blüten

Roman

ISBN 978-3-548-28193-3
www.ullstein-buchverlage.de

Nach einem tragischen Verlust lebt der Maler Paul Handewitt in Asien. Einsam und von Schuldgefühlen gequält, widmet er sich ganz seiner Kunst. Als Paul der jungen Julie begegnet, beginnt er wieder zu vertrauen. Dann tritt eine Frau in sein Leben, die die Wunden der Vergangenheit aufreißt und ihn zu einer Entscheidung zwingt.

Ein mitreißender Roman über das Glück der zweiten Chance und die heilende Wirkung der Liebe.

Kristina Springer

Die Espressologin

Roman

Deutsche Erstausgabe

ISBN 978-3-548-26944-3
www.ullstein-buchverlage.de

Einen dreifachen Espresso auf Eis – wer das bestellt, hat Klasse. Latte Macchiato mit entrahmter Milch und Süßstoff bedeutet dagegen: Zickenalarm! Jane, die in einem Coffeeshop arbeitet, nennt es »Espressologie« – die Kunst, Menschen anhand ihrer Kaffeevorlieben zu charakterisieren. Ihr neuestes Spiel besteht darin, für Single-Kunden den perfekten Partner zu finden. Trefferquote: 100%! Der kleine Coffeeshop wird zum Mekka der einsamen Herzen. Doch in ihrem Eifer, alle glücklich zu machen, übersieht Jane beinahe das Sahnehäubchen zu ihrem eigenen Moccaccino …

UB532

JETZT NEU
Aktuelle Titel
Login/ Registrieren
Über Bücher diskutieren
Jede Woche vorab in einen brandaktuellen Top-Titel reinlesen, ...
... Leseeindruck verfassen, Kritiker werden und eins von 100 Vorab-Exemplaren gratis erhalten.
vorablesen.de